Un voto muy valioso

Un voto muy valioso.
Las rebeldes de Oxford 1

Título original: *Bringing Down the Duke, A League of Extraordinary Women 1*

Copyright 2019 by Evie Dunmore
All rights reserved including the right of reproduction in whole or in part in any form.
This edition published by arrangement with Berkley, an imprint of Penguin Publishing Group, a division of Penguin Random House LLC.

© de la traducción: Emilio Vadillo

© de esta edición: Libros de Seda, S.L.
Estación de Chamartín s/n, 1ª planta
28036 Madrid
www.librosdeseda.com
www.facebook.com/librosdeseda
@librosdeseda
info@librosdeseda.com

Diseño de cubierta: Gemma Martínez Viura
Maquetación: Rasgo Audaz

Imagen de la cubierta: ©Ildiko Neer/Trevillion Images (dama a caballo);
©Jason Thompson/Unsplash (mansión de fondo)

Primera edición: febrero de 2024

Depósito legal: M-35872-2023
ISBN: 978-84-19386-49-6

Impreso en España – Printed in Spain

Un voto muy valioso

EVIE DUNMORE

Libros de
seda

Para Opa,
que me enseñó que podía enfrentarme a todo,
pero sin tener que soportarlo todo.

Capítulo 1

Kent, agosto de 1879

—¡**D**e ninguna manera! ¡Qué idea tan descabellada, Annabelle! Los ojos de Gilbert eran como los de una liebre a punto de que la alcanzaran los sabuesos.

Annabelle bajó la mirada. Sabía que tenía que parecer recatada, porque, cuando estaba nervioso o desbordado, el recato aplacaba a su primo. De todos los tipos de hombres a los que había aprendido a manejar, el ignorante y sin embargo vanidoso no era el más difícil, en absoluto. Así que, cuando su destino estaba en manos de un hombre de esa clase, al daño habitual había que añadirle el insulto. Gilbert tenía la ocasión de destrozar una oportunidad como esa, de las que se presentan una vez en la vida, y acto seguido ponerse a contarle las maravillas de la mariposa cuyo cadáver atravesado por un alfiler acababa de añadir a su colección en el atiborrado estudio.

—Y después, ¿qué vendrá? —preguntó, sarcástico—. ¿Unirte a un circo ambulante? ¿Optar a un escaño en el Parlamento?

—Sé que es poco habitual —arguyó—, pero...

—No vas a ir a Oxford —sentenció él, al tiempo que daba sobre el escritorio, con la mano abierta, un golpe que hizo temblar la caja de la pobre mariposa.

Era el viejo escritorio de su padre, adjudicado por herencia a Gilbert en vez de a ella. El magnífico mueble no significaba nada para su primo: desgastado por el tiempo, apoyado sobre cuatro garras de león magníficamente labradas, era ideal para resaltar la autoridad del caballero que se sentara allí, pero incluso tras él Gilbert seguía teniendo aspecto de pollo atolondrado.

Bien. La verdad era que tenía cierta lógica que se sintiera algo acorralado. Se había sorprendido a sí misma. Después de cinco años actuando como la criada para todo de su primo Gilbert, no esperaba volver a sentir nunca más ningún tipo de anhelo. Había agachado la cabeza y plantado con fuerza los pies en el suelo para aceptar que las mínimas fronteras de la parroquia de Chorleywood conformaban los límites de sus sueños. Pero el anuncio de que la centenaria Universidad de Oxford había abierto matrículas y un colegio mayor para damas se había clavado en su pecho con la fuerza de un flechazo.

Había procurado ignorarlo, pero, al cabo de solo una semana, el autocontrol que tanto le había costado adquirir y mantener se había diluido como un azucarillo en el agua. Y, sin duda, ello se debía a algo más que a que lo deseara con mucha fuerza. ¿Durante cuánto tiempo se interpondría la destartalada hacienda de Gilbert entre ella y la indigencia?, ¿entre ella y una posición como institutriz en la que fuera la presa fácil de un amo lujurioso? Durante el día, realizaba sus tareas rutinarias como una autómata. Pero por la noche le asaltaba la conciencia de que se encontraba al borde de un precipicio y de que al fondo del abismo lo que aguardaba era su vejez en la hacienda. Sus pesadillas eran de eterna caída.

Rozó con los dedos el sobre que guardaba en el bolsillo del delantal. La carta de admisión de Oxford. Una educación como Dios mandaba la salvaría de la caída.

—Esta conversación ha terminado —sentenció Gilbert.

Apretó los puños. «Calma. Mantén la calma».

—No quiero pelearme contigo —dijo casi en un susurro—. Pensaba que te encantaría. —¡Menuda mentira!

Gilbert arrugó la frente.

—¿Encantarme? ¿A mí? —Su expresión mostró algo parecido a la preocupación—. ¿Te encuentras bien?

—Dadas las ventajas que aportaría a la familia, pensaba que te encantaría, sí.

—¿Ventajas...?

—Te pido perdón, primo. Siento que hayas malgastado tu siempre precioso tiempo con esto. —Hizo ademán de levantarse.

—Bueno, no tengas prisa —concedió Gilbert con un movimiento de la mano—. Siéntate, siéntate.

Lo miró de frente, sin tapujos.

—Sé que tienes grandes planes para los chicos —le recordó— y una institutriz graduada en Oxford ayudaría bastante a conseguirlos.

—Claro que tengo planes, y muy sólidos —admitió Gilbert entre dientes—, pero tú ya tienes conocimientos de griego y de latín más que suficientes, incluso más de lo que resulta apropiado. Y es bien sabido que el exceso de educación arruina la mente femenina. Así que, ¿dónde están las ventajas para familia, vamos a ver?

—Habría solicitado el puesto de institutriz en la mansión del barón.

Era la última bala: si la referencia al barón Ashby, señor de la hacienda de la colina y propietario de la parroquia, no lograba que Gilbert se decidiera, nada podría lograrlo. Gilbert besaba el suelo que pisaba el barón.

De hecho, se puso tenso. Annabelle casi podía escuchar cómo los engranajes de su mente se ponían a trabajar y giraban como la vieja piedra de amolar de la no menos vieja cocina, que lo era (vieja) porque Gilbert nunca disponía de dinero suficiente para realizar mejoras en la casa. Lo cual era de lo más lógico, dado que el magro salario que recibía por hacer sonar las campanas de la iglesia seguía siendo el mismo, mientras que su familia crecía de forma sostenida.

—Bueno —aceptó Gilbert—, eso significaría un buen salario. El señor paga bien.

—¡Y tanto! Pero te entiendo, primo. No hay dinero que pueda compensar la falta de decoro.

—Eso, como concepto, es verdad. Pero no se podría decir que fuera exactamente falta de decoro, ¿verdad?, dado que el objetivo sería conseguir un bien mayor.

—¡Oh! —casi gritó ella—. Ahora que me has hecho ver todos los problemas que plantea mi plan... ¿Y si mi mente se arruinara?

—Vamos, vamos, no exageres —razonó Gilbert, condescendiente—. Seguro que tu mente ya está habituada a los libros. Lo que pasa es que no podríamos pasarnos sin tu ayuda ni siquiera una semana. Tendría que contratar, y pagar, a alguien que se encargara de tus tareas. —Le lanzó una mirada de alarma—. Como sabes, no hay presupuesto para ello.

Qué desgracia que se diera cuenta en ese justo momento de que la planificación financiera era algo básico. Sin duda quería que lo compensara por los gastos que acarrearía su partida, ya que el trabajo que ella hacía no le costaba nada. Por desgracia, la pequeña beca que le concederían para estudiar en Oxford apenas podría cubrir los gastos de manutención y la ropa.

Annabelle se inclinó hacia delante.

—¿Cuánto le pagarías a una criada, primo?

Gilbert abrió los ojos, sorprendido, pero se recuperó enseguida.

—Dos libras —afirmó, cruzándose de brazos.

—¿Dos libras? —repitió ella, con una ceja arqueada.

—Sí —insistió con expresión terca—. Beth... de nuevo tiene ciertas necesidades. Tendría que conseguir ayuda adicional.

—Pues entonces te mandaré dos libras mensuales.

Gilbert frunció el ceño.

—¿Y cómo te las vas a arreglar?

—Será sencillo. Estoy segura de que hay muchísimos alumnos que necesitan tutoría.

—Ya veo...

No estaba nada convencido, ni ella tampoco, dado que ni las criadas de la hacienda ganaban dos libras mensuales; además, el que fuera capaz de arañar siquiera dos chelines al mes podría considerarse un auténtico milagro.

Se levantó y apoyó la mano derecha sobre el escritorio.

—Tienes mi palabra.

Gilbert miró la mano como si fuera una criatura extraterrestre.

—Dime una cosa —empezó—, ¿cómo puedo estar seguro de que el aire y la vida universitaria de Oxford no te van a conquistar y de que volverás aquí cuándo termines los estudios?

Se quedó con la mente en blanco. El único objetivo de pedir permiso a Gilbert había sido mantener su sitio en ese hogar: toda mujer necesitaba un lugar para vivir, cualquier lugar. Sin embargo, dar su palabra al respecto le producía cierta intranquilidad.

—¿A dónde iba a ir si no? —preguntó a su vez.

Gilbert frunció los labios y se dio unos golpecitos en el estómago. Se tomó cierto tiempo para contestar.

—Si no cumples con los pagos, tendré que hacerte volver —le advirtió por fin.

En su mente les dio la vuelta a esas palabras. Hacerla volver significaba que antes permitiría que se marchara. ¡La dejaba marchar!

—Entendido —dijo al cabo de un instante. Se dieron la mano, él de manera mecánica y fofa. Ella se mantuvo apoyada contra el escritorio, que era lo único sólido de una habitación difusa y amorfa.

—Vas a necesitar carabina, por supuesto —le oyó decir.

No pudo evitar la risa, de cuyo sonido, ahogado y contenido, se sorprendió.

—Pero si tengo veinticinco años, nada menos...

—Humm..., supongo que, con toda esa educación, en cualquier caso no tendrás la más mínima posibilidad de casarte.

—¡Qué afortunadas aquellas que no tienen ningunas ganas de hacerlo!

—Sí, sí —reaccionó Gilbert.

Sabía que él no aprobaba la soltería voluntaria; eso era, sostenía, «antinatural». Pero cualquier preocupación concerniente a su virtud, dada su edad, no podría ser nada más que un simple guiño al protocolo social. A no ser que, como todo el mundo en Chorleywood, tuviera alguna sospecha sobre ella.

Como si le hubieran dado pie, la miró con el ceño fruncido.

—Hay otra cosa que tiene que quedar clara, Annabelle, pero que muy clara.

Las palabras parecían revolotear a su alrededor como gavilanes que se preparaban para lanzarse al ataque. Pero a ella le daba igual; a esas alturas, tenía la sensibilidad tan encallecida como las manos. Gilbert empezó:

—Como todo el mundo sabe, Oxford es una ciudad en la que reina el vicio; un nido de víboras lleno de pendencieros, borrachos y libertinos. Si resultase que te encenagaras en algún acto impropio o si surgiera la más mínima sombra de duda acerca de tu conducta moral, por mucho que me doliera, perderías el derecho a un lugar en esta casa. Un hombre como yo, al servicio de la Iglesia anglicana, debe estar al margen de cualquier escándalo.

Se refería, por supuesto, a cualquier escándalo que implicara a un hombre. No tenía que preocuparse en absoluto a ese respecto. No obstante, estaba el asunto de la beca. Gilbert parecía entender que la otorgaba la

Universidad, pero en realidad su benefactora era la Organización Nacional de Mujeres Sufragistas, a la que ahora tenía que unirse en su lucha por el derecho al voto de las mujeres. En su defensa, había que decir que había tenido conocimiento de la organización a través de una tal lady Lucie Tedbury y sus anuncios a propósito de las becas femeninas, no porque tuviera el menor interés en el activismo político. No obstante, era bastante probable que en la lista de atrocidades morales de Gilbert el voto para las mujeres no estuviera muy por debajo de los escándalos de pasión.

—Por fortuna, una solterona que viene del campo estará a salvo de cualquier sospecha de escándalo —respondió con tono de despreocupación—, incluso en Oxford.

Gilbert volvió a dirigirle una mirada estrábica. Annabelle se sintió incómoda al ser observada. ¿Acaso se había excedido en su comentario? Desde luego, hacía tiempo que había superado los sonrojos juveniles; había escarbado la tierra para recoger patatas soportando el sol, el viento y la lluvia; y el tiempo había dibujado unas ligeras líneas, aún apenas profundas, alrededor de sus ojos. Pero el espejo de cada mañana seguía mostrando una cara de veinteañera temprana; las mismas sonrosadas y prominentes mejillas; la nariz estilizada y, como homenaje a su ascendencia francesa, una boca que siempre parecía estar a punto del mohín. Una boca que volvía locos a los hombres, o al menos eso le habían dicho.

Hizo un mínimo gesto irónico con los labios. Siempre que alguna superficie le devolvía su imagen, veía sus propios ojos. El brillo verdoso hacía tiempo que estaba velado por un conocimiento que las debutantes eran incapaces de tener, un conocimiento que la alejaba de los escándalos que podían traer consigo ciertas miradas. De verdad, lo último que deseaba en ese momento de su vida era volver a tener problemas en los que estuviera implicado un hombre.

Capítulo 2

Westminster, octubre de 1879

—**Y**ahora —continuó lady Lucie—, para las recién llegadas, hay tres reglas que cumplir cuando le entreguemos un folleto a un caballero. Primera: identifiquemos a los hombres influyentes. Segunda: abordémoslos con firmeza, pero también con una sonrisa, siempre. Tercera: recordemos que, si estamos asustadas, lo notan. Pero, en general, ellos tienen más miedo de nosotras.

—Como los perros —susurró Annabelle.

Lady Lucie fijó en ella su afilada mirada gris.

—Pues... algo así, sí.

Estaba claro que la dama tenía un oído muy agudo. Sería bueno tenerlo en cuenta en el futuro.

Annabelle aferró con los helados puños los bordes del vestido y se lo apretó contra el pecho. La recia lana no ofrecía una protección adecuada contra la fría niebla londinense que inundaba la plaza del Parlamento, ni tampoco contra las miradas de los paseantes. Las sesiones del Parlamento habían terminado, lo cual no impedía que muchos caballeros pasearan por Westminster para ir desarrollando las próximas leyes de la nación. Se le hacía muy difícil acercarse a cualquiera de esos hombres. Ninguna mujer decente se atrevería a entablar conversación en la calle con un extraño y menos para entregarles un panfleto que declaraba sin ambages: «¡La Ley de Propiedad de las Mujeres Casadas convierte en esclavas a todas las esposas!».

Era evidente que el título tenía algo de verdad, dado que el día de su boda una mujer perdía todas sus propiedades, que pasaban a ser del marido... No obstante, teniendo en cuenta las miradas de desaprobación dirigidas al pequeño grupo, había tratado de ocultar con discreción los panfletos. Pero sus esfuerzos cayeron en saco roto cuando lady Lucie, secretaria general de la Organización Nacional de Mujeres Sufragistas, abrió la boca para empezar a pronunciar su inspirador discurso. La dama tenía un engañoso aspecto etéreo. Era delicada como una muñeca de porcelana china, tenía el pelo rubio claro y la cara con forma de corazón, pero cuando arengaba a sus discípulas su voz retumbaba por la plaza como el canto de una sirena en la niebla del Támesis.

¿Por qué estaban obligadas a escucharla? Se arremolinaban a su alrededor como ovejas en la tormenta, pese a que resultaba obvio que les gustaría estar en cualquier otro lugar. También apostaría su chal a que ninguna de ellas necesitaba el magro pago de una beca de estudios. Por ejemplo, la joven pelirroja que estaba a su lado parecía bastante modesta, con esos grandes ojos pardos, esa nariz respingona y el rostro arrebolado de frío; sin embargo, gracias a los cotilleos de Oxford, sabía de quién se trataba: era la señorita Harriet Greenfield, hija del magnate de la banca más poderoso de Gran Bretaña. Seguro que el gran Julien Greenfield no tenía ni idea de que su hija trabajaba así de duro por la causa. Si Gilbert supiera algo de eso, sin duda le daría una apoplejía.

La señorita Greenfield sostenía los panfletos con cierta cautela, como si temiera que alguien le diera un mordisco en la mano.

—Escoge, aproxímate, sonríe... —murmuró—. Parece bastante fácil.

No lo era, ni mucho menos. Con esos cuellos blancos y duros y esos sombreros bien calados para evitar que volaran, cada hombre que pasaba parecía una fortaleza amurallada.

La chica alzó la cabeza y sus miradas se encontraron. Mejor dedicar una sonrisa leve y cordial y desviar la vista de inmediato.

—Usted es la señorita Archer, ¿verdad? ¿La estudiante de la beca?

La señorita Greenfield la miraba, bien arropada con una estola de pelo de conejo.

Estaba claro que en Oxford los cotilleos viajaban en todas direcciones.

—La misma, señorita —confirmó, al tiempo que se preguntaba si el tono sería de pena o de burla.

Pero lo que vio en los ojos de la señorita Greenfield fue genuina curiosidad.

—Debe ser usted muy inteligente si ha podido obtener una beca.

—Muchas gracias —respondió Annabelle en voz baja—Lo que ocurre, más bien, es que tengo un exceso de educación.

La señorita Greenfield rio. Parecía muy joven.

—Soy Harriet Greenfield —se presentó. Le extendió la mano enguantada—. ¿Es su primer mitin sufragista?

Lady Lucie, absorta en su disertación sobre la justicia y John Stuart Mill, no pareció notar la conversación entre las dos jóvenes. No obstante, Annabelle bajó el tono hasta el límite del susurro.

—Sí, es mi primer mitin.

—¡Qué bien! También el mío —afirmó la señorita Greenfield—. Y espero que no sea el último. Encontrar la buena causa de cada uno es bastante más difícil de lo que cabría esperar, ¿no le parece?

—¿La buena causa de cada uno...? —repitió Annabelle con el ceño fruncido.

—Sí. Cada uno debería apoyar una buena causa, ¿no cree? En principio pensé en apoyar al Comité de Damas por la Reforma Penal, pero mi madre no me lo permitió. Así que probé con la Real Sociedad Hortícola, pero eso fue un fracaso.

—No sabe cuánto lo siento...

—Es todo un proceso —continuó, imperturbable, la señorita Greenfield—. Tengo la sensación de que los derechos de la mujer son una buena causa, aunque he de confesarle que dirigirse a un hombre y...

—¿Algún problema, señorita Greenfield?

La voz restalló como un látigo y las dos jóvenes se encogieron de inmediato. Vaya por Dios. Lady Lucie las miraba con cara de pocos amigos, con el minúsculo puño apoyado en la cadera.

La señorita Greenfield bajó la cabeza, avergonzada.

—No, no...

—¿No? Tengo la impresión de que estaban hablando sobre algo.

La señorita Greenfield emitió una especie de cloqueo evasivo. Lady Lucie tenía fama de no hacer prisioneros. Las malas lenguas decían que, sin ayuda de nadie, había producido un incidente diplomático, en el que estuvo implicado el embajador de España, a causa de un tenedor de plata...

—Solo decíamos que estamos un poco preocupadas porque somos nuevas en esto —intervino Annabelle, y la mirada de lady Lucie, dura como el pedernal, cambió de presa.

«¡Santo cielo!».

La secretaria general no era capaz de enmascarar el mal humor con sonrisas forzadas o quizá no quería hacerlo. Allá donde un centenar de mujeres pretendieran ser rayos de sol, ella sería una tormenta con rayos y truenos. Sin embargo, y para sorpresa de las dos jóvenes, la dama asintió, no sin cierta brusquedad.

—Dejen de preocuparse —espetó—. Pueden trabajar juntas.

La señorita Greenfield se animó de inmediato y Annabelle sonrió forzada, ella sí que era capaz. Le sorprendería mucho que juntas consiguieran convencer a algún hombre influyente.

Con un aire de confianza que en realidad no sentía, se dirigió con la joven a una parada de coches de punto en la que el olor a excrementos de caballo era intenso.

—Identificar, aproximarse, sonreír —murmuró la señorita Greenfield—. Señorita Archer, ¿cree usted que esto puede hacerse sin llamar la atención? Mi padre…, la verdad es que no sé si está de acuerdo con que se trabaje públicamente por esta causa. Y menos con que lo haga yo.

Annabelle paseó la vista por la plaza. Estaban en el auténtico corazón de Londres, debajo mismo del Big Ben, rodeados de personas que quizá tenían, todas ellas, de un modo u otro, relación de negocios con el padre de la señorita Greenfield. No llamar la atención supondría regresar a Oxford, por ejemplo. Un caballero que se dirigía a la parada redujo el ritmo, las miró y dio un explícito rodeo, haciendo un evidente gesto de desagrado con los labios y la nariz, como si su presencia le desagradara tanto como el olor a caballo. A otra sufragista que pululaba por los alrededores tampoco le iba demasiado bien: los hombres le hacían el vacío a base de miradas desdeñosas y gestos de desprecio con sus caballerescas manos. Tales reacciones empezaron a producirle a Annabelle una sensación en la boca del estómago que, en ese momento cayó en la cuenta, llevaba bastante tiempo evitando y que se convirtió en una bocanada de ácido que le alcanzó la garganta: indignación, rayana en la ira.

—No es que mi padre sea muy proclive a reconocer los derechos de las mujeres, pero... ¡Oh! —La señorita Greenfield tragó saliva y fijó su atención en algo que estaba pasando detrás de Annabelle.

Esta se dio la vuelta.

Cerca de la entrada al Parlamento surgió de entre la niebla un grupo formado por tres hombres. Se aproximaban a los coches de punto a la velocidad de una máquina de vapor que arrastra su locomotora.

Sintió un escalofrío en la espina dorsal.

El tipo de la izquierda tenía un aspecto brutal, pese a que su ropa era cara y bien cortada y a que sus rasgos no se correspondían con los de un alborotador callejero. El de en medio era un caballero en todos los aspectos, de atuendo y de apariencia, con la estilizada cara flanqueada por largas patillas. Y el tercero..., el tercero era el prototipo de lo que estaban buscando, un caballero influyente: el sombrero ligeramente inclinado le oscurecía la cara, y el abrigo, cortado con maestría, resaltaba los hombros de atleta y el caminar decidido y altivo. Transmitía también esa certeza que da el estar al mando, el tener derecho de propiedad sobre cada centímetro del suelo que pisaba.

Como si hubiera sentido su mirada fija en él, alzó la vista.

Ella se quedó helada.

Los ojos eran sorprendentes. Su fría claridad destilaba inteligencia, una inteligencia aguda y penetrante capaz de llegar al núcleo de las cosas y de los órganos para evaluar, rechazar y hasta... destripar.

Y en ese momento, Annabelle se convirtió en un ser transparente y tan frágil como el vidrio.

Desvió la mirada. El corazón le latía desbocado. Conocía a ese tipo de hombres. Había pasado años resentida con ellos; con esos caballeros que llevaban la confianza incrustada en los huesos, que exudaban por todos los poros unos privilegios que parecía que de un momento a otro iban a salírseles a chorros por la aristocrática nariz. Acobardaban a cualquiera con una bien trabajada mirada de absoluta superioridad.

De repente, le pareció que no acobardarse ante la mirada de este hombre era lo más importante del mundo.

¿No querían ser escuchadas por hombres influyentes? Al menos había cumplido el primer paso: identificar al caballero.

Segundo paso: aproximarse con firmeza. Apretó los panfletos al tiempo que los pies la impulsaban directamente a su encuentro.

Entrecerró los ojos claros.

Tercer paso: sonreír.

Notó un toque en el hombro.

—¡Apártese, señora!

Era el del aspecto brutal. Había olvidado su existencia. Ahora la sentía tan arrolladora que la hizo tropezar; durante un horrible instante fue como si el mundo se inclinara para caer sobre ella.

Una mano firme la sujetó con fuerza por el antebrazo, ayudándola a recuperar el equilibrio perdido.

Alzó la mirada y se encontró con la helada frialdad de los claros ojos. «¡Maldita sea!». Era el aristócrata en persona quien la había sujetado.

¡Por Dios bendito! El individuo sobrepasaba todos los límites de los objetivos que se había planteado abordar. La sujetó sin un ápice de suavidad, aunque sin hacerle daño. Su armadura externa no tenía ni rayaduras ni rendijas. Notó que iba afeitado a la perfección, con el pelo rubio nórdico muy corto a los lados. Todo en él destilaba limpieza, eficiencia, orden y masculinidad: la nariz prominente, el vello de las cejas, la firmeza de la mandíbula. Su superficie era tan pulida e impenetrable como la de un glaciar.

Se le encogió el estómago hasta la náusea. Estaba cara a cara con un representante sin fisuras de la más exclusiva de las estirpes, un hombre absolutamente inmanejable.

Tenía que huir. Pero los pies parecían habérsele enraizado en el suelo. No podía dejar de mirarlo. Esos ojos... Un mundo de controlada intensidad brillaba en las frías profundidades, y ella era incapaz de dejar de contemplarlo. Estuvo anclada a esa mano y a esa mirada hasta que, en un momento dado, se estableció entre ellos una consciencia mutua tan perturbadora como una corriente eléctrica.

El caballero entreabrió los labios y bajó la mirada hasta la boca de ella. El brillo de sus ojos pareció adquirir en un momento dado un calor que desapareció al instante, como los relámpagos.

Normal. Con independencia de su estatus, a todos los hombres les gustaba su boca.

Levantó la mano con la que sujetaba los panfletos y se los colocó prácticamente delante de la nariz.

—¿Apoya la enmienda a la Ley de Propiedad de las Mujeres Casadas, caballero?

Aunque parecía imposible, su mirada se volvió aún más helada.

—Está usted jugando a un juego algo arriesgado, señorita.

La voz, tan fría y arrogante como su aspecto, en lugar de calmarla, la alteró.

—Con el debido respeto, el riesgo de ser atropellada por un caballero a plena luz del día suele ser muy bajo —aseveró—. ¿Sería tan amable de soltarme ya, por favor?

El caballero fijó la vista en su propia mano, que seguía rodeando el brazo de Annabelle, e hizo un mínimo gesto de desconcierto.

Un instante después, estaba libre, pero la presión de sus dedos alrededor del brazo se mantenía, como la sensación que deja una quemadura en la piel. El ruido de la plaza del Parlamento, hasta ese momento inapreciable para ella, regresó con fuerza.

El caballero echó a andar y se alejó, seguido al trote por sus acompañantes.

Annabelle tragó saliva y se dio cuenta de que tenía la boca seca. Todavía sentía un hormigueo en los labios, como si, en lugar de mirarlos, él se los hubiera rozado con la yema del dedo.

Una mano pequeña y enguantada le tiró de la manga y ella dio un respingo. La señorita Greenwood la miraba con ojos muy abiertos, preocupados y... asombrados.

—¿Está usted bien, señorita?

—Sí. —«No». Le ardían las mejillas como si hubiera caído de bruces sobre los adoquines. Se arregló la falda con mano temblorosa—. Así estamos —continuó con falsa alegría—. Tengo la impresión de que el señor no está interesado.

Con el rabillo del ojo vio al caballero de hielo y sus compinches entrando en un gran carruaje. Mientras tanto, la señorita Greenfield la miraba con disimulada cautela, tal vez en un intento de averiguar, de la forma más cortés posible, hasta qué punto estaba alterada. No lo estaba, pero no podía negar que había actuado por impulso. Que Dios la ayudara. Hacía mucho que no obraba de modo impulsivo.

—¿No sabe quién era? —preguntó la señorita Greenfield.

Annabelle negó con la cabeza.

—Pues... el duque de Montgomery.

Duque. El primer hombre al que había intentado convencer resultaba que era duque, de alcurnia solo un poco por debajo de la de un príncipe...

A su espalda sonó el ruido de unos zapatos que avanzaban con rapidez: lady Lucie se aproximaba a ellas con la fuerza de una pequeña fragata.

—¿Era lo que parecía? —preguntó—. ¿Ha intentado usted convencer al duque de Montgomery?

Annabelle se puso rígida.

—No sabía que estaba excluido.

—No, no lo está. Lo que pasa es que nadie ha intentado abordarlo antes. —La dama miró a Annabelle varias veces de arriba abajo—. No soy capaz de decidir si es usted una de las mujeres más valientes que he reclutado nunca o, por el contrario, una de las más ridículas.

—No sabía quién era —explicó Annabelle—. Solo me pareció un hombre influyente.

—Pues tengo que reconocer que en eso tiene usted razón —comentó lady Lucie como para sí—. Es uno de los hombres más influyentes del país.

—Entonces, ¿no merecía la pena intentar hablarle?

—¿Se ha fijado en él? Ese hombre se divorció de su esposa apenas un año después de la boda, se quedó con su dote y la forzó a desaparecer. Podemos asumir, sin temor a equivocarnos, que es una causa perdida en lo que se refiere a los derechos de las mujeres, por lo que no merece la pena gastar nuestras energías y recursos con él.

—¿Un divorcio? —Annabelle procedía de un pueblo muy pequeño, pero hasta en Chorleywood sabían que en la aristocracia no había divorcios—. ¿La opinión del duque podría influir en la de otros caballeros influyentes?

Lady Lucie soltó un gruñido muy poco femenino.

—Si quisiera, podría manipular las elecciones por completo.

—Entonces eso significa que, si está contra nosotras, apenas importa a cuántos caballeros ganemos para nuestra causa, ¿no es así?

—Posiblemente. —Lady Lucie frunció el ceño—. Pero la verdad es que no podemos hacer nada. Nuestro ejército no está hecho para atacar semejante fortaleza.

—Entonces, ¿qué le parecería sitiarla? —propuso Annabelle—. O bien un subterfugio... Por ejemplo, un enorme caballo de madera.

Dos pares de ojos entrecerrados la miraron.

¡Vaya por Dios! Había expresado sus pensamientos en voz alta. El contacto con ese hombre la había alterado bastante más de lo que pensaba.

—La verdad es que me gusta cómo suena eso —reconoció lady Lucie arrastrando las palabras—. Pondremos a Montgomery en la agenda de la reunión de la semana próxima. —Sonrió un poco y le tomó la mano a Annabelle—. Llámame Lucie. Y tú también, Hattie Greenfield. Y ahora debo excusarme. Me ha parecido ver a lord Chiltern por allí.

La observaron sumergirse en la niebla, la bufanda roja ondeando como un gallardete. Cuando la señorita Greenfield se volvió hacia Annabelle, su expresión era seria.

—Antes me has salvado de que Lucie me diera unos pescozones delante de todas. Por favor, llámame Hattie.

Parecían algo inadecuadas semejantes familiaridades, antes con una dama y ahora con una heredera. Annabelle respiró hondo. Esta era su nueva vida: ser estudiante, abordar a duques para que legislaran como debían, estrechar la mano de chicas inmensamente ricas que vestían estolas granates de pelo. Le pareció que lo más inteligente sería fingir que para ella todo eso era de lo más normal.

—Será un placer —dijo—. Y discúlpame por haber llamado la atención.

La risa de Hattie flotó por toda la plaza y atrajo más miradas escandalizadas que los mismísimos panfletos.

Esa tarde no lograron animar a ningún caballero influyente. Entre intento e intento, Annabelle no dejó de echar miradas furtivas a la zona por donde había desaparecido el carruaje del duque.

Capítulo 3

Cuando su majestad convocaba una reunión, hasta un duque tenía que acudir sin excusa ni pretexto..., incluso aunque el duque en cuestión estuviera ocupado de forma infame y absorbente en la gestión de uno de los ducados más antiguos del reino y prefiriera estar en todo momento lo más lejos posible de las enloquecidas multitudes londinenses. Pero a la reina no se le decía nunca que no y Sebastián Devereux, decimonoveno duque de Montgomery, sabía que esa era una regla sin excepciones. Todo el mundo tiene el deber de conocer sus limitaciones para poder, así, o bien prestarles atención, o bien ignorarlas, según lo que cada situación requiriera.

Recorrió a grandes zancadas los pasillos del palacio de Buckingham tras los pasos de un ujier que parecía llegar tarde a una reunión vital para su inmediato futuro. El secretario Lambton y el oficial asignado a su protección trotaban por detrás, a mucha distancia, como siempre.

¿Qué querría ahora la reina? La última vez que lo había llamado con tan poca antelación terminó saliendo de los reales aposentos con el encargo de terminar con la guerra comercial que en aquel momento mantenía Inglaterra con el Imperio otomano. Aquello alteró de forma casi demoniaca sus rutinas de trabajo habituales, en esos momentos aún seguía enfrentándose a una cantidad de papeleo infernal. Ahora prefería que la tarea que se le encargara fuera todavía más ardua; de hecho, tan monumental que le permitiera pedir algo a cambio.

Le pasó el sombrero y el abrigo a uno de los criados alineados en el último pasillo que conducía a los aposentos de la reina.

—¡Oiga! —se dirigió al oficial de protección de Lambton.

—¿Sí, su excelencia?

—No había ninguna necesidad de empujar a esa dama.

El oficial bajó los ojos, enmarcados por unas pobladísimas cejas.

—¿La de la plaza?

—Sí, claro. ¿O es que se ha pasado el día empujando a mujeres sin venir a cuento?

—Pues... no, su excelencia, no es mi costumbre.

Sebastián asintió.

—Si vuelvo a tener noticia de que le pone usted la mano encima otra vez a una mujer, le garantizo que eso significará el fin de su empleo.

El oficial en cuestión no era empleado suyo, pero, si Sebastián deseaba que alguien fuera despedido, tenía la capacidad de hacerlo. En la garganta del oficial aparecieron varias manchas de color escarlata. Hizo una inclinación.

—Lo que usted ordene, excelencia.

¿Acento del East End y a las primeras de cambio? ¡Qué malos tiempos corrían si hasta a palacio le costaba encontrar empleados decentes!

Las grandes puertas de doble hoja se abrieron y revelaron el dorado interior y a un ujier que los esperaba.

—Su excelencia. Sir Lambton. —El ujier hizo una gran reverencia y dio un paso atrás—. Su majestad los recibirá ahora.

La rechoncha figura de la reina se levantó del sillón con un fuerte crujir de las amplias faldas de color negro.

—Montgomery. —Se acercó a él mientras extendía la enjoyada mano derecha—. Nos alegramos de verlo. —Los labios curvados hacia arriba no mentían. El estado de ánimo de Victoria era bueno y elogioso, al menos en lo que a él se refería—. Sir Lambton. —Se volvió hacia su secretario—. Esperamos que su trayecto se haya producido sin incidentes.

Lambton negó con la cabeza.

—Solo uno sin consecuencias, majestad. En la plaza del Parlamento hemos sido abordados por una feminista.

—¡No me diga! —La curva de los labios se inclinó hacia abajo de repente.

—Fue directa hacia el duque.

—¡Qué descarada!

—He salido ileso, majestad —comentó Sebastián con ironía.

—Por esta vez —puntualizó la reina—. Por esta vez... ¡Deberían recibir un buen escarmiento! ¡Sus peticiones son malvadas y antinaturales! Y si salieran adelante, ¿quién las sufriría? ¡Las pobres mujeres, naturalmente! Ningún hombre en sus cabales estaría dispuesto a proteger a esas criaturas hombrunas si surgiera la necesidad. Díganos, Montgomery —preguntó—, ¿tenía aspecto de marimacho?

¿Marimacho? ¿Hombruna? La joven tenía los labios más suaves e incitantes que había contemplado a este lado del canal de la Mancha. Un hombre sería capaz de todo con tal de perderse en los placeres que obtendría de una boca como esa. Pero lo más extraordinario de todo era que lo había mirado directamente a los ojos. Tenía unos ojos verdes ligeramente rasgados, aunque no llegó a ellos ninguna sonrisa.

Negó con la cabeza.

—A mí me pareció muy femenina, majestad.

—¡Humm! —La reina no parecía impresionada—. ¿Saben lo que ocurre cuando la gente común tiene grandes ideas? El caos. Se produce el caos. Miren a Francia. —Giró sobre sus talones casi por completo—. En cualquier caso, esas son preocupaciones que pueden quedar para mañana —afirmó—. Hoy debemos tratar asuntos más apremiantes.

Sebastián se puso alerta. El adjetivo «apremiantes» sonaba prometedor. La reina, o más bien su sobrino, tenía algo que le pertenecía, y él solo podría recuperarlo si le daba algo que deseara mucho. Durante sus dieciséis años como duque de Montgomery, tal cosa nunca había ocurrido. Y lo entendía. Era fácil controlar a un duque, por muy diligente que fuera, si se mantenía como rehén durante ochenta años su casa solariega familiar.

—Es usted un tipo de hombre poco habitual, Montgomery —empezó—. Evalúa, decide y ejecuta de forma eficiente y con... una modestia muy notable. —La soberana juguteó con el crucifijo incrustado de diamantes que colgaba del collar—. Y nos encanta la modestia.

Inclinó la cabeza con... modestia, aunque en realidad el gesto no resultaba modesto, en absoluto. Él hacía las cosas con moderación porque ese proceder surtía efecto. La reina no era la primera persona que hacía una interpretación errónea de su proceder.

Y en ese mismo momento su majestad lo soltó:

—Deseamos que sea el asesor estratégico en jefe para la campaña electoral del Partido Conservador.

El linaje ducal le permitió mantener el gesto completamente neutro e inescrutable. Pero por dentro se alteró mucho.

—¿En las próximas elecciones?

La reina frunció el ceño.

—Sí. Algo ha ido mal. El Partido Liberal ha obtenido una ventaja sorprendente.

No tan sorprendente si se observaba el país a través de las sobrias gafas de la realidad en lugar de la visión de color de rosa de la ideología de Disraeli. Pero la reina tenía una tan magnífica como absurda buena consideración por su primer ministro, pese a que era un advenedizo... ¿Y le estaba pidiendo a él, a Sebastián, que lo mantuviera en el poder?

El reloj de cuco alemán marcó los segundos mientras analizaba los hechos y sus consecuencias. Las elecciones iban a celebrarse en marzo, a poco más de cinco meses vista. Apenas habría tiempo de darle la vuelta a la situación, y menos si además tenía que lidiar con diez haciendas, trabajo parlamentario y un hermano rebelde al que manejar. La pregunta clave era esta: ¿hasta qué punto quería la reina que se implicara en darles la vuelta a las elecciones? Seguro que mucho, incluso podría decirse que por completo. Era uno de los consejeros en los que más confiaba, pese a que solo tenía treinta y cinco años, porque ponía todo su empeño y hacía las cosas bien.

Por fin la miró a los ojos.

—Es un honor para mí, pero no soy político profesional, majestad.

La reina se puso algo tensa.

—Lambton, déjenos solos —ordenó.

Frunció el ceño aún más tan pronto como se cerró la puerta tras él.

—Usted es un político en todos los aspectos, menos de nombre. Y nadie puede disputarle el liderazgo moral y personal —afirmó con convicción—. Sus esfuerzos públicos se cuentan como éxitos, sin excepción alguna.

—En estos momentos estoy muy ocupado en tareas relacionadas con la justicia, majestad.

—Lo cual es lamentable —repuso ella con frialdad. Al ver que no hacía ningún comentario, insistió—. Vamos a ver, ¿habría algo que esté en nuestra mano ofrecerle y que le hiciera cambiar sus prioridades?

La reina de Inglaterra le estaba pidiendo que se atreviera a solicitarle algo. Y ni dudó ni desvió la mirada un milímetro.

—He empleado mucho tiempo intentando convencer a Hartford de que me vuelva a vender el castillo Montgomery —afirmó—. Si alguien fuera capaz de convencerle de que yo recupere la casa, podría dedicar mucho más tiempo a ser consejero de los *tories*.

La reina entrecerró los ojos.

—¿Que le vuelva a vender el castillo? Respecto a eso, por cierto, siempre hemos tenido la impresión de que, para empezar, no se adquirió de forma adecuada... —Sebastián estaba seguro de que, bajo las impenetrables faldas, un pie repiqueteaba en el suelo a gran velocidad—. A ver, Montgomery, refrésquenos la memoria: ¿cómo llegó a poder de mi sobrino la sede principal de su familia?

Era lo que deseaba y merecía desde hacía tiempo: informar del asunto a la reina.

—Mi padre lo perdió con el marqués en una partida de naipes, majestad.

La reina levantó las cejas con gesto tan asombrado como burlón.

—Ah, claro, ahora lo entendemos. Ya ve, parece lógico pensar que la pérdida de un castillo es merecida si se tiene en tan escasa consideración como para ser apostado en una mano de cartas. ¿No está de acuerdo?

—Sin ningún tipo de reserva, lo estoy —concedió—. Pero yo no soy mi padre.

El golpeteo del pie cesó de inmediato. El silencio que siguió dio paso a una extraña tensión personal. La reina había sido testigo de sus esfuerzos para volver a unir las piezas del legado familiar sin hacer nada por impedírselo, aunque tampoco por ayudarlo. Quizá con una excepción, sospechaba: cuando se libró de su esposa y las consecuencias fueron sorprendentemente manejables.

—Es obvio que no —confirmó—. Por eso, entre otras razones, queremos que gestione la campaña.

—Majestad...

Alzó la mano con autoridad real.

—Muy bien. Hartford le hará una oferta después de las elecciones.

Sus músculos se tensaron como si alguien lo hubiera empujado y tirado al suelo. Hasta le costaba respirar.

—¿La oferta está supeditada al resultado de las elecciones? —acertó a preguntar. Ciertas cosas hay que dejarlas claras.

La reina hizo un gesto risueño.

—¡Por supuesto que sí! La consecución de la victoria está en manos de poderes superiores, claro, pero ¿no sería esa la prueba que necesitamos de que el castillo debe volver a sus manos, Montgomery?

Su mente ya estaba varios pasos por delante cuando se levantó para dirigirse a las puertas de salida de los aposentos reales. Ya estaba reorganizando su planificación de actividades de cara a los meses venideros...

—Duque.

Se volvió despacio. La reina estaba echada hacia atrás en el sillón y lo miraba con un brillo maligno en los ojos.

—Es necesario que esta campaña tenga éxito —declaró—. Su comportamiento y su entrega han de ser ejemplares.

Controló el gesto de enfado que pugnaba por asomar. Su dedicación y su comportamiento siempre eran ejemplares y todo lo que hacía le salía tan bien que ni siquiera un divorcio había logrado acabar con su privilegiada posición.

—Hay rumores de que se está convirtiendo usted en un excéntrico, pero la excentricidad no es adecuada para un hombre que aún no ha cumplido los cuarenta, ¿no le parece?

—Me parece...

—Y apenas se le ve en las fiestas y demás eventos sociales. Es en verdad antisocial; no celebra cenas, cuando todo el mundo sabe que en esos eventos se hace mucha política. El año pasado no celebró fiesta de Nochevieja, ni tampoco el anterior.

Tres años atrás sí que se había celebrado, pero solo porque en ese momento había una duquesa que se hizo cargo de todo el festejo.

Apretó los dientes. Tenía clarísimo a dónde conducía todo eso.

—En nuestra niñez, la fiesta de Nochevieja de Montgomery era famosa en todo el continente —continuó la reina—. Su bisabuelo organizaba unos fuegos artificiales sin parangón. Por supuesto que todo se celebraba en el castillo de Montgomery, pero Claremont podría acoger el evento de modo muy adecuado.

—Así pues, aparte de hacer que los *tories* ganen las elecciones, su majestad espera de mí que organice una fiesta de Nochevieja. —Su tono fue seco como el polvo de un camino.

La reina aplaudió, alegre como una niña pequeña.

—¡Ni que decir tiene! Ya se le está haciendo tarde con las invitaciones, desde luego, pero la gente estará dispuesta a cambiar de planes con tal de acudir. Nadie querrá dar la impresión de que no ha sido invitado al evento del año. Así que cumpla con su deber, señor duque. Organice una fiesta. ¡Reparta alegría!

❋ ❋ ❋

«¡Reparta alegría!». Esas dos palabras parecían brincar burlonas a su alrededor mientras el tren avanzaba hacia Wiltshire. Sebastián apartó la mirada de un horizonte que empezaba a oscurecerse.

Ramsey había terminado por dejar a un lado el cuaderno de notas, la pluma estilográfica y el tintero en la estrecha mesa que tenía delante y se disponía a retirarse a la zona del vagón destinada al servicio.

—Ramsey, elabora una lista de personas que invitar a una fiesta de Nochevieja.

Pese a su excelente entrenamiento, el ayuda de cámara no pudo evitar abrir los ojos con asombro, aunque de inmediato recuperó su habitual gesto de circunspección.

—Sí, su excelencia.

—Tiene que haber fuegos artificiales. No se debe reparar en gastos.

—Entendido, su excelencia.

—Y un baile —añadió Sebastián, sombrío—. La semana que viene quiero una propuesta de un baile de invierno.

—Por supuesto, su excelencia. —Ramsey buscó en el bolsillo interior de la americana y sacó la estrecha cajita de plata que contenía los cigarrillos. La colocó al lado del tintero y se retiró con discreción.

Sebastián agarró la estilográfica. El contraataque de la reina había dado en el blanco. Difícilmente podía considerarse un castigo celebrar una fiesta, pero ella sabía lo mucho que le molestaba: aglomeraciones por toda la mansión, charlas intrascendentes y estúpidas, aire viciado, intrusión en su casa, interrupción de su trabajo... Y, encima, sin duquesa que asumiera la carga de la organización y el trato con los invitados. De pronto, se preguntó si no sería esa la verdadera intención de la reina: hacerle sentir la ausencia de una esposa.

Dejó la pluma sobre la mesa y agarró la pitillera. No necesitaba que se lo recordaran. Un hombre de su edad necesitaba una duquesa que gestionase la mansión y un buen lote de hijos corriendo por todos los rincones. Y todas las matronas de la alta sociedad inglesa también eran conscientes de ello. Mostraban a sus hijas debutantes allí donde aparecía, chicas de diecisiete años que se morían todas ellas por ser la próxima duquesa de Montgomery. Y todas ellas demasiado asustadas de él, tanto que ni se atrevían a mirarlo a la cara. Sonrió, sardónico. La que fuera su esposa tendría que soportar muchísimo más que su mirada.

De forma espontánea e inesperada, una mirada verde y luminosa brilló en su mente. La mujer de la plaza. Lo había mirado a los ojos de forma directa. ¡Y le había contestado! Ni siquiera las mujeres que le habían sido presentadas se atrevían a hacer semejante cosa, así que, ¿qué decir de una mujer cuya posición social estaba tan alejada de la de él? Inconcebible. Sin embargo, Ojos Verdes se había atrevido. Se había separado del rebaño, de esa multitud sin rostro que de ordinario se limitaba a deambular por sus alrededores, y se había cruzado directamente en su camino... Una chica insolente, quizá voluble.

Abrió la libreta de notas y cuando empezó a escribir desapareció de su mente todo lo que no fuera la tarea que debía llevar a cabo. El castillo de Montgomery, entregado al primer duque de la casa por sus servicios a la corona en la batalla de Hastings y perdido por el decimoctavo en una partida de cartas. Lo iba a recuperar aunque fuera la última cosa que hiciera en su vida.

Capítulo 4

—Parece distraída, señorita Archer.

Le dirigió una mirada como un alfilerazo desde las gafas de montura metálica y Annabelle sintió una oleada tanto de culpa como de alarma. Con su americana de *tweed*, la frente despejada y el impaciente ceño fruncido, el profesor Jenkins tenía todo el aspecto de un académico brillante y en realidad lo era. Con los cuarenta recién cumplidos, ya se le consideraba un verdadero titán en todo lo referido a las guerras de la antigua Grecia. Por eso, si había un momento en el día en que fuera imprescindible prestar toda la atención, era el de su clase matinal.

Levantó la cabeza para lanzar una mirada contrita al antiguo interlocutor por correspondencia de su padre.

—Mis disculpas, profesor.

El aludido se inclinó hacia delante.

—Es el maldito punto, ¿verdad?

—¿Perdone?

—Las agujas de punto —explicó, al tiempo que miraba de forma amenazadora a la señora Forsyth—. Ese clic-clic-clic... ¡es enloquecedor! Como los golpecitos del agua de una gotera.

El ruidito, que procedía de detrás de Annabelle, cesó de repente y la consternación de la señora Forsyth llenó la habitación. Annabelle se estremeció. La mujer se sentía ofendida... y con razón. Después de todo, Annabelle le pagaba seis peniques la hora para que estuviera sentada allí, dado que Gilbert, que Dios lo confundiera, tuvo razón al menos en una cosa: en que iba a necesitar una carabina. Una que tuviera la aprobación de la directora del colegio, ni más ni menos. Las estudiantes no podían acceder al centro de la

ciudad sin compañía ni tampoco estar solas con un profesor. No cabía duda
de que la señora Forsyth, viuda, entrada en años y vestida de modo adecuado, era perfecta como guardiana de las buenas costumbres.

Pero si a Jenkins le irritaba el sonido de las agujas de punto, había que
encontrar otra solución. Después de todo, él era el titán. Sus enseñanzas
y comentarios convertían las atestadas páginas de los librotes en significa-
tivas ventanas abiertas al pasado; ese intelecto sobresaliente era capaz de
encender el fuego en su propia mente. Además, el eminente profesor se
tomaba la molestia de desplazarse al aula que la universidad había habili-
tado para las estudiantes, una habitación de mobiliario ecléctico situada
encima de la panadería de la calle Clarendon.

Una panadería. Ese era el aspecto clave de la situación. No era la labor
de punto lo que a ella la distraía, sino el aroma cálido y jugoso del pan
recién horneado que se filtraba por todos los huecos accesibles...

Pasó por la calle una ruidosa carreta.

El profesor, enfadado, estrelló contra el escritorio su ejemplar de
Tucídides.

—Ya está bien por hoy —espetó—. No tengo la menor duda de que
será capaz de presentarme un punto de vista original acerca de este capítulo. Mañana.

¿Mañana? La cálida alegría que le produjo el comentario elogioso acerca de su capacidad quedó eclipsada por ese «mañana» que significaba
otra noche pegada a su escritorio. Aquí apretaban mucho, mucho más
que en Chorleywood.

Miró furtiva a Jenkins mientras guardaba la pluma y el cuaderno de
notas en su vieja cartera. Le había sorprendido lo joven que le había parecido el profesor, tras años de correspondencia científica, cuando finalmente lo conoció en persona. Era alto y desgarbado, con la cara sin arru-
gas gracias a una vida cuya actividad física más importante había sido
bucear en la penumbra de los archivos. También era volátil, unas veces
ensimismado en sus pensamientos y otras rápido y restallante como un
látigo. Convivir con él seguro que era todo un reto.

Abajo, en la panadería, alguien empezó a golpear cacerolas con gran
entusiasmo.

Jenkins se apretó la nariz con dos dedos.

—La próxima vez venga a mi despacho en St. John's —indicó.

St. John's. Uno de los colegios más antiguos y ricos de Oxford. Se decía que solo su bodega sería suficiente para poder comprar las joyas de la corona si estuvieran en venta.

—Pero ni agujas ni ovillos —detalló—. ¿Entendido?

✻✻✻

Annabelle bajaba a toda prisa por St. Giles acompañada por la aún contrariada señora Forsyth. Le habría gustado deambular por la zona para empaparse de la belleza de las paredes que enmarcaban la calle, pero tenían que darse prisa para llegar a tiempo al mitin sufragista. No obstante, podía sentir como las desgastadas piedras de las viejas estructuras emanaban sabiduría de siglos, así como cierto aire de misterio. Un día se había asomado por las puertas medievales del muro para echar una ojeada fugaz a uno de los preciosos jardines de los colegios masculinos que había más allá: una pequeña isla de árboles exóticos, flores tardías y rincones escondidos guardados con celo, como gemas en la caja fuerte de una joyería. Algún día hallaría la forma de asomarse a ese interior hoy prohibido.

Esa semana las sufragistas se iban a reunir en el Randolph's. Hattie y la tía abuela que la acompañaba como carabina habían alquilado sendas habitaciones en el hotel y, con gran amabilidad, se habían ofrecido a acogerlas. La sala común de su colegio mayor, que ostentaba la pomposa denominación de Lady Margaret Hall, hubiera sido más que suficiente para el pequeño grupo, pero la directora, la señorita Wordsworth, no permitía actividades políticas en las instalaciones universitarias. «Toleraré la naturaleza de su beca», le dijo a Annabelle durante su primera reunión, «pero debe hacer un uso adecuado de la confianza que deposita la Universidad en usted». Una mujer interesante y paradójica, la señorita Wordsworth: pagaba a los tutores de su propio bolsillo para fomentar la educación de las mujeres, pero no veía la necesidad de trabajar por la consecución del derecho a voto femenino.

—Y, en estos momentos, ¿qué es lo que quiere conseguir en concreto su grupo de activistas? —preguntó la señora Forsyth, cuya respiración empezaba a entrecortarse de forma audible. Su semejanza con la tía May cuando decía esas cosas era espeluznante. «Y, en estos momentos, ¿qué es lo que quiere conseguir en concreto mi sobrino al sobreeducarte de esta manera?», decía entre dientes la tía May, de forma exacta o muy parecida y casi a diario, a lo largo de aquellos meses que pasaron juntas. ¿Sería esa la razón no percibida por la que había escogido a la señora Forsyth como carabina? Observó subrepticiamente a la dama con el rabillo del ojo. También tenía con la tía cierto parecido físico, acentuado por esas pequeñas gafas que se sujetaban en la punta de la nariz...

—Pedimos que enmienden la Ley de Propiedad de las Mujeres Casadas —indicó— para que las mujeres puedan mantener sus propiedades después del matrimonio.

La señora Forsyth frunció el ceño.

—Pero ¿por qué? Todas las propiedades valiosas del marido pertenecen también a la mujer, ¿no es así?

—Pero los bienes no están a su nombre —informó Annabelle—. Y dado que solo pueden votar las personas que tienen propiedades nominales, una mujer debe mantener las propiedades para poder votar.

La señora Forsyth chasqueó la lengua.

—Empiezo a tener claro por qué una chica guapa como usted se ha quedado para vestir santos. No solo es un ratón de biblioteca, sino también una activista política radical. Todo muy poco práctico para una esposa.

—No puedo estar más de acuerdo —asintió Annabelle.

No había ninguna forma de fingir que la cosa no era como decía la señora Forsyth. No era el tipo de mujer adecuada como esposa para ninguno de los hombres que conocía. Y quizá fue así desde el momento en que, a través de la lectura y el estudio, se había acercado a hombres como Aquiles, Ulises o Jasón, semidioses y héroes capaces de navegar por los siete mares y sobrevivir; hombres que podrían haberla llevado con ellos para vivir muchas aventuras. Quizá su padre hubiera debido hacerle leer cosas como *La bella durmiente* en lugar de *La Ilíada*. De haber sido así, su vida se habría desarrollado de una forma muy distinta.

Cuando llegaron a Randolph's, la reunión estaba a punto de empezar. Lucie, junto a una pequeña tribuna, hurgaba en una cartera. Una docena de damas formaban un círculo alrededor de la chimenea de mármol rosa presidida por un enorme espejo de marco chapado en oro, o eso le pareció mientras le entregaba el abrigo a una criada.

Hattie no se hallaba presente y todos los sitios estaban ocupados, con excepción de uno de los del diván francés. El otro lo ocupaba una mujer joven envuelta en una vieja pieza de tartán escocés. Enseguida la reconoció. Había acudido a la reunión de la plaza del Parlamento: era lady Catriona Campbell. No era estudiante, sino la asistente de su padre, Alastair Campbell, un conde escocés que poseía un castillo en las Highlands. En ese momento, la joven le sorprendió: le hizo una seña algo torpe y más sitio en el sofá.

Casi todas las asistentes se volvieron para mirarla mientras avanzaba hacia allá. Sí, era muy consciente de que el vestido de paseo que llevaba era soso y antiguo. En medio de los trajes sedosos y perfectamente cortados de las otras damas, debía parecer una reliquia de una era pretérita... «Aunque no tan pretérita como un chal de tartán», pensó.

Se sentó con cuidado en el sofá de terciopelo.

—Creo que no hemos sido presentadas —dijo mirando a lady Campbell—. Soy Annabelle Archer.

La joven no parecía en absoluto hija de un conde. Medio escondía la cara tras unas gafas redondas y se había recogido el pelo, negro azabache, en un desmañado moño. Y todo lo presidía la forma de usar el chal de tartán, que llevaba igual que una tortuga lleva la concha.

—Sé quién eres —afirmó lady Campbell—. La joven de la beca.

La crudeza de su afirmación quedó algo atemperada por un suave acento escocés. Pareció animarse con la sonrisa de Annabelle, pues una mano surgió de las profundidades del chal. ¡Tenía un cuerpo!

—Soy Catriona. Te vi abordar al duque de Montgomery la semana pasada. Fuiste muy valiente.

Annabelle estrechó su mano de forma un tanto ausente. Montgomery. El nombre lo trajo todo a la memoria: el rostro altivo y aristocrático, los fríos ojos, la firmeza de su mano al sujetarle el brazo... No estaba orgullosa de lo que había pasado, pero el encuentro la había preocupado lo suficiente como para buscar el ducado en los *Anales de la aristocracia*. Como todo duque merecedor del título, su línea genealógica provenía de forma directa de los tiempos de Guillermo el Conquistador, con el que sus antepasados, en 1066, habían logrado cambiar la situación de Gran Bretaña. Con el paso de los siglos, su familia había amasado más riquezas y conseguido más tierras. Se había convertido en duque a los diecinueve años, una edad casi absurdamente temprana si se tiene en cuenta que poseía un buen pedazo de Inglaterra. No obstante, al recordar la contenida arrogancia del duque, le pareció imposible que hubiera sido alguna vez un chico joven. Podía ser que hubiera surgido de algún sitio ya formado por completo, como los semidioses griegos.

—Señoras. —Lucie dejó caer sonoramente un buen montón de papeles sobre el atril de la oradora. Una vez hubo comprobado que tenía la atención de todas las asistentes, recorrió el grupo con una mirada sombría—. Nuestra misión se ha vuelto aún más difícil. El duque de Montgomery ha sido nombrado consejero de la campaña electoral *tory*.

¡Vaya! Hablando del rey de Roma...

Se produjo un murmullo de voces sordas y asombradas. Annabelle sabía que algunos miembros del Partido Conservador estaban a favor de que las mujeres pudieran ejercer el derecho al voto, pero la mayoría se posicionaba en contra; mientras que los opositores del Partido Liberal apoyaban el sufragio femenino en su mayoría y solo unos pocos no lo hacían. Así que el duque se había colocado en el partido equivocado.

Lucie emergió desde detrás del atril con sus papeles.

—Las circunstancias excepcionales requieren medidas excepcionales —planteó, enarbolando los papeles—, así que propongo que, de ahora en adelante, nos reunamos con los miembros del Parlamento en sus oficinas, y que, de antemano, averigüemos todo lo que podamos acerca de ellos: qué les gusta y qué no y, lo que es crucial, sus debilidades. Una vez hecho eso, prepararemos nuestra aproximación a cada uno de manera individualizada. ¿Que piensa de sí mismo que es un experto en justicia?, utilizaremos a Platón para hablar con él. ¿Que cree que sus niños lo pasarán mal si su esposa puede votar?, le diremos que las mujeres independientes son mejores madres. En pocas palabras, señoras: conozcamos a nuestro enemigo.

Annabelle asintió: utilizar la estrategia y la manipulación. Eso solía funcionar.

La hoja que le facilitó Lucie estaba dividida en secciones: características generales..., historial de voto..., escándalos notables... ¡Caray con Lucie! En sus círculos sería muy complicado que esa información estuviera disponible. Tendría que bucear en la prensa amarilla y en los archivos públicos, pero ¿cuándo? El trabajo del curso y las tutorías de alumnos para pagar a Gilbert ya la mantenían trabajando hasta bien entrada la noche.

Se abrió la puerta de la antecámara y Hattie entró en la habitación. Capeó la malévola mirada de Lucie con una sonrisa de disculpa y se sentó cerca de Annabelle, dejando a su alrededor una nube de perfume caro.

—Buenos días, Catriona, Annabelle —gorjeó—. Llego tarde. ¿Qué me he perdido?

Annabelle le pasó una hoja.

—Vamos a espiar a los hombres influyentes.

—¡Qué interesante! ¡Con la información que obtengamos podríamos generar un fabuloso manual de solteros adecuados!

Llegó un bufido desde la posición de Lucie:

—¿Solteros adecuados? ¿Acaso has prestado alguna atención durante nuestras charlas y mítines?

Hattie resopló, sorprendida.

—No hay ningún hombre adecuado siempre que pases a ser de su propiedad en cuanto te cases con él —afirmó Lucie con su habitual y sombría seriedad.

—No obstante, seguro que las madres que tienen entre ceja y ceja el matrimonio de sus hijas podrían disponer de muchísima información interesante —se atrevió a opinar lady Mabel desde el sofá de detrás.

—De acuerdo, hay que utilizar todos los medios que estén a nuestra disposición —concedió Lucie—. Menos el matrimonio.

—¿Y qué le hace pensar que los miembros del Parlamento nos van a recibir? —preguntó Catriona.

—Hay elecciones en marzo y durante la campaña a los políticos les gusta simular que son accesibles, aunque solo hasta el día de las votaciones. —Lucie se volvió hacia Annabelle. Su menuda cara era toda expectación—. ¿Qué opina de esta forma de actuar?

—La idea me parece excelente —dijo con sinceridad.

Lucie sonrió satisfecha.

UN VOTO MUY VALIOSO ❖ 39

—Me ha inspirado. El hecho de verla avanzar hacia Montgomery como si fuera un simple mortal me hizo detenerme y analizar nuestras rutinas habituales con una mirada nueva, más fresca.

—Va a ser difícil encontrar información acerca de Montgomery —reflexionó Hattie—. Se divorció y todos sabemos que quiere recuperar su antiguo castillo. Pero en los periódicos de cotilleos nunca se ha publicado una sola línea sobre él. Yo los leo todos...

Lucie arrugó la nariz.

—Como es un favorito de la reina, los periódicos no se atreven a tocarlo. Bueno, también necesitamos medidas drásticas en lo que a Montgomery se refiere. Catriona, ¿no eres la tutora de su hermano, lord Devereux?

La aludida negó con la cabeza.

—Ya no, fue el trimestre pasado. En jeroglíficos.

—Excelente —dijo Lucie—. Busca una excusa para cruzarte con él y engatúsalo.

—¿Engatusarlo? ¿Yo? No, no... —rechazó, al tiempo que se echaba hacia atrás.

Lucie entrecerró los ojos.

—¿Se puede saber por qué no? Si ya lo conoces.

—Solo le enseñé a interpretar jeroglíficos —repuso Catriona entre dientes—, lo cual es muy distinto a...

—... engatusar —completó Hattie, siempre solícita.

Catriona se escondió en el amplio tartán.

—No importa —cortó Lucie con cierta brusquedad—. Annabelle se encargará.

Annabelle se la quedó mirando, entre atónita y alarmada.

—¿Yo?

—Si no te importa.

—Me temo que no soy capaz de encontrar ninguna razón que justifique el que me presente yo misma a ese caballero.

Lucie empezaba a impacientarse.

—No necesitas ninguna razón. Eres, con diferencia, la más hermosa de todas nosotras. Prueba a mostrarte muy impresionada por cualquier cosa que diga, porque no habrá un solo joven en toda Inglaterra que sea capaz, a partir de ese momento, de ocultarte ni uno solo de sus secretos antes de darse cuenta de lo que hace.

—Yo no soy tan... —empezó Annabelle, pero Hattie la interrumpió con un alegre gesto de negación.

—¡Pues claro que lo eres! —rio la joven—. Guapísima y con una figura estupenda. He estado pensando que me gustaría que posaras para mí como Helena de Troya. ¿Lo harías?

Annabelle abrió mucho los ojos.

—¿Perdona?

Hattie, sin dejar de mirarla, hizo como si delineara una figura con los dedos.

—Estudio Bellas Artes y pinto. La verdad es que, si no fuera por los guantes, tendría las manos más horribles de ver de toda Inglaterra.

«No, de ninguna manera. Las peores son las mías», pensó Annabelle. Las callosidades no iban a desaparecer en décadas.

—Sería un honor —contestó—, pero no creo que pudiera aguantar posar para un cuadro y estarme quieta durante horas. Además, tengo y doy clases, las reuniones...

—Tengo que entregarlo el trimestre que viene. —Era el turno de súplica de Hattie.

Lucie se aclaró la garganta enérgicamente para que la conversación volviera a su cauce.

—Peregrin Devereux —dijo—. Encuentra la manera de llegar a él.

Las chicas se miraron con gesto inseguro.

—Si queremos conseguir algo de lord Devereux, tendremos que ofrecerle algo a cambio —reflexionó Annabelle, empezando por lo más obvio.

—Podemos pagarle —sugirió Hattie al cabo de unos momentos.

Annabelle negó con la cabeza.

—Difícilmente lo moverá el dinero.

—Los jóvenes siempre necesitan liquidez —razonó Hattie—, pero en este caso seguramente tienes razón; no creo que vaya a chismorrear sobre su hermano a cambio de un pago.

—Igual deberíamos intentar acercarnos a propio Montgomery de forma directa.

Hattie frunció el ceño.

—Pero ¿cómo? Es por completo insociable.

La afirmación provocó un denso y taciturno silencio.

—Creo que hay algo que lord Devereaux podría desear —indicó Catriona en voz baja.

—¿Sí? —preguntó Hattie con la boca abierta.

—Su club de vinos quiere obtener la llave de la bodega de St. John's.

Hattie repitió el gesto.

—¡Pues claro que sí!

Annabelle sintió un escalofrío en la nuca. Las sociedades y clubes de bebedores de Oxford eran muy competitivas entre sí, hasta rozar la extravagancia. Tanto era así que sus acciones habían llegado incluso a los delicados oídos de las estudiantes femeninas. Incluso se decía que un triunfo a ese nivel era más valorado que una graduación *cum laude* o que una victoria en cualquier competición contra Cambridge, hasta tal punto llegaba el desenfreno beodo. La gente rica tenía extrañas prioridades.

—Y ¿cómo podríamos hacernos con la llave? —preguntó.

Catriona alzó la vista.

—Mi padre la tiene.

Pues claro. Como catedrático y miembro del patronato de St. John's, el profesor Campbell debía tener todas las llaves del colegio. Annabelle esbozó una maligna sonrisa. Hattie parecía un gato a punto de abrir la jaula del canario.

—¡Dios mío! —exclamó Catriona—. Si lo hacemos, tiene que merecer la pena.

❋❋❋

El sol ya se había puesto cuando Annabelle subía los ruidosos escalones del Lady Margaret Hall. Había solo otras ocho estudiantes, y una de ellas, precisamente Hattie, residía en realidad en Randolph's. Así pues, no había ningún problema de acomodo en la modesta casa de ladrillo de las afueras de la ciudad, aunque no tenía nada que ver con el lujo de Randolph's, por supuesto. No obstante, cuando llegó al umbral de la puerta de su habitación la invadió una cálida sensación. La tenue luz de la lámpara de gas lo envolvía todo en un pálido resplandor:

la estrecha cama a la izquierda, el guardarropa a la derecha y, de frente, el austero y desvencijado escritorio bajo la ventana. «Su» escritorio, en el que podía sumergirse en los mitos de la antigua Grecia y resolver dameros en latín. «Su» cama, en la que podía dormir sola sin que el pie de un niño somnoliento la golpeara ni ninguna de las hijas de Gibert le robara la manta. Pegó a la puerta una nota que indicaba que estaba ocupada y el mundo exterior se quedó fuera, donde debía, dejándola tranquila.

Se rodeó a sí misma con los brazos. Tener una habitación solo para ella era un regalo del cielo. Le sacaría todo el partido que pudiera y más. Sería la estudiante más diligente y agradecida que pudiera encontrarse.

Pero antes... Soltó un gruñido de queja. Antes tenía que ayudar a un grupo de sufragistas a infiltrarse en la casa del duque más poderoso de Inglaterra.

Capítulo 5

Noviembre de 1879

Sebastián ensartó a Peregrin con la mirada tras echar un vistazo a la carta que había traído consigo en su inesperado regreso a Claremont.

—Te estás perdiendo clases.

—Sí, señor.

—Y no has pagado el coste de la matrícula de este trimestre.

Peregrin se mesó los cabellos, presa de los nervios, y se despeinó sin remedio.

—No, no lo he pagado.

Así que su intento de dar responsabilidad y autonomía financiera al inútil de su hermano poniendo a su disposición una cuenta propia había fallado de modo lamentable.

—Y esta mañana, en St. John's, Weatherly ha trepado por una tubería recién pintada porque lo perseguías enarbolando una espada...

—Era de aluminio —murmuró Peregrin— y Weatherly se lo merecía.

Sebastián dejó la carta sobre el escritorio, que ya estaba lleno de papeles; eso sí, perfectamente ordenados en montones que obedecían a su temática. Todos ellos eran igual de urgentes e importantes. No tenía tiempo para esto. Peregrin no era idiota ni tampoco un jovencito recién llegado de la adolescencia, así que no había ningún motivo para que actuara como un tonto. Sin embargo, llevaba un año entero actuando exactamente como tal y creando problemas que bajo ningún concepto deberían producirse.

—¿Estabas borracho?

Peregrin se removió en el sillón.

—No... Bueno, un *whisky*, puede que dos.

Si admitía dos, doblar la dosis no sería ir muy desencaminado. Beber antes del mediodía... Claro, dicen que de casta le viene al galgo.

—Estoy decepcionado. —Hasta a sus oídos sonó fría la afirmación.

El rostro de Peregrin se tiñó de un rubor intenso, sobre todo en la nariz y las mejillas, que lo hizo parecer, ahora sí, un chiquillo. Pero ya casi tenía diecinueve años, era un adulto hecho y derecho. A esa edad, Sebastián ya se había hecho cargo del ducado. Pero también era cierto que él nunca había sido joven como Peregrin; más bien, no había podido serlo.

Desvió la mirada de Peregrin a la pared. A la derecha de la puerta, seis pinturas de la hacienda; la que representaba el castillo de Montgomery, a la izquierda. Hacía dieciséis años había ordenado que todos los cuadros se colocaran a la izquierda, para tener presente cada día todo lo que había perdido, vendido o arruinado su padre durante su corto mandato. Era verdad que los cimientos del ducado llevaban décadas resquebrajándose y que su abuelo había sido responsable de ello en su momento. Pero su padre tuvo la oportunidad de escoger: acabar con el desastre financiero que amenazaba sus haciendas o rendirse. Decidió lo segundo y se dedicó a ello como todos los Montgomery hacían las cosas, con una efectividad brutal. El proceso de recuperación había sido como un constante dolor de muelas: una procesión inacabable de brazos retorcidos, de favores solicitados (siempre con peajes) y de tradiciones rotas. Sebastián casi entendía por qué su madre se había ido a vivir a Francia. Allí era más fácil ignorar en lo que se había convertido: un duque con mente de hombre de negocios. Pero haría lo que hiciera falta para recuperar el castillo. Y tampoco era que estuviera muy apegado al lugar en sí. Era oscuro, frío, con terribles corrientes de aire y una fontanería demoniaca. Además, recuperarlo sería una pesadilla para sus finanzas, otro peso muerto sin ningún retorno de ingresos. Pero lo que era suyo era suyo. Y el deber era el deber. En marzo, el castillo de Montgomery por fin estaría en la pared de la derecha de la puerta. Y, sí, era de lo más inoportuno que su heredero actual se comportara como el tonto del pueblo.

Miró con dureza a Peregrin.

—Deduzco que has gastado el dinero de la matrícula en fiestas para tus amigos, ¿no es así?

—Sí, señor.

Esperó.

—Y... he jugado a las cartas... un poco.

Sebastián apretó la mandíbula.

—¿Mujeres?

El rubor de Peregrin adquirió un tono escarlata.

—No hará falta que se lo cuente...

En su fuero interno, Sebastián estaba de acuerdo con su hermano. Lo que hiciera a puerta cerrada no era de su incumbencia. Pero pocas cosas podían hacer tropezar más a un lord joven y estúpido que una trepa social atractiva y artera.

—Ya sabes lo que hay —dijo—. A no ser que conozca a sus padres, ninguna es admisible.

—No hay ninguna —afirmó Peregrin con la suficiente petulancia como para dejar claro que sí la había.

Sebastián tomó nota mental de que tenía que ordenarle a su ayudante que se adentrara en el submundo de Peregrine para informar a «madame», fuera quien fuese, de que trasladara sus ambiciones a otra presa.

Golpeó rítmicamente la carta con el dedo índice.

—Extraeré de tu asignación lo necesario para reponer la tubería de desagüe.

—Entendido.

—No vas a venir a Francia conmigo. Te quedarás aquí estudiando.

Un momento de duda y, por fin, un resignado gesto de aquiescencia.

—Y te trasladarás a Penderyn durante todo el tiempo que dure la fiesta de Nochevieja.

Peregrin palideció.

—Pero...

Una mirada bastó para acabar con la protesta de su hermano antes incluso de que la iniciara, pero los tendones del cuello de Peregrin se tensaron. Por incomprensible que pareciera, a Peregrin le encantaban las fiestas y los fuegos artificiales; de hecho, cuanto más lío había a su alrededor, más parecía disfrutar y se había alegrado mucho al saber que se iban a reinstaurar los festejos de Nochevieja. Pero en la hacienda de Gales no habría fiesta. Ni la más mínima.

—¿Podría sustituirse por un castigo con vara? —preguntó Peregrin.

Sebastián frunció el ceño.

—¿A tu edad? No, de ninguna manera. Además, tienes que dedicar más tiempo a reflexionar sobre tu estupidez. No bastan unos pocos minutos.

Peregrin bajó la mirada al suelo. No obstante, su hermano mayor pudo captar el brillo en los ojos de su hermano. Hubiera jurado que se trataba de odio. Y, por extraño que le pareciera, le dolió.

Se echó hacia atrás en el sillón. Era muy posible que durante los dieciséis años que había sido el tutor de Peregrin le hubiera fallado, pues resultaba obvio que no se estaba convirtiendo en el hombre que estaba destinado a ser. O quizá sí..., en alguien como su padre.

«Mientras yo viva, no será así».

Peregrin todavía tenía la cabeza gacha. Las orejas seguían muy coloradas.

—Puedes irte —dijo Sebastián—. De hecho, no quiero verte por aquí hasta que acabe el trimestre.

❈ ❈ ❈

Peregrine Devereux no era ni mucho menos lo que se esperaba Annabelle. Con esos brillantes ojos color avellana y el pelo rubio ceniza, tenía aspecto de chiquillo accesible, incluso agradable. Es decir, todo lo que su hermano no era.

Hattie, Catriona y ella lo encontraron apoyado en una columna de St. John's con un cigarrillo a medio fumar que apagó por deferencia al ver que se acercaban.

Miró al grupito femenino con gesto algo desconcertado.

—Señoritas, pueden decir que soy muy optimista —dijo—, pero esa llave podría ponernos muy por delante de todas las sociedades de Oxford..., así que me estremezco a la hora de saber cuál es la contraprestación que esperan. ¿En qué están pensando? ¿Un vellocino de oro?, ¿una cabeza en una bandeja?, ¿mi alma?

Hablaba con el mismo tono afectado que utilizaban los jóvenes lores con los que Annabelle se había relacionado en las cenas sociales que solían celebrarse antes en la hacienda de campo, muchachos que disfrutaban con el sonido de sus propias, especiales y entrenadas voces. Hacía falta aplicar muy buen oído para distinguir la soterrada alerta en la voz de lord Devereux. El tipo no era tonto.

Le echó una mirada que intentaba ser coqueta.

—Su alma está a salvo de nosotras, lord Devereux. Lo único que deseamos es una invitación a la próxima fiesta que celebren en Claremont.

Parpadeó sorprendido.

—¿Una fiesta? —repitió—. ¿Se refiere a una fiesta normal?

—Sí. —Annabelle se preguntó en qué consistiría una fiesta fuera de lo normal.

—Ya... Entonces... ¿Por qué es eso lo que quieren, en lugar de cualquier otra cosa? —Las miró, sorprendido de veras.

Por suerte, se habían preparado la contestación. Suspiró con anhelo.

—Mírenos —dijo, y señaló el usado abrigo que llevaba—. Somos de clase trabajadora. Tenemos fama de no ir a la moda y así es, no podemos permitírnoslo. Usted, sin embargo, luce el terno más a la última de Oxfordshire.

No era del todo verdad. Ella, en efecto, no se podía permitir ir a la moda, pero a Catriona no le interesaba en absoluto; por lo que a Hattie concernía, tenía ideas muy propias respecto a *la mode*. Ese día, por ejemplo, había añadido a su sombrero una pluma tan gigantesca que tenía que sujetarla a la más mínima brisa para que no saliera volando todo el tocado. Era justo esa pluma bamboleante lo que ahora miraba ensimismado lord Devereux.

—Entiendo. —Su vestimenta era elocuente: demostraba buen gusto y capacidad económica. El sombrero inclinado en un ángulo alegre, un abrigo de muy buena lana, la bufanda estudiantil medio suelta y zapatos *oxford* (¡cómo no!) negros e inmaculadamente brillantes, y todo con un calculado descuido cuya intención era sugerir que no prestaba la más mínima atención a su atuendo.

Volvió a mirar a Annabelle.

—Así que quiere usted estar a la última por cercanía.

—Sí, milord.

—Tiene todo el sentido —asintió.

Pero seguía dudando.

Sacó la llave del bolsillo del abrigo. Era grande y de aspecto medieval. La hizo girar alrededor del dedo índice una vez y después otra, y el gesto surtió efecto de inmediato. Peregrin Devereux se estiró, abandonó el gesto dubitativo y encorvado y fijó los ojos en la llave como un halcón.

—Pues resulta que, en efecto, se va a celebrar una fiesta, que en principio está prevista para la semana anterior a Navidad. Pero va a ser algo íntimo e informal, con no más de una docena de caballeros invitados. Y el duque no estará en casa —concluyó con un pesaroso encogimiento de hombros.

La tensión que, sin que fuera consciente de ella, se había instalado en el pecho de Annabelle desapareció de repente. Si el duque no estaba en su residencia durante la fiesta, la descabellada misión sería mucho más sencilla.

—¿Su excelencia no va a actuar de anfitrión? —preguntó para asegurarse de que había oído bien.

Peregrin seguía mirando la llave con los ojos muy abiertos.

—Estará en Francia haciendo una visita a madre.

Ella se volvió hacia Hattie y Catriona y fingió que reflexionaba.

—¿Qué os parece? ¿Merecerá la pena asistir siendo así?

—¡Eso creo! —exclamó Hattie. Catriona asintió de manera fugaz.

¡Vaya! Las dos chicas se habían sonrojado y parecían nerviosas. Esperaba que lord Devereux lo atribuyera a la naturaleza excitable y esperanzada de las feas del baile.

—En ese caso, cumpliremos nuestra parte del acuerdo. —Le presentó la llave en la palma de la mano al joven noble—. Tiene dos horas para hacer una copia.

—Un momento —intervino Hattie, que sujetó el brazo de Annabelle—. Necesitamos su palabra de caballero —exigió a lord Devereux.

El aludido le dedicó una sonrisa torcida. Colocó la mano derecha a la altura del corazón e hizo una reverencia.

—Tiene mi palabra de honor, señorita Greenfield. El palacio de Claremont la espera.

Capítulo 6

Diciembre de 1879

Apenas habían salido de la estación de Marlborough cuando Annabelle admitió su inapelable derrota: traducir a Tucídides en un estruendoso carruaje era del todo imposible. Bajó el libro.

—¡Has vuelto! —exclamó con alegría Hattie desde el asiento de enfrente.

Annabelle hizo una mueca. Tenía el estómago del revés. A su lado, Catriona seguía leyendo pese a que de vez en cuando botaba sobre el asiento, mientras que la tía abuela de Hattie, que ejercía de carabina, parecía igualmente inmune al balanceo y dormía con la boca bien abierta en la esquina del otro lado.

—Estás un poco pálida..., yo diría incluso que hasta verdosa. —De algo tenía que servirle su mirada de artista—. ¿Crees que es adecuado leer dentro de un vehículo en movimiento?

—Tengo que hacer un trabajo.

—Te has tomado un descanso —le recordó gentil Hattie.

Annabelle la miró con gravedad.

—Yo no quería... ni podía, pero aquí estamos.

Todavía se rebelaba ante el hecho consumado: se dirigía a una fiesta en la residencia de un duque. ¡Qué ingenua fue al pensar que con conseguir invitaciones para las otras jóvenes bastaría! Lucie había exigido que ella también asistiera, aduciendo que tres caballos de Troya tras las líneas enemigas serían mejor que dos, y, como era quien manejaba las riendas, aquí estaba ella, camino de la guarida del león. Había intentado utilizar varias excusas de lo más razonables, la más plausible la de que no tenía nada que ponerse para una ocasión como aquella. Su baúl, abarrotado de vestidos de paseo y trajes de noche de temporadas pasadas facilitados por lady Mabel, traqueteaba en esos momentos en el techo del carruaje. Por su parte, la propia Lucie se había quedado en casa, pues era una conocida radical y todo el mundo sabía que al duque no terminaba de gustarle el radicalismo.

«El duque no estará en su casa».

Incluso aunque estuviera, sería muy improbable que recordara a una mujer como ella. Para él, cruzarse con una plebeya era con seguridad una experiencia del todo desdeñable. En cualquier caso, ¿era solo el hecho de leer a Tucídides en el carruaje en marcha lo que provocaba que se sintiese enferma? La última vez que estuvo en casa de un noble, la cosa terminó siendo un desastre...

Retiró la cortina del carruaje y echó un vistazo al paisaje que se deslizaba ante sus ojos. El cielo estaba cubierto por completo y se veía caer la nieve, que, mansa, cubría y blanqueaba las altas crestas de Wiltshire.

—¿Falta mucho? —preguntó.

—Menos de una hora —respondió Hattie—. Aunque, como siga nevando de esta manera, nos quedaremos varadas. Esperaba que las carreteras que llegan a Kent se mantuvieran practicables.

«Regresa a Chorleywood el 22 de diciembre», le había escrito Gilbert en tono perentorio. Más o menos una semana más tarde estaría fregando suelos, horneando empanadas y alimentando fuegos, y todo ello con una criatura pegada a sus faldas. Menos mal que los tres meses de escolaridad no la habían ablandado. Por otra parte, la mujer de Gilbert, le gustara o no, necesitaba toda la ayuda que le pudiera prestar.

—Dime, ¿qué fue lo que te llevó a interesarte por todo esto? —Hattie estaba ojeando *La historia de las guerras del Peloponeso*, que descansaba en el regazo de Annabelle.

La joven evitó mirar las letras, que parecían bailar ante sus ojos.

—Si te digo la verdad, siempre he tenido la impresión de que no me quedó más remedio. Mi padre me enseñó cosas de la Grecia antigua en cuanto aprendí a leer, las guerras de Mesenia eran su especialidad.

—¿Se había educado en Oxford?

—No. Fue a Durham. Era un tercer hijo, así que se hizo sacerdote. Se dedicó a la enseñanza.

—Si la educación de la mujer hubiera empezado antes —opinó Hattie—, ahora habría muchos menos libros sobre matanzas y más sobre historias de amor y otras cosas bonitas.

—En esos libros hay muchísimo romance. Fíjate en Helena de Troya... Menelao reclutó mil barcos para llevarla de vuelta.

Hattie frunció los labios.

—Yo siempre he pensado que lo de los mil barcos resultó un poco excesivo. Y Menelao y Paris lucharon como dos perros por un hueso: ninguno le preguntó a ella qué prefería. Además, su obsesión por Paris fue a causa de una flecha envenenada... ¿Qué tiene eso de romántico?

—La pasión —indicó Annabelle—. Eros ponía pasión en sus flechas.

—La pasión y el veneno —reflexionó Hattie—. Dos cosas que dejan a la gente alelada.

En eso tenía razón. Los antiguos griegos consideraban la pasión una forma de locura que infectaba la sangre, y lo cierto era que todavía provocaba duelos a muerte ilegales, raptos y novelas escabrosas. Hasta podía llevar por mal camino a la muy sensata hija de un vicario.

—En cualquier caso, Platón era un romántico —observó Hattie—. ¿No decía que al nacer solo teníamos la mitad del alma y que nos pasábamos la vida buscando la otra mitad para poder sentirnos completos?

—Sí, eso decía.

Y el filósofo consideraba la idea del todo ridícula, por lo que sus escritos acerca de las almas gemelas tenían todos un fuerte tono satírico. Annabelle se guardó para sí el análisis, ya que había captado un brillo soñador en los ojos de Hattie y no quería quitarle la ilusión.

—¡Qué ganas tengo de encontrar a mi otra mitad! —suspiró Hattie—. Catriona, ¿cómo es tu alma gemela? ¿Catriona?

Catriona surgió del libro como quien asoma la cabeza fuera del agua. Pestañeó como un búho sorprendido.

—¿Mi alma gemela?

—Sí, tu media naranja —aclaró Hattie—. ¡Tu marido ideal!

Catriona casi bufó, más que suspirar.

—Pues... no estoy segura, la verdad.

—Pero ¡una mujer tiene que saber qué es lo que busca en un hombre!

—Supongo que tendría que ser estudioso —dijo Catriona— y dejarme seguir con mis estudios e investigaciones.

—Ya... —asintió Hattie—. Un caballero progresista, entonces.

—Eso es. ¿Y el tuyo? —preguntó Catriona enseguida.

—Joven —dijo Hattie de inmediato—. Tiene que ser joven y con título. Y rubio, por supuesto; ese color dorado oscuro de una moneda de la antigua Roma.

—Eso es muy... específico, la verdad —comentó Catriona.

—Podría posar para mis pinturas —observó Hattie—, así que sería complicado que me sirviera un Galahad anciano, ¿no os parece? Pensadlo un poco, ¿habéis visto alguna vez un caballero de brillante armadura que no fuera joven y rubio?

Annabelle contuvo a duras penas un gruñido. Las niñas de los pueblos no paraban de hablar de caballeros y príncipes. Pero, para una joven como Hattie, los caballeros y los príncipes no eran personajes de cuento de hadas, sino que iban a cenar con sus padres en St. James. Y si uno de ellos se casara con Hattie, seguro que la protegería y la mimaría porque, en resumidas cuentas, tendría que responder ante Julien Greenfield.

En semejantes circunstancias, las de ser bien tratada y disponer de un ejército de sirvientes a su mando para gestionar el hogar, incluso hasta podría plantearse el matrimonio. Pero, en su caso, hubiera o no de por medio un alma gemela, el matrimonio significaría un ciclo infinito de fregar y limpiar, remendar ropa, hacer injertos y cocinar para toda una familia, con la obligación añadida de permitir a un hombre utilizar su cuerpo para procurarse placer... Clavó los dedos en el terciopelo del asiento. ¿Qué sería peor, compartir la cama con un hombre al que no quisiese o con uno que tuviera la capacidad de arrojar su vida al barro?

—Annabelle, háblanos de tu media naranja —terminó por decir Hattie, inexorable.

—Da la impresión de que está por ahí, escondido quién sabe dónde, ¿no? Por eso no tengo más remedio que apañarme con mi propia mitad.

Evitó la mirada desaprobadora de Hattie dirigiendo la suya otra vez hacia la ventanilla. Pasaban por una población. A los lados de la calle quedaban sendas filas de casitas de piedra color miel, que parecían de caramelo, con los tejados blancos por la nevada y humeantes chimeneas. Varios cerdos enormes cruzaban temerarios el pavimento. Al menos parecía que el duque se ocupaba de sus arrendatarios.

«¡Por Dios bendito!».

—¿Es eso Claremont? —Puso la yema del dedo índice en el frío cristal.

Hattie se inclinó para mirar.

—Sí, así es. Que casa más bonita.

Los términos «casa» y «bonita» no describían en absoluto la estructura que se divisaba en la lejanía. Claremont surgía del suelo como una enorme roca encantada, esculpida con intrincado denuedo, implacable... Desparramado sobre una suave pendiente, vigilaba el área como un regente sentado en su trono. Era de una magnificencia aterradora.

✿ ✿ ✿

El rítmico sonido de los cascos de los caballos parecía desdibujarse en la enorme amplitud del patio adoquinado. Solo una figura esperaba al pie de la escalera de caliza gris que conducía a la entrada principal de la mansión: Peregrine Devereux. Tenía los ojos vidriosos y el pañuelo de cuello descolocado, pero las sujetó con firmeza al ayudarlas a bajar del carruaje.

—Es espléndido tenerlas aquí, señoritas —saludó. Tomó la mano de una arrebolada Catriona y la colocó encima de su antebrazo izquierdo, hizo lo mismo con la tía abuela Greenfielden el derecho y se dispuso a acompañarlas a subir las escaleras—. Los caballeros esperaban con ansia su llegada.

El vestíbulo, al que remataba una cúpula acristalada, se alzaba vertiginoso hasta una altura de tres pisos. Estatuas de mármol adornaban las balaustradas de las plantas superiores. El suelo, también de de mármol, lo conformaban baldosas blancas y negras, se asemejaba a un gigantesco tablero de ajedrez. Tenía sentido: el dueño de la mansión tenía fama de ser uno de los estrategas favoritos de la reina.

Annabelle respiró hondo y enderezó la espalda. «Todo dentro de la normalidad». Soportaría un fin de semana en ese escenario. Sabía utilizar los cubiertos en el orden adecuado y hacer las reverencias apropiadas a cada cual. Hablaba con corrección francés, latín y griego; era capaz de cantar y de tocar el piano y podía mantener una conversación académica sobre historia tanto de Oriente como de Occidente. Su padre, un apasionado de la antigüedad, y su abuela materna se habían encargado de ello. Y, con una obstinación muy francesa, su pequeña abuela puso todo el empeño y más en convertirla en una auténtica dama del condado de Kent: había sido educada en exceso, hasta límites insospechados, como le había confesado a Hattie. ¿Le serviría de algo todo eso para evitar las trampas que la aguardaran en ese palacio ducal?

Lord Devereux las condujo hacia un amplio grupo de sirvientes que aguardaban al final de la gran escalinata.

—Va a caer una intensa nevada dentro de poco tiempo —anunció—, así que sugiero que demos una vuelta a caballo por los jardines lo más pronto posible.

A Catriona y Hattie les encantó la idea, pero, claro, ellas sabían montar. La experiencia de Annabelle se limitaba a ponerse a horcajadas sobre el lomo del viejo jamelgo del arado, lo que no la cualificaba en absoluto para un paseo sentada de medio lado sobre un purasangre.

—Yo voy a rechazar la invitación —afirmó—. Tengo que avanzar en la traducción.

—Por supuesto —admitió Peregrin sin entusiasmo—. Jeanne le enseñará su habitación. Si necesita cualquier cosa, no dude en pedirla, sea lo que sea: lo que se le ocurra, antoje, precise o le apetezca le será dado.

—En ese caso, tendré mucho cuidado con lo que se me ocurra desear durante mi estancia aquí —repuso.

Peregrin respondió al comentario con su ya habitual sonrisa.

—¡Devereuuux! —sonó en la distancia.

El grito ebrio reverberó en las paredes y provocó una media sonrisa en el rostro de Peregrin.

—Creo que tendrán que excusarme, señoritas. Me parece adivinar que los caballeros ya han encontrado el brandi.

❀❀❀

La cama con dosel de su habitación de invitados era de una exuberancia casi indecente: enorme, con cobertores de terciopelo verde esmeralda gruesos como el musgo y toda una colección de almohadones de brillantes colores. Le entraron unas ganas enormes de probar el sin duda blando y agradable colchón.

Dos pisos por debajo del amplio ventanal estaba el patio, con una fuente, ahora sin agua, rodeada de tejos podados al milímetro. En la distancia se extendía el vasto paisaje nevado que Peregrin había denominado «los jardines».

—¿Algo más, señorita?

Jeanne, la criada, esperaba de pie, con las manos recogidas con pulcritud sobre el delantal.

El esplendor que la rodeaba se instaló de pronto en la cabeza de Annabelle. ¿Por qué trabajar ahora y aquí en su traducción si seguramente habría otras doscientas habitaciones?

Agarró el libro de Tucídides y su cuaderno.

—¿Podría llevarme a la biblioteca, por favor?

—Por supuesto, señorita. ¿A cuál de ellas?

¿Más de una biblioteca...?

—Pues... a la más bonita.

Jeanne asintió, como si la petición fuera la más razonable que pudiera hacerse.

—Sígame, señorita.

La biblioteca escogida por Jeanne se escondía detrás de una puerta de madera de roble en forma de arco que crujió bastante al abrirse. La luz entraba a raudales a través una ventana de cristal decorado y avanzaba entre filas de estanterías de madera oscura hasta iluminarlas como a través de un prisma. Una senda de alfombras orientales conducía a un hogar, cercano a la ventana, en el que ardía un gran fuego. Al lado, un sillón parecía esperarla con los brazos abiertos.

Annabelle dio un paso dubitativo para cruzar el umbral. Mientras recorría la habitación con la vista, tuvo la extraña sensación de que alguien se había asomado a su mente para averiguar cómo imaginaba la biblioteca perfecta y la había elaborado para ella en madera y piedra.

—El techo así hace que sea preciosa, ¿verdad, señorita?

Annabelle alzó la vista. El techo abovedado, pintado de azul oscuro y moteado de estrellas doradas, no tenía nada que envidiarle a una noche estrellada y sin luna.

—Sí, muy hermosa. —De hecho..., ¡era una representación real del cielo invernal! Si no se equivocaba, claro.

—Es oro de verdad —apuntó Jeanne con indisimulado orgullo. Y se despidió—: Si necesita algo, tire de la campanilla, señorita.

Se marchó cerrando la puerta con mucha suavidad.

Tranquilidad. La tranquilidad era total. Seguro que, si contenía el aliento, sería capaz de escuchar la danza del escaso polvo suspendido en el aire.

Se acercó al fuego y pasó la yema de los dedos por la madera de las estanterías, los separadores de cuero y los bordes de un globo terráqueo hecho de madera de ébano. De todas las texturas emanaban riqueza y confort.

El sillón era sólido y masculino. A una distancia adecuada para piernas largas y estiradas había un reposapiés acolchado, cercano a la chimenea. Pudo captar un mínimo aroma a humo de tabaco.

Dudó por un momento. Sería de mala educación utilizar el sillón del dueño de la casa. Pero el dueño no estaba.

Se sentó en el rico tapizado con un gruñido de satisfacción.

Abriría el libro dentro de un minuto. Llevaba... ¡años! sin sentarse y no hacer nada salvo reposar.

La maravillosa calidez del fuego empezó a filtrársele a través de la piel. Con los párpados entrecerrados, recorrió con la mirada las siluetas del cristal de las ventanas, en las que aves exóticas y flores formaban una intrincada red. Al otro lado, los copos de nieve se movían despacio, como si nunca fueran a caer. El fuego crepitaba con suavidad, con mucha suavidad...

❊❊❊

Se despertó de repente. Notaba una presencia cercana y amenazante. Abrió los ojos y le pareció que el corazón se le estrellaba contra las costillas. Había un hombre de pie frente a ella, que tenía la mirada clavada en el pecho de él. Se le aceleró el pulso, que adquirió un ritmo casi enloquecido, e hizo un esfuerzo para alzar la vista. Lo consiguió poco a poco. Pañuelo de cuello de seda negra ceñido con un nudo perfecto. Cuello blanco duro. Una mandíbula grave y curvada.

Sin verle toda la cara, ya supo quién era. Sintió un gran vacío en el estómago cuando por fin se encontró con la mirada del duque de Montgomery.

Capítulo 7

Las pupilas del duque estaban reducidas a meras cabezas de alfiler. A Annabelle se le erizó el vello del cuerpo como si fuera el de un gato. Él no le quitaba los ojos de encima ni un segundo y parecía que su irritación iba a materializarse y desbordarse en cualquier momento.

—¿Qué hace usted en mi casa? —Masticó las palabras y las separó entre sí, como si no formaran una frase. Su voz, cuyo tono recordaba muy bien, era absorbente, precisa y fría como un escalpelo que penetrara para diseccionar los pensamientos de la joven.

«Un hombre absolutamente inmanejable». Se puso de pie como pudo.

—Su excelencia..., pensaba que estaba en Francia.

¿Por qué se le había ocurrido decir semejante cosa? ¿Por qué?

La expresión del duque pasó de indignada a incrédula.

—La señorita Archer, ¿no es así? —preguntó casi con amabilidad, lo cual resultaba bastante enervante.

—Sí, su excelencia.

No había retrocedido. Estaba muy cerca y le sacaba casi la cabeza. Si lo que buscaba era intimidarla con su cuerpo, eso iba a ser contraproducente para él, dado que la intimidación despertaba en ella una reacción inmediata e inevitable: la resistencia. Y él no le parecía un hombre que tolerara la resistencia.

El abrigo, cortado a la perfección, marcaba unos hombros anchos y cuadrados y una cintura estrecha. El pelo, corto y claro, parecía casi blanco al tenue sol de diciembre. Austero y descolorido como el mismísimo invierno, así era el duque. Y, con toda probabilidad, tan capaz como esa estación de congelarla hasta morir.

—Deduzco que es usted la acompañante de mi hermano —comentó.

No le gustó el tono que empleó al pronunciar la palabra «acompañante».

—Lord Devereux y yo somos conocidos, su excelencia.

Avanzó un milímetro para ver si hacía lo que mandaban los cánones de la corrección y se retiraba para darle espacio. No lo hizo. Vio que él paseaba la mirada por la cara de ella y después por la garganta. El desdén de su gesto indicó que se daba cuenta de todo: los hambrientos huecos de las mejillas, la falsedad de las perlas de los pendientes, el hecho de que el viejo vestido de paseo de lady Mabel lo había arreglado con su propia mano y escasa habilidad. En su interior se desmoronó un poco.

—Tiene usted el descaro de presentarse en mi casa —le afeó él—. La verdad es que es poco habitual, incluso para una mujer como usted.

Annabelle pestañeó. ¿Una mujer como ella?

—Somos... conocidos —repitió, y su voz sonó extrañamente distante.

—Conocidos —repitió Montgomery—. Si usted quiere llamarlo así, señorita, muy bien. Pero ha escogido usted el hombre equivocado como... conocido. Yo llevo las riendas. Debe entender que sus esfuerzos con lord Devereux no van a llevarla a ningún sitio.

Una oleada de calor le recorrió el cuerpo. No se había enfadado porque estuviera dormida en su sillón. Pensaba que era la amante de su hermano.

¿Peregrin Devereux y ella? ¡Qué ridiculez! Pero una simple mirada le había bastado a su excelencia para convencerse de que se había vendido a un noble por dinero.

El violento batir del corazón le llenó los oídos. Su temperamento, controlado durante tanto tiempo, se desperezó y surgió como una serpiente amenazada. Se apoderó de ella y la incitó a ladear la mirada y pasearla por su cuerpo de arriba abajo, desde la angulosa cara hasta los brillantes zapatos y de nuevo hacia arriba, tomándole la medida. No pudo evitar una sonrisa de suficiencia que indicaba que lo había pillado en falta.

—Su excelencia —casi siseó—, estoy segura de que las riendas que usted maneja son... incalculablemente amplias. Pero no estoy en el mercado para usted.

Se quedó rígido como una piedra.

—¿Está sugiriendo que le he hecho una proposición?

—¿Acaso no es esa la razón habitual por la que un caballero menciona sus riendas a una mujer como yo?

Movió un músculo de la mejilla, al parecer de modo involuntario, lo que fue como una ducha fría en su ardiente cabeza. La cosa no iba bien. Al fin y al cabo, era uno de los hombres más poderosos de Inglaterra.

Se inclinó hacia ella de forma inesperada.

—Abandonará mi hacienda tan pronto como las carreteras vuelvan a estar transitables —dijo en voz baja—. Eso hará. Y también se alejará de mi hermano. ¿Me he expresado con claridad?

No le vino a la mente ninguna respuesta. Estaba muy cerca, tanto que el aroma que desprendía, una mezcla muy masculina de almidón y jabón de afeitar, inundó los pulmones de ella.

Esbozó un gesto de asentimiento. Dio un par de pasos atrás y dirigió una brevísima mirada a la puerta.

La estaba echando.

Tensó la mano al sentir el loco impulso de abofetearlo para poder ver cómo la arrogancia salía despedida de su noble rostro. Pero, en él, la arrogancia corría por la médula.

Se acordó de recoger el libro de Tucídides y el cuaderno de la mesa auxiliar. La mirada de él la apuntaba de manera fría e inflexible como el cañón de una pistola y le empujaba los hombros hacia la puerta.

✳✳✳

La joven, antes de marcharse, agarró el libro que tenía delante como si fuera un escudo. Todos los miembros de su delgado cuerpo estaban rígidos. Cerró la puerta con mucha suavidad al marcharse y, de alguna manera, fue como si dijera la última palabra.

Sebastián flexionó los dedos. La había reconocido en cuanto alzó los ojos y pestañeó.

Ojos Verdes estaba en su casa.

Ojos Verdes era la amante de su hermano.

La había encontrado en su sillón durmiendo como una bendita, con las rodillas pegadas al pecho, la mejilla apoyada en la mano derecha y el cuello expuesto y mostrando el pulso del corazón. Su perfil parecía esculpido en mármol y le recordó al de una musa prerrafaelita. De hecho, lo obligó a pararse en seco. No parecía ni mucho menos una mujer que se aprovechara de nobles desdichados, lo que hablaba mucho y bien acerca de sus habilidades.

La perdió de vista. Había demostrado mucha inteligencia y no menos tranquilidad, así como escasa inocencia. Sus reacciones no dejaban lugar a dudas: ninguna mujer educada en la nobleza habría reaccionado con semejante impertinencia ante su disgusto. Era evidente que le hubiera gustado abofetearlo, lo había sentido de forma casi física. ¡Una locura!

Se dirigió a la salida.

El hecho de que la reina lo hubiera hecho regresar a toda prisa desde Bretaña para una reunión de crisis ya era en sí mismo irritante. Encontrar su casa llena de señoritingos borrachos después de viajar veinte horas sin parar era del todo inaceptable. Pero ser criticado en su propia biblioteca por esa arpía... superaba todos los límites.

Una cara larga, angulosa y muy muy preocupada lo esperaba al llegar al vestíbulo.

—Y bien, Bonville...

—Su excelencia. —El mayordomo, que en condiciones normales podría describirse como un individuo del todo imperturbable, en ese momento presentaba un aspecto casi desencajado—. Asumo toda la responsabilidad de esta... situación.

—No creo que sea necesario depurar responsabilidades —indicó Sebastián—. Lo que sí que necesito es un informe.

La señora Beecham, el ama de llaves, se había aturullado por completo cuando lo había visto entrar por la puerta principal sin haber anunciado previamente su llegada. Consiguió que le diera la lista de invitados y leer el primer nombre, el de una mujer que no conocía, ya lo había sacado de quicio.

—Ayer por la noche se presentaron una docena de caballeros, sin previo aviso —había empezado Bonville—, junto con lord Devereux. Me dio un golpecito en el hombro y me dijo: «¡Vamos, Bonville, pórtate! Estás preparando el fiestón de Nochevieja, así que debe haber comida y bebida para un regimiento!». ¡Una docena, su excelencia! El personal de cocina...

Ah, Peregrin, Peregrin. Por un momento, a Sebastián se le había pasado por la cabeza agarrarlo de la oreja en ese mismo instante, llevarlo al despacho y aplicarle un buen castigo con la vara. Pero mejor dejarlo para después. Ya se encargaría de su hermano más tarde, cuando el enfado no corriera por sus venas como un torrente de montaña. Y tenía que cumplir con la debida hospitalidad ante esos huéspedes a los que no había invitado, ya que hacer cualquier otra cosa sería admitir ante el mundo que un pipiolo de diecinueve años había dominado por completo al mismísimo duque de Montgomery. Solo un muy entrenado y férreo autocontrol le permitió no apretar los dientes delante de su mayordomo.

—Y esta mañana llegaron más —continuó con su relato el muy agobiado Bonville—. Tres jóvenes damas con su carabina. Ni siquiera tenemos claro que una de ellas sea noble.

—No lo es —estableció Sebastián, sombrío. Pero... ¡un momento! ¿Con carabina?

—Eso creo —dijo Bonville—. Lo que yo me pregunto es por qué la hija del conde de Wester Ross se presenta vestida con un horroroso paño de tartán como si fuera una jacobita...

Sebastián alzó la mano para detener las lamentaciones.

—¿Lady Catriona está aquí?

—Da toda la impresión, su excelencia.

¡Maldita sea! Tendría que haber leído la lista completa antes de ir a toda prisa hacia la biblioteca.

—Ha dicho tres damas —comentó—. ¿Quiénes son las demás?

—La señorita Harriet Greenfield y su tía, la señora Greenfield-Carruther. Las hemos alojado en el apartamento del techo chapado en oro.

Una hija de Greenfield y lady Catriona. Ninguna de ellas se presentaría con una compañía inapropiada. Así que, al parecer, Peregrin no había alojado a su amante bajo su techo ducal. Y, teniendo en cuenta la forma en la que la señorita Archer se había defendido y lo había atacado, estaba claro que no era una profesional.

Sebastián frunció el ceño. El cansancio del viaje seguramente le había nublado la mente y había provocado ese error tan garrafal. En cualquier caso, nada de lo que había escuchado explicaba la presencia de esa mujer en su sillón.

—Están todas en Oxford... —dijo de repente.

—¿Su excelencia?

—Las mujeres —aclaró—. La hija de Greenfield, lady Catriona y sospecho que también la otra. Son intelectualoides. Sus modales y su forma de vestir son... espantosos.

—Entiendo. —Bonville aspiró por la nariz con cara de desprecio. Empezaba a parecerse al que era habitualmente.

—Bonville, usted es uno de los mayordomos más competentes de toda Inglaterra, ¿no es así?

Un orgulloso rubor coloreó las demacradas mejillas del aludido.

—Aspiro a serlo, su excelencia.

—Lo es. Así que ahora demuéstrelo y hágase cargo de la forma más eficaz de esta situación. Para empezar, informe al personal de cocina de que recibirá paga doble durante los dos próximos días.

Bonville asintió y se retiró. A Sebastián lo tranquilizó el hecho de que saliera del vestíbulo con sus habituales andares estirados.

Pero había otra cuestión pendiente: acababa de echar de su hacienda con cajas destempladas a una invitada que, pese a haberse comportado de forma muy impertinente, tenía derecho a su hospitalidad. No era nada, pero nada habitual el hecho de que se desdijera de una decisión tomada. Así que se iba a encargar de que la pequeña arpía se cocinase a fuego lento durante estos días.

Mandó a un criado a buscar a su mozo de cuadra. Nada le calmaba los nervios como un largo paseo a caballo por los campos.

✹✹✹

«Abandonará mi hacienda...».

Las palabras, pronunciadas en voz muy baja, resonaban en la cabeza de Annabelle como el tañido de una campana que anunciara un incendio. El duque de Montgomery la había echado de su casa. Y ni siquiera había deshecho el equipaje.

Pero, cuando entró en su habitación, se dio cuenta de que alguien había sacado su ropa y la había colocado en los armarios. La botella de perfume de jazmines y el viejo cepillo de su madre estaban en el tocador y sus libros y papeles en el escritorio, incluido el *Manual Debrett de etiqueta*, que había estudiado con ahínco para no meter la pata durante la fiesta.

Entrecerró los ojos al ver el archivador con las fichas de los hombres influyentes.

Llegó al escritorio en tres pasos rápidos. «Descripción del carácter del caballero». Extrajo la pluma como si fuera una espada y escribió: «Duque de M.: imposible, arrogante, arbitrario», arañó el papel con la pluma hasta casi rasgarlo y romper el plumín, «¡pomposo estúpido!».

Gimió y se apartó un rizo de la cara. Sin haberlo esperado, vio su propio reflejo en el espejo del tocador y se quedó con la boca abierta. El brillo de sus ojos, más que duro, podría calificarse de salvaje. Y los bucles de pelo color caoba que se desparramaban en todas direcciones no se parecían a los de Helena de Troya, sino a los de Medusa.

Se puso la palma de las manos sobre las mejillas. ¿Qué había ocurrido? Sabía cómo gestionar a un macho rampante. Sabía qué decirle y, lo que era más importante, qué no decirle. Sobre todo si era un idiota.

El reflejo pasó a mostrar una figura entristecida. «Pero tú, como todo el mundo, tienes tu alma en el armario, ¿no? En realidad, lo que has hecho ha sido mostrar tu auténtica naturaleza».

Cerró los ojos. Sí. En el pasado, manifestar las emociones había dado paso a mostrar lo mejor de sí misma. Y no, nunca se había conformado con el lugar que le correspondía. Donde otras se sentían intimidadas, ella parecía extrañamente intrigada por el reto. Había trabajado con denuedo para ocultar esa tara. Pero el duque la había encontrado. A cualquier caballero lo mortificaría insultar a una mujer inocente, pero él había mirado dentro de ella y había encontrado algo podrido.

¡Oh, no! Hattie y Catriona. ¿Qué iba a decirles? Los lazos de la amistad siempre eran demasiado frágiles y a ellas acababa de conocerlas.

«Tengo que marcharme».

En el pueblecito de cuento por el que habían pasado reconoció una posada, se acordaba muy bien del cartel de hierro que colgaba de la pared. ¿A qué distancia estaría? No más de diez kilómetros, calculó. Diez kilómetros sería una distancia asumible.

Bastaría con un bulto: la botella de perfume, el cepillo y una camisola interior, además de la que llevaba puesta. Los libros, lo último. Las manos trabajaban con orden, meticulosas, y la cara seguía echando fuego. Sentía la presión del duque, no había forma de evadirse de él entre esas paredes en las que todas las piedras y todas las criaturas eran de su propiedad.

Tenía que dejarles algo a las chicas, así que sacó de nuevo los papeles.

—¿Por qué no esto? —dijo entre dientes—. «He insultado gravemente en su cara al duque de Montgomery y está convencido de que soy una meretriz, así que creo que lo mejor es que me vaya de aquí».

¡Menuda confusión iba a causar! Garabateó unas cuantas e intrascendentes líneas más y dejó la nota sobre el escritorio.

Se calzó los botines y miró por la ventana. El sol había alcanzado el cénit hacía poco, así que le quedaban al menos tres o cuatro horas de luz solar. Su plan era factible, sin ninguna duda.

Entraron en el patio interior que se veía desde la ventana dos jinetes que formaron líneas punteadas a lo largo de la prístina blancura de la nieve. El caballo que iba delante parecía extraído de un cuento invernal. Era un semental de un blanco resplandeciente, de músculos poderosos pero a la vez tan gráciles que parecía danzar sobre la nieve. Sin duda, Hattie lo sentaría en el trono del maldito sir Galahad. Pero para hacer juego con su jinete debería haber sido una bestia negra como la boca del lobo, pues quien estaba sobre él no era otro que el propio Montgomery.

Apretó con fuerza la cortina de terciopelo. Su postura ducal, la pericia con la que controlaba al nervioso animal…, todo lo que emanaba hizo que el cuerpo se le pusiera en tensión de puro enfado. ¡Ojalá el precioso animal lo lanzara al suelo de un corcoveo!

En ese preciso instante, el duque miró hacia arriba. Annabelle se puso tensa y contuvo el aliento desde los mismísimos pulmones. Durante un momento, el recuerdo de su aroma le acarició las fosas nasales.

Agarró el hatillo y salió de la habitación casi corriendo.

Capítulo 8

Hubiera sido mucho más inteligente fingir que estaba indispuesta y esconderse en su habitación. Y, desde cualquier punto de vista, más pragmático que avanzar a duras penas por una capa de nieve que le llegaba hasta las rodillas. Por desgracia, la inteligencia y el pragmatismo la habían abandonado desde el mediodía. Es lo que suele ocurrir cuando el pasado choca de frente y de forma inesperada con el presente: los fantasmas asoman y una se vuelve errática en sus decisiones.

Habían pasado siete años desde que, también en una magnífica biblioteca, otro aristócrata la despedazara. Podría pensarse que siete años son muchos, pero la voz del duque, con sus vocales arrastradas y su tono de desdén, la había agitado como a un ponche demasiado movido.

Se detuvo para jadear y ajustar el hatillo. El camino apenas se distinguía de los ahora blancos campos de labor que se veían a cada lado. Pero no todo era malo: las nubes se habían ido y el viento había cesado. Los árboles que bordeaban la carretera se levantaban tiesos y oscuros contra un cielo que perdía luz. Todavía faltaban alrededor de ocho kilómetros, lo tenía claro; era muy buena calculando ese tipo de cosas. Tenía que serlo. Las mujeres como ella iban a pie a todas partes.

Apenas había recorrido otro kilómetro cuando escuchó tras de sí el sonido ahogado de unos cascos. Se volvió. Un gran corcel marrón avanzaba hacia ella, el jinete tendido sobre el cuello del animal.

Se puso rígida. Era un caballo caro, sin duda del establo de un noble. Cuando llegó a su altura, ella ya tenía el estómago revuelto.

—¡Señorita! ¡Señorita Archer! —El joven jinete descabalgó con agilidad y se quitó el sombrero, dejando al descubierto una cabellera roja empapada de sudor—. McMahon, mozo de cuadra y jardinero, a su servicio. Me han enviado a buscarla, señorita.

No. No, no iba a volver allí.

—Agradezco su esfuerzo, pero voy al pueblo —afirmó, señalando hacia atrás con el pulgar.

El gesto del del joven fue de genuina sorpresa.

—¿A Hawthorne? Pero todavía está lejos. Hace frío. Va a sufrir una pulmonía.

—He entrado en calor. Y camino deprisa.

—Ha andado mucho más de lo que pensábamos, tiene que estar exhausta —repuso—. Voy a llevarla a la casa.

No la había escuchado. Nunca lo hacían. Le dedicó una luminosa sonrisa y el joven pestañeó como pestañeaban todos los hombres a los que sonreía.

—McMahon, solo hay un caballo.

Se le iluminó la cara.

—¡No se preocupe, señorita! Lo usará usted.

—No. No lo voy a usar. Así que tardaríamos dos horas en volver andando a la casa, más o menos lo mismo que yo en llegar a Hawthorne.

McMahon analizó la situación con el ceño muy fruncido, sin duda consciente de que, si no quería cooperar, echársela al hombro y ponerla en el caballo como un paquete no era una opción válida.

—A su excelencia esto no le va a gustar. No le va a gustar nada... —terminó por refunfuñar.

¿A su excelencia? ¿Por qué había mandado a buscarla, si lo que quería era que se fuera?

Porque quería hacerlo todo a su modo, el muy autócrata dominante.

—Dígale a su excelencia que me negué.

McMahon se quedó con la boca abierta.

—Y que me mostré muy obstinada al respecto —añadió—, como una auténtica arpía.

El mozo de cuadra negó despacio con la cabeza.

—No... no puedo decirle semejante cosa, señorita.

—No le va a sorprender. Ni siquiera un poco.

—Vamos a ver, señorita...

—Buenas tardes, McMahon. Un placer.

No se dio la vuelta para darle la espalda porque tenía modales. De hecho, unos modales excelentes.

McMahon aún parecía disgustado. ¿Sería el duque capaz de despedirlo? Ella apretó los labios para no volverse. Era una cuestión de pura supervivencia.

Mascullando algo entre dientes, el chico se caló la gorra, montó y obligó al caballo a volver grupas. Pronto se convirtió en un punto oscuro contra el blanco paisaje.

Annabelle reanudó la marcha con ánimos renovados, invadida por un sentimiento de urgencia mayor. El duque deseaba que volviera y era un hombre que siempre conseguía lo que deseaba. Tenía que ir más deprisa. Por otra parte, estaba empapada en sudor. Sentía la camisola interior pegada a la espalda y se le formaban cristalitos helados en la cara. Tenía que guarecerse del frío cuanto antes.

No había pasado ni media hora desde la marcha de McMahon cuando de nuevo escuchó sonido de cascos.

Preparada para ver un gran caballo pardo, se volvió. Esta vez era de un blanco resplandeciente.

«¡Por los clavos de Cristo!».

El jinete se aproximaba deprisa y su postura erecta no dejaba lugar a dudas. Era Montgomery en persona. Lo seguía otro caballo sin jinete.

Se dio la vuelta. Tenía el ánimo tan helado como la cara. El mismísimo Montgomery había ido a buscarla.

Llegó ante ella como una ráfaga de viento, como una oleada de fuerza e impulso. De la piel de los musculosos caballos surgían nubes de vapor mientras él los guiaba a ambos para colocarlos delante de ella. ¿Acaso pensaba que iba a estar tan loca como para intentar salir corriendo y huir?

Se acordó de hacer la obligada reverencia y cuando alzó la cabeza se dio cuenta de que la miraba desde lo alto de la silla con la nariz bien levantada. Seguramente era la forma en la que sus antepasados, hombres imperiales a lomos de caballos de guerra, contemplaban las batallas. La voz de todos ellos había sido la señal que enviaba a los soldados a la batalla, ordenándoles alzar las espadas y lanzarse al peligro, la muerte o la gloria. Ella estaba en peligro ahora, sin asomo de gloria por delante. No había duda: la expresión férrea e impertérrita así lo indicaba.

—Buenas tardes, señorita Archer. —El tono fue falsamente ligero—. ¿Me podría decir qué es lo que pretende con esta actitud?

Señaló con el índice el nevado camino que había por delante y dibujó un círculo alrededor de su figura.

—Ni más ni menos que cumplir sus órdenes, su excelencia. La carretera permite viajar, así que me marché de su casa.

—Era evidente que me estaba refiriendo a viajar en carruaje, no a pie.

—Nunca me atreveré a interpretar por mi propia cuenta sus órdenes, su excelencia.

Él apretó la mandíbula.

—Si hubiera sido mucho más explícito con mi orden y hubiera dejado claro que no me refería a viajar a pie, ¿se habría quedado en mi casa?

Esa pregunta solo podía responderse de dos maneras: sin decir nada o mintiendo. Ambos sabían que, en cualquier caso, ella se habría ido.

Montgomery asintió de nuevo con un mínimo gesto y se bajó de la silla con un movimiento lleno de elegancia. Soltó las riendas y se acercó a ella con la fusta en la mano. La nieve crujía bajo el peso de sus botas.

Ella se asentó con firmeza sobre los talones. Ahora estaban al aire libre, en una situación más equilibrada que en su biblioteca, pero, de todas formas, seguía pareciendo inexpugnable hasta el desconcierto con el abrigo azul marino y la doble fila de relucientes botones de plata que lo adornaban. No se preocupó de asegurar el caballo, que ni se movía. La pobre bestia debía conocer las consecuencias de no hacerlo y rebelarse contra la sumisión.

Montgomery se plantó a menos de medio metro de ella. Le brillaban los ojos, con toda seguridad de irritación.

—Jamás ordenaría a una dama que se fuera andando a ninguna parte —aseveró—, así que le ruego que monte, por favor. —Señaló hacia el otro caballo con la fusta.

Annabelle miró el corcel. Tenía el tamaño de una casa y parecía nervioso; además, no iba a volver con él ni aunque hubiera traído el carruaje más lujoso del reino.

—Llegaré a Hawthorne en una hora, su excelencia.

—No, porque enseguida va a anochecer, arreciará el frío y se pondrá enferma —enumeró con absoluta certeza, como si estuviera describiendo el curso de acontecimientos pasados—. Hasta podría perder algunos dedos de los pies —añadió por si acaso.

Encogió los pies dentro de los botines al escuchar la referencia a los dedos. ¡Apenas los sentía, por favor!

—Le agradezco su preocupación...

—No voy a permitir que una mujer resulte dañada en mi propiedad —dijo—. La preocupación no tiene cabida en todo esto.

«Claro que no».

—No tengo ningunas ganas de sufrir daños. Lo único que pretendo es llegar a Hawthorne.

Le lanzó una mirada mucho más fría que el ambiente.

—Está colocando su orgullo por encima de su seguridad, señorita.

Eso no podía negarlo. Apretó los dientes para poder controlar el poco habitual deseo de gruñir.

—Suba al caballo —ordenó Montgomery.

—Prefiero no hacerlo, su excelencia. Es enorme.

Golpeó la fusta contra su bota. Annabelle tuvo la certeza de que hubiera preferido golpear otra cosa.

—Hay una posada en Hawthorne en la que tengo pensado pernoctar —explicó a toda prisa— y...

—... y entonces correrá la voz de que abandono a mis invitados en medio de una carretera y con un frío mortal —terminó Montgomery por ella—. No lo voy a permitir. Ni siquiera tiene un abrigo adecuado.

Se miró:

—Es un abrigo de lo más normal.

—Y del todo inútil para una marcha de más de diez kilómetros en estas condiciones —replicó. Como es obvio, no añadió las palabras «estúpida mujer». Él jamás las pronunciaría en voz alta, por supuesto, pero no era necesario que lo hiciera. Ya le había causado bastante daño con su tono, comedidamente sarcástico.

Annabelle contempló su figura ancha y cuadrada, muy superior a la de ella en peso y fuerza, y se preguntó qué haría si intentaba rodearlo y seguir su camino.

—Muy bien —repuso él, como si hubiera llegado el momento de actuar. E hizo algo inesperado: se quitó el sombrero—. No es un sitio muy apropiado, la verdad —reflexionó—, pero parece que vamos a estar aquí durante algún tiempo.

Se puso el sombrero bajo el brazo y la miró a los ojos.

—Señorita, me disculpo por haberme portado de forma arbitraria en extremo durante nuestro anterior encuentro. Por favor, concédame el honor de permanecer en Claremont hasta que la fiesta termine mañana.

Apenas había ruido en esa colina, hoy nada ventosa, de Wiltshire. Annabelle hasta podía escuchar el sonido de su propia respiración, del aire al salir y entrar de los pulmones, y el sonido de los latidos de su corazón mientras lo miraba de hito en hito, con el sombrero sujeto bajo el brazo con ese ademán tan formal. Alrededor de su boca había una blanquecina nube de vaho, igual que alrededor de la de ella.

Ningún hombre se había disculpado nunca con ella. Y ahora que uno lo había hecho, no tenía claro lo que debía hacer.

Una ceja de Montgomery se alzó con impaciencia. Normal. Después de todo, era duque y seguramente no tenía costumbre de disculparse. ¿Lo habría hecho alguna vez? No era probable.

—¿Por qué? —preguntó con voz tenue—. ¿Por qué invita a una mujer... como yo?

Su mirada era inescrutable.

—No puedo permitir que ninguna mujer sufra daño en mi hacienda. Por otra parte, nuestra anterior conversación se basó en un malentendido. Tengo claro que mi hermano está a salvo de usted.

Ella se estremeció. ¿Le había preguntado a Peregrine acerca de la naturaleza de su relación? O, peor aún, ¿a Hattie y a Catriona? Esas preguntas causarían...

—Nadie me lo ha dicho —explicó él. La expresión de su cara era nueva para ella. Podía calificarla de moderadamente divertida.

—Eso es tranquilizador —admitió, aunque no sonó reconfortada en absoluto.

Él torció un poco los labios.

—Lo único que hice fue usar el razonamiento deductivo, sin más. La lógica, si así lo prefiere.

—Es el método más sólido y sensato —reconoció Annabelle, que se preguntaba a dónde diablos quería el duque llegar ahora.

—Usted dejó claro como el día que no estaba en el mercado para un duque —recordó—. De lo cual se deduce que mi hermano pequeño tampoco podría encontrarse dentro de su círculo de intereses.

Pestañeó. ¿Estaba intentando... bromear con ella?

Su cara no expresaba nada, así que, con mucho cuidado, decidió tantear a su vez:

—Pero, su excelencia, ¿no cree que eso sería un razonamiento... inductivo?

Se quedó rígido. Vio un mínimo brillo en el interior de sus ojos.

—Deductivo, sin la menor duda —respondió en voz muy baja.

«Deductivo, sin la menor duda». Así que la premisa de que una mujer siempre preferiría a un duque antes que a cualquier otro hombre era para él una ley natural, tanto como el hecho de que todos los seres humanos son mortales. Su arrogancia era abrumadora.

—Por supuesto —concluyó entre dientes.

Él sonrió al escucharla, pero solo con la comisura de los ojos. Eso hizo que se fijara en su boca. Era una boca intrigante, si se miraba con atención. Tentadora, incluso: bien definida y con una notable suavidad en el labio inferior cuando apuntaba una sonrisa. Podría decirse que era una boca sensual si una se atreviera a pensar en él de esa manera; la promesa de que ese duque tan reservado y lejano sabía cómo colocar sus labios para utilizarlos con una mujer...

«Este hombre y yo vamos a besarnos». La idea surgió brillante y repentina, un relámpago en el horizonte de su mente, una seguridad más que un pensamiento. Le pareció que su corazón hacía un ruido sordo y confundido.

Miró al horizonte y después de nuevo a él. El nuevo Montgomery seguía allí, con la atractiva boca y el humor inteligente escondido en la profundidad de sus ojos. En ese momento supo que nunca volvería a pasarle desapercibido.

Lo miró a los ojos y negó con la cabeza.

—No puedo regresar con usted —declaró con voz firme—. No sé montar a caballo.

El duque frunció el ceño.

—¿Nada en absoluto?

—No en una silla de amazona.

¡Vaya por Dios! Lo último que deseaba era que se la imaginara levantándose las faldas y montando a horcajadas.

—Entiendo —dijo entre dientes. Chascó la lengua y, de inmediato, su caballo dejó de husmear la nieve y se acercó al trote, abandonando a su compañero.

Montgomery tomó las riendas.

—Cabalgará conmigo —afirmó como si tal cosa.

—¿Vuelve a bromear, su excelencia?

—Yo nunca bromeo —respondió, con tono un tanto sorprendido.

¿Entonces tenía que sentarse en el caballo junto a él y agarrarlo como si fuera la clásica damisela en peligro de una novela escabrosa? Todos sus instintos se negaban casi a gritos. Él debió de notar algo, porque su expresión se endureció.

—Parece algo peligroso —probó Annabelle.

—Soy un buen jinete —aseguró.

Dejó la fusta sobre el estribo, para tener las manos libres y poder levantarla, supuso ella. Sintió un escalofrío, aunque no distinguió si de frío o de calor. Aún tenía la posibilidad de rodearlo, echar a andar de nuevo hacia el pueblo y alejarse lo más posible de ese hombre.

La mirada que le lanzó fue dura como el pedernal.

—Venga aquí, señorita.

Por increíble que parezca, dio un paso, como si hubiera tirado de ella, y él la tomó del codo y la empujó para que apoyara la espalda sobre el cálido lomo del caballo. Annabelle sintió una mezcla de olores: sudor, cuero y lana; el de lana tenía que proceder de él, que volvía a estar muy cerca y la atrapaba entre el semental y su pecho.

—Ha accedido a la primera, señorita Archer —murmuró mientras la miraba con fijeza—. Puede que, después de todo, sí que tenga frío.

Sin poder evitarlo, volvió a asomarse a la profundidad de sus ojos. De hecho, su mirada se había vuelto anárquica y lo recorría como si hubiera olvidado que no todas las miradas se crearon para ser idénticas. Puede que fueran los contrastes que estaba experimentando: la pálida claridad, la montura oscura, destellos de intensidad contenida, frío, vacío...

Vio que él había centrado la atención en sus labios. De inmediato se le secó la boca.

El duque apretó la mandíbula en un gesto de enfado.

—Le castañetean los dientes —protestó—. Esto es ridículo.

Se llevó la mano al botón de arriba del abrigo en un instintivo gesto ancestral y ella se quedó helada. Lo mismo le pasó a él, que dejó la mano suspendida en el aire. De hecho, la miró de una forma tan inexpresiva que resultaba cómica. Estaba claro que el impulso de arroparla para que se le pasara el frío los había tomado por sorpresa a los dos. Aunque considerara su deber evitar que pereciera en sus tierras, cederle su abrigo como si fuera una dama noble era ir demasiado lejos. Ella no era noble, estaba muy lejos de serlo. No tenía por qué protegerla: no era de su propiedad.

Se aflojó el pañuelo de cuello.

—Póngase esto.

Sonó más severo que nunca. Era una batalla que no debía librar, así que se colocó el pañuelo alrededor del cuello e intentó ignorar el masculino aroma a jabón vegetal que desprendía la suave prenda.

El duque le rodeó la cintura con manos firmes. Un instante después, se hallaba sentada sobre el nervioso corcel, a medio camino entre el cuello del animal y la silla, agarrada con fuerza al pelo blanco níveo del noble bruto. Y un segundo más tarde, él estaba sentado en la silla detrás de ella, sorprendentemente cerca.

—Permítame.

La sorprendió de nuevo al deslizar un brazo alrededor de su cintura y tirando de ella hacia su pecho, un pecho notablemente sólido. La recorrió una oleada de calor que le llegó a la punta de los pies, una sensación que había esperado no volver a sentir jamás. Pero ahora la notaba por todo el cuerpo, así como una relajación que era una respuesta a la fuerza masculina que la rodeaba.

Tendría que haber llegado andando al pueblo. Hubiera sido muy fácil.

Tenía que ignorar lo que sentía. También eso era fácil...

El muslo izquierdo del caballero se apretó contra el de ella, que soltó un grito ahogado.

—Un momento, por favor.

—¿Qué pasa?

—Lléveme al pueblo, por favor, su excelencia. A la posada. Está mucho más cerca.

Tardó unos instantes en reaccionar. Después la estrechó con más fuerza.

—Ya es demasiado tarde.

Azuzó al caballo para ir al galope.

Capítulo 9

Olía a jazmines, un aroma dulce y suave como una noche de verano en España, del todo incongruente con los campos cubiertos de nieve sobre los que ahora volaban y también con la criatura obstinada y temblorosa que tenía entre sus brazos. Había recorrido los caminos llenos de nieve con la determinación de un pequeño batallón y le había hecho frente hasta que sus dientes la traicionaron. Esa terca resistencia solo le había dejado dos alternativas: una, echársela al hombro como un bárbaro; la otra, negociar. Apretó la boca con gesto de enojo. Nunca negociaba cuando la otra parte no tenía nada que ofrecer, pero esa joven lo había arrastrado a disculparse con ella, incluso a bromear para intentar acabar con sus defensas. Y hasta la broma había escapado a su control cuando, de forma inesperada y muy inteligente, se la había devuelto. ¿Cómo iba a pensar que pudiera conocer la diferencia entre la lógica deductiva y la inductiva, por muy sabihonda de Oxford que fuera?

Ya era de noche cuando llegaron al patio de caballerías. Los faroles de las paredes del palacio estaban encendidos y su luz amarillenta resbalaba sobre los adoquines. El caballo decidió desobedecerlo y se encaminó a los establos, por lo que tuvo que inclinarse hacia adelante para controlar mejor las riendas. La señorita Archer volvió la cabeza, de modo que su nariz se adentró en una maraña de suaves rizos y la de ella se apoyó en una oreja helada.

Se puso tensa.

Él también.

—Le ruego que me perdone.

La frialdad de su piel permaneció en los labios de Sebastián.

La noche habría caído bastante antes de que ella hubiera podido llegar a Hawthorne andando. Podría haberse perdido y con toda probabilidad la habrían encontrado por la mañana en uno de sus campos, tirada en el suelo, congelada con ese abrigo remendado.

Le entró un deseo irracional de tomarla por las solapas y agitarla.

—Su excelencia. —El mozo de cuadra ya estaba a su lado, mirando con ojos asombrados. No podía apartar la vista de la mujer que lo acompañaba.

—Stevens —saludó con tono seco—. El caballo suelto...

La señorita Archer cambió de postura y el movimiento hizo que el redondo trasero se apretara con algo más de firmeza contra su ingle. Maldijo para sí y bajó de la silla en cuanto Stevens quedó fuera del alcance de su vista.

Vio por encima de él la cara de la joven, quieta y pálida como una luna llena. Alzó los brazos para ayudarla a descender, pero no reaccionó. Permaneció asida con fuerza a las crines del caballo.

—Si no le importa, señorita... —¿Qué pasaba ahora? ¿Se había fosilizado? Su inmovilidad era sospechosa.

El caballo se movía de un lado a otro, sin duda ansioso por entrar en su establo. Pero ella siguió bien aferrada.

Colocaba las manos donde, bajo varias capas de tela, calculaba que podría estar su cintura, preparado para asirla y bajarla, cuando escuchó un mínimo gemido.

—No sé si voy a ser capaz de tenerme en pie. —Era su voz, y sonaba enfadada.

Entendió que nunca había estado sobre un caballo lanzado a galope tendido. Y supuso que la velocidad que habían alcanzado la había asustado muchísimo, dado que era una novata. Incluso él tenía la cara entumecida por el frío viento.

—Le aseguro que podré sujetarla —repuso con voz ronca.

Entonces ella se dejó caer en sus brazos y deslizó con torpeza el cuerpo. Se apoyó en los hombros de él cuando los pies tocaron el suelo y lo miró pestañeando. A la luz del gas, sus ojos eran de un color indefinible. No obstante, sabía muy bien que eran verdes, de un tono, parecido al de los líquenes, que sorprendía por lo calmo y lo tranquilo. Antes había echado un buen vistazo.

Retorció el cuerpo, muy insegura, y él se dio cuenta de que seguía sujetándola con firmeza. Relajó el abrazo, ella dio un paso atrás y él le sujetó el brazo por debajo del codo.

—¿Puede permanecer de pie?

—Sí, su excelencia.

Parecía agitada. Sin duda estaba acostumbrada a tener bien plantados los pies en el suelo.

La mantuvo sujeta por el antebrazo, solo por si acaso. Tenía los guantes rasgados y sintió el deseo absurdo y urgente de poner la mano encima de la de ella hasta que Stevens, el mozo de cuadra de menor categoría de Claremont, llegó para llevarse el caballo al establo.

Casi la arrastró hasta las escaleras. En el cálido y brillante interior de la casa los aguardaba un pequeño grupo de sirvientes integrado por la señora Beecham, a la cabeza, y dos jóvenes criadas, que, tras ella, sin duda esperaban a que él se quitara de en medio para atender como era debido a la invitada.

La señorita Archer retiró el brazo con expresión tan cerrada como su inútil abrigo, que no le había prestado ningún servicio. Seguía siendo hermosa.

Había notado su belleza antes, cuando estaban en la colina. Incluso sin esos cuidados estratégicos capaces de engañar a un ojo masculino menos exigente, incluso con la nariz enrojecida y el pelo enmarañado por el viento era hermosa. Tenía esas facciones atemporales que trascendían la moda y el rango social: el cuello grácil, los pómulos elegantes, la boca suave. Esa boca..., su rosada plenitud era más propia de una cortesana bretona que de una dama inglesa, de una sabihonda de Oxford, de una chica del campo. Se dio cuenta de que la estaba mirando con descaro, en un intento de situarla en una de las categorías de las mujeres que conocía. Pero, increíblemente, no fue capaz.

Todavía llevaba su pañuelo de cuello. El emblema de los Montgomery descansaba sobre su pecho izquierdo. Sintió al verlo una emoción oscura que incendió la calma y todo pensamiento consciente. Obsesión. Por un momento le recorrió todo el cuerpo esa necesidad imperiosa, ese deseo abrasador, esa urgencia física que lo quería conducir hacia ella. ¡Dios!

Retrocedió.

Los ojos verdes como el liquen, suspicaces, no se apartaban de él.

—Espero verla en la cena, señorita. —La frialdad de su voz convirtió la invitación en una orden que fue recibida con un mínimo mohín que le pareció de amotinamiento.

Se retiró y casi sintió de modo físico el placer de hundir los dientes en ese mullido labio inferior.

✻✻✻

Una hora más tarde, una vez recuperado, Sebastián miraba fijamente su propia imagen en el espejo del lavamanos. Un baño, un afeitado bien apurado y un ayuda de cámara que sabía muy bien lo que hacía habían logrado que, visto desde fuera, fuera imposible adivinar que esa misma mañana había bajado del ferry de Dover y que había perseguido por la tarde a una mujer terca como una mula. Pero, desde dentro, seguía notando una especie de vacío en el pecho. Igual estaba empezando a sentir el peso de la edad.

—He oído que los jóvenes caballeros están encantados de poder cenar con usted, aunque sea de forma inesperada, su excelencia —apuntó Ramsey con tono del todo neutro mientras le sujetaba el pañuelo de cuello con un alfiler.

Sebastián sí que se permitió una sonrisa irónica que vio reflejada en el espejo. Como mínimo, había un joven caballero al que la idea de cenar con él no le encantaba. Pero, aparte de Peregrin, sabía perfectamente que, cuando acudía a una fiesta, su presencia no era precisamente bien recibida por el resto de los asistentes. Cuando entraba en un salón se interrumpían las conversaciones, cesaban las risas y todo adquiría un matiz más meditado. Todo el mundo podía obtener algo de un duque, pero también podía perder algo, tal vez incluso más que ganar. Su presencia disparaba entre la gente una red de precauciones que atrapaba las verdades y los impulsos como una tela de araña sobre una mosca caprichosa. En la vida de un duque, llegaba un momento en el que era casi imposible escuchar una opinión sincera, hasta el punto de que, si fuera camino del infierno en un carrito, todo el mundo se apartaría con cortesía para dejarlo pasar y le desearía buen viaje.

—Ramsey —llamó.

El criado estaba quitándole el imaginario polvo a su ya prístina levita.

—¿Sí, su excelencia?

—Si fueras a verme a mi estudio y me vieras de pie en medio del caos y un par de piernas asomasen por debajo del escritorio, ¿qué harías?

Ramsey se quedó muy quieto. Lo miró con cuidado para intentar deducir su estado de ánimo, pese a que sabía de sobra que no iba a ver nada que Sebastián no quisiera mostrar.

—Está claro, su excelencia —dijo tras pensar un instante—. Iría a buscar una escoba.

No le cabía la menor duda de que lo haría.

—Eso es todo, Ramsey.

Debía conducir a sus invitados al comedor y pasar las tres siguientes horas sin estrangular a su hermano.

❃ ❃ ❃

Peregrin se aproximó al sitio junto al de Sebastián como cualquier hombre bien educado se acercaría a una silla de interrogatorios: sereno, pálido y algo envarado. El pelo, de ordinario alborotado, ahora estaba peinado y lucía un orden meticuloso, liso y con la raya en medio. Sin embargo, rehuía la mirada de su hermano como un cobarde. ¡Que Dios le diera fuerza! Si Sebastián se cayera al día siguiente del caballo con resultado fatal, ochocientos años de historia de los Montgomery pasarían a manos de ese crío. El castillo de Montgomery no regresaría jamás a formar parte del patrimonio familiar. La verdad, el no caer en la tentación de estrangular a su hermano le iba a costar un gran esfuerzo.

Un pequeño estruendo de arrastre de sillas y roce de ropa acompañó el gesto de sentarse de los invitados. En una zona alejada de la mesa se produjo un cierto revuelo cuando lord Hampton y lord Palmer lanzaron una mirada asesina a los caballeros sentados a su izquierda, y James Tomlinson fingió abanicarse. Se sentaron en el sitio en el que debía sentarse una dama, lo que indicaba que quien había organizado las ubicaciones en la mesa lo había hecho todo lo mal que había podido: la anciana tía de Julien Greenfield y las tres señoritas de Oxford estaban desperdigadas entre trece jóvenes caballeros. Sebastián no perdió ni un segundo en intentar entender semejante cosa.

—¡Qué agradable tener a tanta gente joven en la mesa! —oyó decir en voz muy alta a la tía Greenfield desde su derecha.

—Pues no exactamente... —indicó con voz tan suave como peligrosa.

Peregrin parecía fascinado por la contemplación de su plato vacío.

Los camareros colocaron en la mesa pequeñas fuentes con el primer plato y levantaron las tapas de plata para revelar trozos de faisán que nadaban en una salsa rojo sangre.

Empezaron a sonar los cubiertos; las copas reflejaban la luz de las velas.

Peregrin todavía no había acumulado el valor suficiente como para mirarlo a la cara. Sebastián repasó su perfil con los ojos entrecerrados. El enfado empezaba a desbordarlo.

Despacio, muy despacio, Peregrin empezó a levantar la cabeza. El duque notó que su joven hermano se estremecía cuando las miradas se encontraron.

—¿Qué tal está el faisán? —preguntó, con una sonrisa ligera.

Peregrin abrió mucho los ojos.

—Excelente, gracias —contestó, al tiempo que pinchaba un trocito con el tenedor—. Eh... Espero que su viaje haya transcurrido sin sobresaltos, señor.

—Así fue —contestó Sebastián, y dio un sorbo a la copa de agua—. Las cosas empezaron a ponerse interesantes a mi llegada aquí.

Peregrin tragó saliva de modo audible.

Los invitados conversaban con animación. Desde su extremo de la mesa, pudo captar el tranquilo tarareo de la voz de contralto de la señorita Archer y después un coro de risas de los ansiosos jóvenes que la rodeaban. Estuvo a punto de reírse con desprecio. Fuera lo que fuese lo que pudiera divertir de verdad a una mujer como la señorita Archer, estaba claro que ninguno de esos mequetrefes podría ser capaz de proporcionárselo.

—Mañana voy a ir a Londres —le dijo a Peregrin—. Cuando vuelva, el lunes, te espero en mi despacho. A las seis en punto, si no hay novedades.

No pensaba que fuera posible, pero el rostro de su hermano palideció todavía más. Y, solo con la intención de ver lo que pasaba, agarró el cuchillo y ensartó un trozo de carne para ponerlo en el plato. A Peregrin se le cayó el tenedor, que se estrelló contra la mesa. Dieciséis cabezas se volvieron de inmediato a mirarlos, como si hubiera sonado un disparo.

Capítulo 10

Annabelle se sobresaltó con el ruido. No sonó demasiado fuerte, pero no pudo reconocerlo ni ubicarlo. Su primera intención fue ignorarlo, ya que la almohada sobre la que tenía apoyada la mejilla era de lo más suave y acogedora, una verdadera nube entre sus manos. Pero no le resultaba nada familiar. Y eran más de las seis de la mañana, estaba segura. ¡Se había despertado tarde! Se incorporó para sentarse y en algún sitio entre las sombras sonó aquella especie de chillido.

Pudo distinguir las formas de la habitación: opulentos pilares, altos ventanales, el leve brillo de un candelabro... Se hallaba en la mansión del duque de Montgomery. Una criada agachada junto a la chimenea manejaba un atizador.

Se volvió a echar sobre las almohadas. No tenía que cuidar ningún fuego, no había ninguna docena de niños ni ningún primo al que preparar el desayuno... Se pasó la mano por la cara. Tenía la frente húmeda.

—¿Qué hora es?

—Alrededor de las seis y media, señorita —la informó la criada—. ¿Quiere que pida té para usted?

Qué tentador, tomar un té en la cama. Pese a la media hora de sueño extra, se sentía perezosa. Pero tenía una traducción que hacer antes de que empezaran las actividades del día. Sacó una pierna de la cama. El pie le pesaba como si fuera de plomo.

—¿Habrá algo de desayuno en la mesa a estas horas? —preguntó.

La criada abrió mucho los ojos mientras intentaba adivinar sus intenciones. Quizá nunca había visto a una invitada levantarse antes del amanecer; de hecho, los nobles no se despertaban antes de mediodía. Annabelle lo sabía por experiencia propia.

❊❊❊

El lacayo, que iba delante de ella en dirección al salón del desayuno, se detuvo de repente y juntó los tobillos en un gesto militar.

—Su excelencia, la señorita Archer.

Se quedó helada en mitad de un paso.

¡Increíble! Ya había alguien en la mesa, alguien oculto por un periódico abierto del todo. No cabía la menor duda: era el dueño de la casa.

Tenía que estar alojada en casa del único noble inglés que no se levantaba al mediodía, ¡faltaría más!

Montgomery la miró por encima del periódico, muy alerta pese a la hora, y el impacto de su mirada le produjo cierta cálida desazón en la zona del vientre. Apretó las manos con fuerza a la altura del regazo.

Montgomery levantó una de las rectilíneas cejas sin mover ningún músculo innecesario.

—Señorita Archer, ¿algo va mal?

Sí. La ponía nerviosa.

Los malditos ojos, rebosantes de inteligencia, y la despreocupada confianza en sí mismo la habían impregnado y ahora su cuerpo no era capaz de librarse de la sensación. Le recordaba la fortaleza de los brazos que la sujetaban, la solidez del pecho contra la espalda, el toque suave y accidental de sus labios en la oreja, su aroma sutil aunque poderoso... Todo ello la inundó hasta que se sumergió en el baño la noche pasada. Ahora su cuerpo conocía cosas sobre él, cosas que la intrigaban, aunque no debía ser así. Porque ni siquiera le gustaba.

—Me han dicho que podía tomar el desayuno aquí, su excelencia.

—Y puede, por supuesto —asintió.

A Annabelle le dio la impresión de que, mientras hablaba, no paraba de tomar decisiones rápidas. Retiró el periódico y le indicó al criado que preparara el lugar que estaba a su izquierda.

Sintió un vacío en el estómago. No era ahí donde debía sentarse, pero ya estaba cerrando el periódico como si el asunto estuviera del todo zanjado.

Llegar al sitio asignado suponía dejar a un lado un montón de sillas vacías y varios metros de mesa. Montgomery la observaba con expresión aristocrática y neutra. Un alfiler rematado con un diamante sujetaba el nudo perfecto del pañuelo de seda.

—Espero que lo que la haya hecho levantarse tan temprano no tenga que ver con algún problema en su habitación.

—La habitación es magnífica, su excelencia. Lo único que ocurre es que para mí no es tan temprano.

La afirmación pareció generar una chispa de interés en sus ojos.

—Desde luego que no.

Al contrario de lo que le ocurría a ella, era más que probable que no hubiera tenido que esforzarse para conseguir levantarse antes del amanecer. Quizá disfrutara con ello.

El criado que le había preparado el sitio se dirigió a ella.

—¿Le apetece té o café, señorita?

—Té, por favor —contestó, mientras se controlaba para no darle las gracias: uno no daba las gracias al servicio en una casa como esta.

Después el lacayo le preguntó si quería que le sirviera un plato surtido en la mesa, a lo que asintió, pensando que levantarse una vez que se había sentado sería un tanto raro. Pero lo cierto era que no tenía hambre. Podía ser que la criada le hubiera ceñido el corsé más de lo que estaba acostumbrada.

Parecía que Montgomery había terminado de desayunar hacía bastante. Junto a la pila de periódicos descansaba una taza vacía. ¿Por qué le había «sugerido» que se sentara junto a él, si estaba inmerso en la lectura? Aunque a esas alturas ella ya sabía que era un hombre que siempre hacía lo que pensaba que tenía que hacer. Ser educado y actuar con corrección era con toda probabilidad un auténtico deber para él, lo mismo que salir a cabalgar en plena helada para salvar de sí misma a una invitada terca. Tenía que haber añadido la característica «muy educado» a su perfil. Siempre y cuando no considerara a su interlocutor un arribista social, por supuesto.

—Usted es una de las activistas de lady Tedbury —constató el duque.

Bien. No se mordía la lengua.

—Así es, su excelencia.

—¿Por qué?

Percibió que tenía interés en la respuesta, un interés genuino.

Un sudor frío y molesto por lo abundante le recorrió la espalda. Tenía la atención de su enemigo, pero no estaba preparada. «Calma. Ten calma».

—Soy una mujer —afirmó—. Creer en los derechos de la mujer es algo natural para mí.

Él soltó una sorprendente maldición en francés y encogió un hombro.

—Muchas mujeres no creen en ese tipo de derechos que ustedes defienden —planteó—, y que la Ley de Propiedad de 1870 se enmiende o no no va a afectarla a usted en persona.

Ahí estaba de nuevo la arrogancia. Daba por hecho que ella no iba a tener ninguna propiedad que ceder a su hipotético marido ni, como consecuencia, ningún derecho a voto que perder. El hecho de que tuviera razón hacía que su arrogancia fuera aún más molesta.

Annabelle se humedeció los secos labios.

—También creo en la ética aristotélica —explicó— y Aristóteles afirma que hay más valor en la defensa del bien común que en la de los objetivos personales.

—Pero en las democracias griegas las mujeres no tenían derecho al voto —rebatió él, y un mínimo esbozo de sonrisa asomó a sus labios. Hasta podría creerse que estaba disfrutando con el intercambio.

El brillo de los ojos del hombre azuzó la temeridad de ella.

—No incluyeron los derechos de las mujeres dentro del bien común —apuntó—. Es un error fácil de cometer, pues parece que se olvidan con frecuencia.

Él asintió.

—Pero, entonces, ¿cómo valora el hecho de que los hombres que no tienen propiedades tampoco puedan votar?

¡Se estaba divirtiendo! Como un gato se divierte con un ratón antes de comérselo.

Empezó a sentir golpes en las sienes, como si se las golpearan con un mazo. Y la vibración se trasladaba a todos los huesos. Pero estaba sola con él y él no la golpeaba. Tenía que intentarlo.

—Quizá debería haber más igualdad también para los hombres, su excelencia.

Decir eso fue un error, lo supo de inmediato. Montgomery negó con la cabeza:

—Por lo que veo, socialista además de feminista —resumió—. ¿Debo preocuparme por la posible corrupción de mis empleados mientras usted se encuentre aquí, señorita Archer? ¿Me encontraré con un motín cuando vuelva mañana de Londres?

—Yo no me preocuparía —murmuró—. Seguro que hay un calabozo bajo la casa.

Posó sobre ella una mirada de halcón.

—Sí que lo hay —confirmó. Y añadió de inmediato—: ¿Seguro que se encuentra bien, señorita?

—Sí, estoy bien. —¿Un calabozo? Ya no podía negar que tenía un poco de fiebre.

El lacayo reapareció y le colocó un plato bajo la nariz. Arenques, riñones fritos y una masa verduzca. De todo ello surgía un olor salado que le volvió el estómago del revés.

Montgomery chasqueó los dedos:

—Tráigale a la señorita Archer una naranja preparada —ordenó a nadie en particular.

Annabelle contempló la mano masculina, que ahora se apoyaba, relajada, en la mesa. Era una mano aristocrática, de largos y elegantes dedos que muy bien podrían pertenecer a un músico que tocara cualquier instrumento clásico. Sobre el meñique, el zafiro azul oscuro del anillo ducal parecía tragarse la luz, como si de un pequeño océano se tratara.

La miró a los ojos para hacerle saber que sabía que lo observaba.

—Es *The Manchester Guardian* —indicó ella con rapidez, señalando al periódico que acababa de dejar.

Montgomery la observó con gesto irónico.

—Doy por hecho que me considera un lector típico de *The Times*.

—De *The Morning Post*, en realidad. —Un periódico aún más conservador que *The Times*. Las sufragistas leían *The Guardian*.

—Acierta del todo —dijo, y levantó el ejemplar de *The Guardian* para dejar ver un ejemplar de *The Times* y, después, otro de *The Morning Post*.

—Eso es muy exhaustivo, su excelencia.

—En realidad no. Cuando uno quiere saber qué está pasando de verdad en el país en su conjunto, hay que leer todos los puntos de vista.

Se acordó de que era el hombre al que la reina había puesto al cargo de la dirección del Partido Tory para que obtuviera la victoria en las elecciones. Era lógico que quisiera estar al tanto de todo lo que sucediera en el país para, así, poder dirigirlo.

Había sentido lo mismo en la plaza del Parlamento cuando sus miradas se cruzaron, lo que siente cualquier criatura cuando reconoce a otra de su clase: Montgomery era un hombre muy muy inteligente. Eso resultaba tan inquietante como la certeza de que el chaleco de seda ocultaba un cuerpo muy trabajado y musculoso.

Fue a agarrar la taza, pero le tembló la mano. Inclinó la delicada porcelana china y el té se derramó.

—Lo siento —murmuró.

Montgomery la miró con los ojos entrecerrados.

Apareció raudo un lacayo, agarró la taza y el plato inundado y se los llevó. Ella trató de estirarse para que le entrase más aire en los pulmones, pero parecía tener un pedrusco en mitad del pecho.

—Le ruego que me perdone —susurró—. Debo excusarme.

El duque dijo algo que ella no fue capaz de entenderlo. Le pesaban las piernas y le costaba mantenerse en pie. Un paso, otro paso, fuera de la mesa... Se le nubló la vista.

¡No, por Dios!

Una silla cayó al suelo y Annabelle entró en un túnel oscuro.

Estaba apoyada sobre la espalda, con el cuerpo tan tembloroso como si tuviera dentro un millón de abejas. La habían sentado en una butaca, con los pies en alto, y sentía el intenso olor de las sales en la nariz. Varias caras preocupadas la observaban: la señora Beecham, el mayordomo y Montgomery.

La expresión del duque era seria.

—No estaba usted bien —constató.

Lo miró echando chispas por los ojos. Prácticamente la había obligado a ponerse enferma con su maldita profecía del día anterior en el campo.

—Estoy lo bastante bien, su excelencia.

Se colocó frente a ella inclinado, con una rodilla en tierra, y la miró con dureza.

—Si no llego a agarrarla en el aire, se habría partido la cabeza.

Una damisela en su caballo, una damisela que se desmayaba en sus brazos. Le entraron ganas de reírse y el esfuerzo por evitarlo dio lugar a una especie de ridículo cloqueo. La señora Beecham, preocupada, le colocó la mano en la boca.

—Mi médico personal llegará enseguida —anunció Montgomery.

¿Un médico? Eso la hizo alzar la cabeza, alarmada. Comenzó a incorporarse.

—No puedo...

La mano del duque, suave pero firme a la altura del hombro, la empujó para que volviera a echarse.

—Debe de estar delirando —comentó el mayordomo al ama de llaves, como si no pudiera oírle.

—Ustedes no lo entienden —refutó con un tono de desesperación que no le gustó nada notar. No estaba enferma desde que era una cría. No podía estarlo, siempre había algo que hacer. En estos momentos eran el curso universitario..., sus alumnos.

—¿A quién debo notificar? —preguntó el duque.

Las palabras le resbalaron despacio por el interior de la cabeza.

—Al profesor Jenkins —indicó—. No creo que pueda terminar a tiempo la traducción...

—Está claro que delira —concluyó la señora Beecham—. Pobrecilla...

—Me refiero al familiar más cercano —precisó él con impaciencia.

—¡Ah! No tengo ninguno. —¿De qué iba a servir decírselo a Gilbert? Era ella quien lo cuidaba a él. Esto lo aturullaría. Empezaron a brotar las lágrimas, cálidas y abundantes. Si no era capaz de seguir adecuadamente el curso, pondría en peligro la beca..., el futuro...—. No tengo ninguno —repitió—, así que no puedo... no puedo ponerme enferma.

Hubo una pausa de silencio.

—Entiendo —dijo el duque. Annabelle lo miró, pues su tono se había suavizado de modo sospechoso—. Aquí va a estar en muy buenas manos —añadió.

Ella se dio cuenta de que aún tenía la mano sobre su hombro, como una especie de ancla que sujetara su cuerpo. En esos momentos, le parecía una fuente de vapor.

—No puedo permitirme... —«un médico», quiso añadir, pero negó con la cabeza.

—Aquí estará a salvo.

«A salvo». Una promesa de alto nivel. Pero lo dijo con tal calma que no le cupo duda de que se haría lo que él dijera. Que podía dejarlo todo en sus manos, al menos por un tiempo. Al parecer, para confiar en un hombre no era necesario fiarse de él.

✿✿✿

Sebastián paseaba frente a la puerta de la habitación de la señorita Archer sin dejar de mirar el reloj de bolsillo, con el ceño fruncido por la preocupación. Por lo que parecía, cuando llegara el doctor Bärwald él ya estaría de camino a Londres, por lo que tendría que darle las instrucciones pertinentes al mayordomo para que se encargara de todo.

Se había desplomado como un árbol talado. Y el brillo de pánico en sus ojos... Pero él no tendría que sentirse culpable. Ella era una mujer adulta, en pleno uso de sus capacidades. Había tomado con entera libertad la decisión de salir a caminar con temperaturas bajo cero y un abrigo de tela.

Volvió a meter el reloj en el bolsillo y se volvió hacia Bonville.

—Si mientras estoy en Londres empeora, envíe un telegrama a la residencia de Belgravia.

El mayordomo, sorprendido, frunció los labios.

—Sí, su excelencia.

—Y otra cosa, Bonville...

El mayordomo se le acercó.

—¿Su excelencia?

—Dígale a mi ayudante que lo averigüe todo sobre la señorita Archer.

Capítulo 11

Annabelle despertó de pronto, con el corazón acelerado y boqueando como si le faltara el aliento. Era la misma pesadilla de siempre, la de la caída desde una gran altura; el mal sueño en el que, cuando estaba a punto de estrellarse contra el suelo, braceaba y abría los ojos de repente.

La brillante luz de una mañana soleada de invierno pareció filtrarse en su cabeza.

—Vaya por Dios... —La voz le surgió como un graznido.

—¡Estás despierta! —Hattie se levantó de un salto del sillón junto al fuego; Catriona también se puso en pie, pero con más decoro. El colchón se hundió cuando ambas se sentaron al borde de la cama con la mirada fija en ella.

Annabelle también se incorporó y se colocó como pudo la trenza medio deshecha tras la oreja.

—¿Qué hora es? —susurró.

—Las nueve de la mañana —respondió Hattie al tiempo que le ofrecía un vaso de agua—. Del 16 de diciembre —añadió.

¡Santo cielo! ¡Lunes! Había dormido durante un día y dos noches y apenas se acordaba de nada. Bebió un trago de agua.

Hattie alargó la mano para ponérsela en la frente.

—¿Cómo te encuentras?

Como si le hubieran dado una paliza. Como si le hubiera caído encima una pared.

—Un poco cansada —respondió—. Gracias.

Sus dos amigas tenían ojeras moradas. Seguramente fueron sus dedos suaves lo que había sentido en la cara durante sus sueños febriles. La habían mantenido fresca e hidratada.

Le dolía la garganta al hablar.

—No pretendía estropearos la fiesta en este sitio tan fantástico. —De hecho...—. ¿No teníamos que habernos marchado ayer?

—No podías viajar de ninguna manera, así que informamos y nos quedamos —explicó Catriona—. Permaneceremos aquí unos cuantos días más.

Espantada, dejó el vaso en la mesita de noche.

—Eso es muy amable por vuestra parte, pero innecesario.

Hattie negó con un gesto.

—No podemos dejarte aquí sola. A todos los efectos, el duque es un hombre soltero.

Era molesto pero cierto.

Se removió entre las sábanas. Sentía los cuidados que había recibido como una especie de molesto corsé. Era una molestia casi física, que quizá se debía al sentimiento de culpabilidad. Se daba cuenta de que sus amigas, con paciencia y educación, esperaban una explicación sobre todo lo ocurrido.

Se preguntó hasta qué punto mantendrían esa actitud comprensiva si conocieran la verdadera razón por la que había salido huyendo como alma que lleva el diablo.

«Señoritas, hace siete años tuve un amante. No, no de esos que escriben cartas de amor y se conforman con robar un beso o dos, sino la clase de individuo que te levanta las faldas de un tirón y te destroza la inocencia. Su padre me trató igual que lo hizo el duque y por eso salí huyendo».

—Lo siento —se disculpó—. Como os dije en la nota, el duque me reconoció y se produjo un malentendido. Me marché con demasiada precipitación.

—Pero eso es precisamente lo que nos preocupa, ¿sabes? —dijo Hattie—. Sueles ser muy juiciosa. No concebimos que hagas algo sin pensar, a toda prisa, a no ser que...

—¿A no ser que...?

—Dinos..., ¿se portó muy muy mal contigo?

Annabelle se estremeció al recordar las palabras de Montgomery: «... Ha escogido usted el hombre equivocado..., sus esfuerzos con lord Devereux no van a llevarla a ningún sitio...».

—No fue tan encantador como suele —indicó.

—Pero... ¿suele ser encantador? —cuestionó Hattie, que frunció los labios con escepticismo.

No, no lo era. Pero de inmediato lo recordó allá en la colina con el sombrero en la mano. Allí fue sincero, lo cual es infinitamente más valioso que ser encantador.

—Su ayuda de cámara nos dio todo eso para ti —dijo Catriona, y señaló el escritorio.

Había una pila de libros que antes no estaban.

—Hay una nota —añadió Hattie mientras le tendía un sobre blanco—. Nos moríamos por saber que dice.

El papel en el que estaba escrita era grueso y suave como la seda prensada. El monograma ducal aparecía, grabado en espirales doradas, en la parte de arriba de la hoja.

Querida señorita Archer:

Su excelencia el duque de Montgomery le desea una pronta recuperación. Ha puesto a su disposición estos libros: algo de Voltaire, de Rousseau y de Locke, así como alguna lectura más ligera. Si tiene algo específico en mente, por favor, no dude en pedirlo. La biblioteca está a su entera disposición.

A su servicio,
Ramsey

Annabelle les pasó la nota a sus amigas.

—Me desea una pronta recuperación —dijo, a modo de resumen, mientras miraba detenidamente los libros. Voltaire, Rousseau y Locke, en efecto. Todos ellos filósofos con ideas democráticas. Pero el último libro, un tomo enorme, no lo conocía.

—Es de Dostoievski —dijo Catriona—, un novelista ruso. Esta obra acaba de ser traducida al inglés. Me han dicho que está causando furor en Londres.

Annabelle abrió la primera página.

—«*Crimen y castigo*. Una impresionante novela acerca de los peligros de la intoxicación ideológica» —leyó en voz alta. Levantó la vista—. Su excelencia manda un mensaje acerca del activismo político —dijo, ácida.

¿O sería esa su idea de una broma? Ya sabía que, debajo de la fría fachada, se escondía un sentido del humor fino e inteligente. Era una broma, en efecto. Una broma extrañamente privada.

Se volvió a sentar entre las almohadas, ya agotada y sin saber muy bien si sonreír o fruncir el ceño. Quizá no le gustara exactamente, pero deseaba con muchas ganas encontrarle el sentido.

❊❊❊

Una llamada muy ligera a la puerta hizo que Sebastián alzara la cabeza del escritorio para mirar el reloj de pared. Su hermano había sido puntual como un eclipse. Era lamentable que Peregrin solo actuase con disciplina cuando sentía la cuerda alrededor del cuello. Eso iba a cambiar de inmediato.

Peregrin entró en la habitación con expresión sombría.

—Siéntate —ordenó Sebastián.

Su hermano dudó.

—¿Puedo disculparme primero? —Tenía unas ojeras bastante pronunciadas. Parecía que no había pegado ojo durante días.

—Puedes.

El joven soltó el aire de forma temblorosa.

—Lamento lo que he hecho —empezó—. Solo quería un poco de compañía antes de viajar a Gales. No lo hice con el ánimo de provocarte, pues se suponía que nos habríamos marchado cuando tú regresaras.

Lo estaba haciendo bien... hasta la última frase. Sebastián empezó a sentir un movimiento pulsátil en ambos oídos.

—No me cabe duda de que sabías que, fuera como fuese, iba a haber consecuencias.

Peregrin tragó saliva.

—La verdad es que, cuando me lo pensé mejor, ya no tenía manera de anular las invitaciones.

—Siéntate —repitió Sebastián con brusquedad—. Justo ese es el problema, ¿verdad? Caes en las trampas de tus propios actos porque actúas sin tener en cuenta las consecuencias de lo que haces. —Colocó las manos sobre el escritorio—. Así se comportan los niños, Peregrin. El mundo de los hombres adultos no funciona así. Siempre hay un precio que pagar por lo que se hace y nadie lo paga por ti.

Peregrin desvió la mirada.

—Sé que me he ganado un castigo por lo que he hecho.

—No voy a castigarte.

Lo miró con los ojos color de miel entrecerrados. Desconfiaba.

—No te confundas —le advirtió—. Mereces un castigo, pero, dado que es obvio que en ti esos correctivos no tienen efectos, no veo que tenga sentido seguir utilizándolos.

Agarró un papel que había traído de Londres.

—Ayer me reuní con el almirante Blyton.

Peregrin se puso tenso. Sebastián empujó el papel hacia él.

—Es tu carta de aceptación para enrolarte en la Marina Real.

El rostro de Peregrin pareció un desfile de sentimientos: confusión, incredulidad, pánico... Se consolidó el pánico. Hizo ademán de levantarse. La sangre le había abandonado las venas de la cara.

—No.

Sebastián lo fulminó con la mirada.

—Siéntate. Y sí. Por supuesto que sí.

Peregrin se agarró con fuerza a los bordes del escritorio.

—No soy un soldado.

—Es obvio —concedió Sebastián—. Si lo fueras, sabrías en qué consiste la disciplina y yo no me habría encontrado en mi casa a dieciséis invitados inesperados e indeseados.

Peregrin lo miró pestañeando, como si fuera la primera vez que lo veía en su vida.

—¿Me envías a la muerte por una fiesta?

—¿A la muerte? —El pulso de los oídos se aceleró—. Peregrin, va a ser formación y entrenamiento, no ir a combatir.

—¡Pero esos barcos...! Hay infecciones, se producen enfermedades mortales..., ¡están llenos de ratas!

—¿En la Marina británica, que tiene los niveles de higiene más altos del mundo? Tonterías.

—Estaré en el mar semanas, meses... —se quejó.

—Eso tampoco hace morir a nadie —rebatió Sebastián, que mantenía la dureza del gesto—. Saldrás hacia Plymouth a primeros de febrero. Ahora firma la solicitud.

Peregrin miraba el papel y la pluma como si fuera un vaso de cicuta. Cuando alzó la vista le temblaban los labios.

—No... no puedes obligarme.

Eso ni merecía una respuesta. Podía obligar a Peregrin a hacer cualquier cosa; podía encerrarlo en un calabozo, echarlo de casa, retirarle los fondos o poner en su contra a toda la nobleza de Inglaterra. Podía dejarlo sin nada sin que nadie se atreviera a impedirlo. Ese era el destino de los hijos y hermanos pequeños.

En las cejas de Peregrin empezaron a acumularse gotas de sudor.

—Puedo demostrar lo que valgo —graznó—. Deja que gestione una de las haciendas del norte durante un año...

—Firma.

—Hermano, por favor. —Las palabras cayeron, igual que aves en vuelo alcanzadas por disparos, en el trayecto entre la boca de Peregrin y los oídos de Sebastián.

El duque se puso aún más tenso. El miedo de su hermano fue como una puñalada en el pecho para él. Su propio hermano le tenía pavor, como si fuera un loco tirano que pidiera algo absurdo e irrealizable.

El duque se puso de pie de repente. Peregrin lo miró con recelo, lo cual lo enfureció aún más. Rodeó el escritorio, se quedó de pie ante él y lo agarró por el cogote.

—¡Ponte de pie!

Peregrin obedeció, tembloroso, y una vez incorporado, Sebastián lo agarró de los hombros y le dio la vuelta para dejarlo frente a la pared.

—Mira esto —comenzó, y señaló los cuadros de las distintas haciendas del ducado—. No se trata de ti. Tenemos diez haciendas en dos países. Nuestra familia es una de las antiguas de Gran Bretaña, somos de los mayores terratenientes de toda Inglaterra y, si mañana me caigo del caballo y me rompo el cuello, todo esto quedará en tus manos. —Le dio la vuelta a su hermano para mirarlo a la cara—. A no ser que te conviertas en un hombre capaz, nuestro ducado te llevará por delante como una avalancha, pero no

solo a ti. ¿No piensas en los miles de empleados y arrendatarios que dependen de nosotros? ¡Por Cristo!, recuperar el castillo de Montgomery es una
misión capital para nuestra familia, no hay día en que no deteste el hecho de
que nuestra hacienda de origen esté en manos de otro.

Los ojos de Peregrin brillaron reflejando la temeridad de un hombre
acorralado.

—Ese es precisamente el problema —repuso—. Yo no quiero eso.

—¿A qué te refieres?

—¡No puedo! ¿Es que no lo ves? —Alzó el tono de modo histérico,
gritó—: ¡No puedo! ¡No puedo ser tú!

—Baja la voz —ordenó Sebastián con tono peligrosamente grave.

Peregrin empezó a retorcerse bajo la sujeción de su hermano.

—No te preocupa lo que me ocurra; si no fuera tu heredero, ni siquiera harías caso de que existo. ¡Pero yo no puedo ser duque!

La realidad cayó sobre él como un fardo. De repente, todas las piezas se
pusieron en su sitio y lo que antes no tenía sentido empezó a cobrarlo.
Una furia ciega anidó en su garganta.

—¿Eso es lo que había detrás de todo? ¿De tu absurdo comportamiento? ¿Demostrar que no eras adecuado?

Los ojos de Peregrin brillaban como ascuas. Sus dedos se clavaron en el
férreo brazo de Sebastián.

—No puedo ser duque.

—Las normas de sucesión hereditaria son las que son, nos gusten o no.

—Podrías tener hijos —replicó Peregrin—. ¿Por qué no los tienes?
¿Por qué me haces pagar por eso?

Estaban frente a frente. Sebastián sujetó a su hermano por las solapas
y Peregrin volvió la vista con incredulidad. Parecía una marioneta en
sus manos.

Su actitud se interpuso entre él y su hermano como una pared. ¡Dios!
Las cosas no tenían que haber llegado tan lejos. Lo soltó y dio un paso
atrás. Ahora el pulso le retumbaba tanto en los oídos como en el cuello.

Peregrin se encogió sobre sí mismo. ¡Por todos los diablos, estaba
aterrado!

Sebastián se estiró las mangas. Dio otro paso atrás para poner más distancia entre ellos. Las mejillas de su hermano estaban rojas como brasas,

pero se había recobrado y esperaba desafiante y, sin duda, sintiendo pena de sí mismo.

No hacía tanto tiempo que el crío y su pelo alborotado lleno de rizos rubios, apenas le llegaba a la altura del codo. ¿Que no hacía caso de que existía? Sebastián negó con la cabeza. Se pondría en el camino de una bala que fuera al encuentro de su hermano, con la misma certeza con la que respiraba.

—En febrero saldrás hacia Plymouth —expuso, implacable—. Voy a olvidar todo lo que acabas de decir, por tu bien y por el mío.

Peregrin cerró los ojos y asintió levemente.

—Sí, señor.

Siguió asintiendo con la cabeza gacha, mirándose los zapatos, y Sebastián supo que estaba conteniendo las lágrimas.

Se volvió hacia la ventana. Contra la oscuridad de la noche, lo único que vio fue su reflejo distorsionado.

—Te aconsejo que lo veas como una oportunidad y no como un castigo —le recomendó. Seguramente tendría que haberle dicho algo más, pero, como le pasaba siempre que las lágrimas hacían acto de presencia, no le vino nada a la mente—. Firma y después puedes irte.

***

En alguna anotación de su diario, su exesposa decía que tenía un trozo de hielo donde el resto de las personas albergaban el corazón. Y él estaba bastante de acuerdo con ello. Cuando se enfrentaba a la adversidad reaccionaba con una gran frialdad que procedía de su interior. Era un reflejo, idéntico al que a otros, en ese mismo caso, les aceleraba el pulso. Si eso significaba no tener corazón, pues que así fuera. El que una parte de su cerebro permaneciera frío en cualquier circunstancia tenía sus ventajas. Salvo, al parecer, cuando su hermano lo apuñalaba en el talón de Aquiles con la precisión del mismísimo Paris.

«Podrías tener hijos. ¿Por qué no los tienes?».

Era casi medianoche. El fuego estaba a punto de apagarse ya, pero las palabras de su hermano seguían resonando en el despacho y hasta le hicieron ir a buscar la caja de los cigarrillos.

Se echó hacia atrás en la silla e inhaló el humo. Entre las grises espirales, el castillo de Montgomery parecía cobrar vida sobre la oscura pared del despacho. Siempre había niebla a su alrededor. Era un lugar de sombras y ecos. Nunca lo había sentido como un hogar; antes bien, desde hacía tiempo era como una cadena con su enorme bola de piedra al final. Pero el deber es el deber. No es tolerable perder una propiedad ancestral en una partida de cartas.

«¿Por qué no los tienes?».

Su hermano era un estúpido, pero tenía razón.

Se inclinó para abrir el cajón de debajo del escritorio. Allí brillaba la suave tela de seda amarilla de la caja que contenía el diario.

Tenía una pequeña cerradura de adorno que no ofrecía ninguna resistencia. La abrió. La visión de la caligrafía femenina, suave y cuidada, hizo que apretara más el diario. Solo lo había leído una vez, pero, pese a ello, todas las frases y palabras relevantes permanecían ancladas en su memoria. Tal vez al cabo de dos años pudieran sonar distintas.

12 de enero de 1878

Hoy M. ha pedido mi mano de forma oficial. Sabía que este día iba a llegar. Hace tiempo que se había acordado, pero me siento extrañamente desgarrada. Una joven dama difícilmente podría aspirar a algo mejor que convertirse en duquesa. Yo deseo ser duquesa. Y madre y padre están encantados, por supuesto. Pero no puedo negar que me duele el corazón a causa de T. Está destrozado, me ha rogado que me fugue con él y me jura que me amará para siempre..., es terriblemente romántico. De no ser por su título, en ningún caso escogería al duque. Él no es romántico, ni lo más mínimo. Es callado y severo hasta extremos insospechados, y jamás lo he visto bailar. Se puede decir que es el caballero con menos encanto de toda la alta sociedad...

Ah, claro.

Sebastián enterró de nuevo el diario en el cajón. No había ninguna necesidad de revivirlo todo de nuevo, palabra por palabra, cuando el final seguía grabado en su mente en cualquier caso. Al cabo de menos de seis meses, ella había huido con el joven del que creía estar enamorada. Y él no lo había visto venir. Una paradoja, dado que era capaz de leer como un libro abierto a la gente con la que se relacionaba en la política. Sin embargo, ni se había dado cuenta de que su esposa estaba cada vez más aburrida y resentida y de que no iba a dudar en prenderle fuego a un barril de pólvora.

Pero, si era justo, entender a una mujer bien educada y criada no tenía por qué implicar el dominio de la telepatía. Al fin y al cabo, estaban entrenadas para agradar y recibirlo todo con una sonrisa en los labios. Y todas sus opciones actuales para volver a casarse era iguales en concepto: damas preparadas para agradar y aguantar. Tenía que casarse con un diamante recién sacado del río, y mucho más ahora que antes del divorcio, aunque solo fuera para tapar la boca a sus detractores. Si pudiera saber con antelación que la futura duquesa apenas iba a soportarlo...

Sonó un ligero roce en la puerta y volvió la cabeza.

—Adelante.

Ramsey entró sin hacer casi ruido. Portaba en la mano una bandeja de plata sobre la que descansaba una nota.

—Hay un recado para usted, su excelencia. Me temo que la entrega se ha demorado.

—¿Quién lo envía?

—La señorita Archer, su excelencia.

Se estiró en el sillón.

—¿Cómo se encuentra?

—Todavía un poco débil y algo febril, creo.

Pero capaz de escribir. Eso tenía que ser una buena señal. Por otra parte, cuando estaba a punto de desmayarse había intentado discutir con él sobre política. Una mujer terca.

Abrió el sobre.

—¿Ha enviado algo mi informador?

—No, su excelencia.

Terca y misteriosa.

Su letra no era femenina. Era eficiente, la caligrafía de una persona que escribía mucho y muy deprisa.

Su excelencia:

Le agradezco mucho su hospitalidad y estoy deseando ponerme bien tan rápido como sea posible. Gracias por su generoso préstamo de libros. Me intriga en especial la novela rusa que trata acerca de la intoxicación ideológica. Imagino que la elección fue del todo casual, ¿me equivoco?

Atentamente,
Archer

Terca, misteriosa y aguda.

Había enviado libros porque pensaba que era lo correcto para ser amable con una invitada que estaba enferma en cama. Y había elegido esos libros en particular por una razón: sabía que la harían pensar. Sus pensamientos lo intrigaban. Con esos expresivos ojos, no era difícil saber lo que le pasaba por la mente, pero, por otra parte, seguía encontrándola en cierto modo impredecible. Bueno, una cosa estaba clara: si un hombre hacía algo que a ella no le gustara, lo iba a pasar mal. Dios sabía que a él no le importaba la terquedad, en esos momentos, su vida ya estaba lo bastante enfangada con restos de insubordinación; pero al menos ella haría mucho ruido antes de que el hombre de su vida se atreviera a machacarla. ¿Había un hombre en su vida? Le había dicho que no había ninguno...

Se dio cuenta de que había dejado a su criado esperando, absorto en sus meditaciones acerca de Annabelle Archer.

Guardó la nota en el bolsillo de la camisa.

—Eso es todo, Ramsey.

Capítulo 12

A la mañana siguiente, Sebastián acorraló al doctor Bärwald cuando salía de la habitación de la señorita Archer. El gesto del joven médico era de preocupación.

—Pero, su excelencia, a no ser que sea usted pariente cercano de la señorita, o su marido, no puedo facilitarle información acerca de sus circunstancias.

—No tiene marido ni tampoco ningún pariente que viva en las cercanías —repuso con tono impaciente—. En estos momentos, su salud es responsabilidad mía y de nadie más.

—Su excelencia, con el debido respeto debo indicarle que es mi paciente.

—Cosa que pude cambiar con mucha facilidad —espetó, y al escucharlo el doctor Bärwald abrió unos ojos como platos tras las gafas redondas. No era habitual que Sebastián hiciera semejantes alardes de poder y, de hecho, nunca había hablado así antes a su médico de confianza.

Pasaron unos segundos en los que ninguno de los dos bajó la mirada. El doctor fue el primero en apartarla.

—De acuerdo. —Su acento alemán se había acentuado—. Se está recuperando bien. Las mujeres del campo son muy resistentes, ¿sabe? Pero, en confianza, he de decirle que el motivo de que el resfriado haya resultado tan agresivo es que sufre de agotamiento, y me temo que desde hace bastante tiempo. Tiene síntomas claros de falta de sueño... y también de malnutrición.

Sebastián se quedó de una pieza.

—Pues no lo parece.

—Como le he dicho, es una mujer resistente —repitió el doctor con un leve encogimiento de hombros—. Para una completa recuperación, recomiendo que, antes de volver a viajar, descanse al menos una semana después de que la fiebre haya cedido por completo.

—Eso no será un problema —aceptó Sebastián de inmediato.

—Yo no lo veo tan claro... —murmuró Bärwald.

—¿Y eso?

—Porque la *Fräulein* se niega, su excelencia.

Sebastián sintió una inhabitual necesidad de poner los ojos en blanco.

—Tranquilo, la *Fräulein* lo hará.

—Las mujeres de ahora... —comentó Bärwald, que negaba con la cabeza—. Dales una excelente educación y de inmediato se creerán que pueden contradecir las órdenes del médico.

—Seguirá sus órdenes, se lo aseguro —insistió, distraído, mientras miraba la puerta del dormitorio. ¿Malnutrición...?

Lo invadió un sentimiento sombrío. Iba a impedirlo. Hasta Navidad comería muy bien y sus problemas, fueran los que fuesen, no traspasarían los límites de Claremont.

❊❊❊

—¡Una semana! —La indignación de Annabelle volvió a aparecer con gran intensidad en el momento en que Catriona y Hattie entraron en su habitación tras el paseo a caballo matutino—. Voy a permanecer aquí hasta Navidad.

Hattie se sentó en la mesa del tocador, los ojos fijos en las encendidas mejillas de su amiga.

—Pues me gusta cómo suena eso —dijo—. ¡Piénsalo un poco! El duque te invitará a la fiesta de Nochevieja. Así que podremos ir juntas al baile.

Annabelle mantuvo un asombrado silencio durante varios segundos. Recostada sobre los almohadones que poblaban la enorme cama, con la cabeza a punto de estallar de dolor, un baile de clase alta no formaba parte de sus intereses en absoluto.

—Me iré cuando os vayáis vosotras. Así de simple —afirmó.

—No —replicaron ambas al unísono.

Annabelle las miró con inquina.

—*Tu quoque, fili mi?*

—Estoy segura de que el doctor Bärwald solo piensa en lo que más le conviene a tu salud —aseveró Hattie con tono dulce.

Seguro que el doctor Bärwald tampoco tenía la menor idea sobre sus trabajos para Jenkins, las clases a sus alumnos ni lo que se esperaba de ella en Chorleywood. En cuanto que se levantara de la cama, le solicitaría a al duque que le preparara el carruaje.

—Le he pedido a la tía que se quede aquí de carabina —informó Hattie— y le ha parecido muy bien.

Lo que faltaba. Annabelle alzó la vista hacia el aterciopelado dosel de la cama. No podía recordar ninguna circunstancia en la que hubiera sido tan dependiente de otras personas, por lo que lamentaba muchísimo serlo ahora.

Bueno, quizá con alguna excepción.

Los libros.

Y la comida. La cocina estaba enviando casi más de lo que era capaz de comer. El estofado del día anterior estaba muy sabroso, con tajadas de pollo y panecillos recién horneados. Se lo comió todo. Y también disfrutó de la magnífica selección de frutas del desayuno, naranjas, uvas y peras, acompañadas de unas natillas densas y maravillosamente dulces. Tampoco dejó nada en la bandeja.

Catriona acercó la silla a la cama.

—¿Quieres que te lea un poco más de *Crimen y castigo*?

Desde el tocador llegó un sonido de desagrado.

—¿No podríamos pedir algo más agradable, de Jane Austen, por ejemplo? —rogó Hattie—. Os juro que voy a tener que dibujar un árbol genealógico para poder seguir esa novela. ¿Y por qué el mismo personaje recibe hasta tres nombres distintos?

—Dudo que el duque tenga novelas femeninas, Hattie —repuso Annabelle con tono suave.

—Entonces, ¿qué os parece el maravilloso soneto de Tomlinson? ¿No podríamos escucharlo de nuevo?

Annabelle dirigió la vista hacia el montón de notas de buenos deseos que se apilaban en su mesita de noche. En lugar de enviar flores, la docena de jóvenes que habían estado en Claremont intentó dar el do de pecho en una competición de poesía en su honor; Peregrin también había enviado un juego de cartas con las que se podía jugar sin compañeros. Agarró el soneto de James Tomlinson. Escrito en pentámetros yámbicos, de rítmica ascendente, resultaban algo inestables e imperfectos, pero Hattie pensaba que eso les aportaba encanto. De haber tenido un título, Tomlinson habría pasado a engrosar su lista de solteros elegibles.

Montgomery ni siquiera había contestado a su nota de agradecimiento. No había ninguna razón para que lo hiciera, por supuesto. Sin embargo, seguía sorprendiéndose a sí misma escuchando con atención las pisadas de los sirvientes que le llevaban agua o bandejas siempre de plata y siempre repletas de magnífica comida. En cualquier caso, abandonaría Claremont tan pronto como sus piernas fueran capaces de sostenerla y trasladarla.

Esa noche tuvo un sueño agitado, lleno de miedo a caer en un agujero negro sin final. Cuando se despertó, la oscuridad albergaba ese silencio denso y ominoso de las horas posteriores a la medianoche. Y alguien había estado en su habitación.

Annabelle encendió la lámpara de noche con dedos somnolientos. Había otro libro en su mesa de noche, y otra elegante tarjeta encima de él.

Abrió el sobre de forma lenta y civilizada, como si alguien la estuviera observando.

La letra no era la misma: parecía más deliberada, más decidida, más audaz.

Leyó la nota a toda prisa.

Señorita Archer:

Se me ha informado de que disfruta con la obra de Jane Austen...

Dio un respingo. ¡Maldita Hattie! ¿Qué iba a pensar Montgomery de un apetito tan insaciable y aleatorio por la lectura?

... y tenemos varias de sus novelas en la biblioteca. He elegido una de ellas a propósito, en concreto Orgullo y prejuicio. No dude pedir más, si es su deseo.

M.

Rio algo desconcertada. ¡*Orgullo y prejuicio*! Ya no le cabía la menor duda de que estaban jugando con los títulos de los libros.

Pasó la yema del índice por la «M.», cuyo firme trazo negro desbordaba confianza.

«Es muy arrogante y eso no me gusta nada». Tenía que recordar eso mientras estuviera atrapada en esa espléndida burbuja en la que la comida llegaba en bandejas de plata solo con tocar una campana y la biblioteca estaba iluminada por las estrellas exteriores pintadas en los interiores.

No obstante, la inquietud que había sentido durante todo el día se disipó como por ensalmo. Estiró el cuerpo al máximo en cuanto apagó la luz y al momento siguiente cayó en un sueño profundísimo, tanto que no recordaba algo semejante desde que era una niña pequeña.

❈❈❈

El día de Sebastián había sido despiadadamente productivo desde primera hora de la mañana. Era lo habitual cuando no había invitados a los que entretener. Había leído los informes de todas las haciendas del ducado, había tomado la decisión de implementar un nuevo sistema de irrigación para las tierras de labor norteñas y había dado por finalizado el boceto del último tramo de la campaña *tory*. Necesitaría el apoyo explícito de la reina para llevarlo a la práctica, ya que Disraeli iba a estar en desacuerdo, pero, dado que acababa de firmar la factura del maldito espectáculo de fuegos artificiales más impresionante que se iba a ofrecer en toda la historia de Inglaterra, se figuraba que su majestad la reina lo apoyaría.

Tras el habitual golpecito en la puerta, apareció Ramsey.

—Su excelencia, los organizadores del baile tiene una nueva sugerencia para la decoración.

La mirada que le lanzó al criado fue de absoluta incredulidad.

—No dedico tiempo a aprobar detalles de la decoración, Ramsey...

—Le aseguro que es solo para este... detalle en particular.

—¿De qué se trata?

—Renos.

—¿Renos vivos?

—Sí, excelencia —confirmó un impávido Ramsey.

—¿En el salón de baile?

—Sí. Según parece, es algo muy popular entre los invitados.

Se masajeó las sienes.

—Vamos a ver, Ramsey, ¿de verdad crees que yo voy a aprobar que un rebaño de gigantescos animales ungulados patee mi parqué solo para contentar a las masas?

—No, su excelencia.

—Entonces procura no molestarme con semejantes majaderías.

—Sí, su excelencia.

Sebastián echó un rápido vistazo a la ordenada pila de papeles de la esquina derecha del escritorio.

—¿Hay correspondencia para mí?

—Se la he traído esta mañana, como siempre.

Eso lo sabía. Había recibido una nota de Caroline, lady Lingham, en la que esta le pedía que llevara a la señorita Archer a la cena anual del 24 de diciembre. Las noticias acerca de su invitada habían viajado mucho y muy deprisa. Por supuesto, Caroline había tomado buena nota.

—¿Estás seguro de que no ha habido nada más?

Ramsey sabía muy bien que no debía mostrar sorpresa ante la insólita insistencia de su señor con el correo.

—No, pero si tiene en mente algo específico, puedo hacer averiguaciones...

Negó con la cabeza.

—No. Dile al mozo de cuadra que prepare mi caballo.

❀❀❀

Annabelle había pedido que colocaran el sillón de brazos cerca de la ventana. El sol empezaba a disolverse en el horizonte con tono rosado, pero todavía había luz suficiente como para leer la carta de Lucie que había llegado a la hora de la siesta de después de comer.

Querida Annabelle:

Siento la noticia acerca de tu enfermedad, siempre y cuando no se trate de una artimaña para prolongar la estancia tras las líneas enemigas. De ser así, no puedo por menos que admirar tu entrega incondicional a la causa.

Mi esperanza de arrastrar a M. a nuestras filas es muy escasa. Gracias a mis fuentes más secretas, he sabido hace poco que la reina le ha prometido recuperar para su familia la hacienda de origen perdida, que tanto anhela, en caso de que gracias a su gestión los tories ganen las elecciones. Creo que moverá cielo y tierra para lograr que Disraeli se mantenga en el poder, por lo que hemos de centrarnos de inmediato en otros frentes. He escuchado que la sección sufragista de Manchester está preparando una gran manifestación en la plaza del Parlamento durante la reunión preelectoral de los conservadores en Londres, por lo que, en coordinación con la rama londinense de Millicent Fawcett, vamos a unirnos a su iniciativa. Estoy convencida de que, si convergemos en nuestros esfuerzos, seremos capaces de unir a todas las sufragistas de Inglaterra. Nuestra fuerza aumentaría con la unión. Estos movimientos aún no son públicos, por lo que te ruego discreción absoluta. Por lo que se refiere a...

Escuchó un estruendo de cascos sobre los adoquines del patio y dejó la carta en el regazo. Se incorporó y se inclinó para asomarse al patio. Se estremeció al ver el magnífico caballo blanco rodeando la fuente. Su reacción inicial fue retirarse de la ventana, pero, una vez más, no pudo hacerlo.

El duque volvió la cabeza hacia su ventana.

El corazón empezó a latirle a ritmo de tambor.

Montgomery alzó la mano y se tocó el ala del sombrero. Lo hizo despacio, a conciencia, de modo que no hubiera la más mínima duda: era un saludo personal.

Ella se dejó caer en su asiento.

Aún no le había dado las gracias por el último libro. Empezaba a dudar demasiado sobre qué debía escribir y cómo debía hacerlo. Se sentía torpe. Y la verdad pura y dura era que le gustaba ser a quien le tocaba responder, no al revés. Eso era mejor que esperar notas de un hombre que, con solo verlo, hacía que el corazón se le acelerara sin poderlo evitar.

❄❄❄

A la mañana siguiente, la fiebre había desaparecido. Annabelle se acercó a la ventana y retiró los pesados cortinajes. El cielo matutino era de un azul brillante y claro, como recién lavado. Abajo, en el patio interior, los pequeños y escasos montones de nieve brillaban como diamantes esparcidos sin ningún orden.

¡Si al menos pudiera respirar el aire fresco!

Una rápida mirada al espejo le confirmó que su aspecto era presentable. El baño de la noche anterior había servido también para llevarse el cansancio, y ceder a la tentación de los dulces y los sabrosos estofados durante tres días seguidos le había devuelto al rostro su por mucho tiempo perdida suavidad. Se recogió el pelo en un sencillo moño, se cepilló los dientes y se refrescó con el agua perfumada con aroma de rosas que siempre esperaba en la pila. Camisola, corsé no muy apretado, el vestido de paseo de lady Mabel y un sombrerito. Se encogió dentro del abrigo y abrió la puerta.

Tuvo que hacer un esfuerzo para orientarse por el laberinto de escaleras, descansillos y galerías en su camino al piso bajo. En la parte trasera de la casa había una gran terraza de piedra, curvada como la proa de un barco, y una de las puertas de cristal que conducían al exterior ya estaba abierta.

Salió a la balconada y aspiró con ansia una bocanada de aire limpio al tiempo que cerraba los ojos ante el cálido guiño del sol. Cuando los abrió, la siguiente bocanada de aire se atascó en la garganta. Montgomery estaba de espaldas, apoyado en la balaustrada.

Contuvo el aliento.

Incluso estando de espaldas, el duque no proyectaba un aspecto acogedor: llevaba el abrigo apretado en torno a los hombros y su aspecto era tan rígido como el de las estatuas de piedra que tenía a izquierda y derecha.

La conmovió su inmovilidad, la sensación de..., sí, de soledad que transmitía su figura. Quizá fue esa la razón por la que no regresó de puntillas al interior de la casa.

Además de que, por supuesto, él había notado su presencia. Apenas se movió, se giró solo un poco. Ella sintió la boca seca. ¿Por qué empezaba a pensar que era atractivo? Porque lo era, sin la menor duda. De hecho, la atraía tanto como la frescura y el vigor que desprendía la magnífica mañana invernal.

Él alzó la ceja con gesto de reproche. ¡Cómo no!

—¿De verdad cree que es momento dc salir, señorita?

—Me encuentro mucho mejor, su excelencia. —Dio un paso hacia él—. No tengo fiebre desde ayer por la tarde.

La vista desde la balaustrada era magnífica: un amplio espacio rectangular adornado de setos verdes simétricos, al estilo impuesto por los antiguos reyes franceses. Era fácil imaginar el borboteo de las fuentes en verano.

Montgomery la estudiaba con ojo crítico. Ella lo miró, educada, sin atisbo de reto.

—No podía aguantar ni un minuto más dentro de la habitación —se justificó en tono de disculpa.

Él frunció el ceño.

—¿Necesitaba usted algo?

—¡No, no! Tengo todo lo que necesito y más, no sabe cuánto se lo agradezco. Lo que ocurre es que no soporto estar encerrada mucho tiempo.

Él hizo una mínima mueca burlona al escucharla.

—Ya... —asintió—. Lo cierto es que no me sorprende.

A Annabelle le pareció increíble que se hubiera formado una opinión acerca de ella. Lo lógico era que no resultara muy halagadora: puede que, para él, esa ansia de salir fuese un defecto femenino.

—Su excelencia, ¿puedo preguntarle el porqué de esa conclusión?

—Es la segunda vez en pocos días que la veo escapar de un lugar cálido. Y eso no casa con una mujer a la que le guste estar encerrada.

—No sabía que hubiera mujeres a las que les gustara estar encerradas, la verdad...

El comentario pareció divertirlo.

—Pues a la mayoría les gusta. El encierro y la seguridad son dos caras de la misma moneda. Piense en el imperio de la ley o en una habitación cálida. O en un marido... La mayoría de las mujeres prefieren la seguridad que acompaña a todo eso y aceptan pasarse la vida encerradas.

Seguridad.

Ella ansiaba la seguridad. Pero no a cualquier precio. Se conocía a sí misma lo suficiente como para saberlo, pero la inquietaba que él lo hubiera averiguado con tanta facilidad.

—Eso no significa que a las mujeres no les guste también la libertad —arguyó.

—La libertad —repitió Montgomery como si masticara la palabra—. ¿Es eso lo que usted prefiere?

Su gesto no daba la más mínima pista sobre por qué le estaba haciendo preguntas tan personales. Tuvo que apartar la mirada, porque centrarla en esos ojos tan inteligentes e inquisitivos hacía que se sintiese extraña. Extrañamente agitada, con el vientre extrañamente revuelto. Los gestos empezaron a llenarse de significado. Sus sentidos se aguzaron y empezó a sentir con enervante claridad que la fuerza de los latidos del corazón le sacudía las costillas.

Se fijó en las manos de él, apoyadas de nuevo en la balaustrada. Los guantes, de finísimo cuero de cabrito, se las envolvían como una segunda piel.

—Sí, yo prefiero la libertad —reconoció por fin—. John Stuart Mill dice que es mejor poder elegir entre distintas posibilidades aunque eso complique las cosas: es mejor ser un ser humano insatisfecho que un cerdo satisfecho.

El sonido que emitió Montgomery se pareció a una risa gutural, aunque controlada a tiempo.

—Un pensamiento muy persuasivo —concedió—. Pero... ¿eso implica que la gran mayoría de sus congéneres no son humanas del todo?

—No, en absoluto —respondió de inmediato—. Sé muy bien que, tal como están las cosas, el precio que pagan las mujeres por su independencia suele ser demasiado alto.

❦ UN VOTO MUY VALIOSO ❧ **109**

—Todo tiene su precio —afirmó Montgomery.

Aún no detectaba el más mínimo atisbo de animadversión en referencia a su incursión filosófica ni tampoco intentos de sermonearla respecto al bueno de Stuart Mill. La invadió un inesperado sentimiento de júbilo, parecido al que sintió cuando hablaron sobre el derecho al voto de las mujeres en la mesa del desayuno. Era muy satisfactorio debatir con un hombre tan instruido como él y que no tenía nada que demostrar. El que lo hiciera era una señal de respeto hacia ella, la consideraba una mujer con educación y opiniones dignas de ser tenidas en cuenta. Y hacerlo le provocaba una agradable sensación de intimidad. «¡Sigue siendo un fortísimo enemigo para la causa! Ni se te ocurra bajar la guardia, no seas simple...».

Montgomery se volvió hacia las escaleras que conducían al jardín de estilo francés.

—¿Me acompaña, por favor?

Dio un paso adelante y, de inmediato, cayó en la cuenta de que iba a dar un paseo con él. A solas. De forma instintiva, paseó la mirada a su alrededor en busca de una carabina. Captó el momento justo en el que el duque se daba cuenta del porqué de su gesto. La reacción fue ligeramente burlona, aunque sin exagerar. «¿Acaso piensa que, estando donde estamos, alguien se atrevería a detenerme o a pedirme cuentas?». Eso estaba pensando, al reto lo acompañaba un brillo de desafío en los ojos que le resultó algo molesto. ¡Maldita incapacidad de resistirse a los retos! Sobre todo a los de esa clase.

Annabelle ni se inmutó cuando aceptó el brazo que él le ofrecía, gesto que agradeció. La condujo por las escaleras sin decir palabra y después avanzó hacia la izquierda por el camino de grava.

—¿Qué cree que haría la gente si mañana alguien le pusiera la libertad en bandeja? —preguntó al cabo de unos pasos.

«Respirarían hondo».

—Seguirían buscando y luchando por una vida plena y adecuada.

Montgomery negó con la cabeza.

—Reaccionarían con miedo, sin saber qué hacer. ¿Por qué cree que hay jóvenes que son rebeldes hasta que encuentran un límite que no sobrepasan?

—¿Porque quieren convertirse en adultos con ideas propias e independientes?

—No, ni mucho menos. Para tener conciencia de que existen esos límites, para estar seguros de que hay algo que puede detenerlos y evitar que caigan en una espiral de desorientación, hagan lo que hagan. —Le pareció que ahora hablaba de algo muy propio y específico. Su tono de voz fue más duro, como si el asunto lo irritara de un modo muy personal.

—¿Y por qué no sería mejor preguntar a ese joven rebelde cuáles sus motivaciones y aspiraciones? —se atrevió a decir.

—Porque eso presupondría que lo que piensa y desea es en realidad lo que necesita, lo mejor para él. —Parecía desconcertado, pero estaba claro que eso no era posible tratándose del duque.

Annabelle se lo quedó mirando con fijeza. La luz de la mañana era inclemente con su rostro y le remarcaba cada línea. Tenía que ser agotador ir por la vida sabiendo qué era lo que la gente necesitaba con mucha más certeza que los propios concernidos. Pero eso formaba parte de su atractivo, estaba claro. En un mundo en el que casi todos se sentían atrapado por las turbias, cambiantes e incontrolables circunstancias, incapaces de saber si se debía seguir un camino o el contrario, esa absoluta seguridad en sí mismo, sin rubores ni remordimientos, asomaba como una sólida roca en medio de los rápidos. He ahí un hombre capaz de hacerse cargo de todo y de hacerlo todo bien.

De repente, y sin saber de dónde procedía, la asaltó un pensamiento: ¿cómo sería estar casada con un hombre como él?

La respuesta llegó sola: libre. Al lado de un hombre que se hacía cargo de las cosas, una mujer se sentiría libre.

Estuvo a punto de tropezar, y eso que el camino era llano y la grava estaba bien asentada. ¡Qué idea tan absurda! La libertad sería probablemente lo último que un individuo tan dominante como Montgomery estaría en condiciones de ofrecer. Dados su poder y riqueza, era evidente que podría brindar más seguridad de la que pudiera desear, pero cualquier mujer con un gramo de mentalidad independiente se sentiría ahogada bajo su protección. La manipularía, le exigiría sumisión, anclado en su convencimiento de que siempre sabía qué era lo mejor para ella, tanto dentro como fuera del hogar y de la cama matrimonial... Y no, no debería estar pensando en él ni imaginarlo en la cama al cumplir con su débito conyugal, con los ojos llenos de deseo y el pelo claro mojado y aplastado contra las sienes... Una ola de calor le recorrió cada una de las venas y llegó hasta todos los rincones de su cuerpo.

Mantuvo la mirada fija en el camino con gran determinación. Esos ojos que no tenían piedad distinguirían de inmediato lo que le estaba pasando. Seguro que la siempre traidora piel se había enrojecido hasta el último y más recóndito centímetro.

—Entonces, ¿se trata o bien de ser libre, o bien de estar a salvo, excelencia? ¿Sin situaciones intermedias?

—Pues... —Pareció pensar la respuesta durante un segundo—. La verdad es que me he dado cuenta de que siempre hay que llegar a un compromiso entre ambas situaciones.

Doblaron una esquina y apareció frente a sus ojos un edificio de piedra lisa con una gran cúpula de cristal. Los grandes ventanales de suelo a techo reflejaban con intenso brillo la luz de la mañana, por lo que la joven tuvo que protegerse los ojos con el dorso de la mano.

—¿Qué es este edificio?

—Un compromiso —respondió Montgomery, que se dirigió al lugar. Empujó una puerta que no era la principal para dejarla pasar.

Los recibieron una maraña de verdor y un calor húmedo y denso. Unos grandes doseles aportaban sombra al absorber la luz procedente de los vidrios de la cúpula.

—Un invernadero... —susurró Annabelle.

El aire tenía una presencia física que era el resultado de mezclar la riqueza y la humedad del suelo, los abundantes frutos de las plantas, el néctar y la inevitable putrefacción. Avanzaron por un sendero embaldosado que desaparecía en la espesura e invitaba a adentrarse para contemplar de cerca, oler y sentir los cúmulos de flores, sobre todo de colores rosa y rojo, como fuegos fatuos. Hacía mucho calor. Y antes tenía que haber sentido frío...

Seguramente, el duque habría esperado que rechazara entrar allí con él.

«Un compromiso».

Se volvió hacia él, sintiéndose extrañamente sombría.

—Es mágico.

✳✳✳

¿Mágico? ¡Qué elección de palabra tan caprichosa para una mujer que leía a Tucídides! Y en griego... Pero empezaba a darse cuenta de que la señorita Archer tenía muchas facetas.

Allí estaba él otra vez, mirándola a la cara. Sabía que su mirada lo captaba todo: era incapaz de dejar pasar un error en un apunte contable ni una nota discordante en una pieza musical. Y ahora captaba que sus rasgos estaban organizados como si se tratase de un canon de belleza, o al menos como él consideraba que era la belleza, sin paliativos. Eso la convertía en algo, alguien, extrañamente familiar, a quien conociera desde hacía mucho tiempo, que, en ese momento, hubiera regresado a su vida. Algo impensable, por supuesto. Podía hablar y comportarse como una terrateniente, sí, pero su investigador al fin había enviado su informe, que indicaba que había trabajado como sirvienta en la destartalada casa de campo de su primo, en el condado de Kent.

Sus grandes ojos verdes se hicieron aún mayores al expresar sorpresa.

—¿Me lo estoy imaginando o el suelo está caliente?

—Es la calefacción por suelo radiante.

La joven hizo un sonido de entusiasmo y él sintió un escalofrío en la espina dorsal.

—El edificio es de última generación —explicó—, muy funcional. Permite cosechas durante todo el año con mucha eficiencia.

—No me cabe la menor duda, su excelencia —asintió con un raro brillo en los ojos.

Empezó a deambular por el sendero, observándolo todo con interés y admiración, y él la siguió, extrañamente fascinado con el suave y rítmico movimiento de las faldas alrededor de los tobillos de la joven.

—¿Cómo ha conseguido todas estas plantas? —preguntó.

—Tengo contratado a un botánico que viaja al extranjero para adquirirlas. A veces las compramos a importadores que vienen a Inglaterra.

Pasó la punta del dedo índice por los delicados pétalos rosáceos de una adelfa en flor.

—Qué profesión tan maravillosa —sonrió con tono soñador—, viajar a todos los rincones del mundo para traer algo tan precioso.

La luz que le iluminaba la cara le impedía apartar los ojos de ella.

Lo cierto era que no tenía tiempo para paseos. Debía enfrentarse a una revuelta de diputados rasos *tories* a los que no les gustaba su última propuesta y tendría que estar en su estudio escribiendo cartas de amenaza. La única razón por la que estaba allí era porque quería estar; ni siquiera se iba a preguntar por qué la compañía de una plebeya intelectual y sufragista le proporcionaba tanto placer.

—¿A qué rincón del mundo le gustaría viajar, señorita?

Lo miró de frente, como si quisiera estar segura de la sinceridad de su pregunta.

No contestó a la ligera.

—Me gustaría ir a Persia —dijo al cabo de unos momentos.

La mayor parte de las personas habrían dicho París. Quizá también Roma.

—Un destino ambicioso.

Ella meneó la cabeza antes de hablar.

—A veces soñaba con tener un galeón griego. Ya he viajado en mi mente por los siete mares.

—¿Un galeón griego? —¡Pero por supuesto, si estudiaba los clásicos!—. ¿Inspirada por Odiseo?

Lo miró de soslayo.

—Puede ser.

—¿Por qué Persia? —preguntó intrigado—. Odiseo no salió del Mediterráneo.

—Porque hay teorías acerca de la influencia mutua entre Grecia y Persia —explicó, despacio— en lo que se refiere a la arquitectura, la literatura, el sistema de gobierno... Sin embargo, apenas hay pruebas concretas y ambas partes niegan la existencia de dicha influencia. En estos momentos, mi profesor está muy centrado en esa área de investigación.

—¿Se refiere al profesor Jenkins?

—¡Sí! ¿Conoce su trabajo?

—No conozco al caballero, pero mi secretario lee sus propuestas —aclaró—. He patrocinado y financiado algunas de sus expediciones. Tal vez haya oído usted hablar de la Royal Society.

—¡Por supuesto! No estaba al tanto de que fuera usted uno de los benefactores.

—Mi familia fue una de las fundadoras de la institución.

Lo miró, apreciativa. Tuvo que contenerse para no acicalarse el pelo. ¡Ridículo!

—Pues entonces, gracias a usted el profesor Jenkins iniciará en abril un nuevo proyecto en el Peloponeso —lo informó.

—¿Con qué objetivo?

—Se ha localizado un buque de guerra en el fondo de la bahía de Pilos y van a extraer todo el material que puedan para estudiarlo.

Se había animado muchísimo al hablar de ello. La voz y el cuerpo le vibraban de pasión contenida, lo cual lo afectaba a él mucho más de lo que le gustaría, sobre todo en zonas del cuerpo que poco tenían que ver con la vida académica...

—¿Jenkins se porta bien con usted? —inquirió, para evadirse de los malos pensamientos, mientras simulaba estudiar un termostato cercano al tronco de un árbol.

—¡Sí, por supuesto! —exclamó con alegría—. Me hace trabajar mucho, pero me ayudó a conseguir ser admitida en Oxford. Le estoy muy agradecida.

Por alguna razón, no le terminó de gustar cómo había sonado eso.

—¿Cómo la ayudó?

—Se carteaba con mi padre. De hecho, hasta su fallecimiento —explicó—. Tras la muerte de mi padre, revisé la correspondencia y encontré una carta a Jenkins sin acabar. Terminé la misiva y el profesor me respondió. Y la cosa ha seguido durante años.

—¿Y nunca tuvo reservas por el hecho de mantener correspondencia académica con una mujer?

Se dio cuenta de que la pregunta le había molestado.

—No. Al parecer, mi padre me había enseñado bien. Y...

—¿Y...?

—Puede que no tuviera claro del todo que yo era en realidad una mujer. Firmaba con la A de Annabelle, sin más.

Levantó la barbilla, como si lo retara a criticarla por el subterfugio. Él se limitó a esbozar un amago de sonrisa.

—¿Cuándo se lo aclaró?

—Cuando supe que iba a necesitar su ayuda para conseguir plaza en Oxford. No se enfadó conmigo. Nada en absoluto. Le estoy muy agradecida —repitió.

No tenía por qué estarle agradecida. Había demostrado su valía y capacidad, así que merecía la oportunidad.

El gran terrario cercano a la pared captó la atención de la joven durante los siguientes minutos.

—¿Qué es aquello? —Señaló con el estilizado dedo una fila de vainas verdes que colgaban de una rama delante del cristal.

—Crisálidas. Capullos de mariposa.

Se volvió a mirarlo por encima del hombro.

—¿Cría usted mariposas, su excelencia?

—Fue idea de mi hermano. Después de vetar su sugerencia de introducir un grupo de monos en el invernadero.

Se rio. Un pequeño estallido de risa auténtica que mostró la bonita dentadura y un atisbo de lengua rosada. Pequeño, sí, pero fue como la sacudida de una bebida azucarada en la sangre. Lo deseaba. Deseaba tomar entre sus manos ese rostro precioso y alegre, y besarlo, en todas partes: la frente, las mejillas, la nariz... Quería sentir su boca contra la de él... ¡Por todos los infiernos!

En ese momento estaba inclinada hacia adelante y miraba el grupo de crisálidas.

—Creo que puedo distinguir una oruga —susurró—. Es fascinante.

—Lo es, sí.

Un pálido centímetro de piel, entre el cuello y la nuca, había quedado expuesto debido a su postura. Uno de sus rizos, ahora muy notorios debido a la gran humedad ambiental, se atrevió a aterrizar allí. ¡Qué tentador enrollarlo en la punta del dedo índice para sentir su sedosa suavidad..., tocar con los labios la delicada tersura de su cuello!

De repente se puso rígida, como si él hubiera expresado en voz alta esos pensamientos, y se dio cuenta de que se había inclinado hacia ella, atraído por su aroma.

¡Por Dios bendito!

Se enderezó y giró la cabeza. Estaba claro que el denso ambiente le estaba reblandeciendo el cerebro.

La joven se volvió y lo miró con una expresión que le pareció recelosa.

—No creía que las mariposas fueran capaces de sobrevivir en un terrario.

—Cuando completan la metamorfosis las liberamos —aclaró con voz ronca—. Se abre la cubierta y todo lo que vuela puede salir.

No sonrió.

Se dio cuenta de que no era una joven inocente, pues captó en sus ojos la misma conciencia que, sin la menor duda, ella había captado en los suyos: el hecho de que eran una mujer y un hombre solos en un espacio cerrado y cálido, y de que una especie de cuerda invisible no dejaba de tirar de él e incitaba a su cuerpo y a su mente a invadir el espacio de ella, a deslizar los dedos por su cuello para acercarla a él. Y cuando lo miró, su boca se suavizó, se entreabrió de forma insinuante, una invitación...

Un ave del paraíso irrumpió graznando y aterrizó a escasos metros con un ruido seco.

Ella dio un respingo.

—Ah, es Peregrin... —observó él, molesto—. Le da de comer. Creen que hay que alimentarlas cuando entran aquí.

En esos momentos, ella tenía las mejillas muy enrojecidas, pero ese no era el tipo de rubor que le gustaba provocar en una mujer. Dio un paso al lado y se alejó de él, que a su vez dirigió la mirada al ave. Si las miradas mataran, esta habría caído fulminada.

—Su excelencia, desearía hablar de mi marcha con usted.

Un jarro de agua helada habría tenido el mismo efecto sobre él que la frase. Le costó unos momentos encontrar la respuesta.

—Deduzco que pretende ignorar las órdenes del médico y marcharse de inmediato.

—Tengo familiares en Kent que me esperan.

El primo de la casa hecha una ruina. Más de lo mismo: trabajo excesivo y malnutrición.

—El doctor lo dejó muy claro: siete días de reposo. Y, por supuesto, es usted bienvenida en Claremont, como hasta ahora.

Su mirada volvía a ser la habitual: llena de obstinada determinación.

—Se lo agradezco, su excelencia, de verdad. Pero tengo asuntos que atender.

—¿Asuntos más importante que su propia salud?

Desvió la mirada.

—Ya estoy bien.

No, no lo estaba. Sufría de terquedad grave.

Notó que sudaba con profusión por la espalda. Normal: estaba de pie en un invernadero y llevaba el maldito abrigo de invierno bien abrochado.

—Es usted libre de marcharse cuando desee, faltaría más —recalcó—, pero, por favor, entiéndame: si le proporciono un carruaje, cosa que tendría que hacer, adquiriría una gran responsabilidad si volviera a caer enferma, y no digamos si... fallece durante el viaje.

Eso pareció hacerla pensar.

¡Ah! Eso era que, aunque no se preocupara por sí misma, sí que pensaba en los demás. Buen rasgo de carácter.

—Y sus amigas... —añadió—. Estaban preocupadas por usted y el gran trabajo que han hecho permaneciendo a su lado no serviría de nada si recae por no seguir las indicaciones que se le han dado.

La mirada que le dirigió fue elocuente: sabía muy bien lo que estaba haciendo con ella. También que iba a surtir efecto y que no le gustaba nada en absoluto. Daba igual. Si fuera suya, ni siquiera estarían sosteniendo esa conversación: ya estaría en el piso de arriba, en la cama, arropada y calentita.

—Muy bien —cedió por fin, de mala gana—. Creo que sería más lógico que me quedara.

Lo desconcertó la alegría que le produjo escucharlo.

—Hasta Navidad.

Asintió algo vacilante.

—Hasta Navidad, sí.

Se mantuvo en silencio mientras regresaban a la casa. El semblante de Annabelle estaba pálido y demacrado. El paseo se había cobrado cierto peaje. ¿Por qué le costaría tanto permitir, o incluso esperar, que alguien la cuidara? Tenía veinticinco años, era demasiado joven para el autocontrol y la seguridad en sí misma que desplegaba, pero demasiado mayor para seguir soltera. Eso tenía que ser por elección propia, a menos que todos los hombres de Kent fueran ciegos y sordos. El informe recibido decía que se había ido durante dos años del hogar familiar, en el que vivía con su padre, y que regresó tras su fallecimiento. No había casi ninguna razón lógica que explicara la desaparición de una joven durante tanto tiempo. «¿Qué precio has tenido que pagar por tu independencia, Annabelle?».

—¿Me acompañará mañana por la mañana a dar un paseo hasta los establos?

Lo miró con suspicacia.

—Los establos mantienen el calor —explicó él—. Y los caballos son de los mejores de Inglaterra.

Se mantuvo largo rato en silencio.

—Dependerá de mi estado de salud.

Y seguramente mucho más de su estado de ánimo.

Le ofreció el brazo para subir las escaleras de la terraza. Ella lo aceptó tras dudar un instante. Estaba inquieta tras lo ocurrido en el invernadero.

Pero ¿qué había pasado en el invernadero? No había pasado nada. El deseo era una reacción lógica y normal cuando un hombre estaba al lado de una mujer hermosa. ¿O no?

Capítulo 13

abía sido una mañana sorprendentemente agradable, de cielos claros, poblada de cantos de pájaros. Sebastián no esperaba estar tan bien tras haberse pasado más de la mitad de la noche intentando ganar por la mano a miembros díscolos del partido. Y su alegría creció como la espuma al ver la delgada figura que se aproximaba a los establos por el camino que venía de la casa.

—Tiene usted buen aspecto, señorita —saludó alzando la voz sobre los ladridos de los perros, que correteaban a su alrededor.

Ella lo miró a él primero y después a Stevens, que cargaba con los faisanes recién cazados; le colgaban de una cuerda alrededor del cuello.

—He pensado que le debo algo a su caballo —comenzó, y abrió la mano derecha para mostrar una manzana—. Por cargar el doble la otra tarde.

La otra tarde..., cuando Sebastián no tuvo más remedio que cargar con ella de vuelta a Claremont. Casi podía sentir de nuevo la liviandad de su peso entre los brazos, la suavidad de su pelo en la cara.

—Ese caballo está en el potrero, trabajando con McMahon, señorita —intervino Stevens.

Annabelle relajó los músculos y Sebastián supo que había acertado al pensar que prefería no estar sola con él esa mañana. No obstante, había acudido.

Caminaron en silencio el primer minuto. Era fácil pasear con ella, pues se había acostumbrado pronto y con naturalidad a los pasos largos que resultaban adecuados para caminar por allí, como si fuera una mujer de campo. Y es que «era» una mujer de campo. Observó de soslayo su regular perfil y se preguntó hasta qué punto era azul su sangre francesa. El informe decía que sus antepasados maternos llegaron de Francia en la época del terror con un conde, y los franceses tenían fama de procrear bastardos con el servicio.

—¿Le gusta la caza, su excelencia? —Sonaba amable y educada, con ganas de conversar.

—Sí —respondió—. Es uno de los escasos placeres que conlleva ser terrateniente. —¡Vaya! Era como si ayer no hubiera estado a milímetros de besarle el precioso cuello. ¡Ayer mismo!

—¿Y qué otros placeres proporciona poseer tierras? —preguntó de nuevo, esta vez con una pizca de ironía en el tono.

—Desarrollar buenas prácticas de gestión. Saber que la tierra va a producir beneficios de forma sostenible en lugar de desperdiciarse.

Por primera vez en la mañana lo miró a los ojos.

—Yo pensaba que esa era una responsabilidad de los administradores.

—Están a mis órdenes —indicó—. En última instancia, la responsabilidad es mía.

Eran su responsabilidad todos y cada uno de los ciento veinte mil acres. La mismísima semana posterior a la repentina muerte de su padre, durante la que se encerró en el despacho para estudiar a fondo los montones de libros de contabilidad apilados y las cartas relativas a los contratos de arrendamiento, estuvo a punto de volverse loco: se preguntaba cómo era posible que su padre hubiera pasado el tiempo bebiendo, jugando y retozando con su querida mientras decenas de miles de acres de buena tierra se desperdiciaban debido a la mala gestión. Una semana e incontables cigarrillos después, había llegado a la conclusión de que su padre se había dado a la bebida y al juego precisamente por las haciendas, además de por falta de liquidez y por algunas malas decisiones de inversión. Las casas se habían convertido en pozos sin fondo de gasto. A lo largo de toda Inglaterra, desde la Revolución Industrial la mayoría de las haciendas se habían convertido en antiguallas que no producían beneficios ni siquiera para mantenerlas. No podía esperar que Annabelle Archer, por muy inteligente que fuese, supiera eso; después de todo, la propia aristocracia fingía no saber que, en su conjunto, era un gigante con pies de barro.

El potrero hervía de actividad. En la zona alquitranada, algunos caballos de los que menos se utilizaban no paraban de moverse y molestarse unos a otros. El suyo describía círculos alrededor de McMahon. El sol hacía brillar la potente musculatura, que trabajaba al máximo bajo la inmaculada piel blanca.

Annabelle, apoyada en el pasamanos, no podía separar la mirada del semental.

—Es magnífico. Tan fuerte y sin embargo tan grácil.

—Fue criado con ese objetivo —indicó él—. El caballo andaluz es una mezcla entre el corcel europeo de sangre caliente y el purasangre árabe. Posee lo mejor de ambos.

El comentario dio lugar a una de esas medias sonrisas que tanto lo hacían pensar.

—¿Cómo se llama?

Recitó de memoria el nombre, muy largo y muy complicado y muy español, que constaba en los papeles oficiales del semental.

—¡Oh, qué difícil! ¿Y usted cómo lo llama?

—De ninguna forma. —Al ver su reacción de asombro, dio una explicación—. Es un caballo. —A un perro se le pone nombre, sí, pero ¿a un caballo...?

Casi podía ver cómo trabajaban los engranajes de su cerebro tras los ojos, muy abiertos.

—Sincérese conmigo, señorita. Estoy seguro de que usted ya lo ha bautizado.

Volvió a mirar al caballo, esta vez haciendo visera con la mano para protegerse del brillo del sol.

—Parece un auténtico Apolo.

Apolo. El dios griego de la luz. ¿Por qué no? Lo cierto era que resultaba adecuado para el noble bruto.

Uno de los caballos retirados se acercó al trote, moviendo las orejas de atrás adelante con mucho interés.

—¿Y tú quién eres? —susurró Annabelle cerca de la oreja del animal. Sebastián captó el tono cálido, casi confidencial, que utilizó la joven, muy distinto al que empleaba con él. El caballo castrado inclinó la cabeza hacia su palma y abrió y cerró los orificios nasales al captar el olor de la manzana.

Annabelle volvió la vista hacia Sebastián con gesto de preocupación.

—¿Por qué tiene manchas en la piel? ¿Está enfermo?

—No. Es viejo, tiene casi treinta años.

Lo acarició en los alrededores del bozal.

—¿Entonces no puede trabajar?

—Se ha retirado, ya no trabaja.

—¿Se queda usted con los caballos ya retirados?

—Sí.

—¿Por qué?

—Porque han prestado un buen servicio y porque no hay ninguna necesidad de convertirlos en jabón antes de tiempo.

La joven se mantuvo en silencio durante un rato. Después continuó acariciando al caballo y murmurando algo como «pero sería mucho más eficiente». Las palabras quizá deberían haberlo enfadado, pero su tono fue tan tierno como el utilizado para hablar con el decrépito caballo. Tragó saliva. Hacía casi dos décadas que no bebía una gota de alcohol, pero la sensación le recordó la quemazón del brandi o el *whisky* al bajar por la garganta. ¿Podía uno emborracharse solo con la presencia de una mujer?

Le echó una mirada de soslayo y lo que captó en su mirada, fuera lo que fuese, logró que la cabeza le diera vueltas.

Pues sí. Al parecer uno podía emborracharse con la sola presencia de una mujer. No pudo por menos que mirar con inquina al obediente Steven por acabar con el momento de agradable y cálida intimidad.

❆❆❆

—Annabelle, tienes que darme tus medidas antes de que me marche hoy —indicó Hattie.

Annabelle levantó la cabeza del correo, que revisaba en ese momento.

La luz grisácea de la tarde inundaba el salón de estar. Hattie reposaba en el sofá como una emperatriz y picoteaba de un racimo de uvas del plato que reposaba en la mesita auxiliar.

—¿Y eso por qué, señorita Greenfield?

—Porque tengo la impresión de que vas a ser invitada al baile de Nochevieja de los Montgomery, por lo que necesitarás un vestido de fiesta.

—Eso no va a pasar.

—Vas a acudir a la cena de Navidad de lady Lingham.

—Porque en esas fechas seguiré en Claremont.

—Ya... Y ahora imagínate que se produce alguna otra «extraña» circunstancia que dé lugar a una invitación a la fiesta más importante del año y que tuvieras que declinarla por no tener qué ponerte.

—Y tú imagínate que encargo un vestido y no me invitan al baile.

Hattie se metió otra uva en la boca.

—Pues en ese caso tendrías un vestido de fiesta, lo cual siempre es bueno, en cualquier circunstancia.

Annabelle suspiró.

—Di algo, Catriona.

Catriona, desde la butaca que ocupaba, separó la vista del cuaderno de notas.

—A mí no me gustan los bailes; si pudiera, no iría a ninguno; pero, dado que mi padre insiste en que debo acudir a ese, me gustaría que fuéramos juntas las tres.

Annabelle la miró con los ojos entrecerrados.

—Eso no ayuda en absoluto, querida.

—Celeste tiene uno nuevo de seda color verde esmeralda —informó Hattie—. Me lo ha dicho mi hermana. —Señaló en dirección a la carta que había al lado del bol de fruta—. Seguro que el verde esmeralda te sienta de maravilla.

Celeste. Era una modista de la calle Bond tan famosa que la gente como Annabelle solo la conocía gracias a las revistas de moda que Hattie introducía de tapadillo en el salón de estar del colegio mayor. «La seda de sus vestidos fluye como el agua..., sus creaciones son para una dama como el oro sobre el que se monta un diamante...».

Annabelle volvió a posar los ojos en su carta a Gilbert, en la que lo informaba de que estaba en la residencia de Oxford de Catriona, en St. John's. Si le dijera que estaba pasando la Navidad en la residencia del duque de Montgomery y que en ese momento hablaba de sedas y vestidos de Celeste, sin duda su primo sospecharía que se había vuelto loca tras solo tres meses de educación superior y ordenaría su regreso a Chorleywood en menos de lo que se tarda en decir «feliz Navidad».

Se dispuso a seguir escribiendo.

—¿Ni siquiera te lo vas a plantear? —Hattie parecía decepcionada.

—No tengo dinero para un vestido de gala.

Se produjo una educada pausa.

—Estaba pensando que podría regalarte uno por Navidad.

Annabelle miró a su amiga con ojos incrédulos.

—Hattie, no soy tu buena acción del año.

Al menos la chica tuvo la decencia de parecer contrita... durante un momento. Solo hasta que su expresión se volvió taimada.

—Claro que no —confirmó—. Te costaría bastante trabajo. Cinco horas a la semana posando para mí como modelo..., Helena de Troya.

¿Otra vez Helena de Troya?

—Seda de color verde esmeralda —canturreó Hattie—. Champán, valses, solteros interesantes y elegibles... Y...

Annabelle alzó las manos con gesto de impotencia.

—De acuerdo, de acuerdo. Te daré mis medidas. Y seré Helena de Troya.

La cara de Hattie resplandeció como el enorme árbol de Navidad del salón principal de Claremont.

—¡Fabuloso!

En una esquina, el reloj de péndulo sonó dos veces.

—¿Me perdonáis? —solicitó Hattie—. La tía estará despertándose de su siesta.

Catriona, asombrada, siguió con la vista a su amiga conforme salía de la habitación.

—Te acaba de pedir que poses para ella y no quieres hacerlo, pero lo harás para obtener un vestido que tampoco quieres. ¿Me lo explicas?

Annabelle se encogió de hombros.

—Va a dar igual. No me van a invitar.

—Pues yo creo que Hattie no se equivoca del todo —reflexionó Catriona con expresión pensativa.

Annabelle frunció el ceño.

—¿Qué quieres decir?

—No es más que una impresión.

Eso era sospechoso. Catriona nunca tenía impresiones, siempre hablaba de hechos y certezas.

—¿Qué vestido vas a llevar a la cena de Navidad? —preguntó su amiga.

—El de damasco azul claro. —No había más remedio, era el más elegante que le habían dejado, aunque ya se lo había puesto una vez en Claremont.

—He escuchado que lady Lingham y el duque... se entienden —insinuó Catriona.

¡Oh! El rubor en las mejillas de Catriona no dejaba lugar a dudas acerca de la naturaleza de tal entendimiento.

No había motivo de sorpresa. Los hombres del nivel de Montgomery solían tener alguna amante escondida en cualquier sitio. Pero ¿alguien de su mismo estatus social?

—¿Cómo es la condesa? —inquirió con tono neutro.

—Es vecina suya. De más edad y viuda —informó Catriona—. Parece que tiene influencia sobre él, así que quizá deberíamos convertir en objetivos de nuestra campaña a... ese tipo de damas.

—Una idea estupenda —asintió Annabelle entre dientes. Cambió de postura en la silla, pues de repente le había empezado a molestar y picar la tela del vestido de paseo—. Por cierto, el vestido azul me sienta fatal.

—¿Ah, sí? —Catriona parecía confundida.

—Sí. El azul no me va bien y el vestido se abomba en sitios en los que no debe.

—Podrías añadirle una banda o algo... —probó Catriona.

—Sí, podría. Pero sería igual que añadir un vagón a un tren abandonado.

—No sueles ser tan exagerada —observó Catriona, despacio—. ¿Pasa algo malo?

—No —respondió de inmediato Annabelle. Dio unos golpecitos con la pluma y unas gotas de tinta salpicaron—. Acabo de acordarme de que, aunque no soy tan mayor, ya no me acuerdo de cuándo fue la última vez que me puse un vestido bonito.

Hacía una eternidad. Antes tenía gusto por la ropa, le encantaba diseñar arreglos de cintas que le realzaran el peinado y ponerse pendientes que le hicieran juego con el color de los ojos. Dejó de disfrutar con eso después de aquel verano con William; su aspecto era una promesa vacía en el mejor de los casos y, en el peor, un lastre. Pero ahora..., ahora la carcomía la necesidad de salir de la jaula en la que se había metido por propia voluntad hacía tanto tiempo.

Y no podía. En ese preciso momento estaba justo donde tenía que estar para dar el paso hacia una vida respetable e independiente.

No obstante, debía alejarse del duque. El día anterior, en el invernadero, había deseado besarla. Fue consciente del aspecto de su cara en el terrario: la mirada fija, el rictus innegable de deseosa masculinidad. En otras circunstancias, tal intensidad daba paso a que la sujetaran por los hombros, a lo que seguía una sonora bofetada en la mejilla del hombre. Pero él no la había agarrado. Y, lo que era aún más chocante, estaba bastante segura de que no lo habría abofeteado. No. Esa misma mañana había vuelto a buscar su compañía. No había ayudado nada averiguar que mantenía a los caballos que ya no podían trabajar, como si en ese pecho habitara un corazón generoso y amable...

Encontraría la forma de evitarlo hasta la cena de Navidad. Se acabaron los desayunos con él, las cartas, los paseos y las charlas personales. ¿En qué había estado pensando?

❋❋❋

El traslado a la cena de Navidad de lady Lingham fue bastante extraño. Por razones, quizá, de pura eficiencia, Montgomery dispuso que los cuatro asistentes de la casa —el propio Montgomery, Peregrin, la tía Greenfield y Annabelle misma— viajaran en el mismo carruaje. La tía seguía encerrada en sí misma cuando no estaba echando las múltiples siestas diarias, y los dos caballeros, sentados frente a ellas, mantenían una actitud muy adusta debida solo en parte a los abrigos idénticos que no revelaban nada del resto de su vestimenta. Parecían muy enfadados el uno con el otro y no miraban a ningún sitio concreto. Esa forma de comportamiento era la que se podía esperar de Montgomery, pero no de Peregrin. Durante los últimos días, Annabelle había pasado muchas horas con el joven lord, en principio para evitar al duque, pero después porque Peregrin se reveló como una persona muy amistosa y de trato fácil y agradable. Le había confesado: «Férreos poderes a los que no puedo sustraerme me fuerzan a volver a leer *La república* de Platón durante mis vacaciones de Navidad. No sabrá usted algo acerca de dicho libro, ¿o sí?». Hacer de tutora para él resultó de lo más agradable y la distrajo de la absurda atracción que empezaba a sentir por su hermano.

Una atracción que en esos momentos había dejado a un lado, sí, pero sin negarla, cosa que por otra parte le resultaba imposible. Procuraba por todos los medios no rozarlo con las piernas, demasiado cercanas, pues iban sentados el uno frente al otro. Incluso en esos momentos, pese a su expresión a medio camino entre la frialdad y el aburrimiento, su cercanía le producía en el cuerpo tal calidez que era como si tuviera una hoguera calentándole la sangre a la salida del corazón. Para evitar mirarlo, se dedicó a observarse con atentación las manos, juntas en el regazo. Pero, pese a ello, lo veía, como no tienes más remedio que ver el brillo del hogar en una habitación con la chimenea encendida. ¡Por Dios bendito! Ojalá esta cena cuya anfitriona era la mujer con la que «se entendía» pudiera poner en sordina este maldito encaprichamiento o incluso terminar con él.

Sintió un vacío en el estómago cuando llegaron a Lingham Hall. La casa en sí era preciosa: una hacienda de tamaño medio con fachada georgiana de arenisca. Los pilares de la entrada sostenían enredaderas sin hojas, y bajo ellos el mayordomo ya esperaba para darles la bienvenida protocolaria.

En el preciso momento en el que entraron al amplio vestíbulo, una mujer alta y delgada de cuarenta y pocos años se acercó a ellos a grandes zancadas, segura y decidida.

—¡Montgomery! —exclamó en voz baja. La estilizada mano se posó sobre el brazo del duque y se mantuvo allí un poco más de la cuenta.

Annabelle no se lo podía reprochar. Los anchos hombros de Montgomery llenaban la levita como una mano llena un guante y el color gris perla del chaleco resaltaba el brillo plateado de los ojos. Era la viva imagen de la elegancia masculina, capaz de empujar a cualquier mujer con capacidad de hacerlo a buscar y robar contactos físicos adicionales a los del mero protocolo.

—Y usted tiene que ser la señorita Archer. —La expresión de la condesa era de tibia curiosidad—. ¡Pobre! Vaya desastre enfermar en unas fechas tan especiales.

Lady Lingham tenía un tipo de fisonomía que su padre solía definir con llaneza como «de cara larga y dientes grandes», un aspecto que se consideraba atractivo sobre todo porque indicaba siglos de riqueza y buena cuna. También dominaba el arte de la elegancia natural: el vestido se ajustaba a la

delgada figura en los lugares adecuados y el moño que presidía la rubia cabellera tenía ese aspecto de simpleza que oculta mucho trabajo de prepara-
ción. Seguro que una doncella se había pasado más de una hora armándolo;
en el caso de Annabelle, con su recio y rizado cabello, la tarea de crear algo
parecido sería imposible.

Al entrar al salón, una docena de pares de ojos se dirigieron al duque
como las virutas de hierro a un imán. Lady Lingham se soltó de su brazo
para no interferir con los saludos y después le dio un buen susto a Annabelle al tomarla del hombro como si fueran viejas amigas y confidentes.

—Venga a dar una vuelta conmigo, señorita Archer.

Annabelle la siguió con actitud cautelosa. Eran más o menos de la
misma altura, pero la condesa era rubia y etérea, tanto que el roce de
la mano enguantada apenas le era perceptible sobre el brazo. De la
comisura de los ojos, de un azul frío y pálido, salían algunas líneas,
delicadas y poco profundas. Montgomery no había escogido para en-
tenderse a una señorita simplemente atractiva y ella no estuvo segura
de si eso le parecía bien o mal.

—Gracias por invitarme en esta noche tan especia, milady.

Los ojos de la dama brillaron durante un instante.

—Es un placer. Debo decirle que el vecindario es un hervidero en relación con su presencia. —Rio, queda—. No hace falta que se asombre. El
cotilleo es inevitable, por ridículo que sea. Mi doncella personal insistía
en que se la vio subida al caballo del duque y en que los dos surcaron los
campos nevados, como un caballero de plateada armadura que llevara a su
princesa.

«¡¡¿¿Cómo??!!».

—Santo cielo... —acertó a decir.

—Exacto —confirmó lady Lingham mientras negaba con la cabeza—.
Así que déjelo estar. Todo el mundo sabe que a Montgomery nunca se le
ocurriría hacer un despliegue de esa naturaleza, bajo ninguna circunstancia. Por cierto, me ha dicho que procede usted de una familia del clero.

—Sí, milady. —¿Qué más le había contado sobre ella?

—¡Qué bien! Pues tengo el compañero de mesa ideal para usted.

Se acercaron a un hombre menudo y de pelo oscuro que, sin compañía,
estaba junto a una gran planta de interior.

—Señorita Archer, le presento a Peter Humphrys, coadjutor de mi hacienda.

El tal Humphrys se ruborizó intensa e instantáneamente y se inclinó de forma muy exagerada.

—¡Es un gran placer conocerla, señorita Archer! —exclamó—. Esta espléndida velada ha pasado a serlo mucho más. —El clérigo, tan encantado como indicaba su aseveración, decidió acompañarlas mientras la condesa la presentaba al resto de los invitados.

Ahí estaba el conde de Mardsen, un fornido aristócrata entrado en años, de mejillas muy sonrosadas y que la miraba a los ojos tan directamente como si quisiera atravesarla. Su esposa no paró de llevarse los huesudos dedos al rubí del tamaño de un huevo de gallina que llevaba colgado del cuello y que parecía demasiado pesado para soportarlo. Estaban el vizconde de Easton, acompañado de su hijo adolescente y de su hija, y una pareja de ancianos, los Richmond, cuyas dos hijas contemplaron con expresión apenada el vestido azul de Annabelle.

Las cosas no mejoraron en absoluto al llegar a comedor. Su sitio estaba en un extremo de la mesa, frente a los jóvenes hermanos Easton. Montgomery se hallaba justo en el otro extremo, sentado a la derecha de la anfitriona, como invitado de honor. Su pelo rubio brillaba en la periferia del campo de visión de Annabelle cuando se inclinaba para escuchar o hablar con la condesa.

Peter Humphrys alzó la taza de metal que estaba junto a la de vino e inhaló.

—¡Julepe de menta! —anunció encantado, y de inmediato frunció los labios—. Tenga cuidado, señorita. Este cóctel contiene una buena cantidad de *bourbon*.

Annabelle agarró la copa, que estaba fría al tacto y olía a pipermín.

En el otro extremo de la mesa, la risa cantarina de la condesa indicaba que estaba disfrutando de la velada. Ella y Montgomery parecían estar bien juntos. Dentona o no, era la mujer adecuada para él, igual de austera, refinada e inescrutable. Una pareja que se podía considerar como el Adán y la Eva de la aristocracia.

El mínimo sorbo de prueba de Annabelle dio paso a un buen trago de julepe. El helado dulzor le atravesó la garganta, pero no le permitió notar el potente y amargo sabor del licor de base. Mejor para ella. «Perfecto», pensó.

—¿La flora de Wiltshire difiere mucho de la que se puede observar en Kent? —preguntó Peter Humphrys.

—No estoy segura. Eso sí, he notado que la nieve las cubre a ambas de la misma forma, señor Humphrys.

La reacción del coadjutor fue una especie de gruñido de asombro. Alzó las cejas, mientras que la joven Easton sonreía con malicia. Annabelle acabó de otro trago con el cóctel e hizo señas a un criado para que le rellenara la taza

El clérigo se inclinó hacia delante como si fuera a contar un secreto.

—Hay un precioso bosquecillo muy cerca de la vicaría —informó—. En primavera he podido ver varias veces algún pájaro carpintero, el pico picapinos o *Dendrocopos major*.

Desplegó una sonrisa de labios fruncidos.

—¿Le gustan los pájaros, señorita Archer? —preguntó con tono esperanzado.

—Los adoro. Y sobre todo a los pájaros carpinteros.

Si fuera una mujer como las demás, iría sin dudarlo a por el clérigo. Escaseaban los solteros interesantes, a saber: amables, con un empleo estable y, por supuesto, libres de cargas; es decir, sin prometida oficial. Pero ella había vivido un verano de pasión que la había cambiado para siempre. Como decía la poetisa Safo: «Eros había sacudido mi mente como el viento de la montaña sacude las ramas de los robles». Había comido la manzana prohibida y no había vuelta atrás. La inexistencia de deseo eliminaba a Peter Humphrys de cualquier ecuación.

En el resto de la mesa, las conversaciones intrascendentes habían hecho su aparición. Y las otras también.

—Por supuesto que están buscando que las mujeres puedan votar —decía lord Marsden—. Saben que solo votan por ellos los estúpidos. Escuchen lo que les digo: si las mujeres adquieren el derecho al voto, no habrá forma de sacar del poder a los liberales.

La delicada y pequeña mano de su esposa se deslizó hacia la levita para intentar aplacar al indignado lord. Pero él la ignoró.

—Estúpidos —insistió.

—Tranquilo, Tuppy —intervino lady Lingham desde la cabecera de la mesa—. Debería saber que hoy hay muchas mujeres muy inteligentes sentadas a esta mesa.

Tuppy, es decir, lord Mardsen, movió la mano fofa en gesto de negación.

—Sabe muy bien hasta qué punto estoy convencido de lo que digo, condesa.

Las mujeres de la mesa intercambiaron miradas discretas, sin tener muy claro lo que en realidad quería decir el lord.

—La señorita Archer, por ejemplo, estudia en Oxford —afirmó lady Lingham—. ¿Qué le parece?

Annabelle volvió la vista hacia ella enseguida.

La condesa sonreía. No era una sonrisa antipática, sino divertida. Para los aristócratas todo era un juego, al parecer.

Marsden miró a Annabelle de hito en hito.

—¿Es eso cierto?

El sonido del pulso le alcanzó los oídos.

—Sí, milord.

Con el rabillo del ojo vio que Montgomery dejaba sobre la mesa cuchillo y tenedor.

—Y ¿para qué sirve todo ese exagerado exceso de educación? —sondeó Marsden.

El resto de las conversaciones cesaron y la atención colectiva se concentró en ella, como si hubiera un foco invisible que la iluminara. Notó un intenso calor en el cuello.

—Creo que la educación superior me ayudará en cualquier empeño que pueda emprender en el futuro, milord.

Se produjo un murmullo ambivalente a lo largo de toda la mesa. Estaba claro que las personas que tenían que incrementar mucho su posición en el mundo no solían conseguirlo.

—¿Y usted aspira a que las mujeres consigan el voto? —presionó el conde.

La bebida mentolada parecía habérsele congelado en la garganta. Lucie nunca le perdonaría no hacer proselitismo para la causa teniendo delante varios hombres influyentes. Y ella no se perdonaría a sí misma el no ser sincera y hacerse la tonta delante de uno de ellos en concreto.

—Sí. Creo que las mujeres deberían poder votar.

Marsden paseó una triunfal mirada por la mesa.

—¿Y por qué no conceder el voto a cualquiera que comprenda la política y excluir de él a todos los demás, sean hombres o mujeres? —sugirió lady Lingham con tono amistoso.

Marsden cabeceó.

—Por su propia naturaleza, la mujer es incapaz de comprender la política ni nada que se le parezca.

—¿Por su propia naturaleza? —El tono de lady Lingham fue infinitamente menos amistoso.

—Sí, claro que sí. —El conde se volvió hacia Annabelle—. ¿Ha leído usted el artículo publicado hace poco por la marquesa de Hampshire? ¿En relación con el tema del cerebro?

—Me temo que no.

—Lady Hampshire es formidable —sentenció lady Marsden.

Todo el mundo asintió.

—Pues escuche con atención, señorita —comenzó Marsden—. Lady Hampshire indica que hay que tener cuidado con la posibilidad de que las mujeres reciban educación superior, voten y ejerzan cargos políticos. La ciencia ha demostrado que el cerebro femenino no solo es más pequeño que el del hombre, sino que también está enrollado de forma distinta. —Giró la mano para ilustrar el concepto—. Así que, aunque usted misma lea los mismos libros y escuche las mismas clases magistrales que un hombre, señorita Archer, el cerebro de usted nunca será capaz de dar lugar a conclusiones y análisis igual de sólidos que los de un hombre. En su cerebro entrará la misma información, sí, pero en los giros del suyo se irá perdiendo, por lo que el resultado intelectual en su caso será distinto, y por supuesto menor, en cantidad y calidad.

Se quedó mirándola con expectación.

—Eso suena desconcertante —admitió.

—Por supuesto que sí —se impacientó Marsden—, así que, ¿por qué no seguir el consejo de lady Hampshire? ¿Por qué no se contenta con su situación en lugar de introducir confusión en su cerebro?

En la audiencia ante la que se encontraba, no era apropiado despreciar las ideas de la formidable lady Hampshire, y Marsden era muy consciente de ello. Sus ojos brillaban con petulante satisfacción por la victoria.

Puede que fuera eso, eso y el *bourbon* ingerido, lo que la hizo dar una contundente contestación:

—Porque si la marquesa cree que el cerebro femenino no es capaz de realizar análisis sólidos sobre cuestiones políticas, ¿cómo vamos a poder confiar en su análisis acerca de la participación de la mujer en la política y en el resto de los asuntos que nombra, milord?

El silencio se adueñó del comedor.

Al cabo de un momento, Peregrin hizo un ruido parecido a una tos compulsiva y se llevó la servilleta a la boca a toda prisa. Sus ojos brillaban de puro regocijo

—Vaya, señorita Archer —empezó lord Easton muy despacio—, debería dedicarse a la abogacía. Si trabajara para mí en lugar de Beadle, mi abogado actual, el dinero que gasto en pleitos empezaría a estar bien utilizado...

—Sin duda, sin duda —confirmó Richmond—. Además, su aspecto es bastante más agradable que el de ese viejo carcamal.

Bastantes de los presentes rieron entre dientes y Marsden se puso rojo como la grana.

—La expansión del liberalismo rampante no es cosa de risa —espetó.

—El liberalismo rampante no tiene nada que ver con esto, Marsden. Su problema aquí es otro.

Las intervenciones del duque en la velada habían sido tan escasas que el súbito sonido de su voz tuvo el mismo efecto que el primer trueno de una tormenta. Todas las cabezas se volvieron en su dirección. Su expresión era hermética.

—Y ¿cuál es mi problema entonces, duque?

Montgomery agarró la copa.

—La lógica, ni más ni menos —sentenció, y levantó la copa de vino en dirección a Annabelle en un mínimo pero inconfundible gesto de saludo.

A ella la invadió una agradable calidez. Su mirada le había quitado el aliento. Era una mezcla de enfado y de... ¿admiración?

Ahora todos la miraban con cautela. Todos excepto lady Lingham. La expresión de la dama era pensativa.

—Pues creo que procede un brindis con el que seguro que todos estaremos de acuerdo —resolvió la condesa, y levantó su copa—: ¡Por la lógica!

❋ ❋ ❋

Cuando terminó la cena y los invitados hubieron regresado al salón de estar, Peter se colocó a su lado y empezó a explicarle detalles sobre distintas aves, con equívocos en sus denominaciones científicas en latín. Lo cierto fue que lo agradeció, pues así parecía interesada en una conversación seria sin tener que dirigirse a lord Marsden, quien por cierto intentaba asesinarla con la mirada cada poco rato.

En un momento dado, miró hacia la puerta de la terraza, que estaba abierta, y en el momento en el que las avinagradas hijas de Richmond se aproximaron al clérigo, aprovechó la oportunidad y se adentró en la oscuridad.

El rumor de la insulsa charla se diluyó de inmediato.

Nunca le había venido tan bien respirar ese aire limpio y frío. Lo aspiró a ávidas bocanadas.

Y se quedó quieta.

Había alguien más fuera, un hombre que contemplaba la oscuridad del cielo. A la luz de la antorcha, reconoció la desgarbada figura de Peregrin antes de que se volviera.

—Señorita Archer. —Con delicada educación apagó el cigarrillo.

—Lord Devereux. —Se acercó para colocarse a su lado y miró hacia las estrellas—. ¿Buscaba algo en especial ahí arriba?

—La estrella polar. ¿Sabía que los marineros la han utilizado para orientarse durante miles de años?

—Sí. Desde los fenicios.

El joven rio entre dientes.

—Tal vez se perdió usted en el colegio la clase magistral en la que enseñaban a las señoritas a fingir deliciosa ignorancia en presencia de un hombre.

—Me temo que sí. —Nunca había asistido a una clase magistral.

—Marsden seguro que lo ha notado —indicó Peregrin. Su mirada se transformó en especulativa—. Creo que va a tardar mucho en recuperarse del rapapolvo público que le ha dispensado mi hermano.

Ella estaba deseando cambiar de conversación.

—¿Tiene ganas de que lleguen los fuegos artificiales?

Se puso tenso.

—No estaré aquí para la fiesta.

—Lo siento mucho —dijo. Era verdad. Había sido muy amable con ella en Claremont, más allá de la debida cortesía social. Justo el día anterior, el joven lord había dedicado su tiempo a enseñarle el ejemplar de la primera edición en inglés de *La Odisea* que se guardaba en la biblioteca de Montgomery y ella disfrutó de verdad con su entusiasmo. Pero ahora parecía tan deprimido como en el viaje de ida en el carruaje—. Nunca he visto fuegos artificiales —probó.

Peregrin frunció aún más el ceño.

—¿Nunca? —Mientras pensaba sobre ello, los brazos desnudos de ella le llamaron la atención—. Le pediré a un criado que le traiga el abrigo.

—Ya viene —dijo una voz suave desde la oscuridad.

Ambos se sobresaltaron. ¿Cuánto tiempo llevaba Montgomery entre las sombras?

A la escasa y tambaleante luz, era imposible adivinar su estado de ánimo, ni siquiera cuando se acercó. ¿Estaría enfadado por lo de lord Marsden?

—Señor —saludó Peregrin—. Ya que está aquí, dejaré a la señorita Archer en sus manos—. Inclinó la cabeza en dirección a ella—: Señorita.

Echó a andar hacia el salón y Montgomery lo miró como si se estuviera pensando pedirle que se quedara. Pero no fue así.

—¿Se está escondiendo, señorita? —preguntó.

Annabelle se estremeció.

—Yo más bien lo llamaría una retirada estratégica.

Él hizo un ruido con la garganta. ¿Un resoplido? ¿Una risa ahogada?

—Gracias —empezó ella—. Gracias por... —«¿Por qué? ¿Por protegerme?». Porque en realidad eso era lo que había hecho con su mínima pero decisiva intervención en presencia de sus pares de la aristocracia. «Ni más ni menos».

—No tiene importancia.

—Me ha dicho, o insinuado, varias veces que tengo un problema con la autoridad —musitó—. Empiezo a estar de acuerdo con usted.

Montgomery apoyó la espalda en la balaustrada.

—¿Con la autoridad o con la estupidez?

—¿Perdón?

—El argumento que se ha barajado esta noche era de una tremenda pobreza lógica. Me imagino que la tentación de ponerla de manifiesto sería abrumadora.

Rio quedamente.

—Desde luego que lo era.

Durante un momento se miraron. Él fruncía los labios para controlar la sonrisa. En ese momento, Annabelle se dio cuenta de que sonreía de forma abierta.

Volvió la vista hacia los jardines más allá de la terraza.

—¿Pero no es algo inherente a la autoridad el que quien la ostenta no pueda ni deba ser desafiado, en ningún caso?

—No —repuso el duque—. Para empezar, Marsden no es su comandante en jefe. Y para continuar, un líder que no sabe lo que hace antes o después tendrá que enfrentarse a un motín.

—No estará defendiendo el liderazgo basado en el mérito, su excelencia... —El comentario le salió con un tono más sarcástico de lo que había pretendido, dado que él estaba al mando de las operaciones gracias en exclusiva a sus derechos de nacimiento.

Permaneció callado durante unos largos momentos y Annabelle se dio cuenta de que estaba reprochándole algo que no tenía nada que ver con él: su frustración con Marsden, con la marquesa de Hampshire y, quizá, la propia relación entre ellos. Y que él se lo había permitido, como un gran león deja que uno de sus cachorros le toque con la garrita.

—Dígame una cosa —planteó él, por fin rompiendo el espeso silencio—, ¿hasta qué punto es frustrante para usted estar rodeada de gente que se considera superior a usted y que no hace el menor caso de sus capacidades?

Annabelle se quedó mirando a la oscuridad sin encontrar palabras. ¿Cómo era posible? ¿Cómo podía saber exactamente lo que sentía? ¿Y por qué ese conocimiento la arrastraba a contarle aún más secretos íntimos?, a decirle que esa lucha diaria con los hombres para lograr un mínimo de autonomía personal era como beber veneno a sorbos y que a veces la preocupaba que algún día eso terminara por endurecer y avinagrar por completo tanto su expresión como su alma.

Negó con la cabeza.

—Las cosas son como son, su excelencia. Siempre he luchado por superarme. Supongo que es un defecto que tengo.

—Un defecto... —repitió—. ¿Sabe una cosa? La lección más importante que aprendí durante el tiempo que pasé en Sandhurst fue acerca del liderazgo. La gente tiene muchas motivaciones cuando decide seguir a alguien, pero, en última instancia y en las situaciones límite, un soldado siempre seguirá a su oficial al mando por dos razones: su competencia y su integridad.

No la sorprendió mucho saber que había estudiado en Sandhurst y no en Oxford o Cambridge. Muchas familias aristocráticas enviaban a sus hijos a esa reputada academia militar y estaba claro que el espíritu militar le cuadraba.

—Creo en eso a pies juntillas —dijo ella—, pero no soy militar.

—Puede que lo sea en el fondo de su corazón.

Volvió la vista hacia él. Qué afirmación tan extravagante en boca de un hombre como él. ¡Ella una militar!, ¡una soldado! Pero, mira por dónde, sus palabras no dejaban de resonar en su pecho, como los golpes de un martillo pilón. Casi le dolía.

—Un soldado tiene que elegir muy bien, pues su vida depende de la competencia del líder al mando —murmuró.

Él se encogió de hombros.

—Igual que la de una mujer depende de la competencia de los hombres de su vida.

—Alguna vez se dará cuenta de que la cosa también puede darse la vuelta por completo —añadió ella con sequedad.

Pensaba en Gilbert, que era incapaz de lograr que el dinero le durara hasta final de mes, o en su padre, que se olvidaba de comer cuando estaba enfrascado en un libro.

—¿Por eso no se ha casado?, ¿porque los hombres de Kent son unos incompetentes?

Mencionó el asunto sin darle importancia, como si no fuera una clara intrusión en su vida privada. Annabelle se quedó tan asombrada que ni siquiera pudo responder. El reflejo de las antorchas hacía que los ojos de Montgomery titilaran, como si llevaran un fuego en su interior.

—He preguntado una inconveniencia —constató al ver que ella permanecía en silencio.

«Buena observación, su excelencia. Sí que lo ha sido». También pensó que no había sido una pregunta irreflexiva. Casi nada de lo que hacía o decía era accidental.

—No quiero casarme —informó—. Tengo razones y son solo mías.

Crujió la puerta que había tras ella y salió un criado con su abrigo.

Se envolvió en la concha protectora y agradeció la interrupción y el silencio al que dio lugar entre Montgomery y ella. Ambos se fingieron muy interesados en observar la noche estrellada.

—¿Por qué ha puesto estrellas en el techo de la biblioteca? —quiso saber.

—Esa decoración del techo fue idea de mi padre —explicó—. Le gustaban ese tipo de cosas.

—¿Se refiere a la astronomía?

Más que verla, sintió su sonrisa.

—No, no. Las cosas extravagantes y costosas.

Puede que le hubiera gustado mucho el duque anterior.

—De todas formas, ¿por qué el cielo invernal?

Montgomery de quedó callado de una forma que indicaba que había preguntado por algo íntimo.

—Porque yo nací en invierno —dijo por fin—. Es el cielo que se veía desde el castillo de Montgomery la noche que vine al mundo.

Algo en su voz impedía una nueva pregunta o comentario. Podía ser que revelar cosas íntimas y personales le gustara tan poco como a ella. No obstante, lo había hecho. *Quid pro quo*. Después de todo era un hombre justo.

—¿De verdad no ha visto usted nunca unos fuegos artificiales? —inquirió él.

—No. No suelen ser habituales en el condado de Kent, al menos en el campo y los pueblos.

—Entonces quédese a la fiesta que voy a celebrar en casa —ofreció—, si es que es capaz de perdonarme por una invitación tan... espontánea.

Por segunda vez en pocos minutos, la sorprendió. Sus pensamientos daban vueltas como las abejas en su vuelo. Era una invitación absurda, no debía ni siquiera tenerla en cuenta. Además, ¿cómo iba a pagarle a Gilbert si se quedaba sin trabajar una semana más? Con los vestidos, tal vez; podía vender a alguna costurera esos vestidos pasados de moda y que le sentaban tan mal, porque eran de buena calidad...

La puerta que acababa de cerrar el criado se abrió de nuevo y la terraza se inundó de luz y sonido de las risas que procedían del salón. La alargada sombra de la condesa de Lingham se interpuso entre ellos.

—Aquí están —dijo, parecía contenta—. Duque, tengo que robarle a la señorita Archer. Quiero que todas las damas invitadas prueben el primer lote de esta cosecha del *sherry* de la hacienda.

❖❖❖

Cuando el carruaje estaba llegando a Claremont, Annabelle luchaba por mantener abiertos los párpados, agradablemente pesados debido al *sherry* de Lingham y a las generosas raciones de julepe con las que había terminado e iniciado la cena. Al día siguiente por la mañana tenía que enviar una nota a Hattie. Necesitaba un vestido porque, ¡santo cielo!, iba a ir a un baile.

La expresión del duque de Montgomery era tan oscura y taciturna como en el viaje de ida o incluso más. ¿Por qué la había invitado a la fiesta? ¿Por qué la atraía tanto su actitud sombría? Dejó volar la imaginación y pensó que estaban solos en el carruaje, en otra vida, una en la que podía inclinarse hacia él y besar sus reacios labios sin prisa, con cuidado, de forma persistente: ofrecerle la calidez de su feminidad hasta lograr que su gesto se suavizara, que sus labios acogieran los de ella y que la tensión desapareciera de sus hombros. Parecía haber transcurrido toda una vida desde la última vez que había besado a un hombre, pero al mirarlo recordó lo placentero que era... La escurridiza caricia de la lengua, la firmeza de los músculos al contacto con las manos, la sangre que se volvía dulce y densa como la melaza...

El duque volvió la cabeza hacia ella como si hubiera susurrado su nombre. Ella le dirigió una somnolienta sonrisa. Y a él los ojos se le oscurecieron como el cielo antes de una tormenta. Una intensidad repentina y caliente la paralizó y tiró de ella, que se vio cayendo en las profundidades de él, como si de un golpe hubiera abierto sus compuertas solo para ella. Annabelle escuchó un suave jadeo y se dio cuenta de que procedía de sí misma. Ahí estaba el fuego que en algún momento había detectado oculto tras el hielo, crepitando miles de grados más caliente que las llamas de un incendio. ¡Qué equivocada estaba la gente que decía que era frío y distante! Era un hombre que ni dejaba ni hacía las cosas a medias y que siempre lo tenía todo muy presente. Por eso se controlaba con riendas tan poderosas como las de su caballo. Si se desatara, ardería con la misma intensidad con la que se mantenía frío, y la oscura fuerza de su pasión se encontraría con la de ella como una ola contra una roca.

«Es mi pareja».

Sintió la idea como si le hubiera caído encima un jarro de agua helada.

Antes era algo con lo que soñar, si es que se atrevía. Pero la conexión entre ambos ya no le parecía un sueño. Era muy real.

Se estremeció.

En el asiento de enfrente, el duque de Montgomery había separado los brazos y cerrado los puños con fuerza.

❋ ❋ ❋

Avanzaba hacia su habitación de Claremont arrastrando los pies de pura fatiga. Al entrar le costó unos segundos distinguir un paquete rectangular bastante grande que estaba colocado a los pies de la cama.

Se acercó. El envoltorio era de papel verde, rodeado por una cinta roja de satén rematada con un artístico lazo. No recordaba la última vez que le habían hecho un regalo, y esto lo era: en una tarjeta sujeta por la cinta estaba escrito su nombre.

Desató la cinta con dedos torpes. Cuando por fin abrió la caja, el olor a lana nueva le inundó las fosas nasales. Era un abrigo. Color verde cazador, con puños y cuello de cálida piel.

Lo miró con la boca estúpidamente abierta unos segundos; después agarró la nota escrita a mano.

Querida señorita Archer:

El personal de servicio de Claremont le desea muy feliz Navidad y próspero año nuevo.

A su servicio,
Ramsey

Deslizó los brazos en las mangas del abrigo, que la envolvió como una manta mullida y suave. Se miró en el espejo del tocador, adoptó varias posturas. Perfecto. Un corte clásico y atemporal, nada que ver con la moda al uso. Piel de conejo, no de visón, pero de excelente calidad. Esa prenda seguramente la iba a proteger del frío durante toda la vida.

Alguien había dedicado tiempo e inteligencia a decidir la naturaleza del regalo.

Se dejó caer en la cama. El personal había sido muy atento y amable con ella, mucho más que nadie antes, pero ¿por qué había tenido este gesto tan excepcional?

Era el duque de Montgomery el que siempre se quedaba mirando su abrigo con un gesto que parecía de insatisfacción. Pero, de haberle regalado él la prenda de forma directa, habría violado todas las reglas sociales y ella se habría visto obligada a rechazarlo.

Pasó los dedos por la suavísima y densa piel.

Esto iba mucho más allá de la amabilidad. Y planteaba una pregunta: ¿qué quería el duque?

Capítulo 14

Pocos días antes, tras lo ocurrido en el invernadero, le había parecido del todo razonable encargar un abrigo para ella: el que tenía ya no se podía utilizar y él estaba en posición de solucionar el problema, así que lo haría. Aceleró el paso de forma que los tacones de las botas repiquetearon en el suelo de madera con más ritmo del habitual. Se había estado engañando a sí mismo, lo supo desde el momento en el que la noche pasada le entraron ganas de sacar de la cena a Marsden y enfrentarse a él. La verdad, pura y dura, era que deseaba llevarse a la cama a Annabelle Archer, plebeya, intelectual y sufragista, y poseerla con una urgencia carnal que no sentía desde…, bueno, ni recordaba desde cuándo.

Volvió la esquina para llegar a las caballerizas y se quedó clavado en el sitio: allí estaba, como si hubiera acudido a su conjuro. La luz de la mañana que llegaba a través de la ventana que tenía detrás iluminaba su silueta y le formaba un fiero halo alrededor del pelo. Tenía un aspecto enérgico y radiante dentro del nuevo abrigo.

Una marea de satisfacción le llenó el pecho. Le encantaba ver que llevaba una prenda que había escogido él, pues no tenía claro que lo fuera a hacer. No cabía duda de que lo miraba con cautela.

Apolo relinchó con fuerza, molesto por que no le estuviera haciendo el menor caso.

—Tranquilo… —Colocó la mano sobre la nariz del magnífico ejemplar, pero sin apartar los ojos de ella. Se dio cuenta de que no le había dirigido la palabra cuando notó su expresión de desconcierto.

—Buenos días, señorita.

Ella hizo una inclinación de cortesía.

—Feliz Navidad, su excelencia.

—Ah, sí. Gracias. —Muy elocuente. Se aclaró la garganta—. ¿Qué la trae por el establo tan temprano?

En ese momento estaban bastante cerca el uno del otro, por lo que podía aspirar el aroma que desprendía: una cálida esencia floral que podía con el olor a polvo, a cuero y a caballo. Le empezó a hervir la sangre como la noche anterior en el carruaje, cuando su sonrisa somnolienta viajó directa a su miembro viril... y estuvo a punto de lanzarse a por ella como un neandertal.

Como si le leyera el pensamiento, la joven dio un paso atrás.

—He recibido un regalo de Navidad del personal a su servicio. —Se señaló el abrigo.

—Ya veo. Le sienta muy bien.

Unió las manos con delicadeza a la altura del regazo, pero en el fondo de los ojos Montgomery le vio una calidez que a su vez lo calentó a él.

—¿Sería tan amable de darles las gracias en mi nombre? —rogó—. Han sido muy generosos. Era exactamente lo que necesitaba.

Él le habría dado mucho más. Lo que pasaba era que no podía.

Iba contra su naturaleza no ir a por lo que quería, pero esto era distinto. Ella estaba muy por debajo de su estatus y, además, era una invitada que vivía bajo su techo y estaba bajo su protección. Los modales, si no el honor, exigían no molestarla con atenciones. Y es que, ¿cómo iba ella a poder rechazarlo aunque así lo quisiera? Su posición era dominante, de poder.

Menos mal que su tiempo juntos estaba a punto de terminar. Había llenado su agenda de los dos días siguientes con citas en Londres para evitar la locura de última hora que conducía a la fiesta de Nochevieja, algo que parecía una buena idea antes de que ella irrumpiera en su vida.

—Me voy a Londres hoy mismo —anunció, ella pestañeó ante la súbita frialdad de su tono—. Y he recibido una nota de lady Lingham. Sugiere que escoja al señor Humphrys como acompañante para acudir al baile.

La calidez desapareció de su mirada como por ensalmo.

—Muy considerado por parte de milady, su excelencia —asintió—. Está claro que necesito un acompañante.

144 ❁ EVIE DUNMORE ❁

Se la quedó mirando mientras se alejaba, incapaz de evitar la impresión de que, por algún motivo, se había sentido ofendida por él.

✻✻✻

—Dijiste verde esmeralda. —Annabelle, con el ceño fruncido, miraba alternativamente a Hattie y la caja abierta que contenía el vestido.

—Sí, lo sé —admitió Hattie—, pero ¿a que este es mucho más apasionante?

—Es... —Ni siquiera sabía cómo llamar a ese color. Ni siquiera «rosa estridente» lo describía con propiedad.

—Lo llaman magenta —aclaró Hattie—. Es muy moderno.

Respiró por la nariz lo más despacio que pudo. Esa noche llamaría la atención como un pavo real; no había manera humana de cambiar el vestido antes de la fiesta. Los asistentes habían empezado a llegar poco después del desayuno. Una interminable fila de carruajes llenaba el camino que conducía a la puerta principal, podía observarlos desde la ventana. Tenía dos alternativas: o iba con ese llamativo vestido magenta o no se presentaba en el baile.

—No te gusta. —Hattie parecía triste.

—Estoy segura de que tu intención era buena.

—¡No! ¡Oh, no! Estás muy enfadada... —La cara de Hattie había pasado del rosa al escarlata. Parecía una antorcha—. No pretendía... Lo que pasa es que he pensado que todas las damas de ojos verdes llevarían esta noche un vestido de color verde esmeralda, pero el magenta se adapta de maravilla a tu tono de piel y al color de tus ojos, podría decirse que es complementario y que, además, aporta contraste, por decirlo así. Y como siempre llevas esos tonos tan grises y deprimentes... ¡Oh, querida, siento haberlo dicho! Bueno, el caso es que no he podido evitarlo. Me escuché a mí misma diciendo: «¡Me llevo el magenta!».

Annabelle levantó el vestido. Bajo él había una enagua transparente y un par de guantes blancos de longitud media.

Todavía quedaban dos pequeños cajones sin abrir. El primero contenía una exquisita gargantilla de terciopelo magníficamente bordada y el segundo un par de pendientes de perlas unidas a unas piedras de color rosa.

—Eso te lo presto —dijo rápidamente Hattie—, porque sé que no lo vas a aceptar como regalo, ¿a que no?

—No —confirmó Annabelle, cuya exasperación empezaba a manifestarse de forma física; notaba una fuerte tirantez en el pecho. Hattie había meditado mucho sobre el conjunto. ¿Cómo explicarle que su aspecto iba a hacerla parecer una impostora? Como la hija de un vicario jugando a ser lady por una noche...

Observó de nuevo el vestido. Ahora tenía un aspecto menos brillante, pero parecía horriblemente estrecho, la envoltura de una princesa; era algo que solo había visto en los recortes de revistas de moda de la sala común del colegio mayor.

—Voy a necesitar un corsé que llegue hasta medio muslo, ¿verdad?

Hattie abrió mucho los ojos al escuchar lo inmencionable.

—Sí, claro. ¿Por qué?

Annabelle la miró con cómica desesperación.

—Porque el mío termina en la cintura. —Ese tipo de prenda había pasado de moda hacía algunos años, pero con los vestidos que llevaba a diario no suponía ningún problema.

Hattie se retorció las manos.

—Te prestaré uno mío.

—Pero tú eres bastante más baja que yo.

—Pues se lo pedimos a alguien...

—No creo que sea muy correcto ir por ahí pidiendo prestada ropa interior a las damas invitadas —siseó Annabelle. Ahora las dos estaban arreboladas.

—¡Maldita sea! —exclamó Hattie, y golpeó la cama con ambas manos—. Menuda la he armado... ¡Y yo que pensaba que al menos una de nosotras iba a estar deslumbrante esta noche!

Annabelle se sentó junto a ella.

—¿Se puede saber qué quieres decir?

Su amiga puso la palma abierta sobre el vestido magenta.

—Yo voy a llevar una pinta horrorosa. Es mi madre la que escoge mis vestidos y tiene un gusto fatal. Estoy segura de que escogerá uno de tono pastel y que no deje nada a la vista...

Annabelle no pudo evitar que una sonrisa le asomara a las comisuras de los labios.

—Y querías que yo tuviera el aspecto que tú no ibas a poder tener...

Hattie se encogió de hombros, algo cohibida. Annabelle le tomó la mano y se la apretó.

—Has preparado un atuendo muy... completo para mí y te lo agradezco mucho, de verdad.

Hattie le devolvió el apretón.

—Pero... ¿qué vamos a hacer con... la ropa interior? —susurró.

Haría lo que siempre solía hacer.

—Tendré que buscar una solución práctica.

Eso significaba esperar que sus formas naturales llenaran el vestido y, ¡que el Señor la ayudara!, no ponerse bragas en caso de que se arrugaran y se transparentaran a través de la tela...

Catriona entró por la puerta como un huracán y miró a su alrededor muy alterada.

—¿Habéis visto mis gafas?

—¡Catriona! —exclamó Hattie—. Pareces distinta.

La aludida se volvió a mirarla pestañeando. Sin gafas, no parecía la misma Catriona de siempre. Estaba mucho más guapa. Las gafas ocultaban unos grandes ojos azules de origen celta cubiertos por densas y largas pestañas negras.

—No entiendo qué me pasa —se lamentó—. Hoy estoy muy despistada.

Volvió a salir de la habitación igual que había entrado.

Hattie miró a Annabelle con gesto burlón.

—Creo que va a intentar conquistar a Peregrin Devereux en el baile de esta noche —murmuró—. Me da la impresión de se ha quitado las gafas para mirarse en al espejo y ver si tenía mejor aspecto sin ellas.

Annabelle frunció el ceño.

—Pero lord Devereux ha salido hacia Gales hace una hora más o menos. —Lo había visto subirse al carruaje con cara extrañamente contrariada.

Por otra parte, su hermano aún no había regresado a Claremont. Sintió un escalofrío de expectación en la espalda.

—Bueno, ya está bien. Vamos a preparar ese vestido de una vez. —Se puso de pie sin más dilación.

❀❀❀

El amplísimo vestíbulo de Claremont estaba abarrotado de personas e invadido por un auténtico guirigay de conversaciones a la espera del baile. Las joyas y las copas de champán brillaban a la tenue luz de las lejanas antorchas. El ambiente no se parecía en nada al de los bailes campestres a los que Annabelle estaba acostumbrada y el mar de pálidos rostros en absoluto familiares la intimidaba. Notaba casi físicamente las miradas, como dedos que la arañaran al pasar.

—Mira. Es de Celeste... —oyó decir a una dama—. Sí, te aseguro que el vestido es de Celeste..., pero ¿quién es ella?

«Soy la mujer que lleva un vestido de Celeste sin ropa interior».

La falda de seda del vestido resultó demasiado vaporosa para llevar bragas. Se pegaba como una piel a la suave enagua. La sensación de desnudez aumentaba debido al cómodo corpiño que le dejaba al descubierto la parte superior de los pechos con un evidente efecto dramático. Y es que, aparte de los lazos de la pequeña cola, en el vestido no había adornos que pudieran apartar la atención de... ella misma. La mujer que vio en el espejo tenía todo el aspecto de ser rica, moderna y... desconocida. Como si estuviera muy en su derecho de acudir a tan ilustre baile.

El rostro de Peter, su acompañante, adquirió el color de la remolacha al verla bajar por la gran escalera.

—¡Annabelle! —Hattie emergió de entre la multitud del brazo de un atractivo joven de pelo castaño—. ¡Oh, Zachary! —exclamó—, ¡está deslumbrante!, ¿no te parece? ¡Me da mucha envidia! Annabelle, te presento a mi hermano, Zachary Greenfield.

Al joven le brillaron los ojos al hacer a obligada reverencia.

—Señorita Archer, luce usted tan bella como una flor de loto y tan grácil como la rama de un sauce.

Hattie aprovechó el momento en que Peter y Zachary empezaron a intercambiar opiniones acerca de la calidad del brandi para agarrar del brazo a Annabelle y llevársela aparte.

—Ya te lo había dicho —susurró, moviendo la mano alrededor de su propio vestido. Una auténtica cascada de lazos y volantes sobre un fondo de un color a medio camino entre el beis y el amarillo enmarcaba su figura, agradablemente rellenita—. ¡Color albaricoque! —gruñó—. Y todas estas capas... ¡Parezco un pudin de arroz!

—Estás adorable —mintió.

La mirada ceñuda que le dirigió su amiga fue muy elocuente.

—Estoy segura de que mi hermano ha pagado a sus amigos para que completen mi carné de baile.

Al menos Hattie tenía un carné de baile. Ella se iba a quedar viendo bailar a la gente esa noche. Ningún noble la iba a sacar a bailar sin exponerse a habladurías y cuchicheos y Peter la había informado de que, como eclesiástico que era, él no bailaba. Se mantuvo firme cuando intentó arrastrarlo al menos a una inocente cuadrilla. Así que se pasaría la noche sentada en una silla como un adorno floral de color magenta que alegrara a sala de baile.

Peter se acercó a ella y le ofreció el brazo.

—¿Me acompaña, señorita Archer? He oído que hay renos vivos que forman parte de la decoración.

Atravesaron las amplias puertas de acceso. Se oían las notas del *Invierno* de Vivaldi. El salón despedía un brillo frío, como si fuera un palacio de hielo: grandes lámparas de araña colgaban del techo color azul celeste y producían destellos de estrella y reflejos arcoíris. Desde las mesas brillaban las copas de champán y los platos con filos de oro. Por los balcones superiores asomaban frondosos ramos de orquídeas blancas.

Pero lo único que de verdad llamó su atención fue el hombre que seguía saludando invitados a la entrada del salón.

Se le aceleró el pulso y experimentó una sensación de tensión que le pareció exquisita. ¡Dios! El atractivo de Montgomery era apabullante. La delgada figura y la seriedad del gesto cuadraban a la perfección con las elegantes líneas blancas y negras de la levita, el chaleco, la camisa, el pañuelo de cuello y el pantalón.

Cuando les llegó el turno de saludarlo y agradecer la invitación, Montgomery hizo una doble inclinación. Desde fuera seguía pareciendo una de las heladas esculturas que adornaban las paredes, pero ella captó la fugaz mirada que le dirigió a los pechos, una reacción refleja exactamente igual a la de todos los hombres que hasta ahora habían pasado por su lado. Tampoco pudo evitar el tono rosado que le adquirieron las mejillas.

—Señorita Archer —saludó con tono entrecortado.

—Su excelencia.

Se volvió de inmediato hacia su acompañante.

—Señor Humphrys. Bienvenido a Claremont.

Eso fue todo. Le dolió.

Caminó del brazo de Peter durante unos momentos, sintiéndose una idiota. ¿Qué esperaba? ¿Acaso escuchar de los labios de Montgomery algo parecido a «tan grácil como la rama de un sauce»? Pues la verdad era que sí. Al parecer, había empezado a pensar en él como si fuera alguien con quien tenía cierta conexión y necesitaba que se lo confirmara. Suspiró con desaliento. ¿Orgullo francés? ¡Autoengaño francés!

Se sentó en una butaca de terciopelo junto a la pared que había escogido para dejar pasar la noche. Peter seguía de pie junto a ella, sin dejar de otear el salón y la pista de baile.

—Me da la impresión de que lo de los renos era solo un rumor —comentó.

Peter pestañeó.

—Por supuesto. —Soltó una risa corta—. Quiero decir que hubiera sido extravagante, ¿no le parece?, e impracticable...

Se mordió el labio. No debía tomarse a mal la actitud de un hombre que en todo momento había sido amable con ella..., al contrario que Montgomery esta noche. En ese instante hablaba con una gran dama bastante mayor y con una joven muy guapa vestida de blanco que no paraba de echarle miradas a medio camino entre la timidez y la coquetería.

—La condesa de Wareham —susurró Peter tras seguir la dirección de su mirada—. Se dice que su hija, lady Sophie, es una de las candidatas con más posibilidades para ser la próxima duquesa.

Se le hizo en la garganta un nudo que no le gustó nada. Peter se volvió a mirarla.

—El duque va a volver a casarse el año que viene. —Lo daba por sentado—. ¿Quiere que le traiga un sándwich?

—Sí, por favor —murmuró. No tenía ni la más mínima brizna de apetito.

✱✱✱

La pista de baile pronto se llenó de parejas que impregnaron el aire de una amalgama de olores, resultado de la mezcla de distintos tipos de perfume y de sudor. El vestido entre beis y amarillo de Hattie resaltaba entre la multitud cuando Tomlinson la hacía girar a su alrededor. Peter Humphrys la ilustraba acerca del ciervo rojo nativo de Wiltshire.

Aún faltaban dos horas para la medianoche.

—¿Desea tomar algo dulce? —Los ojos de Peter no se apartaban de ella ni un momento. Ni uno solo.

—No, gracias.

—¿Entonces otro sándwich?

—No, no, gracias. El anterior me ha saciado.

Montgomery no bailaba. Se encontraba casi al borde de la pista de baile, con las manos en la espalda, hablando con unos y otros. Sobre todo departía con damas con hijas debutantes, pero también con algunos hombres, en este caso quizá de política.

Terminó otra pieza. Hattie se acercó con el rojo pelo alborotado y abanicándose con fuerza. Peter, a lo suyo.

—Señoritas, ¿quieren que les traiga algún refresco?

—Un poco de vino espumoso rosado, gracias —solicitó Annabelle de inmediato.

El vino espumoso rosado estaba en el otro extremo del salón.

—¡Sus deseos son órdenes para mí! —exclamó el coadjutor, que se introdujo en la marea humana sin dilación.

Hattie agarró de inmediato el brazo de Annabelle.

—Tengo que contarte que Tomlinson ha estado de lo más atento —murmuró, y pestañeó varias veces—. De hecho, me ha dicho algo sobre salir a la terraza a respirar aire fresco...

—No salgas con él a la terraza. —Pronunció las palabras antes de caer en la cuenta de que no debía ser brusca al decirlas.

Hattie se desconcertó.

—No, no lo hagas —insistió Annabelle, esta vez con más suavidad.

—Pero si se ve perfectamente desde el salón de baile.

—Peor todavía. ¿Quieres casarte con él?

Hattie dio un respingo.

—¿Casarme? ¡No, para nada! No es noble. —Miró subrepticiamente al joven, que en esos momentos reía a carcajadas golpeaba con la mano abierta la espalda de lord Palmer—. Y no es precisamente el arcángel Gabriel —reconoció.

—Queda claro que no quieres ponerte en una situación comprometida delante de toda la nobleza.

—Pero...

—Olvida la terraza. Y los rincones. Y los pasillos con espacios oscuros y vacíos —instruyó Annabelle—. Perdóname por parecer una institutriz —añadió. Pero debía intentar que las cosas quedaran claras para su joven amiga.

—La verdad es que en estos momentos pareces la señorita Mayer —señaló Hattie. Su tono era el de una joven adorable y muy rica que se estuviera pensando si hacer caso o no de los consejos de una mujer que estaba unos doce niveles por debajo de ella en la escala social.

Annabelle lo sintió como si le clavaran una daga en las costillas.

—Lo que quiero es que no te hagan daño, querida —susurró en tono bajo y sentido.

Tomlinson se había dado cuenta de que estaban hablando de él: se volvió y levantó la copa de champán en dirección a ellas. Con los ojos brillantes y el pelo rizado, lo cierto era que parecía tan peligroso como un caniche. Pero era un hombre.

—Hattie —volvió a la carga—, los hombres... a veces hacen cosas horribles cuando están solos con una mujer.

Hattie frunció el ceño.

—Querida, puede que no sea tan lista y competente como tú a la hora de relacionarme con los hombres, pero te aseguro que sé cómo pararle los pies a un admirador.

—¿Y qué pasaría si no quisieras pararle los pies?

Hattie abrió mucho los ojos.

—¿Estás diciendo que le permitiría...?

—No, no así sin más —negó enseguida Annabelle—, pero hay caballeros capaces de prometerlo todo y, excepto que seas de la misma calaña, resulta muy difícil verlos como realmente son.

El rostro de Hattie se relajó y sonrió un poco.

—Me puede prometer todo lo que quiera, ¿no te parece? Siempre que no trate de..., bueno, ya sabes... —Bajó la voz hasta convertirla en un susurro.

—¿Y qué pasaría si te besara y a ti te gustase tanto que te olvidaras de pararle los pies y, cuando te dieras cuenta, vieras que, al cobijo de un tejo, te ha hecho lo que no querías?

—¿Un tejo precisamente...?

El rostro de Annabelle se tiñó de un sonrojo intenso.

—De cualquier árbol.

Para su sorpresa, Hattie habría entrado en una fase soñadora en lugar de asustada.

—Que te besen así... —suspiró—. ¡Toda mujer, al menos una vez en la vida, debería recibir un beso que hiciera que se olvidara de todo! —Se inclinó más hacia ella para hablarle al oído—. ¿Cómo es que sabes esas cosas, Annabelle?

Ahí estaban las campanas del infierno sonando de nuevo. Lord Palmer la salvó de tener que decir una enorme mentira al ir a buscar a Hattie para el baile siguiente.

Peter aún no había vuelto. Ella se levantó para estirar las piernas... y se encontró cara a cara con lady Lingham.

La condesa estaba muy atractiva con un traje de seda azul con pendientes y abanico a juego. Pero eso no era nada en comparación con el joven caballero que la acompañaba. ¡Dios del cielo! Era uno de los hombres más guapos que había visto en su vida: muy alto; ni gordo ni delgado; de proporciones perfectas, como si hubiera sido fabricado así a propósito. El pelo, color caoba, caía en suaves ondulaciones sobre las sienes y las angulosas mejillas perfectamente rasuradas. Un perfecto y altivo mentón completaba el cuadro. La cara era digna de ser utilizada como modelo para cualquier arcángel. No obstante, el chaleco rosa brillante indicaba que era cualquier cosa menos un ser angelical. Mira por dónde, en realidad el color de la prenda no era rosa, sino... magenta.

Quizá lo había estado mirando durante más tiempo de la cuenta, puesto que los ojos ambarinos empezaron a recorrerla con avidez. Sintió una inmediata punzada en el estómago. Reconocía un depredador en cuanto lo veía.

—Señorita Archer.

Para su desgracia, lady Lingham le hacía señas con el abanico.

Se aproximó a la pareja a regañadientes.

La condesa la recibió con una mirada apreciativa. Sonreía como si volviera a ver a una buena amiga tras una larga temporada.

—Señorita Archer, tiene usted un aspecto espléndido esta noche —la alabó—. Es un modelo de Celeste, ¿verdad?

—Sí, milady.

—Considérese afortunada —aleccionó—. Sus diseños son inolvidables. —Señaló con el abanico a su acompañante—. Señorita Archer, permítame que le presente a lord Tristan Ballentine. Lord Tristan, tengo el placer de presentarle a la señorita Archer.

Lord Tristan inclinó la cabeza. Annabelle percibió el brillo del diamante que llevaba en el lóbulo de la oreja derecha.

—Lord Tristan acaba de volver de una pequeña y desagradable guerra en las colonias —explicó lady Lingham—. Hace solo unos días ha recibido la Gran Cruz Victoria por su excepcional valor en el campo de batalla.

—Me abruma usted, milady —agradeció Ballentine, que no parecía abrumado en absoluto. No dejaba de examinar la clavícula de Annabelle—. ¿Cómo es posible que no haya tenido el placer de conocerla antes, señorita? Es raro que no conozca a las bellezas de un baile.

Lady Lingham frunció los finos labios.

—La señorita Archer vive en el campo.

La miró alzando una ceja.

—¿El campo? ¿En qué zona?

—Kent, milord.

—¡Qué agradable! —dijo con sosería—. ¿Me haría el honor de concederme el siguiente baile para que pueda contarme las maravillas del lugar?

Eso era lo último que deseaba. No podía tener mucha más edad que ella, pero mostraba en la boca un rictus de depravación que solo podía proceder de una vida absolutamente disoluta.

—Me temo que me duele mucho la cabeza.

Él hizo un gesto de disgusto.

—¿Por no haber bailado aún ni una sola vez?

La salida del individuo la pilló desprevenida. Un caballero no debía presionar a una mujer, fuera noble o no lo fuera. Había dejado claro que la había estado mirando, cosa que también estaba fuera de lugar. En cualquier caso, era evidente que el protocolo social no le importaba en absoluto: llevaba un pendiente en la oreja.

—Soy bastante torpe bailando —se excusó—. Me temo que, si baila conmigo, sus pies estarían en peligro.

—Las mujeres bellas ponen en peligro a los hombres de un modo u otro —afirmó él—. Creo que merece la pena correr el riesgo.

—Qué valiente. Ahora entiendo por qué le han concedido esa medalla.

Eso fue un error. Ballentine frunció los labios en una sonrisa de superioridad y recogió el guante.

—Por supuesto —repuso arrastrando las palabras a la manera aristocrática—. No puedo evitar ser valiente. El lema familiar es *Cum Vigor et Valor*.

Sin duda pensaba que su encanto resultaba irresistible. Tal vez sí..., para cualquier mujer que no fuera ella.

Él le presentó el brazo. Ella lo miró con frialdad. Ahora no podía negarse sin provocar una escena.

—Niña, háganos a todos el favor de bailar con él —rogó lady Lingham con un chasqueo de la lengua—. Ballentine nunca acepta un no por respuesta. Si no baila con él, tendremos que soportar las consiguientes habladurías hasta la madrugada.

Puede que hubiera un capítulo en el *Manual de etiqueta Debrett* sobre cómo sortear el ataque coordinado de una condesa y un vizconde, pero, si lo había, ella no lo había leído.

Colocó despacio la mano sobre el brazo de Ballentine.

Lady Lingham sonrió y golpeó varias veces con el abanico el hombro del sinvergüenza.

—Compórtese.

Las primeras notas de la pieza llenaron el aire. Un vals. De inmediato, la incomodidad dio paso al pánico. Hacía siete años que no bailaba el vals.

Una mano grande y cálida se había asentado en su cintura.

—Míreme, querida. —La voz sedosa de Ballentine le llegaba desde muy arriba y tuvo que alzar los ojos para mirarlo. Era absurdamente alto, la verdad.

Y en ese momento le dio un vuelco el corazón. Sobre el hombro derecho de Ballentine, su mirada tropezó con la de Montgomery. Estaba de pie en una de las balconadas del primer piso, traspasándola con los ojos.

Apartó la vista y la fijó en la bronceada garganta de lord Ballentine. Lo cierto era que resultaba atractiva, pero solo pudo mantener la mirada durante tres segundos. Volvió a buscar la del duque.

Montgomery ya no estaba.

La música subió de tono y lord Ballentine esbozó los pasos iniciales. Su preocupación por si los hubiera olvidado desapareció de inmediato, pues el vizconde hubiera sido capaz de bailar grácilmente con un saco de harina. La guio con mano firme y lánguida facilidad, cosa muy rara en un hombre de su tamaño.

—¿Entonces es verdad? —preguntó—. ¿No tiene ni idea de quién soy? ¿No se ha formado ningún prejuicio sobre mí a base de cotilleos? —La observaba con ojos de león que había salido de caza.

¿Cuánto podía durar un vals? Seguro que podía tenerlo a raya durante al menos dos minutos...

—Sé que ha recibido la más alta condecoración militar de la patria. ¿Quién podría decir algo negativo sobre eso?

Alzó de forma mínima la comisura derecha de los labios.

—¿Está usted muy impresionada?

—Por supuesto —asintió—. ¿A qué mujer no le impresiona un hombre valiente vestido de uniforme?

—Ah, claro, el uniforme... ¡Vaya por Dios! Ese color rojo chillón no me sienta nada bien.

Le guiñó el ojo.

Lo cierto era que, casi contra su voluntad, le intrigaba su enorme vanidad.

—¿La guerra en la que estuvo es la de la invasión zulú? —preguntó.

Notó que se le tensaba un poco el hombro bajo la palma.

—No —contestó—. Afganistán.

¡Vaya!

—He escuchado que fue devastadora —apuntó con tono emocionado.

—Todo es devastador en Afganistán —concordó él—, pero también es raro encontrar una mujer que se interese por la política colonial.

Su tono había pasado a ser cortés, tan cortés que resultaba casi inexpresivo. Annabelle debía admitir que lord Ballentine tenía razón al detener ese tipo de conversación. La guerra no era un tema adecuado para una conversación intrascendente.

—Puede que lo hayan puesto al corriente de... mi reputación, milord.

Eso devolvió el brillo a sus ojos.

—Ilumíneme, por favor. ¿Qué tipo de peligro estoy corriendo, señorita?

—Soy una intelectual —indicó—. Estudio en Oxford y leo los periódicos de la primera a la última página. Sobre todo las páginas de política.

Se le oscureció la mirada y, en los siguientes pasos, la apretó más contra sí. Annabelle notó el olor a sándalo y a tabaco que exhalaba.

—Mucho cuidado —murmuró en tono casi inaudible—. Algunos hombres consideran que la inteligencia en una mujer es un afrodisiaco muy potente.

Con toda probabilidad, para él era un afrodisiaco que una mujer lo mirara y osara respirar. Intentó alejarlo un poco y, por fortuna, él le concedió un centímetro.

—Si está en Oxford, seguro que conoce a lady Lucie.

Estuvo a punto de perder el paso de la sorpresa.

—Es amiga mía, milord.

Una expresión extraña atravesó su cara.

—Qué maravilla —valoró—. ¿Aún conserva su gata?

—¿Su... gata?

—Sí. *Boudicca*. Una cosita pequeña y muy fiera, bastante parecida a su dueña.

Primera noticia para ella de que Lucie tenía gata, pero... ¿cómo podía saberlo él?

Se dio cuenta de que la música había terminado, aunque él seguía asiéndole la mano. Dio un pequeño tirón. Ballentine le colocó la mano sobre el brazo.

—¿A dónde desea que la acompañe, señorita? Le sugiero la terraza.

—Creo que volveré a sentarme. —Echó un vistazo al salón de baile con el rabillo del ojo. ¿Dónde estaría Peter, un hombre con el que estaría a salvo y al que podía manejar sin problemas?

—Vamos, señorita... —Ballentine la miró a la cara con gesto de superioridad—. Los dos sabemos que usted está tan... gastada como cualquier fea del baile.

Empezó a caminar hacia las puertas de la terraza y ella no tuvo más remedio que acompañarlo.

—Milord... —El tono fue tenso y de advertencia, pero el muy crápula se limitó a sonreír.

«Ballentine nunca admite un no por respuesta».

El pánico se apoderó de ella y su corazón empezó a redoblar como un tambor. Iba a tener que provocar una escena. Tendría que anclarse en el suelo. Eso daría lugar a un escándalo, sí, pero no podía quedarse sola en lo oscuro con ese gigantesco sinvergüenza...

Se produjeron movimientos entre el gentío que estaba alrededor y no tuvo más remedio que girar la cabeza, como una brújula gira siempre hacia el norte.

Montgomery se dirigía hacia ellos abriéndose paso enérgicamente, con los ojos fijos en Ballentine como un tirador que se centra en la mira de un rifle. El brazo de Ballentine se puso rígido en respuesta a la amenaza que se cernía sobre él.

Cuando el duque llegó a su altura, el aire se había vuelto denso de la tensión.

—Señorita Archer —saludó, aunque sin apartar los ojos de lord Ballentine.

—Su excelencia.

—Ballentine.

Ballentine inclinó levemente la cabeza.

—Duque.

Montgomery le ofreció el brazo a Annabelle sin dejar de mirar al joven vizconde.

—Permítame.

Ballentine estuvo atento a todos los movimientos. No retiró el brazo, pero lo relajó para liberarla e hizo una reverencia mucho más completa que la que le había dirigido al duque.

—Señorita, ha sido un honor. —Se volvió hacia el duque y asintió—. Duque.

—Ballentine.

Annabelle se quedó mirando al vizconde mientras se alejaba y después se miró la mano, que ahora descansaba sobre el brazo de Montgomery. ¡La había rescatado en medio del salón de baile!

Ni se atrevió a mirarlo. Sintió la tensión de los músculos de él incluso a través de las capas de seda y lana, así como las miradas de cientos de personas sobre ella. Le ardía la piel. Quería que se la tragara la tierra.

Empezaron a sonar los alegres compases de otra cuadrilla y Montgomery la condujo a la pista. Los taconazos de los bailarines en el suelo parecían seguir el ritmo frenético de su sangre al llegar y salir del corazón.

Capítulo 15

La antesala del salón de baile aparecía difuminada a sus ojos, pero allí la cacofonía de voces y música cedió y sintió el alivio del aire fresco en la cara, aún ardiente. Montgomery avanzaba con la vista al frente todavía. El disgusto parecía brotar de él como el vapor en un día frío.

—Le aconsejé que se mantuviera alejada de Ballentine —la reconvino.

—No tenía intención de acercarme a él, su excelencia.

—Pero bailó con él.

—Porque lady Lingham y él...

Se mordió el labio. No tenía por qué dar explicaciones. Era una mujer libre y adulta.

—La próxima vez que se dirija a usted, despídalo —dijo. Sonó a orden—. Su compañía es un riesgo para usted.

Annabelle le retiró la mano de su brazo. Sentía la garganta rígida de pura frustración.

—En ese caso, excelencia, quizá debería haber afrontado usted el asunto con lord Ballentine directamente.

Montgomery frenó en seco, lo que la obligó a mirarlo a la cara.

Nunca lo había visto tan furioso. Hasta le brillaban los ojos.

—Eso es exactamente lo que he hecho, afrontarlo con él. Aunque, dado el aspecto que presenta usted esta noche, no me extrañaría que se hubiera olvidado por completo de su propia seguridad.

Annabelle alzó la barbilla.

—¿Qué tiene de malo mi aspecto?

Le miró la desnuda garganta sin bajar más. Ella captó un brillo oscuro en los ojos de su interlocutor.

—¿De malo? —repitió.

Lo miró desafiante, como esperando que dijera algo inapropiado.

—¡Demonios! —se desesperó él en voz baja—. No se hace la remilgada, no...

—Yo...

—Usted es la mujer más atractiva y seductora del baile de esta noche y, es obvio, carece de cualquier protección eficaz. Y ha flirteado con el peor libertino de Londres, lo que hace que todos los hombres que han venido pasen a considerarla... disponible.

¿Flirtear?

Nunca le había gustado menos Montgomery que en esos momentos.

—Le ruego que no pierda el tiempo preocupándose por mí —dijo—. Soy muy capaz de cuidar de mí misma.

Bajó las cejas.

—No puedo estar de acuerdo con eso, señorita.

Avanzaban hacia el interior de la casa. La luz se atenuó y el espacio entre las parades se estrechó.

Ella se puso alerta en un abrir y cerrar de ojos. Estaba en un recoveco del pasillo, en un rincón oscuro, con un hombre que la acechaba. La música del baile llegaba muy atenuada, como si viniera de una distancia de cien kilómetros. ¡Maldición!, se había empeñado tanto en discutir con él que lo había seguido hasta allí como un corderito al matadero. Se trataba de Montgomery, sí, un hombre responsable y sincero..., pero un hombre en cualquier caso. Y estaba cerca de ella, tan cerca que podía sentir el olor de su cuello, limpio, a jabón...

Por instinto, dio un paso atrás.

Sus hombros desnudos tropezaron contra una fría pared de yeso.

Tragó saliva, con un sonido perfectamente audible en el silencio.

No había visto el depredador que sin duda habitaba en él. Hasta ese momento. Ahora casi podía paladear sus intenciones...

Él solo tuvo que dar un paso para eliminar la distancia que los separaba.

Ella extendió los brazos, que aterrizaron con escasa fuerza en el firme pecho.

—Su excelencia...

Él le separó los brazos y se los colocó en paralelo a la pared.

—Suficiente —murmuró—, suficiente...

Y bajó la cabeza y ella sintió los labios de él, sedosos y suaves, a un lado del cuello. ¿Había sido un beso?

Miró sin ver por encima de su hombro cuando la cálida piel le rozó la garganta.

«Este hombre y yo vamos a besarnos». Siempre lo había sabido, ¿verdad?

Había estado alerta desde que lo vio por primera vez en la plaza del Parlamento, frío y dominador, y esta... esta era la conclusión natural del proceso.

Parecían atrapados en el tiempo, mejilla con mejilla, su olor muy dentro de ella. Se mantuvo así como esperando algo de ella, esperando...

Annabelle le apoyó la mano sobre la solapa de la levita.

Él se echó un poco hacia atrás, la miró con intensidad y colocó la boca sobre la de ella. Le enredó los dedos en los rizos de encima de las orejas. La presión de los labios masculinos la hizo abrir la boca. Por el hueco se introdujo una lengua ávida y exigente.

Sintió como si los músculos se le licuaran.

Montgomery la estaba besando.

Y ella se apretaba contra él, lo paladeaba, se dejaba hacer.

No rechazó la cercanía. Adelantó la cabeza hacia él y el beso ganó en voluptuosidad: toques suaves pero urgentes de la lengua, labios firmes y sabios guiando los de ella... Se dejó caer sobre él, que la rodeó con los brazos, y la controlada fuerza con que la manejó hizo que volvieran a la vida todas sus zonas sensitivas. Gimió quedamente dentro de su boca y escuchó el cambio de la respiración que eso produjo en él, que empezó a acariciarle con avidez los brazos desnudos, la parte accesible de los pechos, la estrecha circunferencia de la cintura..., las caderas..., agarrando, tanteando, amasando...

Cuando el duque empezó a escarbar con las yemas de los dedos en la zona superior de los muslos, se quedó lívida. ¡Dios del cielo! «¡No llevo corsé! ¡Ni bragas!».

Apartó los labios.

—No me he puesto...

Montgomery hizo un ruido gutural. Le colocó las manos en la base de las nalgas y la levantó hacia él. Lo notó entre las piernas, cálido y con una potente erección. Todos sus pensamientos se diluyeron. Se arqueó por instinto, ante la necesidad de ofrecerle su propia suavidad a la dureza de él.

Al sentirla sobre él, el duque echó la cabeza atrás y gimió como si sintiera dolor. Eso provocó que todo lo que de femenino había en ella se enfocara a atormentarlo y, a la vez, a calmar su urgencia con el cuerpo, las manos, la boca...

La soltó y se retiró.

«¡No!». Se acercó de nuevo a él, buscando la íntima fricción.

Montgomery le tomó las manos con delicadeza y se las llevó al pecho.

—Annabelle. —La voz era irreconocible de puro ronca.

No.

Pensaba que jamás podría volver a sentir ese deseo temerario y alborozado, pero el duque la había llenado de él hasta el tuétano de los huesos. Lo quería dentro de ella. Ese sentimiento, esa urgencia, no podía terminar. Todavía no. En ese momento no.

Se puso de puntillas para volver a alcanzar su boca, pero él giró la cabeza y el beso aterrizó en la mandíbula. Fue un rechazo suave, pero un rechazo al fin y al cabo.

Se le cayó el alma a los pies.

—Annabelle.

No se atrevía a mirarlo, pero a través de la mano pudo captar el tumultuoso ritmo de su corazón. Más que respirar, boqueaba. Lo mismo que ella.

El sudor le refrescaba la piel ardiente. Aunque lejos, podía escuchar el sonido de la música.

«¡Por todos los infiernos!». ¡Había intentado subirse encima de Montgomery como una gata en celo! Dio un paso atrás.

—Yo... —La voz sonaba incierta—. Normalmente no...

—Shhh. —Apoyó la cálida frente sobre la de ella—. Me he dejado llevar.

No era verdad. Si no hubiera sido por su autocontrol, ¿hasta dónde podría haber llegado eso? Estaban en un recoveco del pasillo. Ni siquiera llevaba ropa interior... ¿Qué estaría pensando él ahora?

Le dio la vuelta y un tranquilizador apretón en los hombros.

—No te muevas.

Escuchó el leve crujido de las rodillas y supo que el duque estaba recogiendo del suelo las horquillas que habían caído. Empezó a recolocárselas y a retocarle el peinado, con una celeridad y una destreza sorprendentes, además. Sabía alguna que otra cosa sobre los peinados femeninos. También sabía como mínimo un par de cosas sobre seducción: lo habría dejado seguir adelante en un pasillo por el que podría haber pasado cualquiera.

Le deslizó los dedos por el cuello y le golpeó ligeramente las vértebras cervicales con los pulgares.

—Te oigo pensar —murmuró—. Dame tu palabra de que no vas a salir corriendo de la casa en plena noche.

Ella resopló.

—Dame tu palabra, Annabelle. —Su tono era muy bajo e insistente.

Asintió de forma brusca e indignada.

—Bien. —Le dio un beso suave y rápido en el cogote—. Hablaremos mañana. —Le propinó un pequeño empujón. —Ahora será mejor que te vayas.

Se alejó del recoveco con las piernas inestables, siguiendo casi a ciegas el sonido de la música. Notaba aún su beso en la nuca, como si fuera una etiqueta pegada a la piel... Alguien le tocó el brazo y ella dio un respingo.

—Annabelle. —Catriona la miraba con los ojos muy abiertos.

—¡Aquí estás! —exclamó, e hizo una mueca al escuchar su propio tono, nada natural—. ¿Dónde te habías metido?

—Tienes el pelo revuelto —dijo Catriona.

Se llevó la mano a la base del cuello.

—¿Ah, sí? Se me habrá soltado mientras... bailaba.

Los ojos de Catriona, como siempre, estaban escondidos tras las gafas. Así que las había encontrado. No obstante, la notaba extraña, ausente.

«Soy yo».

Sentía un cosquilleo en la boca tras los besos de Montgomery. La siguiente vez que lo viera, recordaría su sabor. Ese recuerdo pondría su mundo patas arriba.

—¿Has bailado? —preguntó Catriona.

—Lord Ballentine me sacó para un vals.

Su amiga frunció el ceño:

—Es un libertino —afirmó—. ¿Cómo se comportó?

—Como un libertino.

Igual que ella. Ella había jadeado y se había frotado contra la impresionante erección de Montgomery... ¡Oh, su erección...!

—¿Me ayudas a recolocarme el pelo? —preguntó. No tenía las más mínimas ganas de volver al baile, de sentarse en la silla y fingir que no había ocurrido nada.

Catriona la tomó del brazo.

—Pues claro. El aseo de damas está por aquí.

✳✳✳

Con aire ausente, Sebastián le ofreció cerillas al marqués de Whitmore, que se había acercado a él en el balcón para hablar de la campaña electoral. Dudó antes de volver a guardar los fósforos. Aunque le apetecía fumar un cigarrillo, quería seguir disfrutando un poco más del sabor de Annabelle.

Esta había vuelto a sentarse en su sillón junto a la pared. Su brillante pelo estaba algo enmarañado y las mejillas y el cuello mantenían un tono rosado. Tenía todo el aspecto de una mujer que hubiera sido... manoseada en un rincón, y el hecho de que otros hombres pudieran verla así lo impelía a describir círculos alrededor de ella, como una criatura ancestral.

Ella había despertado a esa criatura. Había empezado a asomar cuando galoparon por los campos nevados y sintió su exquisito trasero golpeándole la entrepierna, y rompió las correas cuando noqueó a Marsden usando solo la enorme agudeza de su privilegiada mente. Su cabeza empezaba a llenarse de pensamientos extraños, del mismo modo que el pecho se agitaba de sentimientos igual de poco habituales en él. El año anterior, el conde de Bevington había caído en desgracia tras casarse con una cantante de ópera. De hecho, él mismo había cortado por lo sano cualquier relación con el noble. Bevington tenía que haberse vuelto loco, pues había sacrificado por una mujer inapropiada todo lo que merecía la pena: el estatus social, la carrera política y el respeto de sus hijos, aún bastante jóvenes. El tipo ahora vegetaba en un cuchitril de Verona con su esposa cantante. Y hacía solo unos momentos, en un rincón del pasillo, con los labios y las curvas de Annabelle apretadas contra su cuerpo, sintiendo su necesidad..., durante unos segundos de locura había entendido por qué algunos hombres lo arriesgaban todo por una mujer.

El cigarrillo, aún sin encender, temblaba entre sus dedos. Había estado a punto de perder el control por completo... ¡solo por un beso! ¿Habría empezado así el desastre para Bevington?

—Una criatura adorable. —Whitmore estaba apoyado en la balaustrada. Desde hacía unos minutos, la lujuriosa mirada del marqués no se separaba de la figura de Annabelle, a la que seguía con los ojos como un perro sigue a un hueso jugoso—. ¡Cielo santo, poder magrear esas tetas! —musitó.

Sebastián estuvo a punto de partir el barandal de tan fuerte como lo apretó. No debía darle un puñetazo. Era un aliado político importante para sus objetivos.

—Está refiriéndose a una dama.

—Bueno..., he oído decir que no es más que una chica del campo —repuso Whitmore, ajeno al peligro que en ese momento corría su mandíbula—. Aunque es una verdadera pena que un magnífico ejemplar como ese sea una plebeya, ¿no le parece? Fíjese qué aplomo, qué gracia natural... Imagine, esa misma joven habría sido un auténtico diamante si a alguien se le hubiera ocurrido concederle a su padre un título en su momento.

—Qué idea tan noble y sentimental. —El comentario fue frío y en tono plano.

—No, si no me quejo —apuntó Whitmore. Le tembló ligeramente la barbilla al reír entre dientes—. ¿Sabe quién es su protector?

Sebastián se sintió tranquilo de repente. Tranquilo como se queda el ambiente tras un disparo, cuando los pájaros dejan de cantar y hasta el viento contiene el aliento.

Sacó las cerillas del bolsillo del pecho y encendió el cigarrillo.

—Usted no va a ser su protector, Whitmore.

Su interlocutor, que era mayor que él, dio un pequeño respingo.

Mayor, menor, duque como él o príncipe: Sebastián se dio cuenta de que se lo habría dicho a cualquiera. Era como si las palabras hubieran salido solas, actuando por su cuenta y sin su control.

—¡Ah...! No me había dado cuenta de cómo estaban las cosas... —se excusó Whitmore.

—No hay nada de lo que darse cuenta.

Whitmore alzó la palma de la mano derecha en una muda petición de paz.

—Por supuesto, por supuesto; ni se me ocurriría traspasar la valla de una propiedad ducal. Eso lo sabe cualquiera con dos dedos de frente...

Sebastián observó la retirada del marqués con toda la musculatura en tensión aún. Whitmore no era el único invitado masculino a la fiesta que preparaba algún tipo de acercamiento a Annabelle. Desde su atalaya, podía observarlos dando vueltas a su alrededor, cada vez más cerca. Solo las normas de etiqueta social evitaban que se lanzaran en ese momento como una manada de hienas. Pero harían averiguaciones. Seguro que de camino a Oxford ya tendría visitantes y solicitudes de citas.

El cigarrillo salió volando por el aire. ¡Al cuerno con la etiqueta y el honor! No haría lo mismo que Bevington, pero sí escogería la mejor opción que pudiera.

Hizo una seña y enseguida surgió un criado de entre las sombras.

—Papel y lápiz —ordenó con sequedad.

Hizo que se le llevara la nota a la habitación de Annabelle mientras ella charlaba con la hija de Greenfield y evitaba con un cuidado meticuloso mirarlo a los ojos.

Annabelle:

Nos vemos a las dos de la tarde a la entrada del laberinto de setos.

Tuyo,
M.

Capítulo 16

—¡**U**n concierto matinal de Mendelssohn la mañana siguiente a un baile...! —gruñó Julien Greenfield en dirección a su esposa—. Eso solo se le puede ocurrir a un sádico.

Era ya la una de la tarde y los invitados, la inmensa mayoría nobles, se dirigían a la sala de conciertos de Claremont. Todos ellos soportaban la fatiga, a distinto nivel según cada cual. El baile había terminado alrededor de las tres de la madrugada, tras la ingestión de copiosas cantidades de champán, coñac y tabaco. En el momento en el que las últimas parejas abandonaron la pista de baile, las conversaciones languidecieron y los ánimos decayeron.

Sebastián se movía entre los invitados como una pantera entre corderos. Estaba tenso y alerta, presa de una impaciencia que solo sentía antes de celebrar reuniones importantes, durante esos breves momentos previos al inicio de la batalla.

—Montgomery. —Caroline se separó del trío de damas con el que estaba departiendo y se acercó a él, que de inmediato le ofreció el brazo.

—Milady. ¿Te encuentras bien esta mañana?

—Muy bien —contestó—, pero un poco enfadada contigo. ¿Cómo lo haces? Eres el único que no pareces ni remotamente cansado esta mañana.

«Porque, en cualquier caso, casi nunca duermo mucho».

La miró la cara sin inclinar la cabeza. Su maquillaje aparecía inmaculado, como siempre, pero, como a él nunca se le escapaba un detalle, ni aunque quisiera, notó las bolsas bajo los ojos.

Sabía que, si la miraba directamente, leería en sus ojos la pregunta que nunca le haría.

«¿Por qué anoche no viniste a mi habitación?».

Miró con aire marcial hacia al frente.

Bien sabía Dios hasta qué punto necesitaba una mujer; el deseo no saciado le arañaba la piel desde dentro como un ejército de hormigas locas y Caroline tenía todo lo que había llegado a apreciar en su justa medida: madurez, sofisticación y soltura a la hora de manifestar sus preferencias. Las relaciones sexuales con ella siempre terminaban en satisfacción mutua, nunca en drama.

Pero también sabía que irse a la cama cien veces con ella no iba a acabar con la frustración que sentía. No. Esto era más profundo que la necesidad natural de relajación, y acabar con esa otra necesidad estaba fatalmente relacionado con una intelectual liberal de ojos verdes.

No había respondido a su mensaje. Tampoco la había visto durante el desayuno.

Empujó las puertas del pequeño auditorio y recorrió con la vista, de modo rápido y metódico, las filas de sillas.

Por fin captó el brillo familiar de su pelo color caoba.

Se le llenaron las palmas de sudor. El corazón se le desbocó y empezó a golpearle con rítmico salvajismo las costillas, como si hubiera subido corriendo varias veces las escaleras de la mansión.

Se quedó de pie, quieto como un pasmarote. ¿Cómo podía estar pasándole esto? ¡Casi tenía treinta y seis años!

Annabelle levantó la vista del regazo y su clara y verde mirada le golpeó el pecho con la fuerza de un objeto físico.

Tragó saliva. Era evidente lo que le estaba ocurriendo.

Sintió la mirada de Caroline, cargada de elegante expectación, y también se dio cuenta de que había provocado un embotellamiento en la fila de invitados que los seguía. Echó a andar de nuevo en dirección a la silla reservada para él, justo frente al piano.

Annabelle estaba sentada en la zona de atrás, junto a una baronesa a la que apenas conocía. Era muy probable que ninguna de las dos hablase ni una palabra de alemán. Tenía que haber facilitado a los invitados hojas con la traducción de las letras de las canciones. De repente le parecía importantísimo que a «ella» le gustaran.

Caroline se sentó junto a él, envolviéndolo en su empolvada fragancia. Sebastián resistió el ansia de mirar hacia las filas de atrás.

Sintió que lo invadía una extraña indignación. Desde el momento en el que fue capaz de pensar por sí mismo, había llegado a la conclusión de que la mitad o más de las convenciones y protocolos sociales no se sostenían, ni en función de la lógica ni del del bien común. Los aprendió y los puso en práctica, por supuesto, aunque nunca como ahora se había sentido ahogado por ellos. ¿Cómo era posible que no pudiera sentarse con quien le apetecía en su propia sala de música? Además, a su alrededor, la mayoría de las personas, incapaces de estarse quietas, hacían ruido en las sillas y arañaba con las suelas de los zapatos el pulido suelo de madera.

Al cabo de unos momentos eternos, aparecieron el pianista y las cantantes, una soprano y una *mezzosoprano* que formaban el denominado Dúo Divino.

El ruido desapareció, pero su ansiedad no. El dúo, pese a su ridículo nombre, era excelente. Sus voces subían y bajaban sin esfuerzo aparente y eran capaces de transformar las emociones humanas, conducirlas de la melancolía al gozo y viceversa. No obstante, su mente se negaba a seguir la ruta que marcaba la música. Por el contrario, Sebastián no quitaba ojo al reloj de encima de la chimenea, situada tras el pianista, y pensaba en Annabelle, sentada quince filas más atrás.

Miró el reloj cuatro veces.

A las dos menos cuarto finalizó la última canción.

Cuando quedaban trece minutos para las dos cesó la ovación y los asistentes se levantaron para salir de la sala.

El avance hacia la puerta fue lento, interrumpido por invitados que querían cruzar alguna palabra con él, compartir un momento de su tiempo, un tiempo que pasaba y pasaba, hasta que le cerró el paso sin remedio el pecho protuberante de la marquesa de Hampshire. Mientras intercambiaba con ella saludos y galanterías, Annabelle lo sobrepasó, pastoreada por el incesante grupo de invitados.

Ni se volvió a mirarlo.

—¿Te ha gustado el concierto, querida? —preguntó la marquesa, en voz alta, a Caroline, que permanecía a su lado.

—Mucho —contestó la condesa—. Cuesta creer que algo tan dulce haya surgido de la pluma de un alemán tan serio y estoico.

«¿Dulce?». Sebastián se dio cuenta de que la miraba con el ceño fruncido. Ella levantó las cejas, sin entender por qué ese gesto hosco ante el comentario.

—Me imagino que ellos también tienen sentimientos... —valoró el duque, despacio—. Los alemanes, quiero decir.

La condesa pareció desconcertada y después se encogió un poco de hombros a modo de disculpa.

Cuando volvió a levantar la vista, Annabelle había desaparecido.

✳✳✳

Iba a llegar tarde y casi corría. Nunca llegaba tarde y procuraba apresurarse sin perder la dignidad ducal. Llegó a las cercanías del laberinto y lo invadió un inmenso alivio cuando alcanzó a ver la entrada. Ella lo esperaba junto a la estatua de caliza de un león, con el abrigo nuevo y el mismo sombrero que siempre llevaba, marrón y bastante difícil de describir. Cada vez que lo veía le entraban ganas de regalarle una docena para reemplazarlo.

—Señorita Archer. —Se levantó el ala del sobrero de copa.

Ella hizo una pequeña reverencia. Tenía las mejillas arreboladas, pero podría ser por el frío.

Le ofreció el brazo.

—¿Me acompaña a dar un paseo?

—Su excelencia...

—Montgomery —corrigió.

Su reacción fue levantar una ceja.

—¿Su excelencia?

Le devolvió el gesto, corregido y aumentado.

—Me da la impresión de que podríamos probar a suspender las formalidades a la luz de... las nuevas circunstancias.

Le pareció que perdía un poco el aliento. Se preguntó si se haría la remilgada y negaría la evidencia. Pero no, de ninguna manera. Aún sentía impreso en las manos el contorno suave y redondeado de su cuerpo. Quería volver a vivir la experiencia y lo haría más pronto que tarde.

Por fin, ella aceptó el brazo que le ofrecía. Durante unos momentos, el único sonido que rompió el silencio fue el de la gravilla helada que crujía bajo sus pies conforme avanzaban hacia el laberinto.

Absurdo. Lo que le estaba pasando era absurdo. Había convencido al Parlamento para entrar en una guerra comercial contra el Imperio otomano y ahora no sabía por dónde empezar.

—¿Jugaba aquí cuando era niño?

Lo miraba a los ojos y le había hablado con un tono juguetón que era nuevo en ella. Se tomó unos segundos antes de responder.

—No. Nunca jugué aquí.

Pareció asombrada.

—¿Cómo es posible mantener a un niño alejado de un laberinto, aunque solo sea por un día?

«Encerrándolo con una pila de libros y otra de deberes».

A su madre, una mujer que se presentaba ante el mundo como la viva imagen de la frialdad y la impavidez, le aterrorizaban las extravagancias de su padre. Se lo tomó con tranquilidad de cara a la galería, pero decidió que su hijo fuera muy diferente al padre. Y lo logró.

—¿Qué opina de Mendelssohn? —preguntó sin contestar.

Eso dio lugar a una mínima y perfecta sonrisa.

—Le confieso que yo no utilizaría el adjetivo «dulce» para describir su música.

—Sí, eso está bien —asintió Sebastián, que mostró su acuerdo con un movimiento de cabeza—, porque ni mucho menos lo es.

—No he entendido ni una palabra, pero la música era... muy emotiva. Como si alguien se hubiera introducido en mi pecho y... —Se interrumpió al darse cuenta del exceso de entusiasmo con el que hablaba.

—¿Y...? —la animó, al tiempo que se encaminaban hacia el interior del laberinto.

Siempre que la pasión salía a la superficie, sentía un espasmo primordial en el cuerpo. Era enloquecedor. Lo hacía olvidarse de quién era y lo despojaba de todo lo que no fueran las necesidades y deseos que desbordan la naturaleza humana masculina en presencia de una espléndida mujer. Y de ninguna manera le apetecía reprimirlo.

—Es melancólica —expresó con suavidad—. Ese es el adjetivo que utilizaría para describir su música.

Sí, «melancólica» era la palabra precisa. ¡Por todos los santos! Quería estar dentro de esa mujer...

Ella añadió:

—La última canción sonaba tan anhelante que estuvo a punto de entristecerme. ¿De qué trata?

Él asintió antes de contestar.

—*Auf Flügeln des Gesanges*. Habla de un hombre que quiere llevar a su enamorada a un viaje de fantasía.

Le apretó el antebrazo con un poco más de fuerza.

—¿Y qué dice?

Estaban tan cerca que ahora, a cada paso que daban, los bordes de la falda le acariciaban las piernas. Si se volviera solo un poco, sería capaz de oler el cálido aroma de su pelo. Negó con la cabeza en un intento de permitir que sus nociones de alemán asomaran entre la maraña de sensaciones y sentimientos que lo embargaban.

— «Mi amor, te llevaré sobre las alas de mi canción hacia las tierras del Ganges, allí donde está el lugar más bello...». —Se interrumpió. ¿Estaba recitando poemas románticos?

—¿Cómo termina? —musitó Annabelle.

La profundidad de sus ojos era insondable. Si un hombre se zambullía en ellos nunca sería capaz de salir. ¡Maldita fuera su suerte!, se maldijo.

—Hacen el amor bajo las ramas de un árbol.

Le pareció escuchar un jadeo.

Torció una esquina y la atrajo hacia sí con un rápido movimiento. Al bajar la cabeza vio como abría los ojos y la besó. Con suavidad.

Sus labios eran indescriptiblemente suaves, como pétalos, y durante un instante no se movió, no respiró, se limitó a saborear su aterciopelada calidez. Por fin soltó el aire. Y le pareció como si hubiera estado conteniendo el aliento desde que la tuvo entre sus brazos la noche anterior.

Inhaló con ansia el perfume a jazmines y a dulzura de mujer. El sol brillaba sobre sus párpados cerrados. En algún sitio cantó un petirrojo.

Le pasó la lengua por el suave labio inferior. Ella hizo un ruido mínimo con la garganta, él abrió los párpados para mirarla.

Ella también tenía los ojos cerrados, como los había tenido él, y las interminables pestañas le rozaban las mejillas. El corazón le saltó dentro del pecho con tal violencia que casi le dolió. Volvió a cubrirle la boca con los labios y esta vez ella la abrió para él, dándole acceso al calor y la tibieza con los que había estado soñando despierto gran parte de la noche. Inclinó un poco la cabeza para tener más acceso a ella, que se lo permitió e incluso tanteó un poco con la lengua. Eso le produjo una intensa erección y juró para sí...

Hizo un esfuerzo por controlarse. Su intención era compensarla con creces por el frustrado encuentro de la noche anterior en el pasillo. Aflojó el abrazo y procuró amoldar su cuerpo al de ella con la tranquilidad y la ternura que le habían faltado en el encuentro previo. Pero sentir su cuerpo contra el de él... Se acoplaban perfectamente y la sensación era de lo más placentera. Le mordió con suavidad el labio inferior y gruñó de placer. Sin romper el beso, se quitó uno de los guantes y le acarició la barbilla con la palma. El tacto fresco y satinado de la cara de Annabelle dio lugar a otra oleada de placer. Estaba deseando dejarla en el suelo y colocarse sobre ella...; deshacer todos los nudos, desabrochar todos los botones, y después buscar los lazos de las prendas más íntimas y hacer lo mismo. Probaría hasta el último milímetro de su piel con la lengua y lo acariciaría con los dedos, la pálida plenitud de los pechos, la suave curva de la cintura, ese tierno rincón entre sus piernas..., sobre todo ese... La chuparía y la besaría ahí hasta hacer que se retorciera bajo su boca.

Notó cierta resistencia y se dio cuenta de que la estaba obligando a arquearse sobre el brazo y de que estaba moviendo las caderas contra las de ella.

Separó la boca.

Ella lo miró pestañeando con ojos somnolientos. Tenía los rizos entrelazados con los dedos de él. Vio el guante caído sobre la nieve.

—Annabelle —murmuró.

Al escucharlo, dibujó una sonrisa débil.

—Montgomery.

Disfrutó al escuchar su nombre así pronunciado, con voz suave y algo ronca. Extendió la mano para volver a acariciarle la cara. Le exploró el labio inferior con el pulgar y ella reaccionó besándoselo y chupándoselo como si fuera la cosa más natural del mundo. Como si lo hubieran hecho cientos de veces y fueran a hacerlo mil más.

Parte de su ser reaccionó con alarma. Retiró la mano. Recogió el guante y empezó a caminar de un lado a otro.

✳✳✳

Annabelle lo miró como si estuviera viviendo un sueño. Las manos, una enguantada y otra desnuda, entrelazadas a la espalda. El mundo brillaba de forma poco natural a su alrededor, grises y blancos iluminados y relucientes bajo el acerado cielo azul. No se había tranquilizado y anhelaba volver a abrazarlo. En ese momento, los anchos hombros le parecían el lugar más adecuado para sus brazos.

No había dormido. No había parado de rememorar el encuentro en el pasillo, una y otra vez, cada sonido, cada toque, cada caricia. En principio, había decidido no acudir a su invitación y permanecer lejos de él. De la misma manera podría haber decidido dejar de respirar: una mirada de él desde su lugar en el salón de música bastó para que sus pasos la llevaran a la entrada del laberinto, a la que llegó a las dos en punto.

Montgomery se volvió hacia ella con gesto resuelto.

—Annabelle, soy consciente de que nos conocemos desde hace poco, al menos si solo tenemos en cuenta los días transcurridos. Y sin embargo..., seguro que te das cuenta de... hasta qué punto ocupas mis pensamientos.

Negó con la cabeza y mientras reflexionaba se quitó el sombrero y se pasó la mano por el pelo, revolviendo los hasta ese momento bien peinados mechones.

—Podría decir, de hecho, que deseo tu compañía todo el tiempo, y tengo razones para pensar que, al menos en parte, albergas sentimientos parecidos hacia mí.

Se acercó a ella y le tomó la mano. Sus ojos, siempre tan calculadores, ahora parecían suaves y cálidos como el humo.

Le dio un vuelco el corazón. ¿A dónde iba a conducir esto?

—Annabelle, me gustaría...

Alzó la cabeza como un depredador que rastrea su presa con el olfato. Y también escuchó unos pasos rápidos que se aproximaban por el camino de grava. Montgomery bajó las cejas ominosamente al tiempo que se alejaba unos pasos de ella.

—¡Su excelencia! —Ramsey irrumpió en el sendero. Tenía la cara encendida y respiraba con dificultad. El pelo pardo, de ordinario peinado de forma inmaculada, estaba muy revuelto.

A Annabelle se le puso la piel de gallina.

—Espero que se trate de algo muy importante, Ramsey.

El tono de Montgomery fue lo bastante frío y amenazador como para congelar al pobre ayuda de cámara hasta el invierno siguiente. Dio un respingo.

—Estoy convencido de ello, su excelencia —respondió, mirando nervioso a Annabelle y al duque, sin saber en cuál de ellos detener la vista.

—Voy a regresar a la casa —intervino ella, al tiempo que se abrochaba los botones del abrigo, consciente de repente de su aspecto desaliñado. No esperó a la reacción de Montgomery y rodeó el seto para volver al camino principal.

No obstante, pudo escuchar la voz temblorosa aunque clara de Ramsey en la tranquila tarde invernal:

—Su excelencia, su hermano, lord Devereux..., se ha ido.

Capítulo 17

Al anuncio de Ramsey lo siguieron unos segundos de grave silencio. A Sebastián se le quedó la mente en blanco, de modo que las palabras flotaron a su alrededor y le resultaron incomprensibles. Pero se recobró de inmediato y reaccionó como siempre, afilado como un sable:

—¿Un secuestro?

—No parece probable —contestó Ramsey de inmediato—. Al parecer, su señoría ha dejado una nota.

Ya estaban en el sendero principal.

Annabelle había vuelto la cabeza. Lo miraba con los ojos muy abiertos, le resaltaban en el centro del pálido rostro.

—¿Lo has oído? —preguntó Sebastián sin bajar el ritmo.

—Sí —respondió—. No he podido evitarlo.

Normal. Ramsey había hablado en voz bastante alta.

—Vamos.

Se daba cuenta de un modo vago de que tanto Annabelle como Ramsey casi tenían que correr para mantener su ritmo. Procuró ir más despacio en atención a ella. En cualquier caso, su mente iba muy por delante.

—¿Dónde está el guardaespaldas que lo protege?

—Le he indicado que espere en el estudio de la planta baja, su excelencia —jadeó Ramsey.

En la terraza y los jardines había un grupo de invitados y varias parejas deambulando. Todos volvieron la vista hacia ellos, su curiosidad los envolvió como los tentáculos de un pulpo gigante.

Giró de forma brusca para dirigirse a la entrada de servicio del ala este.

—¿Tienes más información?

—No, su excelencia —respondió Ramsey—. He ido a buscarle a usted a toda prisa.

—Has hecho bien —lo tranquilizó Sebastián, sin aflojar el ritmo en ningún momento.

Entró como una exhalación por la puerta trasera y siguió por un pasillo estrecho y en penumbra. Dos criadas se quedaron de piedra; lo miraron, como si hubieran visto pasar un fantasma, los ojos muy abiertos bajo la cofia blanca.

Si a Peregrin le hubiera pasado algo malo, no habría una nota suya. A no ser que se tratara de una estratagema.

Dejó a un lado la idea hasta llegar al despacho. Esperando en la puerta había un hombre fornido con una gorra en la mano: Craig Fergusson. Era empleado suyo desde hacía diez años y tenía una sola misión: hacer de guardaespaldas para su hermano de forma discreta y eficaz. Contuvo el deseo de agarrarlo por la garganta para que le diera explicaciones en el mismísimo pasillo.

Ramsey empujó la puerta y todo el mundo entró en el despacho.

Sebastián se encaró con el guardaespaldas.

—¿Qué ha ocurrido? —rugió.

Fergusson tragó saliva de modo audible.

—Ayer por la noche nos quedamos en un hotel en Carmarthen...

—¿Y? —interrumpió Sebastian.

—... y esta mañana, tras esperar un buen rato a milord y a su criado en el pasillo para bajar a desayunar, empecé a sospechar, ya que el joven lord siempre prefiere comer mucho, y no le iba a dar tiempo, porque el tren estaba a punto de salir. Así que tuve una corazonada y fui a investigar. Encontré al criado en la antecámara, sentado en un sillón y profundamente dormido. Le había administrado láudano.

—¿Profundamente dormido? —repitió. Se le había erizado el pelo.

—Sí, su excelencia —confirmó Fergusson—. Tuve que darle un par de buenos bofetones para que se despertara. De hecho, todavía está consciente solo a medias. Fue capaz de decirme que lord Devereux le había invitado la noche anterior a compartir con él una copa de vino, que se quedó dormido de inmediato y que no se enteró de nada.

La alarma dio paso a la incredulidad.

—¿Cree que mi hermano lo drogó?

Fergusson se removió, incómodo.

—Eso parece, su excelencia.

El ayuda de cámara de Peregrin llevaba veinticinco años sirviendo a la familia; había trabajado para Sebastián antes de que este se lo cediera a su hermano, para asegurarse de que Peregrin siempre estuviera rodeado de la gente más leal. Estaba seguro de que el criado no formaba parte de ninguna trama.

—Tengo entendido que hay una nota —terció.

Fergusson asintió y sacó un sobre de su cartera.

—La dejó sobre la cama.

Sebastián prácticamente se la arrancó de las manos.

El papel era de su material de oficina y personal. Rompió el sello y abrió el sobre. Dos líneas. Era la picuda letra de Peregrin.

Señor:

Por lo que se refiere a mi ingreso en la Marina Real, lo he analizado a fondo y, sencillamente, no puedo hacerlo.

Con todo respeto,
P.

«Sencillamente, no puedo hacerlo».

Entonces lo más probable era que no se tratara de un secuestro. De nuevo se le aceleró el corazón, un fuerte tamborileo contra su pecho. «No ha sido raptado. No ha sufrido daño alguno». Pero el pequeño bribón lo había dejado en evidencia.

Dejó la nota sobre el escritorio.

—¿Alguna pista o indicación de dónde pueda estar ahora?

Fergusson negó con la cabeza.

—Nadie lo ha visto. Desde las seis de la mañana han salido de la estación varios trenes y un montón de diligencias. Tengo todas las rutas.

Sebastián no prestó atención a los papeles que Fergusson dejó sobre el escritorio; ya sabía que había varias rutas hacia ciudades costeras y por lo menos un tren que paraba en Plymouth y ferris que partían desde su puerto. Su hermano bien podía estar camino de Francia. Y su guardaespaldas se hallaba delante de él, en Claremont.

Lo invadió una emoción difícil de contener.

Se sentó en la butaca del escritorio, sacó papel y empezó a anotar instrucciones.

—Prepara el carruaje —le ordenó a Ramsey mientras escribía— y manda un cable a Edward Bryson diciéndole que iré a verlo esta noche.

—¿El jefe de Scotland Yard, su excelencia?

Sebastián alzó la vista, impaciente.

—¿Acaso hay algún otro Edward Bryson que sea relevante en una situación como esta?

Ramsey se quedó lívido.

—No, su señoría.

—Después de mandar el cable, avisa a la casa de Londres. Fergusson, esté preparado dentro de veinte minutos. Nos vamos a Londres.

Ramsey y Fergusson salieron a toda prisa de la habitación.

Annabelle hizo ademán de salir tras ellos, pero Sebastián dejó la pluma sobre el escritorio.

—Usted quédese, señorita —intervino—, si no le importa, por favor —añadió en tono más suave al ver que se ponía rígida.

Se volvió. El gesto era de recelo. ¿Parecía tan trastornado como se sentía?

—Quédate... —repitió, con mucha más suavidad, una vez desaparecidos los criados.

Ella asintió, aunque mantuvo cierta reserva. Pero él no quería que así fuera, no deseaba ningún tipo de reserva en ella.

Se levantó para rodear el escritorio, con la idea de tenerla entre sus brazos, pero lo pensó mejor y se dirigió hacia la ventana. No era capaz de poner en palabras lo que quería o necesitaba de ella en esos momentos: no iba a abrazarla, colocarla sobre la mesa y levantarle las faldas... Se dio la vuelta para mirar por la ventana, hacia los campos. Con cierta indiferencia, se dio cuenta de la tensión que tenía en el pecho y de lo mucho que le costaba respirar. La traición de un hermano era algo difícil de asumir.

—Confío en que no le vas a decir nada de esto a nadie —aventuró sin volverse.

—Por supuesto que no —la escuchó decir.

Su suave voz fue como un bálsamo para su alterado estado de ánimo. ¿Acaso su obsesión por ella habría sido lo que había permitido a su hermano escaparse delante de sus propias narices? Muy enfadado consigo mismo, miró hacia las estériles tierras de su hacienda.

Annabelle no les reprochaba en absoluto a los dos hombres, ambos bragados y hechos y derechos, el que hubieran salido del despacho con el rabo entre las piernas, como dos escolares pillados en falta. Montgomery era aterrador cuando estaba enfadado. Parecía como si fuera capaz de extraer todo el aire de una habitación. Por suerte, ella estaba más o menos inmunizada, pues había acumulado experiencias en las que había tenido que lidiar con emociones muy poderosas. Pero le dolía verlo así, tan rígido que parecía que se fuera a partir en cualquier momento. Se había vuelto a poner el guante sin que ella se diera cuenta; la mano con la que la había acariciado con tanta ternura en el jardín se había convertido en un puño. La visión de ese enfurecido puño hizo que su corazón, mustio y polvoriento desde hacía muchos años, se abriese y rebosara emoción.

Se aproximó a él despacio.

—¿Has tenido ocasión de conocer bien a mi hermano? —inquirió Montgomery sin dejar de mirar por la ventana—. ¿Se te ocurre algún sitio en el que pudiera haber pensado para esconderse?

—¿Esconderse? —Otro paso—. No. No hemos intimado lo suficiente como para que me confiara algo así.

Ya estaba tan cerca como para poder tocarlo. Dudó. Era algo audaz, pero muy necesario. Al final, le deslizó las manos alrededor de la cintura.

Su tacto era duro y firme, como un bloque de granito que irradiara calor, un calor furioso. Al ver que no hacía ningún movimiento de rechazo, apoyó la mejilla en el hueco que se le había formado entre los omóplatos.

Él se volvió y la miró, con una mirada que le pareció la de un león mirando a un corderito que se hubiera metido en su guarida como un estúpido mientras decidía si se lo comía de un bocado o rugía para ahuyentarlo. Annabelle se puso delante de él y le apoyó la cara contra el pecho justo donde el corazón batía, preguntándose si finalmente la mordería.

Y finalmente lo que hizo fue envolverla con los brazos, aceptando el consuelo que le ofrecía, por escaso que fuera.

Suspiró de puro alivio. Él le dio unos golpecitos en la cabeza con la barbilla.

—Ha huido —susurró con voz ronca.

—Lo siento —murmuró.

Empezó a acariciarle la espalda formando círculos.

—Drogó a su criado.

—Eso parece, sí.

Le daba la impresión de que agradecía que no le ofreciera consuelos vanos ni le contestara con lugares comunes. Su pecho bajó y se expandió y notó que sus músculos se relajaban poco a poco.

—Tiene un problema de disciplina —explicó él—. Lo alisté en la Marina Real y esta ha sido su respuesta.

Vaya. Eso era sorprendente y muy malo. En realidad, tan sorprendente como el hecho de que lo hubiera compartido con ella.

El reloj empezó a dar campanadas. Veinte minutos eran un lapso muy corto, pero Montgomery no hizo gesto alguno que hiciera pensar que la iba a soltar. Cuando miró hacia arriba, se dio cuenta de que tenía la vista fija en un punto de la pared que estaba tras ella y se volvió entre sus brazos para ver de qué se trataba. Vio una larga serie de cuadros que representaban distintas haciendas y castillos y que cubría toda la pared, desde la esquina hasta la zona derecha de la puerta. A la izquierda había una única pintura que mostraba un acantilado escarpado sobre el que se elevaba un castillo muy antiguo y robusto, con muros de enorme grosor.

—¿Es ese tu castillo?

—Sí. El castillo de Montgomery. —Su tono de voz fue ronco, de nuevo ella notó que la tensión invadía su cuerpo.

Volvió a acurrucarse contra él, que la abrazó con fuerza durante un momento.

—Gestionar casi una docena de haciendas es sencillo si se compara con gestionar bien a un hermano —reflexionó. Volvió a apretarla otra vez contra su cuerpo con mucha ternura—. ¿A qué conclusiones llega su poderosa inteligencia respecto a eso, señorita Archer?

Annabelle sonrió para sí. De haberla visto, sin duda hubiera captado la ironía del gesto.

—Supongo que las relaciones humanas deben enfocarse desde otra perspectiva. No creo que un hermano pueda asentarse en un libro de contabilidad.

—Pues debo decirte que, en su caso, sí —rebatió—. Sé con exactitud cuánto me cuesta.

—En dinero, sí, es fácil—concedió—, pero... ¿es igual de fácil sumar o restar las emociones?

Se quedó callado por un momento.

—Las emociones... —repitió. La soltó y se separó de ella.

La repentina ausencia del cuerpo masculino la desorientó.

—Tengo que irme —expuso él al llegar al escritorio—. Necesito encontrarlo lo antes posible.

—¿Hay alguna posibilidad de que regrese por su propia voluntad?

La miró con una sonrisa sarcástica.

—Ni la más mínima. —Empezó a guardar la lista de salidas que el guardaespaldas había dejado encima de la mesa—. Sabe perfectamente lo que le espera si se asoma por aquí ahora.

La amenaza que encerraba la frase era más que evidente y Annabelle supo por puro instinto que si se pusiera a defender a Peregrin no conseguiría nada. Los hombres competentes y autoritarios querían que se cumplieran sus órdenes, y en este caso su propio hermano había preferido esconderse a obedecer. Un tremendo desafío a su autoridad. Muchos otros, en su situación, habrían cargado contra el encargado de la seguridad de Peregrin. Él no. Él se culpaba a sí mismo.

—Lo vas a encontrar —le aseguró en voz baja.

La afirmación contenía muchos mensajes, aparte del obvio —«confío en ti», «estoy de tu lado», «odio que estés preocupado»—, y todas las implicaciones consiguientes.

Pareció captarlos todos, porque dejó de recoger papeles y la miró. Cuando sus ojos se encontraron él suavizó el gesto, quizá debido a que la cara de la joven era un libro abierto en el que se leían la comprensión hacia el dolor que sentía y la extraña presión en el pecho ante la incertidumbre respecto a su próximo encuentro. Si lo había.

Con solo dos zancadas se colocó justo delante de ella. Le rodeó la nuca con la mano en un gesto dulce pero a la vez posesivo y, durante un momento, centró toda la atención en ella, como si fuera lo único que ocupaba su mente.

—Volveré contigo —prometió.

La besó en la boca con fuerza, después con mucha suavidad en la frente, y salió por la puerta como una exhalación.

❀❀❀

Los troncos del hogar se derrumbaron en el habitual montón de brasas, que sisearon entre las llamas. Se había encerrado en el salón azul junto con Catriona y Hattie para una velada de charla, dibujo y lectura, pero el libro que sostenía entre las manos no era más que un burdo camuflaje. En la calidez de la estancia y el perezoso silencio que reinaba desde hacía bastantes minutos, su mente retornaba una y otra vez a los besos de Montgomery, como si la presión de su boca contra la de ella se hubiera convertido en su nuevo centro de gravedad y obligara a que todo lo que ahora pensaba, sentía y hacía no tuviera más remedio que orbitar alrededor.

Se estremeció. La situación se parecía demasiado a la de aquel funesto verano de hacía unos años; a aquella apasionante, imprudente y vertiginosa ansia de pura pasión, de descarnado deseo de entregarse a la masculinidad y rendirse a su gloriosa fuerza... Ni que decir tiene que ahora no era la niña inexperta de aquellos días. Ahora podía dar unos cuantos sorbos de placer en lugar de sumergirse del todo en él... y ahogarse.

Hoy no había regresado. Mañana sería su último día de estancia en Claremont. ¿Lograría encontrar a su hermano?

—¿Quién sigue a Peregrin Devereux en la línea de sucesión del ducado? —preguntó.

Hattie levantó la cabeza del boceto en el que estaba trabajando.

—¿Qué te hace preguntar semejante cosa?

—Pues... llevo aquí semanas —improvisó— y todavía no tengo claro del todo el perfil del duque. Necesito saber más para plantear la campaña.

—No estoy segura, la verdad, ni tampoco de qué nos podría servir para nuestra causa —respondió Hattie—. ¿Catriona...?

Por una vez, Catriona tuvo que encogerse de hombros.

—Dentro de poco, el duque tendrá descendencia directa —dijo—. Todo el mundo dice que el año próximo se volverá a casar.

Annabelle sintió un desagradable vacío en el estómago. Los celos. Era muy joven. Por supuesto que se casaría. Con una de las preciosas debutantes que se habían paseado delante de él en su baile de invierno, blancas y silenciosas como copitos de nieve.

Se puso de pie y empezó a pasear por las cercanías de la chimenea.

—Tengo que confesar que me alegra el hecho de que ni se plantee casarse con la hija de un hombre de negocios —dijo Hattie—, porque, si no, mi madre intentaría concertar su matrimonio con una de mis hermanas, que son muy guapas. —Se estremeció de modo ostensible—. Me da pena la futura duquesa. ¿No os parece que será un personaje trágico, otra Georgiana de Devonshire? ¿Qué pasaría si solo fuera capaz de dar a luz niñas? Imaginaos, ser la primera duquesa de Montgomery que no es capaz de concebir un heredero en más de ochocientos años. Me pregunto si no se divorciaría también de ella.

—Por suerte, hemos progresado un poco desde la época georgiana —dijo Annabelle con tono de irritación—, pero, en el caso de que una mujer no pueda ser otra cosa que una yegua de cría, me imagino que tiene que haber hombres bastante peores que el duque.

—¿Yegua de cría? —Hattie chasqueó la lengua—. Me da la impresión de que has pasado demasiado tiempo con nuestra querida Lucie. Y hablando de eso, ¿qué os parece su idea de unir fuerzas con Millicent Fawcett para una manifestación en la plaza del Parlamento?

—¡Habla más bajo! —siseó Catriona—. Alguien podría oírnos.

—Pero ¿qué pensáis? —insistió Hattie en un susurro de lo más audible.

—Que va a traer problemas —opinó Catriona.

—Desde luego —concordó Hattie con gesto de júbilo—, un montón de problemas.

Capítulo 18

A la mañana siguiente, un estruendo de timbales y trompetas inundó el salón del desayuno y despertó un fervoroso entusiasmo patriótico en todo el mundo salvo, al parecer, en el pequeño grupo de las sufragistas y la tía Greenfield.

—¿Qué es ese estruendo tan horrible, querida? —preguntó la anciana en dirección a Catriona.

—La música que sonará esta noche —gritó Catriona, en un intento de igualar el tremendo volumen de la música—. Están instalando a la orquesta debajo de la terraza.

—Entiendo —repuso la tía, que no parecía muy impresionada—. Debo decir que no tocan tan bien como solían. —Recorrió la mesa con mirada de desaprobación. De pronto fijó la vista en Annabelle—. Estás pálida, querida. ¡Dios mío! ¿No estarás poniéndote enferma otra vez?

Annabelle le dirigió una sonrisa poco convincente.

—No, señora. Estoy bien.

—Me alegro —se congratuló la tía Greenfield—. A tu edad deberías tener una salud de hierro.

A su edad no debería ser tan estúpida como para suspirar por un duque que no había regresado.

Catriona dobló la servilleta.

—Voy a ver cómo preparan los fuegos artificiales.

Annabelle también se puso de pie.

—Te acompaño. —Lo que necesitaba era precisamente respirar aire puro.

Los fuegos iban lanzarse desde el otro extremo del jardín francés. La capa de nieve casi había desaparecido la noche anterior; ahora se podían ver la grava blanquecina que cubría los senderos, las intrincadas tallas de las esculturas de las fuentes ahora secas y las columnas griegas de mármol. Pasear por los jardines en verano sería una maravilla, con los árboles en todo su verde esplendor y la cálida brisa haciendo crujir las ramas.

—Es un sitio precioso —murmuró.

—Sí que lo es —asintió Catriona con aire ausente. Su atención estaba centrada en la estructura de madera que crecía a ojos vistas gracias al trabajo de varios operarios muy expertos—. Pero ¿te has fijado alguna vez en esos globitos de cristal que imitan la nieve que cae sobre un castillo en miniatura?

—Eh... Sí, claro.

—Pues eso es Claremont.

—No sé si te entiendo.

—Está dentro de una burbuja. No es real. No para nosotras.

—¿Y Oxford sí que lo es? La ciudad apenas ha cambiado desde la época de las cruzadas. —Sintió una extraña irritación ante el rumbo que su amiga le había dado a la conversación.

Catriona enganchó el brazo con el de ella en gesto amistoso.

—No importa. Lo único que quería decir es que Oxford sí que es un buen sitio para nosotras.

—Por supuesto —susurró.

❀❀❀

Una hora antes de la medianoche, circuló el rumor de que el señor de la hacienda había regresado, aunque seguía brillando por su ausencia. Los asistentes a la fiesta estaban reunidos en el vestíbulo para beber, tomar un bocado y chismorrear.

—... los cohetes se han traído directamente desde China... —decía alguien.

—... el duque anterior contrató a un contorsionista, aunque no estoy segura de si era un hombre o una mujer...

—... y entonces el sombrero de lady Swindon empezó a arder...

Cuando el enorme reloj de péndulo marcó las once y media, lady Lingham, que al parecer se había erigido en coyuntural anfitriona, indicó a los asistentes que salieran a la terraza. Annabelle se dejó llevar y la marea de gente la arrastró hacia el salón de baile. Las puertas de la terraza estaban abiertas de par en par. En uno de los balcones superiores debería presidir una figura oscura y mayestática, prohibida para ella. Pero no la había. ¿Acaso no iba a poder acudir a su propia fiesta de Nochevieja?

—¡Annabelle! —Hattie la saludaba con la mano, pidiéndole que se acercara a ella—. ¡Ven! ¡Te he reservado un asiento a nuestro lado!

La arrastró hacia la terraza.

Se vio envuelta en la alegre cháchara salpicada de risas de varios cientos de aristócratas medio ebrios y se sintió desorientada. La terraza y el jardín francés se habían convertido en una especie de feria. Filas de faroles rojos flotaban y producían sombras cambiantes. El sonido lejano de la música llegaba desde las profundidades del jardín.

Él no estaba. Lo sabía con una certeza inapelable. Y así era mejor. Esa urgencia por tenerlo cerca era una locura.

Un grupo de niños irrumpió entre Hattie y ella, por lo que no pudo agarrar la mano que le tendía su amiga. Antes de poder intentarlo de nuevo, tuvo que pararse ante una manzana recubierta de caramelo rojo que surgió ante sus narices.

—¿Una manzana de caramelo, milady?

El hombre la miraba desde la altura de sus zancos. Solo veía los largos pantalones de rayas que cubrían los zancos de madera. Alzó la vista y se encontró con una careta sonriente.

—¡Annabelle! —La voz de Hattie llegaba de unos pasos más adelante. Pero no se movió.

Fuera o no una locura, tenía que despedirse, y no al día siguiente al marcharse de la casa, con esa fría formalidad de la despedida protocolaria al anfitrión. La verdad era que no quería decirle adiós nunca ni de ninguna manera.

Dio la vuelta sobre los talones.

Lo que iba a hacer era una insensatez. Avanzó deprisa, esquivando la marea de invitados que se interponía y amenazaba con tragársela.

En el salón de baile había ahora bastante menos gente que avanzara hacia la terraza y los jardines. Se detuvo bajo la enorme araña de techo para reflexionar y al fin volvió al vestíbulo de entrada.

La manecilla de los minutos señalaba que faltaban veinte para la medianoche. Y en ese momento supo a dónde debía dirigirse.

Enfiló hacia el ala oeste. Avanzó de puntillas, todo lo deprisa que pudo, por los pasillos apenas iluminados, como un ladrón en la noche. Al llegar frente a su estudio jadeaba; tras un momento de duda, llamó quedamente a la oscura puerta.

Silencio.

Puso la mano en el pestillo.

Lo apretó muy deprisa y se dio cuenta de que la puerta estaba cerrada con llave. Se le cayó el alma a los pies.

Avanzó por los pasillos, guiándose por las pinturas y las plantas de interior, para llegar al salón de música. Abrió unos centímetros la ornamentada puerta y asomó la cabeza por el hueco. La habitación estaba vacía. El piano parecía un objeto extraño en su soledad iluminada por la fría luz de la luna.

La invadió una ola de pánico que se le extendió desde el estómago. ¿Era posible que no hubiera regresado?

Recorrió otro pasillo, y después otro, hasta que se sintió desorientada y el corsé empezó pellizcarle la carne. Tuvo que detenerse, apoyada en un pasamanos, para recuperar el agitado aliento.

Claremont tenía tres plantas y doscientas habitaciones. Era imposible revisarlas todas.

¡Maldición! Se había portado bien los últimos años, había sido prudente y sensata. ¿Cómo había podido permitir que Montgomery la convirtiera en una mujer jadeante y enloquecida que recorría su castillo para buscarlo? Pero ¿cómo no iba a hacerlo?

Estaba claro que el tiempo pasado en Kent la había convertido en una sonámbula. Oxford la había hecho despertar, primero su mente y ahora su cuerpo. Montgomery había hecho revivir todo su ser, sin intentarlo siquiera: de entrada, todo fue reserva, frialdad y aspereza; y antes de que pudiera darse cuenta se había introducido bajo su piel. Y ahora no sabía cómo librarse de su invasión. Pero tampoco quería. Era fantástico sentirse viva. Era fantástico ser apreciada. Sus besos habían acabado con una soledad que ni siquiera sabía que llevaba consigo.

Respiró hondo de nuevo, forzándose a llenar los pulmones. Tenía húmeda la piel de la espalda, que empezaba a enfriarse.

Un último intento antes de volver a la terraza. Arriba, arriba, arriba, dos tramos de escaleras, otro pasillo, una criada sorprendida...

Ahí estaba. De pie ante la puerta de la biblioteca del cielo nocturno invernal, acompañado de Bonville, el mayordomo.

Se detuvo de repente. La cabeza le daba vueltas.

Montgomery se volvió hacia ella y, cuando sus ojos se encontraron, la tensión restalló a su alrededor. Con toda seguridad le dijo algo al sirviente, pues Bonville desapareció entre las sombras.

Conforme avanzaba hacia él, los oídos le zumbaban. Tendría que haber preparado de antemano las palabras que le iba a decir, una explicación a esa búsqueda. No lo había hecho; su cuerpo había ido a encontrarse con el de él como si fuera un ente autónomo, igual que un animal busca el agua después de pasar mucho calor. Y ahora que Montgomery estaba allí, en carne y hueso, mirándola, la urgencia se convirtió en timidez, en atontamiento. De ninguna manera esperaba sentirse tímida.

Cuando llegó a su altura, le resultó difícil mirarlo a los ojos. Le pareció más alto de lo que recordaba; había también algo distinto en su actitud, un destello de crudeza bajo la tranquila superficie.

Él le acarició la cara con la punta de los dedos y el contacto se le transmitió a todos los rincones del cuerpo. Fue moviendo la mano por la suave curva de la mandíbula hasta la parte lateral del cuello, que en ese momento estaba palpitante y perlado de sudor.

—Has corrido. —La voz chirriaba.

Tragó saliva en el momento en el que le pasó el dedo índice por la zona de la yugular, como si quisiera encontrar un punto en el que ella no fuera capaz de esconder su agitación para, después, tranquilizarla. Y funcionó. Las extremidades empezaron a relajarse poco a poco y la tibieza de sus dedos fue penetrando a través de la epidermis, contagiándole sosiego.

—Tu hermano... —susurró—. ¿Lo has encontrado?

Bajó la mano del cuello al hombro y con la otra abrió la puerta de la biblioteca. La empujó con suavidad para que entrara con él en la, en esos momentos, oscura y silenciosa habitación. Se dio la vuelta y ella escuchó el ruido de la llave en la cerradura.

Sin querer, su cuerpo trepidaba. Su cercanía era tan potente que se sintió como si no tuviera necesidad de andar para atravesar la puerta.

El duque se inclinó hacia ella.

—Dime por qué has corrido.

Sintió el aliento en los labios y levantó la cabeza, buscando la presión de la boca de Montgomery contra la suya. Él insistió:

—Dímelo.

—Dijiste que volverías.

—Necesito que me lo digas.

De espaldas a la suave luz de la luna que entraba por la ventana, el contorno de sus hombros era rígido, tenía los brazos a los lados del cuerpo como si no estuviera a gusto consigo mismo.

La asaltó la certeza de que la mayoría de los hombres en su posición se limitarían a tomar lo que les apeteciera sin más. ¿Acaso se le había olvidado? Sí, se había olvidado de las circunstancias que lo rodeaban. Y ahora no cabía la menor duda de que Montgomery la deseaba, la necesitaba, con tanta urgencia como intensidad. La tensión de sus músculos reverberaba en ella, su olfato captaba el olor salado de un hombre excitado. Sabía que si le pasara la mano por la parte delantera del pantalón tocaría dureza. No obstante, la elección era de ella.

Sintió una punzada de placer en el pecho, pero también otra de dolor.

Un hombre asombroso y bello.

Debía hacerle ver que, allí solos en la oscuridad, eran iguales en su necesidad y en su deseo. Le deslizó una mano por el interior del abrigo.

Se quedó helado. Bajo el tacto sedoso del chaleco se le contrajeron las fibras musculares, su dureza contra los dedos la dejó anonadada. Miró la mano que lo acariciaba, evitando la cadena de plata del reloj de bolsillo para centrarse en las costillas y después el torso, liso pero firme como una roca. Cuánta fuerza acumulada en un solo hombre... Muy despacio, fue bajando la mano a lo largo del tenso abdomen, por el exterior de los pantalones.

Pareció que Montgomery dejaba de respirar. Era como si le costara tragar, como si dudara entre hacerlo o no... Apretó la palma de la mano de ella contra él con mucha suavidad, muy poco a poco. Annabelle jadeó levemente; no estaba preparada para la sacudida de placer que sintió al tocar su masculinidad. Curvó los dedos a su alrededor y el gruñido suave que surgió de la garganta de Montgomery hizo que le hirviera la sangre.

Él, tan poderoso, tan fuerte, había sonado... desamparado. Volvió a acariciarlo, inflamada por su calor y sus sacudidas, por el crujido de la suave lana entre sus dedos.

Con otro gruñido, Montgomery le agarró la mano y la empujó hacia atrás contra la puerta. Sintió sus labios sobre los de ella. Las cosas se aceleraron y enloquecieron desde el primer momento. Con la mano libre le tanteó la cintura mientras ella le abrazaba la espalda y le acariciaba la nuca y el pelo suave y sedoso, al tiempo que la ansiosa boca no paraba de besarla de forma rotunda y anhelante. La realidad se disolvió en calor y sombras, en la urgencia suave y firme del beso de un hombre, en la dura palpitación de su deseo.

Sintió una ráfaga de aire fresco en las corvas. Parpadeó y se dio cuenta de que tenía la falda levantada a la altura de la cintura y de que un potente muslo masculino se colocaba entre los de ella. Gimió al sentir una súbita presión contra su zona más íntima.

—Sí —murmuró él, y rebuscó con los dedos en la curva de la cadera... la cadera descubierta. Montgomery gruñó de nuevo al sentirla. La mano sobre su cadera la guiaba para que se moviera de forma rítmica sobre el músculo invasor y la fricción muy pronto devino en calor ansioso.

—Por favor, no puedo... —musitó.

La reconfortó con unas suaves palmadas en el muslo al tiempo que buscaba la hendidura entre sus bragas y... «¡Socorro!». La estaba tocando. La estaba tocando ahí, con dedos suaves, expertos... y húmedos. Solo habían pasado unos minutos desde que lo vio en el pasillo, ¿cómo era posible que estuvieran en esta tesitura ya, tan pronto, tan rápido? «Porque lo necesitábamos desde hacía semanas». La acarició con más intensidad y Annabelle se fundió alrededor de él mientras la recorrían espasmos de felicidad hasta la punta de los pies. Montgomery introdujo un dedo en su interior y ella arqueó la espalda con un grito ahogado.

No se estaban comportando de la misma forma, en absoluto... Él la llevaba a toda prisa hacia un abandono frenético.

El placer que sintió, atrapada entre su muslo y sus hábiles dedos, fue devastador. Se agarró a su brazo. Los músculos trabajaban de una forma tan natural y flexible para darle placer que, de forma constante e implacable, su tensión fue creciendo y terminó en un estallido blanco que le llegó a los labios, los dedos de los pies y de las manos. El grito se apagó contra su hombro, mientras que con la otra mano Montgomery le acariciaba la cabeza.

Se colgó de él. Sentía las rodillas líquidas como el agua y escuchaba su propia respiración como un rugido en los oídos. Su sensibilidad estaba tan exacerbada que hasta le hacía daño el roce de la lana de cachemira del abrigo.

Él se separó de ella con suavidad.

Tras los párpados cerrados, Annabelle veía un continuo resplandor de luces blancas que aparecían y desaparecían como estrellas fugaces. La niebla empezó a aclararse cuando el adelantó un pie y tropezó con su empeine. Al parecer necesita algo más de espacio. Movió la mano y se dio cuenta de que se estaba desabrochando los pantalones.

La deseaba. La quería hacer suya allí mismo, de pie contra la puerta.

Se agarró con los dedos a la camisa.

—Yo... Yo no...

¡Claro que sí quería! Pero después no. No podía. Ese no era el plan..., aunque en realidad nunca hubo un plan.

Se quedó quieto.

—¿Quieres parar?

Sonó bastante tranquilo y en calma para ser un hombre que estaba deseando obtener placer.

«¡Ay!». De forma descuidada, había desatado su pasión. Pero ahora lo que se había desatado era una guerra entre sus instintos femeninos, el deseo de saciar los de Montgomery, sus profundos miedos internos y, para terminar, lo más obvio: no parecer una completa ramera.

—No puedo —susurró. Empezaba a vislumbrar un ataque de pánico—. No... de esta manera.

No contra una puerta. No en cualquier sitio, no ese aquí te pillo aquí te mato.

Sitió como se tensaba el pecho de Montgomery bajo las palmas de sus manos.

—Por supuesto —murmuró—. Mañana.

—¿Mañana? —Tuvo un presentimiento que le erizó el pelo de la nuca.

—Sí, mañana. Lo pondré todo por escrito. En los términos que tú quieras —dijo—. Te doy mi palabra.

¿Términos?

Hizo ademán de volver a besarla, pero algo en la mirada de ella lo detuvo. Se separó y se colocó la parte frontal de los pantalones con un gesto de fastidio.

—Bueno, ahora no es momento de llamar a mi abogado.

Se le heló la sangre en las venas. Así que lo había entendido bien. Él había pensado que quería negociar un acuerdo.

—¿Piensas que quiero negociar los términos de un acuerdo? —preguntó en voz alta.

Él frunció el ceño ante su tono frío.

—¿Es que no es eso lo que quieres?

Todavía respiraba con dificultad. Ahora parecía más joven y aniñado, con el pañuelo descolocado y el cabello desarreglado por culpa de sus ávidas manos. ¡Dios sabía lo que parecería ella!

¿A quién se le podía ocurrir negociar las contraprestaciones a hacer el amor con un hombre medio enloquecido de deseo y dispuesto a prometer lo que fuera y más? A una cortesana calculadora y avariciosa, ni más ni menos.

Sintió náuseas en la boca del estómago.

—¿Y lo firmarías «en los términos que yo quiera», me ha parecido entender? —se escuchó decir—. ¿Qué le parecería un velero, su excelencia?

Inclinó un poco la cabeza para mirarla.

—Si lo necesitas...

Annabelle soltó una risa fea y sarcástica. Montgomery no sabía en absoluto quién ni cómo era ella. No importaban las charlas, los paseos y los besos apasionados: durante todo el tiempo no había dejado de considerarla una mujer capaz de ofrecer sus favores a cambio de dinero. Para empezar, jamás habría colocado a una mujer para él respetable en la tesitura de un encuentro rápido en la biblioteca.

Se alisó las faldas del vestido.

—Ya te dije en su momento que yo no estaba en el mercado para ese tipo de cosas.

Hubo una tensa pausa.

—¿Qué es lo que quieres, Annabelle? —Su tono fue frío y muy calmado.

«A ti».

En algún momento había empezado a sentir y a desear imposibles.

—No quiero ser tu querida.

La miró de arriba abajo con cara de incredulidad. Ella fue capaz de ver por sus ojos: una mujer desaliñada que le había agarrado el miembro viril de la forma más desvergonzada.

Se le cayó el alma a los pies. Se sintió desnuda y también completamente estúpida. A los veinticinco años había actuado de forma exactamente igual de equivocada e impulsiva que cuando era una cría.

Se dio la vuelta enseguida y buscó la llave de la puerta. Un instante después, él se colocó a su lado y trató de calmar sus frenéticos esfuerzos.

—Annabelle.

Negó con la cabeza.

—Siento que te he ofendido, pero en ningún momento he tenido la intención de hacerlo —dijo.

—Por favor... Te he transmitido una impresión errónea y lo lamento. Pero no quiero ser tu querida. No, no voy a serlo.

Dudó el tiempo que dura un latido de corazón, tal vez dos, tal vez tres. Después retiró la mano y dio un paso atrás, arrebatándole la calidez de su cuerpo junto al de ella.

—Como desees.

Utilizó un tono formal, incluso impersonal, no muy distinto al de su primer encuentro en esa misma biblioteca.

Abrió la puerta y se adentró en la oscuridad de la noche. Escucho en la distancia las explosiones y estampidas de otros fuegos artificiales que, en este caso, no fue capaz de ver.

Capítulo 19

Apenas había aparecido el sol en el horizonte, pero el carruaje en el que iba a acudir a la cita semanal en Londres ya estaba preparado para partir.

Sebastián se detuvo en el vestíbulo de entrada antes de llegar a la puerta.

—¡Bonville! —ladró.

El hombre pareció materializarse desde la nada.

—¿Su excelencia?

—Algo pasa con la iluminación.

El mayordomo paseó la mirada a su alrededor: el enlucido, el gran candelabro de techo, el adorno francés delante de la chimenea... y al final asomó a sus ojos una expresión de pánico. Estaba claro que, para Bonville, la situación de las luminarias no presentaba problema alguno.

—Las lámparas de gas —dijo Sebastián con impaciencia. Echó de nuevo a andar hacia la entrada—: Su intensidad parece haber disminuido. Me da la impresión de que el circuito se ha sobrecargado durante la fiesta.

Como siempre, era algo sutil, casi inapreciable, pero hacía que la casa tuviera un aspecto triste y apagado que resultaba inaceptable.

Bonville entró en ebullición de inmediato.

—Mandaré llamar a los técnicos del gas para que examinen los tubos y las bombillas una por una, su excelencia.

Sebastián asintió de modo imperceptible.

Un criado le abrió las puertas de entrada. Lo alcanzó una ráfaga de aire frío que provocó que se le humedecieran los ojos. Bajó a toda velocidad los resbaladizos escalones hasta llegar al carruaje. La capa de nieve que había conferido un prístino y encantador aspecto a Claremont se había convertido casi en su totalidad en barro a lo largo de los dos últimos días. No importaba. En su despacho el tiempo siempre era el mismo.

✳✳✳

Londres estaba cubierto por una llovizna gris, débil pero pertinaz. Cuando Sebastián entró en el palacio de Buckingham, los zapatos brillaban por efecto del agua pese al gran paraguas negro bajo el que se había guarnecido.

Ese día no lo esperaba una cálida acogida en los aposentos reales. Ni la reina ni Disraeli serían proclives a sus últimas recomendaciones. No obstante, defendería su estrategia. Sabía muy bien cuándo un plan era bueno, igual que sus granjeros tenían un sexto sentido para detectar los cambios de tiempo. Lo que ahora le zumbaba en la cabeza mientras se sentaba era si Victoria ya sabría que su heredero al ducado se había fugado. Eso abriría la caja de Pandora y por el momento prefería que permaneciera muy bien cerrada.

La reina y el primer ministro se sentaron en sus lugares habituales, ella en el sillón con aspecto de trono cercano a la ventana y él junto a la chimenea, pues siempre tenía frío. El informe de Sebastián descansaba en una mesa baja.

Los ojos de la reina presentaban un aspecto tan opaco como el de sus pendientes de ónice.

—Nos ha alegrado mucho saber que la fiesta de Nochevieja ha sido un éxito —manifestó.

Sebastián pestañeó al sentir un inesperado pinchazo en la zona intercostal. Nunca había sentido tanto rechazo personal por la fiesta.

—Me alegro de que haya respondido a las expectativas, majestad.

—En ningún momento dudamos de que así sería. —Dirigió los ojos hacia el informe que tenía delante—. En fin, sea como fuere, nos han sorprendido sus recomendaciones para la campaña. ¿Satisfacer a los granjeros, Montgomery?

—Su majestad los ha descrito como la columna vertebral de Gran Bretaña —replicó con voz tranquila y suave.

La reina frunció los labios. Sin duda estaba tratando de decidir hasta qué punto le gustaba que se utilizaran de esa forma sus palabras.

—Los granjeros no forman parte de nuestra clientela política —apuntó Disraeli. Su blanca cabellera estaba levantada en la zona de la nuca, como si se hubiera echado una siesta en la butaca y no se hubiera arreglado el pelo después—. El suelo local no es la clave de la campaña *tory*. Además, los liberales tienen bien clavadas sus garras en ellos.

—Son presa fácil para Gladstone porque todavía están resentidos con usted a causa de las leyes del maíz —explicó Sebastián—. Muchos de ellos cambiarían su voto si se les hicieran algunas concesiones.

Disraeli no pudo contestar porque le dio un violento ataque de tos. De hecho, los ojos se le pusieron rojos y bulbosos y empezó a derramar lágrimas como una fuente.

—Pero ¿de cuántos campesinos estamos hablando? —logró preguntar cuando más o menos recuperó el aliento.

—Unos tres mil.

—No es un número suficiente como para decidir la victoria o la derrota, ¿no le parece? Y eso si tienen derecho a voto.

Sebastián contuvo el deseo de darle un sopapo. ¿Cómo era posible que ese hombre, siendo tan obtuso, hubiera logrado alcanzar semejante posición de liderazgo? Además, seguía asombrándole que conservara el, al parecer inquebrantable, apoyo de la reina.

—Cada uno de esos tres mil granjeros tiene un buen número de amigos comerciantes con los que habla en el *pub* cada viernes, como poco. Sume y ya tendremos decenas de miles de hombres de negocios muy enfadados que, sin la menor duda, influirán en las elecciones —argumentó—. El Partido Liberal sigue criticando muy eficazmente la política económica de los *tories*, lo hace a diario, en todos los ayuntamientos y mercados de Inglaterra.

Disraeli torció la boca como si quisiera librarse de su propio mal sabor.

—Usted estaba allí cuando escribí el manifiesto *tory*. Nuestro objetivo es ampliar el Imperio hasta donde llegue el horizonte, hasta el infinito. Gloria. Grandeza. Eso es lo que mueve a la gente, en general, y más incluso al hombre de clase baja. Ampliemos el Imperio y los granjeros nos seguirán y nos votarán en masa.

La sonrisa de Sebastián estaba huérfana de humor.

—Admiro mucho a los hombres que prefieren morirse de hambre por alcanzar la gloria a alimentar a su familia —dijo—, pero las encuestas son las que son e indican con toda claridad que es necesario un cambio inmediato de nuestra táctica.

No había que leer cuatro periódicos cada día para saberlo ni tener un espía infiltrado en la oposición. Él, como todos los hombres de su estatus, tenía arrendatarios. Pero también conocía su trabajo, al contrario que la mayoría de los nobles terratenientes. Cuando había una mala cosecha o cuando el grano importado se vendía demasiado barato, ello quedaba reflejado en las hojas de balance de sus libros de contabilidad. Allí estaba todo si uno quería y sabía mirarlo. Y él lo había mirado a fondo durante los últimos cinco días; todos los ratos que no había pasado reunido con Scotland Yard los había empleado repasando papeles y columnas de datos. Por supuesto, los datos no tenían la capacidad de convencer a las personas cuyas emociones las llevaban a pensar lo contrario; una pena, pero ese día no estaba de humor para disculpar el sentimentalismo patriotero y estúpido.

Un denso silencio se adueñó de las dependencias reales. Disraeli se removió incómodo en el asiento hasta que la reina emitió un suspiro de disgusto.

—Muy bien —espetó—. Tres mil votantes pueden no representar un problema, pero decenas de miles, sin duda, sí. Conde de Beaconsfield, sugerimos que haga lo que recomienda el duque. Siempre que sea con mucha discreción, por favor.

Qué cosa más curiosa era el poder, pensó Sebastián sentado en el tren de regreso. La única persona en toda Gran Bretaña que estaba en condiciones de decirle lo que tenía que hacer no le llegaba apenas a la altura del pecho. Y precisamente era él quien había facilitado a esa persona gran parte de su actual poder, porque valoraba la misión que ella le había encomendado y la necesitaba para cumplirla. Era una misión que merecía la pena, por supuesto. Los hombres que la habían llevado adelante antes que él, salvo algunas excepciones vergonzantes, mantuvieron y mejoraron su dinastía a lo largo de cientos de años.

No obstante, mientras la sucia niebla londinense preñada de hollín se desvanecía en la distancia como un mal sueño, se preguntaba dónde estaba la línea de separación entre ser un servidor a la causa y un prisionero de dicha causa.

El tren se detuvo en la siguiente estación.

—¡Oxford! —voceó un miembro de la tripulación situado en el andén bajo su ventanilla—. Damas y caballeros, si su destino es Oxford, pueden bajarse.

¡Dios! La urgencia de recorrer con la vista hasta el último rincón del andén en busca de una cabellera color caoba lo asaltó de forma abrumadora. Se asomó para mirar hacia delante, a lo que Ramsey reaccionó con una mirada de sorpresa.

Se había marchado hacía cinco días. Desde entonces, en su mesa se había acumulado una ingente cantidad de papeles que despachar y, de paso, había elaborado un montón de razones objetivas para pensar que la salida de su vida de Annabelle Archer era algo muy bueno para él.

Por supuesto, le chirriaba el hecho de no estar seguro de cuál era la razón por la que ella lo había rechazado. No le gustaba dejar las cosas a medias. Y con el paso de los días, en lugar de pensar cada vez menos en ella, lo hacía cada vez más. De repente se sorprendía a sí mismo al recordarse mirándola en los establos; rememoraba la primera vez que la vio sentada en su sillón de la biblioteca y se pasó un buen rato observándola sin decir nada. Se levantaba cada mañana ansioso y malhumorado y no encontraba alivio de su propia mano porque sabía que solo lograría relajarse con ella, con su boca suave, sus gemidos, con la dulce y cálida bienvenida de su cuerpo... ¡Demonios, no! Lo último que necesitaba era identificar por completo a Annabelle Archer con sus deseos carnales.

El vagón se estremeció mientras el tren se preparaba para arrancar. Podría tenerla, arrastrarla a su dormitorio y mantenerla allí hasta que se le pasara el hechizo. Sus antepasados no habrían dudado a la hora de hacer exactamente eso. Incluso hoy en día, muchos hombres como él no tenían problemas a la hora de hacerlo...

El tren arrancó con una especie de suspiro. Y él también suspiró y se estremeció. Un sudor frío le cubría su frente y por un momento le asombraron esos oscuros instintos. Había otras opciones y formas más civilizadas para atraerla, como escribirle una carta, ir a visitarla.

Pero no haría nada.

Había estado a un paso de tomarla contra la puerta de la librería como un borracho lo haría sobre un banco en la parte trasera de una taberna. Jamás había tratado así a una mujer en el pasado. Pero lo cierto era que aquella noche lo había asaltado una emoción incontenible que lo había hecho pensar..., no, ni siquiera pensar..., sentir que la única alternativa a poseerla en aquel preciso momento era... morir.

Nadie debería tener tanto poder sobre él.

Abrió los ojos para contemplar el vacío paisaje invernal que se deslizaba veloz ante su vista. El horizonte empezaba a tomar una enfermiza tonalidad amarillenta.

Dejó que su mente volviera a Oxford una vez más y la imaginó con la cabeza enfrascada en un libro, el pelo circundando la suave forma de la nuca y su mente incisiva e inteligente trabajando a destajo. Se dio cuenta de que eso era lo que significaba echar de menos a alguien.

✻✻✻

Llegar tarde a una tutoría era una falta grave, muy grave. Las botas de Annabelle producían un vivaz repiqueteo en los suelos de piedra de St. John's. Dio un brusco frenazo al llegar a la enorme puerta de la oficina de Jenkins; respiraba a bocanadas que no tenían nada de femeninas.

Su vida se había convertido en un continuo correr de un sitio a otro. Entre los trabajos universitarios, las sufragistas, las tutorías a alumnos que pagaban poco y cumplir la promesa de posar para Hattie como Helena de Troya, la calma, el aplomo y la desenvoltura que había decidido imprimir a su comportamiento habían saltado por los aires.

Todavía jadeaba cuando se abrió la puerta. El profesor Jenkins la observó durante un momento desde el umbral.

Se le encogió el estómago.

—Señorita Archer —empezó con tono suave—, por un momento me ha parecido que alguien galopaba por los claustros.

—Profesor, no sabe cuánto siento...

—Esos adoquines no están bien alineados. Si tropieza y se rompe la cabeza, sería una verdadera lástima. —Se retiró del vano—. Pase, por favor. —Frunció el ceño—. Su carabina ya está aquí.

El despacho de Jenkins olía a papel usado y a ella le producía el efecto de estar en una catedral. El techo estaba a una altura mayor que la longitud total de la habitación y el polvo danzaba formando líneas a la luz del sol que entraba por los ventanales. Las estanterías estaban abarrotadas de libros (todos encuadernados en cuero y algunos de ellos muy voluminosos) y de artefactos procedentes del Mediterráneo, la mayoría de ellos rotos o incompletos. En el centro de la habitación se situaba el escritorio, una especie de baluarte de madera sobre el que descansaban altas pilas de papeles, en la zona izquierda, y un busto de Julio César, estratégicamente situado en la derecha. Y la situación era tan estratégica porque los ciegos ojos marmóreos del cónsul y dictador romano se situaban a la altura de los de cualquier estudiante que se sentara frente a Jenkins. Y ese día, qué se le iba a hacer, el divino Julio no le quitaba ojo de encima. Con la afilada nariz y la imperiosa frente, el parecido con cierto duque era innegable.

Annabelle dejó en el suelo el voluminoso y rebosante bolso y procuró recuperar el aliento.

—Buenas tardes, señora Forsyth.

La aludida apuntó la nariz hacia ella, lo cual era muy remarcable, dado que ya estaba sentada. En un proceso que implicó varios gruñidos y quejidos, Jenkins había logrado ajustar un sillón a un estrecho espacio libre junto a la chimenea. Sobre las rodillas de la dama se balanceaba sin ruido un bastidor de bordar.

—Parece sonrojada y agitada —observó—. Eso no es propio de usted.

—El tono de su rostro es una prerrogativa de la señorita Archer, a los demás no nos concierne —sermoneó Jenkins a la señora mientras se colocaba detrás de su escritorio—. Lo que a mí sí que me concierne es que su cerebro permanezca alerta y centrado. En eso puedo y debo ayudar.

Annabelle se hundió en el asiento. La cosa había sonado bastante tétrica.

Jenkins sacó un delgado montón de papeles del fichero y lo dejó caer sobre la mesa, lo cual era una forma muy académica de arrojarle un guante a la cara.

—Su trabajo ha sido toda una sorpresa.

—Ah... —Annabelle dejó escapar un susurro débil.

—No del todo malo —continuó Jenkins—, pero muy por debajo de su nivel habitual. Eso sí, he de tener en cuenta que su nivel habitual es excepcional; de hecho, su trabajo anterior fue excelente. Pero preferiría eliminar la podredumbre antes de que crezca sin freno.

—La podredumbre... —repitió Annabelle.

El profesor había empleado un término duro aunque impersonal. Cualquier otro día incluso se lo habría agradecido. Pero todavía sentía el ruido del corazón en los oídos. Notaba cómo le bajaban las gotas de sudor entre los pechos. Con el cariz que tomaban las cosas, se le empaparía la camisola interior antes de que todo eso acabara.

—Por mucho que me duela, debo decir que «podredumbre» es el término adecuado para el caso —insistió Jenkins—. Su forma de redactar carece de precisión en muchos casos; hasta diría que resulta borrosa, ininteligible. ¿Y las conclusiones? Sólidas, sí, pero no especialmente originales.

La señora Forsyth parecía tensa en su asiento, la labor olvidada del todo.

Annabelle respiró hondo. Notó una sensación de nausea que subía desde el estómago.

Jenkins se quitó las lentes para dejar libre toda la fuerza de su mirada, claramente desaprobadora.

—Me dio la impresión de que tenía usted la mente... borrosa, señorita, como he dicho antes, y temo cuál pueda ser la razón. Por eso, debo preguntarle: ¿se trató de un fallo puntual o es que ha empezado a... hacerlo de forma habitual?

Se tomó un momento para contestar.

—¿Me está preguntando que si... bebo?

—Sí —confirmó Jenkins, y subrayó su afirmación con un tamborileo de dedos sobre el escritorio—. ¿Lo hace por la mañana o por la tarde?

Estuvo a punto de echarse a reír. El mayor experto mundial en las guerras del Peloponeso daba por hecho que escribía sus trabajos intoxicada por el alcohol; cosa que, por otra parte, era un comportamiento bastante habitual entre sus compañeros de sexo masculino. Pero eso no suavizaba el golpe. Si en esos momentos había perdido sus cualidades mentales, ¿qué le quedaba?

—Ni una cosa ni otra, profesor —dijo—. Yo no bebo.

—Hum.

Estaba claro que no se lo creía.

Tuvo la tentación de contarle la mucho más simple verdad que había detrás de su evidente pérdida de facultades, de la podredumbre que amenazaba el nivel habitual de sus trabajos, pero solo por un momento.

El anterior trabajo, que Jenkins había catalogado como excelente, también lo había escrito en Claremont, en un periodo en el que se había dejado llevar por la ilusión y el autoengaño. Pero desde su regreso se había sentido en todo momento cansada y hambrienta. La venta de los vestidos de Mabel le había aportado el dinero suficiente para pagar a Gilbert en enero, pero posar para Hattie tenía como consecuencia menos horas de trabajo para obtener dinero. Eso equivalía a menos peniques... y menos comida.

No podía admitir eso delante de Jenkins.

—Estaré más centrada y atenta en el próximo trabajo, profesor.

Como si quisiera mostrar su distinto punto de vista, su estómago rugió, sonoro. Avergonzada, se llevó la mano al vientre.

Jenkins frunció el ceño.

—¿No sabe usted que el estómago necesita alimentarse? Comer nutre la mente tanto como el cuerpo.

—Le agradezco el consejo, profesor Jenkins.

—Yo mismo tiendo a olvidarlo muchas veces —explicó—, pero usted debe ser disciplinada a ese respecto. Tiene mucho desgaste.

—Sin duda, profesor.

Sintió el peso de su mirada en el vientre y se dio cuenta de que seguía apretándolo.

Y entonces, gracias al brillo de los ojos del profesor, percibió que Jenkins acababa de entender lo que en realidad estaba pasando.

Se estremeció. Permitir que un hombre supiera que estaba en apuros solo podía conducir a una situación peor aún.

Jenkins se levantó de su asiento para acercarse al estante más cercano y pasó los finos dedos por una espina dorsal forrada de cuero.

—¿Está usted al tanto de la expedición que estoy preparando a la bahía de Pylos, que, si Dios quiere, tendrá lugar en abril?

—Sí.

Se volvió y la miró con intensidad.

—Necesito un asistente para preparar el viaje.

De la zona de la señora Forsyth surgió un bufido desaprobador.

Annabelle pestañeó.

—¿Señorita Archer? —El profesor vocalizó su nombre con cuidado, como si estuviera hablando con una persona dura de oído—. ¿Qué le parece? ¿Encuentra interesante ese trabajo? Implicaría varias tareas de distinta naturaleza: escribir cartas, coordinar la logística... En conjunto, una auténtica pesadilla, lo reconozco. Y, dado que tienen que intervenir lugareños mediterráneos, la cosa puede volverse caótica en algunos momentos. Pero también tendrá que traducir muchos documentos y habrá gran cantidad de trabajo de archivo, por supuesto.

Apretó con las manos los brazos del sillón. Aunque lo intentara, no sería capaz de imaginar un trabajo mejor, pero ¿por qué se lo ofrecía? Seguro que habría muchos más candidatos, y mejores que ella.

—Creo que es un puesto muy interesante, profesor.

—Sí, claro que lo es —asintió el aludido—. Eso abre la puerta al asunto de la compensación económica... ¿Cuánto cree que le costaría a la facultad su trabajo?

Su cabeza se pobló de pensamientos entremezclados. Su instinto le indicaba que debía plantear una suma modesta, para asegurarse la contratación. Pero si trabajaba para Jenkins, no tendría tiempo para más. Y Gilbert no iba a renunciar a sus dos libras mensuales, sin ninguna rebaja.

—Dos libras mensuales —respondió por fin.

Jenkins inclinó la cabeza sin dejar de mirarla.

—Es razonable. Así será.

Volvió al escritorio, abrió un cajón y sacó algo de él.

—Discúlpenme. Serán solo dos minutos —se excusó.

Se dirigió a la puerta a grandes zancadas, pero al pasar a su lado colocó algo delante de ella.

Una manzana. Un poco arrugada por haber invernado en un sótano oscuro desde el otoño; de todas formas, se le hizo la boca agua y hasta pudo notar el sabor ligeramente ácido y dulce de la fruta.

Escuchó el sonido de la puerta al cerrarse con cierta fuerza detrás de ella. Estaba claro que Jenkins le estaba concediendo cierta privacidad para que comiera.

—Tenga cuidado, niña. —La voz de la señora Forsyth le llegó nítida.

Annabelle se volvió para mirarla.

—Es solo una manzana —indicó.

César también la miraba de frente, con pétrea cara de desaprobación.

Su estómago estaba contraído, pero debido a una emoción mucho más poderosa que el hambre.

O se lo tomaba todo como un desafío o se limitaba a llorar. Fijó los ojos por un momento en el político romano que construyó la transición de la República al Imperio y luego los apartó, agarró la manzana y hundió los dientes en ella.

Capítulo 20

—Las secciones escocesas han aceptado bajar a Londres y acudir a la manifestación.

Un denso y completo silencio, solo roto por el sonido de la lluvia al golpear las ventanas, siguió al anuncio de Lucie. Las sufragistas se habían reunido en el lujoso salón de estar de Hattie. Las brasas empezaban a apagarse, pero aún arrancaban destellos rosas de una docena de tazas de magnífica porcelana. No era un ambiente demasiado adecuado para hablar de manifestaciones ilegales.

—Eso está muy bien —valoró Hattie, rompiendo el silencio.

La mirada que le lanzó Lucie tenía mucho de irónica.

Catriona se quitó las gafas antes de preguntar:

—¿Crees que eso va a aportar algo positivo a la manifestación, Lucie?

—Si sumamos todas las secciones que hemos movilizado, calculamos la asistencia de unas mil quinientas mujeres, que van a marchar hacia Westminster durante la reunión preelectoral de los conservadores —indicó Lucie—. Así que pienso que sí, creo que vamos a estar en la portada de todos los periódicos del país.

—Pero las secciones norteñas ya han celebrado este tipo de mítines y manifestaciones —repuso Catriona—. Y solo han servido para enervar a la gente.

Lucie alzó las manos.

—Bueno, yo creo que lo que no aporta nada es quedarse sentadas a verlas venir. Si eso sirviera de algo, ¿por qué cedemos todas nuestras propiedades cuando un hombre nos coloca un anillo en el dedo? Creo que, para variar, es bueno que hagamos un poco de ruido.

206 ◆ EVIE DUNMORE ◆

La afirmación produjo un rumor de frote de tejido contra los asientos. «Hacer ruido», aunque fuera un poco, se les hacía raro a personas que habían sido educadas justo para todo lo contrario.

—Bien, pasemos al punto siguiente —continuó Lucie—. Me he tomado la libertad de elaborar la agenda de visitas para encuentros personales con nuestros personajes influyentes.

Sacó una carpeta de su siempre presente cartera de cuero y empezó a distribuir las hojas.

Annabelle sintió un vacío en el estómago cuando Lucie se plantó delante de ella.

—Annabelle, te he vuelto a asignar al duque de Montgomery.

Se le puso de punta todo el vello del cuerpo.

—Pero si me dijiste que lo único que tenía que hacer era averiguar cosas sobre él.

—Por supuesto, pero eso fue antes de que lo deslumbraras.

Se quedó lívida.

—¿Se puede saber qué quieres decir con eso?

—Tengo entendido que te pidió que lo acompañases a pasear; que forzó que fueras invitada a la cena de Navidad a la que él acudió; y, para terminar, que te invitó a la fiesta en su casa, fuegos artificiales incluidos —enumeró Lucie utilizando los dedos de la mano—. Si te parece poco... Es evidente que, además de verte, te escucha, así que eres la mujer adecuada para la tarea.

No había forma de contrarrestar una lógica tan aplastante. Ahí estaba otra vez el corazón golpeando contra las costillas como si quisiera romperlas. Había dejado Claremont ya hacía diez días, pero todavía la sola mención del nombre hacía que el suelo temblara bajo sus pies.

—Si no fui capaz de convencerlo entonces, tampoco lo voy a lograr ahora —razonó a la desesperada.

—¿Le pediste de forma clara y directa que elaborara una enmienda y te respondió de forma clara y directa que no?

Ese podría ser un buen momento para mentir.

—Nuestras conversaciones no fueron tan concretas, pero mi impresión es que...

—Entonces hay que intentarlo —concluyó categórica Lucie al tiempo que le ponía la hoja de papel en la mano—. El que no apuesta no gana.

Cuando concreté la cita con su secretario, todavía pensaba que sería lady Mabel quien se entrevistaría con él, pero no creo que le moleste mucho el cambio de planes.

Los datos escritos en la hoja eran concisos: una dirección y una fecha. Una sala en la Cámara de los Lores, dos días después.

Para Annabelle fue como si el mundo se pusiera del revés.

—No puedo.

—¿Por qué?

Nunca había visto a Lucie fruncir tanto el ceño.

—Tengo que terminar dos trabajos.

Lucie la miró con incredulidad.

—Llevamos trabajando meses en esto y fue idea tuya incluirle. Ahora es una de las figuras más influyentes con la que tenemos contacto. ¿Cómo es posible que unos trabajos supongan un obstáculo insalvable a estas alturas?

Se produjo un tenso silencio en todo el salón. Hattie parecía un poco confundida. Catriona había fijado la vista en algún detalle de la alfombra.

Le entraron unas ganas tremendas de contar a sus amigas en ese preciso momento lo que había pasado con Montgomery. Pero estaba claro que, si lo hacía, pasarían a ser de inmediato sus antiguas amigas.

—Lo haré —susurró. La ceja única de Lucie volvió a dividirse en dos—. Lo haré —repitió—. Seguro que irá bien.

❋❋❋

El día señalado, el sol por fin sustituyó a las nubes bajas que habían oscurecido el cielo durante las últimas semanas. Sus rayos reconfortaban a Annabelle como una caricia cálida conforme se acercaba a la plataforma.

Podría manejar bien el encuentro. Había perfeccionado a lo largo de los años una actitud de indiferencia; tal vez incluso pudiera de verdad sentir indiferencia. Por supuesto que sería educada y cordial, actuaría...

Se tropezó contra un cuerpo suave y mullido y la envolvió un aroma especial y sin duda muy caro.

—Le ruego que me disculpe —dijo sin pensar.

Una mujer joven le devolvió la mirada. El abrigo de visón despedía un brillo opaco a la luz del sol y la abertura frontal dejaba ver una cascada de lazos dorados. Con un bufido de reproche bien audible, la dama se dio la vuelta con frialdad y le dio la espalda.

Annabelle se mordió el labio. Llevaba el abrigo viejo y su aspecto indicaba de forma indudable su pertenencia a la clase baja. Le hubiera gustado ponerse el nuevo, pero con toda seguridad él habría interpretado ese hecho como una oferta o una rendición. Solo Dios sabía por qué conservaba la prenda. Si lo vendía, tendría efectivo de sobra para dos meses como mínimo.

Los bancos de madera del carruaje público en el que viajaba ya estaban abarrotados y tuvo que hacerse sitio en un estrecho espacio situado entre la pared del vagón y una fornida matrona que llevaba en el regazo una bolsa grande y bamboleante. Los olores atacaban sin piedad la nariz de Annabelle: lubricante de lana, humo y, un poco más débil, estiércol.

Contuvo el aliento. Era el olor de la vida en Chorleywood y, al parecer ya no era inmune a él. A su lado, la bolsa de cáñamo empezó a cloquear.

«Debería viajar en primera clase». Tendría que ponerse un vestido con adornos y un abrigo de piel. Con el dinero de Montgomery podría adquirir un guardarropa nuevo, completo y de calidad cada temporada, y también varias casas. No volvería a preocuparse de la comida ni del vestido en toda su vida. Lo único que tenía que hacer era abrirse de piernas para él.

Una oleada de calor le recorrió el cuerpo. Una mezcla de indignación, vergüenza y deseo. Sobre todo deseo. Porque, al parecer, a su cuerpo traicionero no le importaba que el duque ya no le gustara. Quería lo que quería... y parecía que lo que quería consistía en estar tumbada con los tobillos bien anclados a la espalda de Montgomery mientras él...

Estuvo a punto de darse a sí misma una bofetada. La mujer de la bolsa la miró de reojo con cara de disgusto. Y, a pesar de todo, el calor seguía haciendo presa en sus zonas más íntimas.

Seguro que por eso lo llamaban tentación, porque nunca se presentaba como algo feo, ni tibio, ni inofensivo; llegaba disfrazado de sensaciones gloriosas y, en última instancia, en apariencia, pertinentes y correctas, pese a que no lo fueran en absoluto. Y por eso hacía falta tener principios. Por desgracia, agarrarse a ellos era muy difícil en los momentos decisivos.

❋❋❋

Cuando entró en su oficina, Montgomery estuvo a punto de salir disparado del asiento. Podría haber sido agradable, pero ver su ya familiar silueta fue como recibir un golpe en el pecho. Notó que le faltaba el aire.

—Señorita Archer. Pase, por favor.

Su voz, fresca y suave, la inundó como el agua de un arroyo en primavera. Sin embargo, de repente se le secó la boca.

—Su excelencia... Soy consciente de que esperaba a lady Mabel. Espero que no tenga objeciones a que haya venido yo en su lugar.

—Ninguna en absoluto —aclaró con gesto irónico.

Un secretario de edad avanzada surgió de la nada para ayudarla a quitarse el abrigo.

Pese al serio vestido de cuello alto que llevaba, se sintió expuesta. Montgomery la miraba con ojos de halcón y su gesto se ensombreció al fijarse en lo demacrada que volvía estar tras la reparadora temporada en su hacienda.

Se puso de pie y rodeó el imponente escritorio.

—Déjenos, Carson.

Era el momento de negarse a estar a solas con él, pero el secretario bajó la cabeza en actitud bovina y desapareció a toda prisa.

Ahí estaban de nuevo, el uno con el otro y sin nadie alrededor.

Montgomery se acercó aún más. Iba vestido de modo exquisito, como siempre, con un traje y un chaleco gris marengo que destacaban la límpida blancura de la camisa y la luminosidad del pelo rubio. No, no había perdido ni una pizca de su atractivo.

La bola de fuego que empezaba a crecer en su interior la asustó.

—Gracias por dedicar parte de su tiempo a reunirse con la Sociedad Nacional para el Sufragio de las Mujeres, su excelencia —dijo.

Se detuvo para procesar todos los mensajes implícitos en el saludo. Después señaló el sillón de confidente del escritorio.

—Es mi deber de parlamentario recibir este tipo de visitas y escuchar sus peticiones. Siéntese, por favor.

Se sentó y de inmediato sacó una pequeña libreta y una pluma estilográfica del bolso. Cuando lo miró de nuevo, los ojos de Montgomery estaban extrañamente suaves, casi lánguidos.

Eso debería haberla advertido del peligro.

—No voy a votar a favor de la enmienda que ustedes defienden... —planteó.

Annabelle pestañeó como si le hubiera lanzado algo a la cara.

—¿No lo hará? —preguntó enseguida.

Eso no formaba parte de ninguno de los posibles escenarios que había previsto.

Montgomery, que había dejado la frase en suspenso, negó con la cabeza.

—Entonces, ¿por qué ha accedido a reunirse con nosotras?

Alzó las comisuras de los labios y, en el preciso momento en que lo hizo, Annabelle se dio cuenta de que había interrumpido a su excelencia y de que había cuestionado su decisión, algo que una vulgar peticionaria jamás debía ni pensar en hacer. ¡Maldito fuera!

—No la apoyaré —repitió—, pero puedo darles nombres de parlamentarios en los que podrían centrarse. Y también puedo aconsejarlas acerca de cómo mejorar su campaña... en términos generales.

Trató de recuperar su buen juicio para no cometer más errores de principiante.

—¿No va a votar nuestra propuesta y sin embargo está dispuesto a ayudarnos?

—En principio, no estoy en contra de vuestra propuesta, Annabelle.

Notó el paso al tuteo y, además, una idea monstruosa cruzó su mente como un relámpago.

—¿Es por..., es por algo personal?

Hubo una corta pausa.

—Piensas que estoy resentido por el hecho de que rechazaras mi propuesta.

No podía hacer otra cosa que asentir.

Él se pasó la mano por la cara.

—¿De verdad puedes pensar eso de mí? Debo decirte que no resulta nada halagador... para ninguno de los dos.

—La verdad es que ya no sé qué pensar y qué no.

—En este momento concreto no conviene a mis intereses personales apoyar de modo oficial la enmienda —declaró con solemnidad.

Ella supo sin lugar a dudas que esa era su última palabra sobre el asunto.

De pura frustración, se le formó un nudo en la garganta. ¿Por qué se lo tomaba como una traición personal?

Se puso de pie y él la imitó.

—Es deplorable —dijo y, a propósito, mezquina, añadió—: Pensaba que eras un hombre justo y de fiar.

—Lo soy —aseguró con gesto inexpresivo y tono helado.

—Entonces, quizá puedas explicármelo —empezó, y las palabras surgieron como un torrente—. ¿Cómo puede ser justo que el completo inútil de mi primo tenga poder sobre mí, solo por el hecho de que yo soy mujer y él hombre? ¿Cómo puede ser justo que, dominando como domino el latín y el griego tan bien como cualquier universitario hombre de Oxford, yo, una mujer, reciba mis clases en el piso superior de una barbería? ¿Cómo puede ser justo que un hombre me diga tan tranquilo que mi cerebro está plegado de forma errónea cuando su principal logro en la vida fue nacer en un entorno de privilegio en el que se mantendrá toda su vida, haga lo que haga y actúe como actúe? ¿Y por qué me veo obligada a rogarle a un hombre que convierta en su propio interés el que yo, igual que él, pueda votar leyes que gobiernan mi vida en el día a día?

Dijo todo eso con tono agudo y agitado, la pluma en ristre como si fuera una daga, pues se había encendido más allá de todo control. Montgomery la miraba impávido y a ella le entraron ganas de estrellar contra la pared el brillante y pesado pisapapeles de cristal, solo por las ganas de destrozar algo.

—No, no lo hagas —intervino él por fin, y, con una rapidez sorprendente, se colocó ante ella sin darle tiempo a pestañear y le empujó con la espalda contra el escritorio.

Levantó la vista hacia él. Su cercanía debería haberla irritado, pero gracias a ella podía olerlo, reconocer su aroma familiar y estimulante, y titubeó. El tremendo enfado comenzó a agrietarse y por los huecos empezó a surgir la angustia.

La mano que sujetaba la pluma caía inútil a un lado del cuerpo Montgomery rompió el silencio con voz aterciopelada.

—Así está mejor —concluyó.

—¿El qué? —preguntó con cautela.

—Que seas sincera y digas todo lo que piensas, en lugar de mantener esa fachada.

—Te aseguro que no era ninguna fachada —rebatió con sequedad.

—No intentes manejarme como si fuera tonto —espetó.

—No... —Cerró la boca.

Tenía razón, no había sido sincera con él. De haberlo sabido antes, se habría mostrado tal como era en su presencia, se habría comportado de forma más abierta con él, y no como con todos los demás hombres.

Fue consciente de lo cerca que estaba, de que el pecho le palpitaba cada vez que tomaba aire. Estar cerca de él hacía que se sintiera muy bien. Qué magnífico sería apoyar la cabeza en su fiable y competente hombro y sentir sus brazos alrededor.

—Creo que hemos terminado la conversación —probó.

—Tú y yo tenemos que hablar —replicó el duque.

—Me atrevo a pedirte que pongas por escrito tus recomendaciones. —Se separó de él para agarrar el bolso de mano.

—Annabelle... —Le agarró ambas manos con la suya, cálida y segura.

Lo miró a los ojos, claros y profundos como un lago glaciar y, Dios la amparara, sintió la necesidad de sumergirse en ellos y bucear hasta el fondo.

—No hay nada más que decir sobre nosotros, su excelencia.

—Eso era lo que yo pensaba —dijo—, pero entonces, de la forma más inesperada, te has presentado en mi despacho.

Una vez más, su corazón empezó a latir a toda prisa.

—Se me ha enviado aquí en visita oficial y como representante de la sociedad a la que pertenezco.

—Podrías haber rehusado.

—Te aseguro que lo hice.

—Quién sabe... En caso de que no hubieras aceptado realizar esta reunión, ¿no podrías haber ido a un café en lugar de venir aquí?

—¿Estás sugiriendo que hubiera debido mentir a mis compañeras? —preguntó incrédula, aunque reconoció para sí que había pensado hacer exactamente eso. De todas maneras, había terminado acudiendo a su despacho del Parlamento—. Las mentiras tienen tendencia a salir a la luz.

Sus ojos expresaron una mezcla de enfado y diversión. Que lo que sentía fuera tan evidente para ella demostraba que él no estaba ni la mitad de tranquilo de lo que hacía ver su aparente calma.

Se dio cuenta de que seguía con su mano bien sujeta. Había empezado a acariciarle la palma con el pulgar, lo que le transmitía una inaudita sensación de calidez.

Y, por supuesto, él se dio cuenta.

—Annabelle —dijo en voz baja—, ¿cómo estás?

Retiró la mano, en un intento aferrarse a los últimos restos de su decisión de actuar con indiferencia.

—Estoy bien, muchas gracias. —Abrió el bolso para guardar la libreta y la pluma.

—Me alegro por ti —le oyó decir—. Tengo que admitir que yo no. No puedo apartarte de mis pensamientos.

Giró los ojos hacia él de inmediato. Allí estaba de nuevo la sinceridad, asomando por todos los poros de su piel. No esperaba que le fuera a hablar de sentimientos. No estaba segura de si en realidad los tenía.

Una abrumadora emoción le atenazó la garganta. ¡Por supuesto que estaba segura, muy dentro de su ser! Se había estado mintiendo a sí misma. Era más fácil ignorar la pena si fingía pensar que él no la quería. En esos momentos le estaba robando hasta ese burladero.

—Esos sentimientos pasan —dijo con tono tenso.

Montgomery inclinó la cabeza sin dejar de mirarla.

—Puede. Pero no es probable. Una vez que siento algo, tengo inclinación a la persistencia.

No le cabía duda de eso. Era un hombre que no dejaba las cosas a medias, así que quien fuera objeto de su inclinación sería mejor que se preparase para un periodo de sitio largo e intenso.

Cuadró los hombros.

—¡Cómo pudiste...! —empezó con voz crispada—. ¿Cómo pudiste pensar que yo iba a...? —Le falló la voz. El frenético momento de intimidad que habían compartido en la biblioteca pasó antes sus ojos y derribó todo lo que había aprendido acerca del arte de la retórica.

—¿Cómo puede pensar qué? —ayudó con tono suave.

—En la biblioteca. ¿Cómo pudiste pensar que yo iba a negociar... términos? —expresó por fin—. En un momento como ese, además...

Vio en sus ojos que en ese momento, y solo entonces, él cayó por fin en la cuenta de lo que ella quería transmitirle. Cosa extraña, dado que pasaba por ser uno de los mejores estrategas del país.

—Entiendo —casi balbuceó—. La situación me tomó por sorpresa, pero era obvio que en algún momento tendríamos que hablar de... términos, Annabelle. Un hombre tiene que cuidar de la mujer que entra en su vida.

En su «vida», no en su «cama». En su trabajo académico, estaba entrenada y acostumbrada a prestar atención a la elección de palabras, y este era un caso altamente significativo.

Se sintió acalorada y débil, demasiado débil como para retirarse cuando él alzó la mano para acariciarle la cara. Le tocó con dulzura el labio inferior con la yema, y el mínimo y tierno roce provocó una lluvia de chispas eléctricas por todo su cuerpo.

Sin pensarlo, echó a andar hacia uno de los ventanales.

Su despacho estaba en uno de los pisos superiores, lo que permitía una vista sin obstáculos de la abadía de Westminster. Las empinadas torretas y espirales apuntaban como flechas al límpido cielo azul.

Escuchó pasos. Se quedó a su lado con las manos a la espalda, y así permanecieron el uno junto al otro, sin pronunciar palabra, ensimismados y atentos a la pulsión del denso aire que flotaba entre ellos. Abajo, la gente iba y venía, ocupada en su propia vida, moviéndose sin ruido perceptible, como hormigas en el suelo del bosque.

—¿Te casaste en la abadía? —preguntó Annabelle.

—No. —El tono fue sarcástico—. Pero sí que me enterrarán allí.

Se volvió a mirarlo como si tuviera un resorte en el cuello. Iluminado por el pálido sol, su recio perfil rebosaba vitalidad; parecía indestructible. La idea de su cuerpo frío y blanco en una cripta, con sus penetrantes y perceptivos ojos cerrados para siempre, le apretó la garganta como un puño. Durante un instante, el mundo se detuvo a su alrededor en completo silencio, como si se hubiese quedado sorda.

Se envolvió a sí misma con los brazos.

Montgomery se volvió hacia ella. Era capaz de sentir sus cambios de estado de ánimo. Seguro que sabía que estaba por completo en sus manos, posiblemente por muchos años. La miró con los ojos entrecerrados.

—¿Hasta qué punto deseas que esto funcione? —preguntó por fin, con un tono calmado que no la llamó a engaño ni por un momento. Tenía el cuerpo tenso, como un leopardo a punto de saltar.

Se encogió de hombros con gesto taciturno.

—No puedo saberlo. No tengo experiencia con este tipo de asuntos...

—Yo tampoco —coincidió él—. Sea como sea, nosotros estableceremos las reglas.

—¿Nunca has tenido una amante? —inquirió, con tono y mirada escépticos.

—Una vez. Hace mucho tiempo.

Bien. No estaba contando otros... arreglos, como el que tenía con cierta condesa.

Se había ido acercando a ella poco a poco. Se puso fuera de su alcance y empezó a pasear por la alfombra situada en el centro del amplio despacho.

—Yo sí que sé algunas cosas —empezó—. Si aceptara tu oferta, perdería a todas mis amigas. Ninguna mujer decente podría ser vista conmigo. —Él apretó la mandíbula, pero ella continuó de inmediato—. En segundo lugar, perdería mi plaza en Oxford, y Oxford fue el sueño de mi padre durante toda su vida. Y para terminar, cuando te canses de mí, sin amigas, ¿quién me hará compañía? ¿Otras mujeres como yo u otros hombres con los bolsillos llenos?

Echaba fuego por los ojos.

—¡Los otros hombres que se vayan al infierno! —espetó. Dio un paso hacia ella—. No me voy a cansar de ti.

—¿Cómo puedes decir eso con tanta certeza? Los hombres suelen cansarse de sus queridas y se marchan sin apenas mirar atrás.

Montgomery se detuvo en seco.

—¿Es eso lo que te da miedo?, ¿que te abandone?

—Nada me da miedo —replicó—. No tengo miedo. Lo que pasa es que me arriesgo a perder mucho.

No contestó. Porque no podía negar nada de lo que había dicho y, lo que era peor, porque no tenía soluciones que ofrecer. Por mucho que ella se lo esperara, era de lo más descorazonador y decepcionante.

—¿Y qué me dices de lo que podrías ganar? —terció, cambiando el punto de vista—. ¿Todas las cosas que podría darte?

Hubiera sido una estúpida al no haber tenido eso en consideración. Con él al timón de su vida, la supervivencia, y mucho más, estaba asegurada. Las preocupaciones que la acompañaban a todas partes, perennes como su propia sombra; el constante rastreo de oportunidades que le permitieran tener un techo, comida y cierta seguridad; es decir, todas las oscuras incertidumbres que flotaban a su alrededor cada noche como el aire

216 ◆ EVIE DUNMORE ◆

que respiraba desaparecerían en cuanto Montgomery empuñara una pluma y empezara a escribir. Sin embargo, nada de eso la atraía tanto como la perspectiva de estar con él. En pocas semanas había pasado de considerarlo un extraño altivo y distante a desear con ardor su sola presencia. Deseaba quedarse dormida en sus brazos con la nariz llena de su aroma. Quería conocer y calmar sus preocupaciones, compartir sus alegrías hasta que su pelo se volviera blanco y ambos envejecieran.

Pero lo que le ofrecía tenía cimientos de barro.

Y aparte de todo ello, fuera de los muros de la sin duda preciosa casa que le compraría, ella se volvería invisible. Montgomery se convertiría en su mundo y sería el dueño de su cuerpo y de su alma. Pasaría los días esperándolo, sola en una casa vacía, y los intervalos entre sus visitas se irían haciendo más y más largos...

Por increíble que pareciera, su corazón vacilaba. Y por eso apuntó algo de lo que le hubiera gustado olvidarse para siempre:

—¿Y qué pasaría con tu esposa?

Se puso rígido.

—¿A qué te refieres? ¿Qué pasaría con ella?

—Todo el mundo espera que te vuelvas a casar este año.

Se le ensombreció el gesto.

—A nosotros dos no nos afectará de ninguna forma.

—¿Cómo podría ser? —insistió—. ¿Vendrás a verme aunque hayas estado con tu duquesa? ¿O volverás con ella después de haber compartido la cama conmigo?

—Será algo inevitable —expuso.

Creyó captar un tono cruel en su voz; nunca podría decir que había fingido al contestar su pregunta. Quería tener lo que necesitaba. De haber intentado engañarla, le sería más fácil alejarse de él.

—¿Y si tu esposa no está de acuerdo?

—No manifestará desacuerdo, como tú bien sabes —contestó.

Sí, claro que lo sabía. Las esposas de los hombres como él tenían que hacerse las ciegas. Era parte del juego.

La mera idea de que él compartiera intimidad con otra mujer le destrozaba las entrañas, como si tuviera en ellas una bestia que se las devoraba.

—¿Y si le produce mucha infelicidad? —susurró.

—*Touché*, querida —se rindió Montgomery con una risa amarga—. No tengo manera de contestar una pregunta como esa porque, o bien me iba a convertir en mentiroso, o bien en un marido al que su esposa no le importa en absoluto. Y estoy seguro de que en cualquiera de ambas circunstancias me perderías cualquier respeto que pudieras tenerme.

Vaya, ojalá no la conociera tan bien.

—Esto no es un juego que haya que ganar.

—Bueno, puede ser, pero sería una enorme derrota dejarte marchar —planteó. Los ojos le brillaban con lo que parecía una frustración apenas contenida.

«No me dejes marchar».

No obstante, podría hacerlo, y eso le parecía como entrar en caída libre.

—Si fuera una dama de alta cuna... —comenzó, aun sabiendo que era agarrarse a un clavo ardiendo.

—Pero no lo eres —la cortó—, lo mismo que yo no soy un director de oficina ni un comerciante.

Como si necesitase alguna prueba que lo acreditase... Solo tenía que mirar por la ventana. Allí, en la cercana abadía que llevaba construida más de ochocientos años, Guillermo el Conquistador, el distante antepasado de Montgomery, había sido coronado rey.

Las consecuencias de ello se levantaban como un muro entre los dos. Y ella no podía soportar mirarlo ni un segundo más. Se acercó al escritorio para recoger el bolso.

Montgomery la ayudó a ponerse el abrigo. Después le abrió con cortesía la puerta y se hizo a un lado.

Lo único que tenía que hacer era parar un coche de punto y desplomarse dentro de él...

Casi acababa de sobrepasarlo cuando le volvió a colocar la mano sobre el codo.

—Sé que estáis organizando una manifestación en la plaza del Parlamento.

Lo miró a la cara. Indescifrable por completo.

—¿Vas a boicotearla? —preguntó tras una pausa.

—Yo no, pero otros quizá se lo estén planteando.

Asintió.

–Gracias.

Apartó la mano de su brazo.

«Esta ha sido la última vez que me toca», pensó.

—Si nuestra posición social fuera equivalente, te habría pedido en matrimonio durante nuestro paseo por el laberinto —le dijo, con tono suave pero afectado por la emoción.

¡Oh!

La magnitud de aquella declaración era inconmensurable, enorme, inabarcable en esos momentos para ella, allí, en el umbral de un despacho, a punto de marcharse. Se sintió extrañamente suspendida en el tiempo y empezó a respirar de forma entrecortada.

—Hubiera preferido que no me confesaras semejante cosa. —Porque ella nunca podría ser otra que la señorita Annabelle Archer... y ahora sería siempre consciente de lo muchísimo que eso le había costado.

Los ojos de Montgomery tenían el brillo del cristal.

—Te lo ruego encarecidamente, hazme caso aunque sea solo en esto: haz lo que puedas para suspender la marcha, por favor —rogó—. Solo será una fuente de problemas.

Sonrió de forma acerada.

—Quizá no se trate de evitar problemas, su excelencia. Quizá se trate de decidir de qué lado de la historia quiere estar cada uno de nosotros.

Capítulo 21

A la oficina de Jenkins había llegado una carta del equipo de la excavación griega en Messenia. A base de exprimir los párrafos, demasiado largos y muy confusos, Annabelle había sido capaz de deducir qué libros y herramientas tendría que llevar el profesor en su viaje. Se había pasado la última media hora subiendo y bajando la escalera de puntillas para localizar los mencionados libros y el equipamiento en las estanterías, mientras su imaginación volaba a miles de kilómetros de Oxford. La primavera llegaba pronto a Grecia. En esos momentos, los cielos estarían claros y sin nubes, y el aire olería a tomillo y romero.

Sobre las alas de mi canción
te llevaré, mi amor,
hacia las tierras del Ganges,
allí donde está el lugar más bello...

—¿Le gusta Mendelssohn, señorita Archer?

Miró por encima del hombro, con un pie sobre el peldaño de la escalera. Jenkins la miraba intrigado desde su escritorio, con la pluma todavía sobre el papel.

—Perdóneme, profesor. No me había dado cuenta de que estaba cantando en alto.

Jenkins reparó en la mancha de tinta que crecía sobre el papel y masculló un juramento.

—No hace falta que se disculpe —aseguró—. No me molesta.

Seguro que sí que le molestaba. El sonido de las agujas de hacer punto lo ponía frenético, así que no cabía duda de que un tarareo también.

—Entonces, ¿le gusta o no? —insistió.

—Sí. Me gusta Mendelssohn.

—Gente fiable, los alemanes —asintió—. Gente precisa. ¿Sabía que la misma precisión que caracteriza a un buen ingeniero es también propia de un buen compositor?

—No, pero lo puedo imaginar. —Aunque el hecho de que la precisión acumulada pudiera generar magia musical estaba más allá de su capacidad de comprensión.

Jenkins volvió a prestar atención a lo que estaba escribiendo.

—El profesor Campbell, su hija y yo vamos a un concierto este viernes, al Royal Albert Hall —contó—. Un dúo interpretará una selección de canciones de ese compositor.

La noticia le produjo ciertas dificultades respiratorias.

—Eso suena muy bien.

—Usted es amiga de la hija de Campbell, ¿verdad? —preguntó Jenkins sin dejar de escribir.

—Así es, señor.

Al cabo de un rato, renunció a esperar más comentarios al respecto por parte del profesor. Jenkins se sumergió en su vasto territorio interior y se olvidó de todo lo que existía fuera, ella incluida.

✻✻✻

La mañana siguiente la esperaba un pequeño sobre en su casillero personal.

Señorita Archer:

¿Haría usted el honor de acompañarnos al concierto del Royal Albert Hall este próximo viernes? Si acepta, lo organizaría para que viajara usted a Londres con lady Catriona.

Profesor C. Jenkins

Annabelle, pensativa, pasó el pulgar por encima de la tarjeta. Ni el papel era satinado ni las letras eran doradas. No había hablado mucho con Catriona desde su salida de Claremont y además resultaría interesante ver a Christopher Jenkins fuera de su hábitat natural. Por fin, para ser sincera y parafraseando a Hattie, se merecía un poco de entretenimiento.

✳✳✳

Tras diez años de servicio como jefe de Scotland Yard, sir Edward Bryson había estado en contacto con los rincones más oscuros del alma humana, por lo que se describía a sí mismo como un hombre endurecido.

En cualquier caso, la mirada tensa, sostenida y sin pestañeos del duque de Montgomery le transmitió una inhabitual urgencia y se dispuso a explicar con presteza sus avances en la investigación.

—Aún no lo hemos encontrado, es cierto, pero hemos estrechado el cerco y tenemos la seguridad de que se encuentra en una zona localizada en el centro de Inglaterra, su excelencia.

Sebastián sabía que estaba haciendo que el policía se sintiera incómodo. Y eso era justo lo que quería, hacerlo sentir incómodo. Estaba gastando cien libras a la semana en la búsqueda y, por lo que sabía, hasta cabía la posibilidad de que su hermano estuviera muerto, que lo hubieran golpeado en la rubia cabeza y lo hubieran arrojado a un pantano después de robarle.

Respiró hondo, con deliberada lentitud, para aliviar la presión que sentía en el pecho.

—¿Qué le hace estar tan seguro, Bryson?

—Los hombres que controlan los puertos de la costa meridional no han informado de ningún tipo de movimiento —contestó de inmediato el aludido— y tenemos agentes que patrullan y controlan las carreteras y posadas de camino al norte.

Sebastián levantó la mano derecha.

—Eso ya lo sé —dijo, impaciente—, pero ¿cómo puede mirarme a los ojos y decirme que «tienen la certeza» de que conocen los movimientos de un hombre en una zona tan amplia como «toda» Gran Bretaña? Las posibilidades son infinitas...

La cara de Bryson, delgada y huesuda, se tensó.

—Con el debido respeto, excelencia, aunque un joven caballero se disfrace, y lo haga bien, mantiene una apariencia que destaca, debido a su forma de hablar y de actuar. Y los nobles que huyen se mantienen fieles, por alguna razón, al uso de carreteras y a alimentarse y pernoctar en posadas. Sencillamente, no se les ocurre ni internarse en un bosque y construir un refugio con sus propias manos ni vivir de la abundancia de la naturaleza.

Sebastián se inclinó hacia delante sin levantarse del sillón.

—O sea, su investigación se basa en la suposición de que mi hermano es un hombre sin arrestos; en otras palabras, un gallina.

Bryson frunció el ceño.

—Se basa en la experiencia. Las posibilidades puede que sean infinitas, sí, pero la mente humana tiene límites. La gente casi nunca contempla opciones distintas a las que ya conoce ni se decanta por ellas.

Sebastián permaneció sentado frente a su escritorio bastante tiempo después de que Edward Bryson se hubo marchado. Al cabo de un rato, se dirigió al vestidor, en el que Ramsey ya había preparado la ropa para la velada.

Un hermano desaparecido. Una amante reacia. Una reina entrometida. Cualquiera de esos tres dilemas podría, por sí solo, conducir a un hombre a la bebida. Y, dado que él no bebía y que además estaba en Londres, había decidido salir.

Una hora más tarde, salía de la casa con sus habituales andares rápidos y se dirigía al carruaje que lo esperaba para llevarlo a la sala de conciertos del Royal Albert Hall.

❋❋❋

La sala de conciertos tenía el mismo aspecto de siempre: el escenario abajo y, a la derecha de su palco ducal, las cuatro enormes arañas de techo y las siempre polvorientas cortinas de terciopelo rojo. Sin embargo, todo era distinto por completo, porque tres palcos más allá, en dirección al escenario y a la altura de este, estaba Annabelle.

Se había apoyado en la barandilla un buen rato, recorriendo el patio de butacas y los pisos superiores con ojos serios y pensativos, y cuando por fin sus miradas se encontraron, se había quedado quieta y en tensión, como una cierva delante de un rifle.

No la había saludado con una inclinación de cabeza: de haberlo hecho, el gesto habría estado en los periódicos del día siguiente.

No podía dejar de mirarla. No tenía por qué estar allí. La presencia de Annabelle en una velada generalmente circunscrita a la alta sociedad londinense era tan extraña como ver dos lunas en el cielo.

La frustración hizo presa en él. ¿Qué iba a pasar a partir de entonces? Si lo rechazaba definitivamente, ¿él tendría que seguir adelante y ella aparecería de nuevo en su vida una y otra vez, como si fuera una enfermedad exótica?

Caroline, lady Lingham, le tocó suavemente en el antebrazo con el extremo del abanico.

—¡Qué curioso! —exclamó—. Creo que ahí está tu encantadora joven del campo, en el palco de Wester Ross.

Si mordía el anzuelo estaría perdido.

—Qué observadora —la alabó—, pero no es curioso en absoluto. La señorita Archer es amiga de la hija de Wester Ross. Como puedes ver, se sientan juntas en el palco.

Por desgracia para él, le resultaba imposible apartar los ojos de ella. Llevaba un vestido que no reconoció, de corte bajo y que dejaba ver más que una traza del escote, claro como la leche. Iba a hacer un esfuerzo para prestar atención a Caroline cuando en el palco de Wester Ross apareció un individuo desgarbado y larguirucho. Se inclinó hacia Annabelle con soltura y familiaridad para ofrecerle una copa de vino. Y Annabelle le sonrió como si le estuviera ofreciendo el Santo Grial.

Sebastián se puso rígido a causa del dolor inesperado que le mordió las entrañas. Entrecerró los ojos.

El tipo vestía una especie de abrigo de *tweed* de muy mala calidad y llevaba lentes redondas. Estaba claro que era un cerebrito. La sonrisa de Annabelle pareció animarlo a seguir a su alrededor, sin duda para echar vistazos furtivos a su escote, y, cuando por fin se sentó, el muy bastardo acercó la cabeza a la de ella con la excusa de explicarle cosas del teatro...

—Vaya, vaya... —expresó Caroline en voz baja y un tanto sorprendida—. Puede que sea amiga de lady Catriona, pero da la impresión de que ha venido aquí acompañada por ese individuo de la Real Sociedad británica. ¿Cómo se llama...? Jenkins, creo.

❊❊❊

Annabelle no separaba los ojos del escenario, pero la música llegaba a sus oídos como un vago rumor. Era del todo consciente de que la mirada de Montgomery le atravesaba el espacio entre los desnudos omóplatos.

Tenía que haber previsto que iba a estar ahí. Por supuesto. Tal vez una parte de ella había esperado que estuviera... Y es que esa parte de ella parecía estar aguardándolo siempre, todos los días y en cualquier momento. Esa era la verdadera razón por la que se había pasado una penosa noche completa para preparar un vestido a la moda a partir de uno antiguo. Lo que no esperaba de ningún modo era que fuera a estar con la fríamente atractiva lady Lingham a su lado.

Apretó el borde de la copa de vino con dedos temblorosos.

«Si nuestra posición social fuera equivalente, te habría pedido en matrimonio». Tenía que guardar como un tesoro ese sentimiento y alejarse con toda la gracia y soltura que pudiera de las cosas que no podían cambiarse de ninguna manera. En realidad, en esos momentos sus palabras la ponían furiosa: no había necesidad alguna de añadir tragedia a una situación ya de por sí muy difícil.

Abajo, en el escenario, el dúo no dejaba de trinar. Jenkins se inclinaba hacia ella de vez en cuando para hacer comentarios inteligentes sobre la interpretación; Annabelle se recordaba a sí misma asentir al escucharlo. Hasta que las notas iniciales de *En alas de la canción* le perforaron el pecho como una lluvia de saetas.

Se levantó de la silla boqueando.

Campbell y Jenkins también se levantaron.

—¿No se encuentra bien? —preguntó Jenkins, mirándola con preocupación. Le puso una mano protectora en el codo.

—No, por favor —susurró—. Voy a salir del palco un momento para recuperarme.

El profesor cedió. Retiró las pesadas cortinas para que pasara y ella echó a andar a toda prisa por el pasillo hacia el oscuro vestíbulo.

Se apoyó de espaldas contra la pared. El pecho le subía y le bajaba muy deprisa. Aire. Necesitaba aire fresco. El vestíbulo no tenía salida hacia su derecha, pero a la izquierda seguía la curva del patio de butacas hasta llegar a la escalera principal.

Apenas había avanzado unos metros cuando vio surgir a un hombre del pasillo que conducía a los palcos. Cuando se acercó a ella, le dio un vuelco el corazón.

—Montgomery.

Nunca se había parecido menos a un caballero de brillante armadura. Los ojos le brillaban con la misma frialdad que el zafiro en el dedo anular.

—Hazme el honor —espetó sin más, y de inmediato le puso la palma de la mano en la espalda y la condujo a través de una puerta. Entraron en una antecámara poco iluminada cuya ventana daba a la oscuridad de la noche.

Se dio la vuelta para mirarlo de frente.

—¿Qué significa esto? —La voz le salió tensa y baja. Si los encontraban juntos ahí, su reputación quedaría arruinada para siempre.

Montgomery se apoyó en la puerta y la miró con ojos de halcón.

—¿Qué es él para ti?

Frunció el ceño, muy confundida.

—¿Quién?

—Tu acompañante. El profesor.

Se quedó con la boca abierta.

—No creo que te deba ninguna explicación.

—Te ha tocado —le recordó, y extendió la mano enguantada para rozarle el codo con dos dedos.

Sintió el contacto como una chispa que le incendiara la piel, caliente y descontrolada.

Dio un salto hacia atrás.

—No tiene nada que reclamar, su excelencia.

En la penumbra, creyó distinguir un brillo salvaje en sus ojos, como si estuviera convencido de que tenía derechos sobre ella en ese momento y lugar.

—¿Y él sí? —preguntó.

¡Increíble! Estuvo a punto de atragantarse con la airada respuesta al descifrar el motivo de esa expresión oscura y distorsionada por la rabia.

—¡Cielos! —musitó—. ¡Estás celoso!

Montgomery pestañeó.

—Pues parece que lo estoy, sí —confirmó. Torció la boca, disgustado.

—¡Pero eso es absurdo! —arguyó—. Tú estás aquí con lady Lingham.

—¿Y eso qué relevancia tiene?

—Sé que tú te estás..., sé que os entendéis.

Él dio un respingo y le puso las manos sobre los hombros.

—Yo no me... entiendo con ella ni con nadie —gruñó—. No desde que te encontré a ti. Y me da la impresión de que piensas que todo esto se desarrolla según un plan preconcebido. No es así, de ninguna manera.

La puso frente a él y se vio empujada contra la puerta, atrapada entre la madera de roble y un furibundo aristócrata. Seguro que el roble era mucho más fácil de controlar.

—Su excelencia...

Estaban tan cerca que sus respectivas narices estaban a punto de tocarse. Los ojos de Montgomery parecían una rara mezcla de hielo y fuego.

—¿De verdad piensas que lo he planeado? —inquirió, pronunciando a través de los dientes—. ¿De verdad crees que planeé dejarme llevar por mis sentimientos?

—Yo...

Le sujetó la nuca con los dedos y le cubrió los labios con un repentino beso.

Fue un beso áspero, pero ni la fuerza de las manos ni el toque ávido de la lengua eran debidos a la frustración ni a un deseo de agredirla o violentarla. Al cabo de unos segundos sintió furia y desesperación. Le puso las manos sobre el pecho para alejarlo, pero era inútil, parecía una pared inamovible. Al cabo de otros pocos segundos, ya estaba correspondiendo a sus besos con ansia, con pasión... En un momento dado, entre besos intensos y después acariciadores, notó una recia presión entre las piernas.

Separó la cabeza y lo miró desafiante.

—¿Corro el riego de ser forzada contra una puerta cerrada, excelencia?

La primitiva emoción que ardía en su mirada le indicó que era una posibilidad cercana, casi inminente.

Le pasó el dedo pulgar por el húmedo labio inferior.

—¿Le has permitido besarte?

Le empujó la mano.

—¡No, por Dios! Jenkins es un hombre honorable. Me aprecia por mi inteligencia.

Soltó una risa grave.

—Si tú lo dices... Pero sabes que yo te aprecio por muchas otras cosas más.

—¿De verdad? —espetó—. No creo que me aprecies nada en absoluto, dado que pensabas que iba a aceptar alegremente ser tu puta.

Se retiró como si lo hubiera abofeteado.

—Yo no pensaba tal cosa.

Su gesto era el de un hombre convencido de que había recibido una afrenta.

Ella alzó las manos con asombro.

—De donde yo vengo, es así como se denomina a una mujer que cede su cuerpo por dinero.

—Las cosas no son así entre nosotros dos.

—Te ruego que me expliques cuál es la diferencia.

Su rostro había adquirido un tono ceniciento.

—Estarías conmigo por mí —murmuró con voz ronca—, no por mi dinero.

El tono de súplica que captó tras su imperiosa voz alejó de un golpe toda la beligerancia acumulada en ella. Se miraron a los ojos durante un largo momento, como si estuvieran haciendo recuento de las heridas infligidas. Los dos sangraban.

Ella dio un paso atrás y se apoyó de nuevo en la puerta.

—Incluso aunque no me importara mi propia reputación, con el... acuerdo que propones, los hijos que tuviéramos serían bastardos.

La mención de los hijos pareció tomarlo por sorpresa. Por supuesto. Los hombres nunca pensaban en que esa era la consecuencia de su placer.

—Un bastardo ducal lleva una vida mucho mejor que la inmensa mayoría de la población británica —razonó.

—En lo que se refiere a posesiones mundanas, sí. Pero algún día llegarían a comprender cuál era mi papel y el hecho de que ellos iban a estar siempre por detrás del resto de tus hijos.

Apretó los dientes.

—¿Qué esperas de mí, Annabelle? ¿Una maldita petición de matrimonio? Una propuesta. Matrimonio. Con el duque.

Las palabras penetraron hasta su más recóndita esencia y levantaron todo un coro de ansiosos susurros. Los acalló con un tenue y negativo cabeceo.

—No espero nada.

Montgomery empezó a andar por la mínima habitación.

—Puedo dártelo todo, ¡todo!, menos eso, y tú lo sabes. He sobrevivido a un escándalo, pero difícilmente podría con otro. Arruinaría a mi hermano. Marcaría a mis hijos. Perdería mis aliados. Mi estatus, el apellido Montgomery..., ¿en qué clase de hombre me convertiría? No sería mejor que mi padre, siempre arrastrado por sus pasiones y antojos. —Daba vueltas a su alrededor y su cuerpo vibraba de pura tensión—. ¿Es eso lo que quieres? ¿Quieres que cambie mi lugar en la historia para demostrar lo mucho que te quiero?

La habitación pareció cerrarse a su alrededor: las paredes, el techo, el suelo, se contorsionaron. Cerró los ojos en un intento de controlar el aluvión de palabras que acudía a su cabeza.

—Esta locura que estamos viviendo... tiene que terminar —acertó a decir ella.

Silencio.

—No es una locura —masculló Montgomery—, es...

Sufría, su cara era la pura expresión del desaliento. Lo vio luchar, buscar las palabras adecuadas. Pero no las había, no había remedio: su nombre siempre sería lo más importante para él. Annabelle zanjó:

—Sea lo que sea, pasará, si es que me dejas vivir mi vida en paz.

Capítulo 22

La mañana de la marcha ante el Parlamento, Lucie reunió a las sufragistas en la estación de Oxford. Corría sobre el andén una brisa fría que las envolvía al mismo tiempo que las oleadas de humo negro que salían del tren.

—No quiero dejar de repetirlo —dijo Lucie—. Por mucho que me moleste, la manifestación tiene que ser pacífica por completo, así que nada de cánticos ni de obstrucciones en las entradas del Parlamento, sean voluntarias o involuntarias. No presionéis de ningún modo a los que paseen por la zona.

Annabelle había informado a Lucie de que Montgomery estaba al tanto de los planes. Por supuesto, Lucie había decidido seguir adelante con ellos, sin modificación alguna. Parecía estar de un humor excelente, los ojos grises le brillaban excitados. «Intoxicación ideológica». Annabelle intentó sacudir la mente. Cuanto antes dejara de ver y oír a Montgomery por todas partes, mejor le iría.

—¿Dónde está la pancarta? —pregunto lady Mabel.

Lucie hizo un ademán con la cabeza.

—Guardada en el vagón del equipaje, tal como acordamos.

—Eso espero —intervino lady Mabel—. Me he pasado horas intentando que las letras tuvieran la separación adecuada.

—Tendría que haber utilizado las matemáticas para hacerlo —murmuró Catriona al oído de Annabelle, que la miró sorprendida.

Era muy raro que Catriona hiciera comentarios mordaces. Tal vez estuviera nerviosa, dado lo que las esperaba. Annabelle echaba mucho de menos la alegría casi indestructible de Hattie, pero todas, excepto la propia Hattie estuvieron de acuerdo en que lo mejor para ella era que se quedara en Oxford. Ninguna estaba dispuesta a desatar la ira del poderoso Julien Greenfield en caso de que algo saliera mal.

«Nada va a salir mal».

El tren emitió un silbido ensordecedor.

—¿Tenéis todas los ceñidores? —preguntó Lucie—. Llevo algunos de sobra, por si acaso. —Se tocó el suyo, que le colgaba pesadamente de la cadera.

Nadie lo pidió. La amenaza de una reprimenda pública de lady Lucie había hecho que todas llevaran a mano sus respectivos ceñidores.

Se separaron. Annabelle se dirigió hacia los vagones de tercera clase. Por delante de ella, una figura encapuchada con un voluminoso abrigo gris avanzaba despacio y tambaleante, y por detrás, en fila, varios pasajeros, bastante molestos, bufaban y comentaba su disgusto. Al llegar frente a las puertas del tren, la persona de la capucha se paró y pareció observar el vagón con gesto de duda.

Más rumores y más gruñidos.

—Mis disculpas —sonó una voz femenina desde las profundidades de la capucha.

¡Imposible! Annabelle dio unos pasos decididos, se colocó frente a la mujer y la miró a la cara.

—¡Hattie!

—¡Calla! —imploró Hattie, y miró nerviosa a su alrededor.

Annabelle se la llevó a un lado.

—¿Se puede saber qué demonios estás haciendo aquí?

—Voy a Londres.

Annabelle se quedó con la boca abierta.

—¡No puedes!

—Pero estoy muy bien camuflada, ¿no te parece? —Se refería a la monstruosa estructura de lana que la rodeaba.

—¿Camuflada? Hattie, este abrigo debió de pasar de moda hace unos quinientos años. No llamarías más la atención ni aunque lo intentaras.

Los ojos de Hattie brillaron de genuina rebeldía.

—¡Voy a Londres!

—¿Y qué pasará si alguien te reconoce? Tu padre se pondrá furioso y todas tendremos problemas.

—Esta causa es mía, tanto como vuestra. He ido a todas las reuniones, he hecho mi trabajo de investigación. No quiero quedarme en casa como una princesita estúpida mientras mis amigas están en la línea de fuego. ¡Por Dios bendito!

—Todas sabemos que quieres estar allí —le razonó Annabelle en tono apaciguador—. Nadie te lo echará en cara si te quedas.

Hattie negó con la cabeza.

—Ya me he escapado del señor Graves. No quiero que el pobre tenga problemas por nada.

—¿Quién es el señor Graves?

—La persona que me protege.

Annabelle no dijo nada. Nunca había notado que Hattie tuviera un guardacspaldas protegiéndola. Su amiga comprendió su silencio y le dedicó una sonrisa cínica.

—Su trabajo es pasar desapercibido. ¿Te sentirías a gusto yendo a cualquier sitio conmigo teniendo al lado en todo momento a un tipo con una pistola? El caso es que yo sé que siempre está ahí, lo vea o no.

Que Hattie fuera a Londres era un error; Annabelle lo sabía gracias a un instinto desarrollado a lo largo de años de cuidar de sí misma.

Sonó un segundo pitido y varios empleados las urgieron a subir al tren, que estaba a punto de arrancar.

—Muy bien —cedió—. No te separes en ningún momento de mí. Y no te vuelvas hacia los hombres si no quieres que te toqueteen o te pellizquen.

—¿Que me toqueteen o me pellizquen? —Hattie la miraba asombrada.

Annabelle la miró con cierta sorna.

—Esta vez no viajas en primera clase.

❀❀❀

El marqués de Hartford, el actual poseedor del castillo y la hacienda original del ducado de Montgomery, era una persona lenta debido a que sufría de continuo ataques de gota. A su lado, cada pasillo del Parlamento parecía tener más de una milla de largo. Sebastián y él avanzaban hacia la cámara en un silencio adusto, algo de lo más lógico si se tenía en cuenta la mutua aversión que se profesaban; aversión que, por otra parte, era lo único que tenían en común.

—Caballeros, tienen que ver esto. —El conde de Rochester, de pie, miraba por una de las ventanas del pasillo, con los ojos fijos en las calles del fondo.

El pulso de Sebastián se aceleró. Adivinaba lo que había llamado la atención de Rochester. No obstante, no estaba preparado para contemplar la multitud que, muy deprisa, se acumulaba en la plaza. Ríos de mujeres convergían desde todas las direcciones posibles, sus ceñidores verdes brillando al sol.

—Por lo que veo, los rumores eran del todo ciertos —concluyó Hartford, y rio entre dientes—. Esto va a ser divertido.

—Hay miles —constató Rochester, con gesto de rígida desaprobación.

—Da igual —intervino de nuevo Hartford—. La policía pondrá fin a esto de inmediato.

—Hay que impedirlo rápido y sin contemplaciones, si es que no queremos que cada semana se produzca el mismo circo. Deberían reforzar la policía con asistentes civiles para disolverlas.

—Los asistentes civiles no están entrenados para manejar esta situación —aclaró Sebastián, al tiempo que le dedicaba a Rochester una mirada acerada.

Hartford se pasó la punta de la lengua por el labio inferior.

—Para empezar, si estas mujeres se comportaran como deben, no tendrían nada que temer, ¿no es así?

Ahora le tocó a Hartford recibir la mirada fría de Montgomery.

—Todo ciudadano británico tiene el derecho de reunirse en un lugar público.

—¿Para algo como esto? —preguntó incrédulo Rochester—. Solo si tienen permiso previo.

—Lo tienen —afirmó Sebastián.

—Eso es imposible. —Hartford parecía molesto—. ¿En qué términos? Cualquier Ayuntamiento lo habría denegado; ponen en peligro la paz social.

—Pues parece que este Ayuntamiento no tiene esa preocupación.

Rochester y Hartford fruncieron el ceño, pero no discutieron más. Era público y notorio que el duque solía saber cosas que ellos no.

En la plaza, las mujeres unían sus brazos para formar cadenas humanas, como si su seguridad dependiera del grado de unión que mostraran.

¿Estaría ella allí? Probablemente. ¿Acaso Annabelle había seguido alguna vez su consejo respecto a algo?

—Esto es algo contra natura. Esas mujeres no son normales. —Rochester no paraba de murmurar entre dientes. En general era un hombre seco y de pocas palabras, pero ahora parecía poseído por una emoción oscura.

Sebastián ya lo había notado hacía tiempo, pero en esos momentos le resultaba del todo obvio que su partido, el partido que defendía los intereses más racionales, no era en absoluto racional. Allí estaban las visiones de Disraeli acerca de un Imperio sin fin, de un pueblo ávido de gloria, por delante de conseguir el pan de cada día. Aquí Rochester y Hartford, como representantes de la mayoría de sus compañeros, deseando que las mujeres fueran apaleadas por defender sus ideas. En resumidas cuentas, el partido se dejaba arrastrar por las emociones de modo parecido al de los socialistas en su ansia de aplastar a la aristocracia. Esto lo hacía sentir como si su propia piel fuera demasiado rígida para el cuerpo que contenía y tuvo que removerse y cambiar de postura, más o menos como *Apolo* cuando estaba a punto de empezar a galopar.

Rochester sacó el reloj de bolsillo.

—Montgomery, tienes que abrir la sala de reuniones dentro de tres minutos.

Sebastián resistió el impulso de mirar de nuevo hacia la plaza. Annabelle no era responsabilidad suya. Le había dejado muy claro que no quería serlo. Por otra parte, tenía que ganar unas elecciones.

❀❀❀

A Annabelle, en esos momentos, la plaza del Parlamento le recordaba a una colmena llena de abejas hembra muy activas que compartían el mismo propósito. El tiempo ese día estaba de su lado: el sol brillaba en el cielo y no había rastro de la habitual niebla fría, sucia y blanquecina. La pancarta podría leerse a cientos de metros.

Lucie se colocó a su lado, con la mirada decidida y las delgadas cejas algo fruncidas.

—Han venido más mujeres de lo esperado —constató—. Yo diría que unas mil más.

Eso explicaba por qué apenas había sitio para moverse.

—¿Y eso supone un problema?

Lucie no alivió el gesto.

—De entrada, no —opinó—, siempre y cuando todo el mundo se porte de manera civilizada y permanezca en calma.

—Lucie...

—Tengo que dar la orden de desplegar la pancarta —le anunció, y desapareció como por ensalmo.

Un minuto después, la pancarta se elevó sobre sus cabezas. Los ocho metros de longitud en todo su esplendor dieron lugar a un coro de expresiones de admiración:

«ENMIENDA INMEDIATA DE LA LEY DE PROPIEDAD
DE LAS MUJERES CASADAS».

Todo el texto estaba en mayúsculas. Desde las ventanas de Westminster, la única forma de no leerla sería no mirar.

—¡Qué maravilla! —murmuró Hattie.

Annabelle asintió. Una fuerte presión le oprimía el pecho. La emoción de las mujeres que la rodeaban se le filtraba a través de la piel como los rayos de sol en el agua, le alteraba el pulso y la calentaba por dentro y por fuera. ¿Era por eso por lo que la gente se unía para defender causas e ideas?

El Big Ben dio los cuartos. Se había formado una fila de espectadores. Si esperaban algún tipo de representación, quedarían defraudados. La idea era ser vistas, no ser escuchadas.

A y media, una repentina ola de inquietud sacudió la multitud. Annabelle miró a su alrededor con cautela. Al ser más alta que la mayoría, enseguida captó un frente de sombreros agrupados, con sus picos brillando al sol, que se acercaba desde la izquierda. Sintió un escalofrío de alarma por la espina dorsal. Esos eran los sombreros de la Policía Metropolitana.

—¿Qué ocurre? —preguntó Hattie, torciendo el cuello sin ningún resultado.

—Viene la policía.

—¡Oh, Dios! —Se puso blanca como la cera.

Annabelle le sacudió el hombro y notó que su amiga estaba temblando.

—No va a pasar nada —aseguró—. Creo que hay demasiada gente para ellos.

Hattie negó, frenética, con la cabeza.

—Mi padre..., si se entera..., y de que he esquivado al señor Graves...

—Podrías quitarte el ceñidor —sugirió con calma Annabelle—. Y procura parecer alegre.

Hattie se sacó la cinta por la cabeza y procuró meterla en el bolsillo del abrigo. Parecía aterrorizada.

—No —indicó Annabelle—. Dámelo. No deben encontrarlo en tu abrigo.

Los agentes de policía se fueron distribuyendo entre la multitud. Su intención parecía ser dividir la masa de manifestantes en pequeños grupos e ir sacándolos de la plaza.

Un oficial de pelo gris con un gran mostacho se colocó frente a ellas. Lo seguía otro agente más joven, que de inmediato clavó la mirada grasienta en Annabelle.

—Sígame, señorita, por favor —le pidió el oficial de más edad—. Señoras, retírense.

Hattie se colgó del brazo de su amiga.

—¿Y si nos piden la identidad? —susurró.

—No tienen ningún motivo para hacer tal cosa —murmuró Annabelle. De todos modos, Hattie empezaba a tener la respiración entrecortada—. ¿Te puedes deshacer del abrigo? Cuando lo hagas, al llegar a la acera sepárate y finge que estabas mirando.

Mientras caminaba, Hattie se fue liberando del llamativo abrigo. Al dejarlo caer, reveló un vestido marrón de criada que resaltaba sus voluptuosas formas. En algún sitio, una ayudante de cocina tenía que estar buscando su uniforme.

—¡Vaya, menuda moza! —Annabelle sintió esa voz como un pinchazo en la nuca. Hattie había llamado la atención de Ojos Grasientos, que paseaba la mirada sin pudor por la figura de su amiga mientras caminaba, ahora a su altura—. ¿Cómo te llamas, cariño?

El corazón de Annabelle empezó a golpearle en el pecho. Ese hombre era del tipo de los que había que manejar con enorme cuidado. Hattie, por supuesto, hizo lo que toda mujer de buena cuna hubiera hecho: mirar hacia otro lado con la barbilla bien alta e ignorarlo.

La expresión del policía se ensombreció peligrosamente.

—Oye, estoy hablando contigo —ladró.

Annabelle fijó la mirada en el oficial de más edad, que caminaba algo por delante, tal vez sin enterarse de lo que ocurría detrás de él.

—¡Eh, tú! —repitió el otro—. Sí, te estoy hablando a ti.

Hattie siguió sin decir nada. Annabelle pensaba a toda velocidad.

—Zorra engreída —susurró el individuo.

Hattie se quedó con la boca abierta. El policía la había agarrado por la cintura y la sujetaba pegada a él.

Annabelle dejó de pensar. Sin más, se colocó delante de ellos.

—Señor, no haga eso. —Su propia voz sonó a sus propios oídos como un rugido distante.

El policía se detuvo, con expresión de sorpresa. Paseó la sinuosa mirada por el cuerpo de Annabelle igual que se desliza por el suelo una serpiente.

—¡Vaya! ¡Mira a quién tenemos aquí!

—Señor...

—Sigue andando, pórtate como una buena chica —le ordenó—. Estamos ocupados.

Sin decir nada más, pero mirándola a los ojos, elevó la mano derecha y la colocó sobre el pecho de Hattie.

Hattie palideció y se quedó helada. Los ojos del tipo se fruncieron en una turbia sonrisa.

Annabelle se vio recorrida por una marea de furor que se tradujo en una violenta descarga de su puño derecho contra la sonrisa del policía.

Sonaron un crujido y una queja. El policía se llevó las dos manos a la nariz.

—¡Corre! —urgió Annabelle a su amiga—. ¡Corre, corre, no pares! —Le dio un empujón para que se pusiera en marcha.

Por encima de las manos con las que se tapaba la nariz, el policía la miró. Sus ojos brillaban de furia. ¡Por todos los demonios del infierno! ¡Menudo puñetazo le había dado!

En ese momento, ella sintió mucho dolor en los nudillos.

Sonó un silbato y alguien la sujetó por detrás mientras Ojos Grasientos se abalanzaba sobre ella. «¡No!». Le dio con todas sus fuerzas, con la punta de la recia bota, una patada que lo alcanzó en la rodilla.

—¡Maldito seas!

Annabelle notó que le daban la vuelta y, presa del pánico, reaccionó con violencia, intentando liberarse. Escuchó cómo se rasgaba alguna prenda, posiblemente su abrigo, y cayó con mucha fuerza de rodillas sobre los adoquines del pavimento. Pudo ver que su sombrero caía al suelo y era pisoteado por una maraña de botas negras.

Esto no era ningún juego. Había golpeado y magullado a uno de ellos.

Le colocaron las manos en la espalda a tirones y la levantaron del suelo. Su primer impulso fue morder y arañar como una gata atrapada, pero un intenso dolor en las rodillas cortó como un cuchillo la neblina de su mente. Pasara lo que pasara, hiciera lo que hiciera, ellos tenían las de ganar y lo harían. Así que echó a andar, renqueante.

❀❀❀

La subieron a una carreta policial cercana, la empujaron dentro y cerraron la puerta de un golpe. Se sentó, se quitó el pelo de la cara y echó una mirada a su alrededor.

Caras muy pálidas le devolvían la mirada. Mujeres, tres, sentadas en los bancos adosados a las paredes del furgón.

Se puso de pie con dificultad, no pudo evitar una mueca de dolor al desdoblar las rodillas y apoyarse sobre ellas.

—Siéntate aquí, cariño. —Una de las cautivas, no mucho mayor que ella, dio unos golpecitos en la zona del banco corrido que quedaba a su izquierda.

Annabelle se dejó caer en el asiento. Trató de controlar el temblor de los labios. La voz airada y nasal del policía al que había golpeado todavía resonaba en las paredes de la carreta-furgón.

—¿Qué está pasando? —preguntó. Su voz le sonó aturdida a ella misma.

Antes de que nadie pudiera contestar se abrieron las puertas y entró un policía. Gracias al cielo, no era el que se había llevado el puñetazo.

El carro empezó a moverse y ella estuvo a punto de caerse del banco.

—Señor —se dirigió a él con voz ronca—, ¿a dónde nos llevan?

El joven policía evitó su mirada.

—Señorita, guarde silencio, por favor.

Lo miró con aún más fijeza, y él, con la misma terquedad, siguió con la vista al frente.

—Nos llevan a la cárcel, cariño —la informó la mujer sentada a su lado.

¿A la cárcel?

—Tengo que pedirles que permanezcan calladas —repitió el oficial, ahora de forma más tensa, y colocó de modo ostensible la porra a la altura de las rodillas. En el banco de enfrente, una mujer rubia y pequeña, con el ceñidor verde muy arrugado, empezó a sollozar.

Unos quince minutos después, el furgón se detuvo delante de un imponente edificio. Las letras de hierro que presidían la verja de entrada informaron a Annabelle sin la menor duda de dónde se encontraba: en la penitenciaría de Millbank.

❊❊❊

Las hicieron esperar durante más de una hora en una mohosa antecámara. Tras el tañido de una campana, fue conducida a una oficina, también húmeda y enmohecida. El empleado que la aguardaba tras a un escritorio apenas la miró mientras se sentaba. Sus ojos estaban fijos en lo que parecía un voluminoso libro de asientos de contabilidad.

Con voz desganada le preguntó su nombre y su lugar de residencia y le ordenó que le entregara el bolso. Después empujo el libro de asientos hacia ella.

Junto a su nombre había escrito: «Obstrucción y agresión a un servidor público».

Annabelle firmó con manos temblorosas.

—¿Qué va a ocurrir ahora, señor?

El individuo ni siquiera la miró. Se limitó a acercar la mano al timbre que tenía al lado.

—Señor —insistió con voz plañidera.

En ese momento el oficial levantó los ojos para mirarla y reaccionó como si hubiera quedado cegado por una luz brillante. Volvió a colocar la mano sobre el escritorio.

—Bueno, señorita —repuso—, mañana sabrá usted más cosas.

El pánico le atenazó la garganta.

—¿Tendré que pasar aquí la noche?

—Es el procedimiento habitual, señorita. A no ser que alguien venga a buscarla y pague la fianza.

—La fianza... —susurró para sí. No tenía dinero para pagar una fianza. Nadie sabía siquiera dónde estaba.

Se inclinó hacia él con gesto implorante.

—Señor, ¿podría usted enviar un mensaje en mi nombre?

Dudó por un momento, pero casi de inmediato negó con la cabeza, con gesto de resignación.

—Me temo que hoy no, señorita.

—Por favor, solo un mensaje. A lady Catriona Campbell.

—¿Una dama noble? —La compasión se evaporó y la sustituyó la suspicacia.

Por supuesto. Su aspecto no daba a entender que pudiera frecuentar compañías de alto rango. Había perdido el sombrero, los botones del abrigo habían sido arrancados en la batalla. El corpiño tampoco tenía botones y sabía Dios qué aspecto tendría su pelo. Si ponía encima de la mesa el apellido del mismísimo conde de Wester Ross, no sería raro que la enviaran al manicomio de Bedlam.

Se hundió en el asiento.

—Déjelo, no importa.

❊❊❊

La volvieron a juntar con las mujeres del furgón en una celda. Solo había una ventana muy alta, una banqueta de madera y un catre estrecho a la izquierda. Un fétido olor, cargado de inmundicia y desesperación, surgía de los carcomidos listones de tarima del suelo.

La mujer de acento norteño que le había ofrecido un asiento en el carro policial estaba tumbada sobre el sucio catre. Una chica rubia se sentó con timidez junto a ella y se cruzó de brazos.

—¿Por qué estamos aquí? —preguntó en voz baja.

—¿Yo? —la norteña estiró las piernas—. Obstrucción a un policía que intentaba sobarme los pechos.

Una joven que estaba de pie al lado de Annabelle soltó una carcajada.

—¿Te arriesgas a entrar en Millbank por un sobado de tetas? —preguntó con tono sarcástico y cerrado acento *cockney*.

Annabelle la miró a fondo por primera vez. Tenía unos ojos duros en una cara retadora.

—¿Qué miras? —ladró la chica.

—Tú no eres sufragista —afirmó Annabelle.

La expresión de la joven se volvió burlona.

—¡Anda ya! Dicen que estaba por allí robando bolsos y carteras. —Rio para sí—. No tienen nada contra mí, gracias a Dios... o a quien sea. —Se rascó el delgado cuello con dos dedos.

Annabelle apoyó la espalda en la pared y se deslizó hasta sentarse en el suelo.

Estaba en prisión, compartiendo celda con criminales de verdad. Aunque... ella había hecho sangrar de un golpe a un oficial de policía, lo que la convertía también en una criminal.

La celda empezó a girar a su alrededor.

Sería acusada. Sería condenada a la cárcel. Perdería la posibilidad de seguir en Oxford... Su vida se había despeñado por un acantilado y se le encogió el estómago como si ella misma estuviera cayendo por él.

Apretó la frente contra las rodillas. El frío de la pared la había calado hasta la espina dorsal. Además, había dolores: en los pechos, en las muñecas, en el cráneo, en las rodillas; en todas las partes del cuerpo por las que había sido agarrada, empujada o golpeada.

La sonrisa de burla y superioridad del policía al que golpeó volvió a aparecer delante de sus ojos y se estremeció de disgusto. Se notaba la satisfacción que sintió al saber que podía herir y humillar a Hattie sin que ni ellas ni nadie pudiera hacer nada para evitarlo.

Estiró y flexionó los dedos, aún doloridos por el puñetazo. Al menos había hecho algo. Ni siquiera la tía May habría llegado tan lejos en su impulsividad haciendo algo que la condujera algún día a la cárcel.

Al cabo de poco tiempo, las sombras, y después la oscuridad, empezaron a inundar la celda. Cada cuarto de hora, el sonido lejano del Big Ben se introducía por el hueco de la ventana.

Poco después de las siete, la puerta de la celda se abrió para dar paso a un carcelero.

—Anne Hartly.

La sufragista norteña se levantó del catre como un resorte.

—¿Señor?

—Su hermano está aquí.

—A tiempo —murmuró Anne Hartly—. ¡Buena suerte! —les deseó por encima del hombro, al tiempo que se sujetaba el dobladillo de las estrechas faldas para seguir al oficial por el pasillo a toda prisa.

La ladronzuela ni siquiera levantó la cabeza. La sufragista rubia no dejaba de mirar a la puerta, los ojos brillantes en la oscuridad.

—No tengo a nadie —se lamentó—. No hay nadie que vaya a venir a buscarme. —En su tono de voz asomaba un punto de histeria—. No tengo a nadie —repitió, y empezó a moverse hacia atrás y hacia adelante, haciendo crujir el catre.

—¡Oye, para! ¡Deja de hacer ruido! —le chilló la chica *cockney*.

La rubia se puso a lloriquear, pero los crujidos continuaron.

Annabelle se puso de pie, se sentó junto a ella y, sin pronunciar palabra, le pasó un brazo por los hombros. La muchacha se abrazó a ella y se puso a llorar como una niña pequeña.

Eran cerca de las diez cuando volvieron a resonar los pesados pasos de un oficial acercándose a la celda.

—Señorita Annabelle Archer. Venga conmigo, por favor.

Le crujieron las rodillas cuando se puso de pie. La joven rubia, Maggie, se acercó a ella y le dio un débil abrazo. Hacía un rato que por fin se había resignado a su suerte.

Con las piernas rígidas, siguió al guardia a través de un pasillo alumbrado por una débil luz.

Tenía que tratarse del profesor Campbell, conde de Wester Ross. ¿Quién si no?

«Por favor, que sea el conde».

Subieron un tramo de escaleras tan largo que al final le dolían las rodillas.

El oficial se detuvo frente a una maciza puerta negra. Un rótulo de latón indicaba que estaba ante el despacho del director de la prisión. Dentro había un hombre de espaldas. Como si estuviera entre la niebla, distinguió que tenía el pelo rubio ceniza.

Capítulo 23

La oficina del director de la prisión era una habitación opresiva de techo bajo y paredes oscuras, en cuya densa atmósfera flotaba el olor a acre de la alfombra polvorienta.

Allí estaba Montgomery.

Annabelle sentía el cuerpo débil y acuoso. Quería refugiarse en sus brazos, cerrar los ojos y dejar que se la llevara. A donde fuera.

Recordó las normas de cortesía con cierto retraso.

—Su excelencia.

La expresión de él era extrañamente plana. Recorrió con los pálidos ojos las faldas manchadas de barro, el corpiño sin botones... Notó que se ruborizaba. Se pasó con timidez la mano por el pelo.

Se acercó en dos zancadas a ella, que de inmediato sintió el olor a lluvia y a lana húmeda y limpia.

—¿Estás herida?

La simple pregunta logró lo que la cárcel no había logrado: que las lágrimas empezaran a quemarle los ojos. Pestañeó muy rápido para eliminarlas.

—Estoy bien.

Montgomery se volvió a mirar al oficial, que seguía detrás de ella, con ojos fríos como un mar helado.

—Enséñeme dónde estaba encerrada.

Siguió un confuso silencio.

—Ahora.

—Por supuesto, su excelencia —tartamudeó el hombre—. Sígame, por favor.

Cuando Montgomery desapareció, se dijo que tenía que permanecer tranquila, muy tranquila... Se sobresaltó cuando notó un discretísimo toque en el hombro.

—¡Ramsey!

El ayuda de cámara la miraba con sus cálidos ojos pardos.

—Señorita Archer, es un placer volver a verla. —Echó una crítica mirada a su alrededor—. Aunque sea en unas circunstancias... poco ortodoxas, diría yo. —Le indicó una silla que estaba pegada a la pared.

—Permítame.

Se sentó en la dura silla de madera maciza. Le temblaban las rodillas bajo las faldas.

—¿Cómo ha sabido que estaba aquí? —preguntó.

Ramsey asintió.

—En primer lugar, le ruego que me disculpe por la tardanza. La reunión en Westminster se prolongó mucho, como era de esperar. Cuando su excelencia iba a marcharse, tres jóvenes damas lo estaban esperando e informaron a su excelencia de que había sido usted detenida por la Policía Metropolitana de Londres. Después, nos llevó cierto tiempo averiguar las..., eh..., dependencias correctas en la que buscarla.

Le daba vueltas la cabeza. La explicación de Ramsey planteaba más preguntas de las que respondía. ¿Por qué sus amigas habían acudido precisamente a Montgomery? Y, lo que aún era más significativo, ¿por qué había acudido él?

Como era lógico, Ramsey interpretó mal su turbado silencio.

—Todo ha terminado, señorita —la animó en tono tranquilizador—. El director de este... establecimiento... va a venir de un momento a otro. Dentro de nada podrá olvidarse de todas las... molestias que ha sufrido.

De hecho, el director de la prisión llegó antes de que Montgomery regresara. Parecía como si se hubiera visto obligado a vestirse de calle una vez confortablemente sentado frente al fuego de la chimenea. Iba acompañado del empleado que la había hecho firmar el ingreso en prisión, quien, por lo empapado que llevaba el sombrero, debía haber sido enviado a buscar al director a su casa.

Cuando, unos minutos después, Montgomery regresó a la oficina con su habitual paso enérgico, los ojos le brillaban de forma poco natural. Annabelle pudo observar que un músculo cercano al ojo izquierdo se le contraía de modo involuntario.

El director de la cárcel se parapetó tras el enorme escritorio de madera.

—Las celdas no cumplen ni de lejos con los estándares establecidos por el Ministerio del Interior —planteó Montgomery sin ningún preámbulo—. Demasiado sucias, demasiado frías e inaceptablemente abarrotadas.

El director, nervioso, se aflojó el pañuelo de cuello.

—Por desgracia, soportamos una escasez de...

—¿Y en base a qué cargos se ha producido su detención? —interrumpió Montgomery—. La manifestación había sido autorizada.

¿Ah, sí?

El director de la prisión empezó a pasar con brusquedad las hojas del libro de ingresos.

—De hecho, tenían permiso para manifestarse —concedió—, pero parece que las infractoras..., quiero decir, las damas..., fueron detenidas por obstrucción y agresiones. —Levantó la vista, un poco desconcertado—. Por lo que se refiere a la señorita Archer, aquí presente, le dio a un agente un puñetazo en la nariz que le produjo una hemorragia.

Se produjo una breve e incrédula pausa.

—Es obvio que se trata de un malentendido —afirmó Montgomery con falsa suavidad.

El director de la prisión asintió.

—Es obvio, su excelencia.

—Por consiguiente, el registro debe eliminarse. Encárguese de informar al alguacil de que el caso se ha sobreseído.

—Desde luego, señor.

Sebastián se acercó a Ramsey sin dejar de mirar al director.

—¿Cuál es la cuantía de la fianza?

El director pareció sorprendido. Esperaba que el duque se limitara a llevarse a su prisionera sin más.

—La fianza son cincuenta libras, excelencia.

Annabelle contuvo un gesto de asombro. Era una enorme cantidad de dinero. Se sintió mal cuando Ramsey sacó una chequera del bolsillo interior del abrigo.

Montgomery, sin pronunciar palabra, firmó el cheque sobre el escritorio del director y se dio la vuelta para marcharse.

Ramsey le ofreció el brazo para acompañarla, pero pareció como si ella tuviera los pies enraizados en el suelo.

—¿Señorita? —instó el criado.

Montgomery se volvió con ojos impacientes. Cuando se acercó para que ella le hablara al oído, la impaciencia inicial dio paso a la perplejidad. Ella no quería estar tan cerca de él; con toda seguridad hedía a prisión, a angustia, pero...

—Hay otra sufragista en la celda —comenzó, algo angustiada—. Maggie. No tiene a nadie a quien acudir y está aterrorizada.

Montgomery escuchó, separó la cabeza y la miró largamente con expresión indescifrable. Después extendió la mano hacia Ramsey, que sacó la chequera a toda velocidad.

El silencio en la habitación era de una enorme densidad cuando el duque firmó un segundo cheque por otras cincuenta libras y ordenó que Maggie fuera puesta en libertad a la mañana siguiente.

A Annabelle le ardían las mejillas. Pensó en la chica *cockney* y sintió el impulso, incluso la necesidad, de ayudarla, pero el sentido común se impuso. Montgomery remató su mudo dilema al ponerle la mano sobre el brazo con cierta fuerza y echar a andar hacia el exterior del despacho.

En la entrada trasera, bajo la intensa lluvia, los esperaba un carruaje sin ninguna identificación. Ramsey le dio una moneda al cochero.

—Al 37 de la plaza de Belgravia.

Se mantuvieron en silencio mientras el carruaje transitaba la noche londinense. Las intermitentes luces de la calle iluminaban el rostro de Montgomery haciéndolo parecer un desconocido. Y ella se sentía perdida.

Le había costado cien libras y ni siquiera era su querida. Había buscado por todas las prisiones de Londres hasta encontrarla, pese a que le había pedido que se alejara de ella. En lo político era conservador, ¿cómo no iba a serlo?, lo que significaba que, con toda probabilidad, iba contra sus principios y sus intereses liberarla a base de hacer una demostración de poder ante los funcionarios del estado. Un simple «gracias» resultaba casi risible en comparación con lo que acababa de hacer por ella.

—¿A dónde vamos? —preguntó por fin.

—Mis disculpas —respondió—. No sé por qué, pensaba que lo sabías. A mi residencia de Belgravia.

No la miraba. Salvo la inspección de su cara para buscar señales de malos tratos, no la había mirado mucho esa noche. Darse cuenta de ello fue como recibir un puñetazo en el pecho.

—A no ser que prefieras ir al Claridge —le ofreció al ver que ella no contestaba.

—¿Al hotel? —Hasta ella había oído hablar del lujoso establecimiento.

Asintió.

—Allí podrías utilizar mis habitaciones. Mañana el traslado a la estación será fácil de organizar.

Era la amabilidad personificada. Una amabilidad impersonal. Y no solo era porque Ramsey estuviera allí. Podía sentir la distancia que había entre ellos, la debilidad de su conexión, como si hubiera cortado de un tajo la cuerda invisible que los había unido casi desde el principio. Era evidente que quería protegerla, pero también lo era que no quería sentirse así. Pero estaba claro. Solo se comportaba como ella le había pedido que lo hiciera. Eso debería tranquilizarla. Por el contrario, sentía una opresión en el pecho que parecía que fuera a aplastarle los pulmones.

—Belgravia es perfecto, excelencia.

La casa de Montgomery, con el característico frontal de estuco blanco de la zona, se levantaba cuatro pisos y se asomaba al en esos momentos oscuro parque del centro de la plaza. Cuatro columnas, también blancas, flanqueaban la entrada principal. Pasar de la cárcel al vecindario más rico de Londres en menos de una hora resultaba un tanto abrumador.

Annabelle subió los escalones del brazo de Ramsey como si fuera una anciana. Apenas distinguió una imponente araña de techo y una amplia escalinata de roble mientras un enjambre de criados recogía guantes, sombreros y abrigos.

Montgomery hablaba con una sirvienta que, por su atuendo y su forma de comportarse, debía de ser el ama de llaves. Al terminar, se volvió hacia Annabelle sin variar en absoluto la expresión distante.

—Millie te acompañará a tu habitación —la informó, al tiempo que dirigía la mirada a una joven criada que estaba al lado del ama de llaves—. Por supuesto, toma un baño o pide una bandeja.

Un baño. Comida. La gloria. Pero habría cambiado todo eso por una pizca de calidez en su voz.

En su barbilla asomaba una incipiente barba dorada. Seguramente se había levantado y afeitado muy temprano por la mañana y ya era casi medianoche. Su día habría sido muy largo, como indicaban la barba y las líneas de alrededor de la boca. En resumen, era un hombre tan mortal como los demás.

Intentó respirar con normalidad pese a la constante y creciente presión que sentía en el pecho. No deseaba otra cosa que enterrarle la cara en el hombro. Porque, mortal o no, parecía ser capaz de aguantar el peso del mundo. Y quizá quisiera recibir cierta ternura a cambio de ello.

Su escrutinio no le pasó desapercibido. Surgió una chispa en lo profundo de los ojos y la expresión estoica se desmoronó. Por un instante pareció como si fuera a tocarla, pero lo que hizo fue abrir y cerrar el puño a la altura de la cadera.

—Buenas noches, señorita Archer —se despidió.

❄ ❄ ❄

—¿Quiere darse un baño, señorita, mientras preparo la habitación? —le ofreció Millie.

A Annabelle le parecía que la habitación no necesitaba más preparaciones. La fría elegancia de los paneles de madera color azul hielo y un techo alto de estuco se complementaba con cortinas y un juego de cama de terciopelo oscuro y con la calidez del potente fuego de la chimenea.

—Un baño sería maravilloso —contestó. Cualquier cosa capaz de lavar la degradación de Millbank.

El cuarto de baño era muy completo y sofisticado: azulejos blancos de suelo a techo, grifos relucientes, una gran bañera oval de cobre, recipientes de vidrio con pastillas de jabón que imitaban pasteles y botellas de cristal con aceites esenciales de rosas y lavanda alineadas en las estanterías.

Millie abrió los grifos y chorros de agua y vapor que empezaron a llenar la bañera. Salió para dejar sola a Annabelle mientras se desnudaba, pero volvió enseguida con un montón de toallas blancas, suaves y esponjosas, además de un albornoz y un salto de cama de seda blanca. Lo colocó todo sobre una silla cercana a la bañera y desapareció entre un frufrú de faldas almidonadas.

Todo su cuerpo se estremeció al entrar en el agua tibia y perfumada a lavanda. Apoyó la cabeza en el borde. ¡Qué maravilla sentirse ligera, para variar! Estaba demasiado fascinada como para estirar el brazo y alcanzar una pastilla de jabón. La espuma era suave y sedosa como la nata. La suave fricción de la esponja sobre los miembros le produjo un cálido hormigueo en la superficie de la piel. Era la misma sensación febril que había notado revoloteando por Claremont en medio de la noche cuando buscaba a Montgomery como si él fuera el antídoto para una enfermedad fatal. En aquellos momentos había deseado un último beso, un último adiós. Ahora sabía hasta qué punto había sido ridículo aquel deseo. Cada beso se había convertido en un deseo, más bien un apetito, de más besos, de más caricias, de más... Con toda seguridad, no había un número suficiente de besos ni de caricias para darle el adiós adecuado.

Se frotó con la esponja los nudillos, aún rojizos y magullados por el puñetazo que le había propinado a un hombre, a un policía. Hizo una mueca. Ese día había estado cerca, demasiado cerca, de arruinar su futuro. Y Montgomery había aparecido para liberarla con la misma facilidad con que se abre una jaula para liberar a un pájaro cautivo. Y, como haría cualquier hombre racional tras liberar a una criatura silvestre, la iba a abandonar a su suerte.

Dolía. Eligieran el camino que eligieran, terminaría en dolor y amargura. De hecho, la sola idea de que nunca volvería a sentir la suave boca de Montgomery contra la de ella era lo que más hería y amargaba.

Dejó la esponja en una pequeña repisa del borde de la bañera.

Montgomery le había devuelto el mañana. Ella podía entregarle la noche.

Cuando salió de la bañera, el vapor le envolvía el cuerpo desnudo. Se sentía ligera, vaporosa, algo aturdida. Se secó y después se aplicó un masaje con los aceites en la aún húmeda piel; se quitó las horquillas del pelo e introdujo los dedos entre las rizadas hebras hasta hacerlas brillar. Se puso la suavísima bata de seda.

De regreso a la habitación, hizo sonar la campanilla.

Le latía con fuerza el corazón, aunque a un ritmo pausado. Millie apareció en el umbral.

—Llévame a ver a su excelencia, por favor.

La joven criada no pudo evitar dirigir una mirada furtiva a su escasa vestimenta.

—En estos momentos su excelencia ya se encuentra en sus aposentos privados, señorita.

La servidumbre comentaría. No le importaba.

Descalza, se acercó a la puerta.

—Lo sé.

Capítulo 24

Sebastián descansaba en el sillón con las piernas estiradas y el pelo aún húmedo. Cada vez le atraía más la idea de ir a su club para una sesión nocturna de esgrima. El baño no había surtido efecto; tampoco el libro que tenía entre las manos. Un deseo hosco e insatisfecho viajaba por sus venas como una necesidad sin objetivo viable. Aunque, por supuesto, había un objetivo. Solo una mirada, incluso desaliñada, sucia y harapienta como estaba, había bastado para despertar su deseo. Quería protegerla, poseerla, estar con ella. Y, a menos que la obligara por la fuerza, no podía hacer absolutamente nada al respecto.

Los leños del hogar ardían con tanta suavidad, de una forma tan hogareña, que avivaban su resentimiento. ¡Y pensar que no hacer nada pasaría a ser uno de sus mayores desafíos a partir de ahora! Una pequeña nota de humor a la que agarrarse en esa aciaga noche.

Una ligerísima llamada a la puerta lo sacó de su ensimismamiento. Nadie se acercaba a sus aposentos a esa hora de la noche. Empezaba a levantarse del sillón cuando el pomo giró con suavidad.

De alguna forma, supo que era ella. Pero cuando apareció no estaba preparado. En absoluto. Durante un momento, se le quedó la mente en blanco.

Tenía el pelo, brillante y glorioso, suelto; le caía hasta la cintura en torrentes de caoba. Y estaba casi desnuda. Lo invadió un intenso calor, desde la frente hasta los dedos de los pies.

La vaporosa bata se le ajustaba a las curvas mientras avanzaba hacia él. Los pies desnudos debajo del dobladillo, unos pies dolorosamente vulnerables...

No pudo controlar la evidente excitación. Con no poca dificultad, alzó la vista para mirarla a la cara.

—Annabelle... —Sin poderlo evitar, le salió una voz gutural—. ¿Ocurre algo?

Se detuvo muy cerca de él y lo invadió su aroma. Se sintió débil al percibirlo.

—Eso me temo —contestó.

Cada músculo de su cuerpo se bloqueó cuando le quitó el libro de las manos con mucha suavidad y se sentó sobre sus muslos.

—¿El qué? —preguntó como pudo. El suave peso femenino sobre su regazo había terminado de provocarle una erección casi dolorosa.

—Te echaba de menos —murmuró Annabelle.

Sebastián le miró la garganta, los hombros, el pecho, como si estuviera haciendo inventario, y, con la punta de los dedos, empezó a explorar los escasos trozos de piel que asomaban bajo la bata, apenas anudada. Le rodeó los brazos quizá con excesiva e inconsciente fuerza, lo que hizo que la suave seda crujiera entre los dedos.

—Si has venido para mostrar tu gratitud...

Ella abrió mucho los ojos.

—No, no...

Annabelle paseó la mirada por su torso hasta fijarla en el bulto que se le había formado en el bajo vientre. Reprimió un gruñido. ¡Le había puesto la mano sobre el...!

La joven alzó la vista para mirarlo a los ojos. Tenía las mejillas un poco arreboladas.

—Te deseo, Montgomery.

«Te deseo, Montgomery...».

Retiró la mano y se giró para poder besarlo en la boca.

—¡Cuánto te he echado de menos! —susurró contra sus labios.

Se deslizó del regazo para ponerse de rodillas entre los muslos de él, que empezó a respirar entrecortadamente cuando los estilizados dedos comenzaron a deshacer el nudo del cinturón que cerraba su batín. Le tomó la barbilla y se la levantó lo justo para que pudiera mirarlo a los ojos.

—Solo puedo ofrecerte lo que tengo.

Ella entrecerró los párpados de forma casi inapreciable.

—Lo sé.

Le abrió el batín.

Durante algo más de un momento, solo se escuchó la respiración entrecortada y el crepitar del fuego.

Annabelle se inclinó hacia delante y le rozó el pecho con los labios, lo que le provocó un sonido gutural en la garganta. Fue bajando despacio... Montgomery curvó la mano derecha alrededor de la nuca de Annabelle sin siquiera pensar en que deseaba hacerlo. La joven siguió hacia abajo y el cálido aliento femenino alcanzó su ansioso miembro.

—Annabelle...

Cerró la boca sobre él, que inclinó el cuerpo al sentir la intensa oleada de placer.

—¡Dios...!

Humedad, calor suave y ternura. Inmensa felicidad. Sebastián gruñó y le acarició el cabello con los dedos. Nunca le habría pedido que hiciera eso, aunque bien sabía Dios que había fantaseado con ello. Pero las oscuras fantasías no tenían nada que ver con las sensaciones que lo inundaban ahora y que le llevaban fuego a las venas cada vez que ella lo acariciaba con la lengua. Ella la deslizó varias veces a lo largo de toda la extensión del miembro y él rompió a sudar; empezaba a sentir un creciente placer en la base de la espina dorsal. Haciendo un esfuerzo hercúleo, se retiró de ella, se puso de pie y la tomó entre sus brazos.

Montgomery tenía la mirada fija en la gran cama que dominaba la habitación y Annabelle se colgó de él, tan desconcertada como emocionada al pensar que la conducía a ella como si fuera el premio por una hazaña o una conquista. La dejó al borde del colchón con mucho cuidado. Los ojos de él brillaban como nunca, con el acerado azul en el centro de las llamas.

Se estremeció. Así que eso era que toda la intensidad de su carácter estuviera centrada en ella. El tiempo y el pensamiento consciente asomaban a chispazos; imperaban él, ella y la necesidad de estar cerca el uno del otro.

Le tomó la cara entre las recias manos y le acarició las comisuras de los labios con la yema de los pulgares.

—¡Cuánto te deseo! —exclamó, y se inclinó para besarla.

El primer contacto fue profundo, exigente, incitante, entregado. Besaba como besa un hombre que sabe que no va a verse obligado a parar. Y no tendría que parar. No, en absoluto. La sensación del cuerpo masculino alrededor del de ella hizo que se sintiera cómoda, perezosa, como si no tuviera huesos ni aliento.

Cuando interrumpió el beso, jadeaba y estaba tumbada de espaldas, con la respiración entrecortada y las piernas al borde de la cama. La bata se había desanudado y estaba abierta. Montgomery la miraba voraz, saboreando con los ojos, fijándose en todas esas zonas que más intrigan a un hombre.

Tendría que haber actuado en defensa de su honra. Pero su fibra moral era tan escasa en ese momento que lo que hizo, por el contrario, fue levantar la cabeza, abrir la boca y enseñarle la garganta.

La sonrisa de Montgomery se desvaneció. Dio un paso atrás y el batín se deslizó al suelo con un suave roce.

Ella tragó saliva. Podría haberla seducido solo con su cuerpo, lleno de confianza y con una musculatura potente, vital y atractiva. La piel clara; la ligera mata en el pecho de pelo color arena, del mismo tono que la línea de vello que avanzaba hacia el abdomen y llegaba hasta la zona de masculinidad...; que también era hermosa y atractiva, con una potente erección que palpitaba de deseo.

Inspiró con fuerza y ella lo miró a la cara. Estaba mirándole las rodillas con los ojos entrecerrados.

—¡Oh! No es nada... —dijo ella.

Ya tenía las manos en ella y le doblaba con mimo las piernas para poder examinar los moratones del tamaño de una ciruela que tenía en la piel.

—¿Quién te hizo esto?

—Nadie... Me caí mientras me sostenían —indicó cuando él miró hacia arriba y vio su expresión salvaje.

Annabelle se estremeció. Era extraño, estaba más excitada que antes. Extendió la mano hacia él.

—Por favor, ven conmigo —susurró.

Él paseó la mirada por su cuerpo desnudo echado sobre la cama y, tal como había esperado, se distrajo lo suficiente como para perder la expresión de ferocidad.

Se puso de rodillas. Al darle un beso en la espinilla, justo debajo de una magulladura, lo notó distinto. Sus besos anteriores estaban cargados de deseo, de necesidad de poseer. Pero este fue suave como el roce de una pluma. Reverencial. Como si ella fuera de precioso y frágil cristal. Otro beso en el muslo y sus dedos le acariciaron la sensible piel de detrás de las rodillas. Desde allí, fluyeron sensaciones dulces y cálidas como el almíbar. Un roce de la lengua en la parte interior del muslo, mínimos chupetones, un mordisquito suave, y no tuvo más remedio que contonearse sobre las sábanas. Montgomery colocó la otra mano sobre la pierna y la movió despacio hacia la unión de los muslos, después extendió los dedos..., hasta que, con el pulgar, inició la exploración. Annabelle jadeó. Él lo hizo de nuevo, con mucho tiento y sabiduría, y ella ronroneó casi hacia adentro, como una gata. Allá donde él tocaba con los sabios y hábiles dedos y con la boca de seda, fluía el calor. La besó entre las piernas, la lengua en la cálida humedad, y eso la hizo perderse, perderse en él. Los besos, cada vez más profundos, fueron aumentando la intensidad de su gozo hasta que agarró las sábanas con frenesí y, arqueándose contra él, soltó un grito ahogado.

Aún estaba floja y palpitante cuando Montgomery se incorporó y se colocó sobre ella, los codos a ambos lados de su cabeza. El calor y la dureza del empujón que sintió en su punto álgido hizo renacer una alegre ansia de él.

Le puso una mano en el pecho.

—Por favor...

Él hizo un ruido sordo y estrangulado y los atractivos rasgos de la cara se estiraron por el esfuerzo que hizo para detenerse.

—Por favor, no me dejes embarazada —suplicó a toda prisa.

Una ininteligible emoción cruzó la cara de él, que asintió de inmediato.

Jadeó cuando volvió a empujar. Había pasado mucho tiempo y él era grande y fuerte, quizá por eso surgió un miedo instintivo y muy femenino en el preciso momento en que empezaba a penetrarla. Él lo notó enseguida y empezó a moverse con más mesura y lentitud, con una ternura infinita e inesperada.

—Tranquila, mi amor —murmuró—. Deja que entre en ti... Sí...

El cuerpo se fio de esa voz tranquila. Los potentes músculos de la espalda temblaban bajo las palmas de la joven.

Tal vez fue eso, o el murmullo de su voz y sus roncos jadeos cerca del oído, o el suave roce de su mejilla contra la de ella, pero algo en su interior decidió entregarse. Pudo ver como cerraba los ojos mientras se hundía en ella.

La llenó por completo, en cuerpo y mente, y entró hasta que no quedaba más espacio. Solo separaba los ojos de ella para cerrarlos en algún momento, el rostro tenso de ansia primaria, y la sensación que a Annabelle le producían sus embates eliminó cualquier tipo de frontera entre ellos, como si no hubiera ni principio ni fin para su unión. Notó que salía de ella y se apartaba justo en el momento de su propio segundo clímax.

Le puso la mano en la empapada nuca.

El rodó sobre sí mismo como si estuviera muerto.

❀ ❀ ❀

Vio como cruzaba la habitación hacia el rincón en el que estaban la palangana y la jarra y se lavó. Después volvió a la cama con un paño húmedo. Tendría que estar avergonzada por verlo moverse alrededor desnudo, y mucho más al notar que le limpiaba las zonas íntimas. Pero debía de haber perdido las inhibiciones en algún lugar entre la puerta de su habitación y el sillón.

Él le colocó la mano sobre el vientre, justo donde le acababa de dejar su huella. Había cumplido su palabra. La había protegido. Ni una manada de caballos salvajes hubiera sido capaz de apartarla a ella del camino hacia el éxtasis en el que la había colocado con su sabia boca, así que se hacía a la idea de lo que le habría costado controlarse y salir de su interior en el momento preciso. Un hombre maravilloso y de fiar.

Apoyado en un codo y con la barbilla sobre la palma, la miraba con los ojos entrecerrados. Parecía distinto. Más joven. Annabelle no pudo evitar extender la mano y pasarle el índice por el labio inferior. También la boca parecía diferente, suave y llena. Saber que tenía ese aspecto era pura intimidad, ni más ni menos. Muy poca gente lo había visto o lo iba a ver así, a Montgomery la persona, el hombre, no el duque. Solo lo deseaba como hombre.

Le tomó la inquisitiva mano y empezó a jugar con sus dedos. Se acordó de retirarla, pero demasiado tarde. No iba a permitírselo.

—Siempre procuras esconder las manos —observó él—. ¿Por qué?

—No son bonitas. —Suspiró.

Le abrió el puño con firme suavidad.

—¿Qué te hace decir eso?

—Las manchas de tinta —susurró.

Se las besó.

—Eso no es un defecto.

—Y tengo callos —confesó, extrañamente decidida a exponer ante él sus imperfecciones.

—Yo también.

Lo miró sorprendida. Abrió la mano derecha y señaló un pequeño bulto bajo el dedo medio:

—De sujetar la pluma.

Él le agarró el dedo índice y se lo hizo pasar entre sus dedos medio y anular:

—De sujetar las riendas.

Esos ligeros e inocentes toques y la observación de sus dedos volvieron a desatar un ansia fija en el bajo vientre. Sí, quería más de él, mucho más.

—¿Y qué me dices de esto? —Le tocó una dureza de la palma.

—Esto es de la maza.

—¿De la maza?

—Sí, es un martillo grande con el que se clavan en el suelo los postes de las vallas.

—¿Y hace eso a menudo, excelencia, clavar postes de vallas en el suelo?

Torció ligeramente las comisuras de los labios.

—Bastante a menudo, sí. Trabajar en el campo hace que me olvide de otras cosas... durante un rato.

—Así se explica esto otro —murmuró al tiempo que pasaba los dedos por la curva del bíceps, que se endureció por reflejo ante su caricia. Sonrió, entre otras cosas, porque estaba autorizada a tocarlo de esa forma. Y de muchas otras...

—¿De verdad le diste a un policía un puñetazo que lo hizo sangrar por la nariz? —preguntó. Le había dado la vuelta a la mano y le miraba los nudillos rosados.

La sonrisa se le borró de los labios.

—Sí.

Notó que la languidez abandonaba el cuerpo masculino.

—¿Por qué? —preguntó.

—Me imagino que porque los chicos del campo con los que he crecido y las personas que me han educado no me enseñaron a dar bofetones, como hacen las damas de la nobleza.

Se volvió a inclinar hacia ella sin el menor rastro de humor en su rostro.

—¿Qué te hizo?

Le esquivó la mirada.

—Estaba... aprovechándose de una amiga usando la fuerza.

El gesto de Montgomery se endureció.

—Entiendo.

—Si decidieras desmantelar por completo el cuerpo de Policía Metropolitana de Londres, no pondría el menor inconveniente —dijo en voz baja—, pero quizá podrías esperar hasta mañana...

Él solo disipó su gesto de disgusto cuando ella le dio una patadita en la pantorrilla.

—Eres una descarada —susurró. Acercó su mano a la boca y le besó la palma. Después se la devolvió con cuidado—. Esta mano es fuerte, hábil y capaz —dijo—. No la escondas nunca.

Cerró el puño para guardarse el beso. ¿Cómo había podido considerarlo un hombre frío y severo? Tal vez lo fuera, sí, pero nadie en la vida la había tratado de una forma tan encantadora, nunca se había sentido tan valorada. Por más que intentaba recordar, no lo lograba.

No obstante..., había hecho cosas que mostraban frialdad y falta de corazón. Y eso eran realidades, no opiniones.

—Montgomery, ¿puedo preguntarte algo?

—Sebastián.

—¿Perdona?

—Llámame Sebastián.

Dudó un momento.

—¿Por qué?

—Es mi nombre.

Lo sabía. Sebastián Alexander Charles Avery, para ser precisa, seguido de una larga lista de títulos mayores y menores. Los había memorizado desde la primera vez que lo espió en los Anales de la Aristocracia. También estaba bastante segura de que solo sus amigos más cercanos, y quizá su esposa, se atreverían a llamar por su nombre de pila a un hombre de su posición.

—Me temo que no te conozco lo suficiente como para llamarte así —opinó.

Sonrió irónicamente.

—He estado dentro de ti. Y tengo la aviesa intención de volver a estarlo dentro de... unos diez minutos.

Se ruborizó de inmediato.

—Eso es otra cosa.

—En absoluto —disintió—. Perdóname por ser tan franco respecto a mis deseos. Y puedes preguntar.

Suspiró.

—Muy bien, Sebastián.

El aludido bajó las pestañas y emitió un sonido sospechosamente parecido a un ronroneo.

—¡Sebastián! —repitió con voz ronca, solo para ver cómo reaccionaba.

—¿Te estás divirtiendo conmigo? —preguntó, abriendo los ojos de repente.

Rio nerviosa como una damisela; ella, que nunca hacía esas cosas. Y él sonrió despacio, frunciendo la comisura de los ojos y mostrando la perfecta y blanca dentadura. Contemplar la sonrisa de... Sebastián era devastador.

Casi lamentó tener que preguntar:

—Sebastián, ¿por qué te divorciaste de tu esposa?

Capítulo 25

En el dormitorio había un reloj. Ahora pudo escuchar su tictac, alto y claro, a lo largo de otro largo minuto de incómodo silencio, mientras Sebastián yacía en la cama inmóvil como una piedra. Parecía claro que compartir su cama no le daba derecho a hacer preguntas indiscretas.

—No tuve muchas alternativas al respecto —comenzó por fin, con la vista fija en el dosel de la cama. Parecía más pensativo que malhumorado—. Seis meses después de que nos casáramos, huyó con otro hombre, el hijo menor de un *baronet* cuya hacienda era contigua a la de su padre. Resultó que creía estar enamorada de él desde casi la niñez. Los encontré en una posada cuando iban camino de Francia.

«¡Madre mía!».

—Es espantoso —expresó por fin.

—Así son las cosas —repuso él con un encogimiento de hombros.

No pudo evitar imaginarse las imágenes de la situación con meridiana claridad: Sebastián subía los escalones que crujían, el posadero inquieto y curioso que le pisaba los talones, la entrada de improviso en una habitación oscura, los gritos de los aterrorizados amantes...

—¿Por qué no...?

No pudo terminar la frase. Unas manos fuertes le rodearon la cintura para colocarla encima de él. Se le puso la mente en blanco al quedar apoyada sobre el cuerpo cálido y duro. Pero el gesto de él era pensativo e irónico: estaba claro que en ese momento no pensaba en hacer el amor.

—¿Qué por qué no les disparé al encontrarlos? —sugirió.

Nunca en la vida había asentido de una forma tan mínima.

—Porque eso no hubiera merecido la pena, ni en esta vida ni en la otra. ¡Oh, Sebastián! ¿Qué hacía falta para que perdiera la cabeza? Enseguida le ardió la cara, pues en esos momentos ella ya sabía muy bien que había al menos una cosa que sí que lo hacía perder la cabeza.

—La mayoría de los hombres no habrían llegado tan lejos en su análisis —reflexionó—. De hecho, la mayoría ni siquiera se habría parado a pensar.

Él le acarició las caderas con las palmas, muy despacio, como si quisiera obtener consuelo al sentir su suave piel.

—Me quedé allí, mirándolos desde el pie de la cama. Ellos también me miraban a su vez, atemorizados, convencidos de que, de un momento a otro, iba a dispararles —explicó—. Pero en ese instante no sentí nada. Nada en absoluto. Así que pude sopesar mis opciones. Los había encontrado. Puse como condición que ella se marchara a Italia para no volver. Pero no los toqué, a ninguno de los dos; ni un pelo de la ropa. Ella siempre había pensado que yo tenía un corazón de hielo. Por suerte para ella, dada la situación, acertó.

—No —protestó Annabelle—. No me puedo creer eso acerca de tu corazón. Lo que me dices me hace pensar que ella era una persona... bastante desleal.

Las ávidas manos masculinas empezaron a tantearle el trasero sin el más mínimo pudor.

—Con qué furia sales en mi defensa —murmuró—. En efecto, era desleal, pero sobre todo era una joven emocional en exceso y yo jamás debí casarme con ella.

—Tuviste que amarla mucho para pedir su mano —tanteó, molesta al notar lo poco que le gustaba la idea.

Sebastián negó rotundo con la cabeza.

—Me casé con ella porque mi padre le había vendido al suyo una de nuestras haciendas y el tipo supo jugar sus cartas muy bien. Le entusiasmaba que su hija se convirtiera en duquesa. A mí me hacía falta una esposa, así que adquirirla recibiendo como dote una hacienda bastante cara me pareció un buen trato.

—Ya...

—Un acto de estrategia, pero salió el tiro por la culata.

Sonó demasiado calculador. Pero su clase social utilizaba así el matrimonio, ¿no? Para establecer alianzas que produjeran más de lo mismo: dinero, tierras, poder. Para obtener el amor o el placer, estos hombres mantenían queridas.

—Pensaba que era habitual tener amantes en los matrimonios entre gente de tu nivel.

Se le endureció la mirada.

—No es así hasta que hay un heredero. Cualquier hijo varón concebido mientras estuviéramos casados habría sido declarado oficialmente hijo mío, pero, a no ser que la hubiera encarcelado en sus habitaciones, no habría tenido manera de saber que lo fuera de verdad. Había demostrado de sobra que se arriesgaría a cualquier cosa. Además...

Se quedó en un hosco silencio durante un rato. Ella notó la tensión de su cuerpo y decidió pasarle los labios por la garganta. Al ver que eso no era suficiente, decidió utilizar la lengua.

Él gruñó con suavidad. El miembro se le estiró contra el vientre de ella, que, como respuesta, notó un hormigueo entre las piernas. Se levantó, se puso a horcajadas sobre él y empezó a moverse hasta que la sujetó con firmeza por las caderas.

Cuando la miró a la cara tenía las mejillas encendidas.

—No lo vi venir. O bien me odiaba tanto como para huir, aun arriesgándose a lo que fuera, o bien lo amaba más que a nada. En cualquier caso, no podía prever que fuera a pasar lo que pasó.

Sintió la tentación de decirle que en realidad ningún marido tenía forma de prever que su esposa fuera a huir a Francia con un amante del que no tenía noticia, pero estaba claro que había algo más.

Entrelazó sus dedos con los de él, cuyas manos seguían sujetándola por las caderas.

—¿Cómo puedes seguir confiando en la gente? —susurró.

Se dio la vuelta inesperadamente, de modo que ella quedó de espaldas sobre el colchón y él encima. Dio un gritito de asombro. Y se dio cuenta de que no podía moverse. La fuerza de la erección le apretaba ansiosa entre los muslos, por lo que separó las rodillas para paso a su voluntad. Gimió de placer. Estaba claro, con él no podía actuar siguiendo la moral ni el pudor. De ninguna manera.

Los ojos de Sebastián destellearon.

—Escojo con mucho cuidado las personas en las que confiar —confesó— y, cuando me miran a los ojos y son incapaces de guardarse sus opiniones para sí mismas, me siento inclinado a concederles el beneficio de la duda.

Rio con ganas.

—No se te ocurra dejar que eso se sepa. Tu vida sería infinitamente más difícil.

La tremenda intensidad de su mirada debería haberla asustado. Pero lo único que sintió fue una oleada de ansia, de deseo.

Le dio la vuelta para colocarla boca abajo. Le acarició la base del cuello y el pelo que le caía sobre los hombros y le pasó la cálida lengua por la garganta. Sus besos eran ávidos, hambrientos. También había ansia en la exploración de su piel, de las zonas sensitivas que palpitaban tras sus caricias, como volviendo a la vida. Arqueó la espalda, embelesada al sentir la firmeza de los músculos y el roce del vello del pecho en los hombros.

—Me encanta oírte reír —murmuró mientras la mordisqueaba—. Es un sonido precioso.

—¿Mejor que Mendelssohn?

Abrió la boca cuando la mordió con tiento y suavidad en la curva del cuello.

—Sí —contestó—. Mejor.

Colocó la mano entre el colchón y la sedosa suavidad de sus pechos, y la caricia de la palma contra los rosados pezones dio lugar a un inesperado gemido. Parecía saber cosas sobre su cuerpo que ella desconocía. Cuantas más le mostraba, más se entregaba ella, hasta que todo se diluyó en sensaciones, hasta que... sus potentes muslos presionaron desde atrás contra los de ella, abriéndola para ajustarle el interior a su masculinidad.

Se quedó rígida al darse cuenta de sus intenciones.

Su voz, junto al oído, era oscura y suave como la noche.

—¿Quieres tenerme así?

Tragó saliva. Notó el ansia de su boca, la curva de la barbilla, el suave mordisqueo, el áspero roce de la dorada barba incipiente contra la piel.

—Sí —susurró. Sí, sí, sí...

Pronto le estaría diciendo sí a todo, así de hondo había penetrado en su piel.

Esta vez no hubo lucha, solo gozo suave y cálido, alivio por el hecho de estar unidos de nuevo. Enterró la cara ardiente entre las frías sábanas al notar que le empujaba las caderas un poco hacia arriba. Apretó los dedos contra el colchón...

Platón estaba equivocado. El amor carnal llena esa mitad de alma que a todos nos falta. La sensación de integridad cuando Sebastián llenó su vacío fue jubilosa y carnalmente real; tan perfecta, tan cierta, que no debería tener fin. Una vez más, como hacía solo un rato, la empujó con sus embates, con los dedos acariciándole los muslos y entre las piernas, y se fue disolviendo en el eco distante de sus jadeos de placer. En la cima del éxtasis, ella sintió un punto de culpabilidad cuando él se retiró al vacío en lugar de completar el gozo en su interior.

❋❋❋

Se quedaron quietos durante un rato, formando un poco elegante batiburrillo de brazos y piernas, él sobre su espalda, ella a un lado con una pierna letárgica escondida entre los muslos de él. Su mejilla descansaba sobre el fornido pecho. El magnífico aroma masculino parecía haberse concentrado allí. «Es el vello», pensó, enredando los dedos en los rizos cortos y rubios. «Qué adecuado para los hombres eso de tener unos pelillos en la piel para atrapar su fragancia justo en el sitio donde a las mujeres les gusta apoyar la cabeza».

Sebastián, por su parte, le acariciaba con aparente desgana la base del cuello, le rascaba la cabeza con suavidad, y a ella le apetecía ronronear como una gata satisfecha. La mañana iba a llegar dentro de pocas horas, eso era inexorable. Pero hacía años que no se sentía tan plena, si es que alguna vez se había sentido así. Era una calma tranquila, profunda, como si una pregunta recurrente y molesta por fin tuviera respuesta, de modo que ahora todo estaba en su sitio. Cabía la posibilidad de que luego se arrepintiera de no haber resistido la tentación una vez más. Pero eso sería después. Ahora no.

Jugueteó con su pecho tamborileando los dedos y sintiendo el movimiento uniforme del corazón.

—Lo que hice antes —dijo con tono tentativo—, cuando vine a tu habitación...

Le levantó la barbilla con el pulgar, animándola a seguir.

—¿El qué?

La cosa resultaba bastante más embarazosa de lo que había pensado.

—Cuando estabas en el sillón... —explicó a medias.

—Ah, sí. —Sus ojos relampaguearon—. Eso.

—Sí, eso... —confirmó—. Nunca había... Bueno, lo que quiero decir es que solo había leído acerca de ello, de hecho solo una vez. Y de manera accidental.

—De manera accidental... —repitió él, que alzó una ceja.

—Sí. A veces uno se encuentra accidentalmente con... descripciones... en documentos de la antigua Grecia. O con figuras en vasijas antiguas.

—Pues entonces me considero en deuda eterna con la cerámica griega —murmuró al tiempo que fijaba la mirada en su boca.

Y, aunque pareciera increíble, supo que volvería a ser suya otra vez en ese preciso momento, si él lo deseaba.

Le acarició los desparramados mechones del pelo.

—¿Quién era él? —preguntó en voz muy baja.

Casi se le para el corazón. No pensaba que fuera a sacar ese tema. Nunca.

Fue como si se le cerrara la garganta. Con toda probabilidad, había sido ella misma la que había abierto la puerta a ese tema de conversación con su absurdo deseo de convencerlo de su inexperiencia.

Pero ¿hablarle de William? Se ponía enferma solo de pensarlo.

Sabía que estaba esperando y cuanto más tiempo pasaba sin que dijera nada, más se sentía como una arpía, sobre todo después de todo lo que él le había contado sobre su duquesa, que ya no lo era. Pero le estaba pidiendo que le confesara lo peor de ella cuando aún seguía desnuda y algo escocida tras haberle permitido entrar en su interior. Las débiles defensas de las que disponía esa noche no soportarían su más que probable desprecio.

—Él no tiene importancia —terminó diciendo.

Empezó a manipularle los hombros con los dedos y Annabelle se dio cuenta de que se había puesto rígida como una tabla.

—Él no tiene importancia —empezó, e hizo una pausa— a no ser que quieras que te deje una cosa muy clara.

—¿Qué quieres decir?

Su mirada era insondable.

—Quiero decir que tienes experiencia, pero ni estás casada ni eres viuda. Alguien no hizo lo que debía contigo. Alguien te trató mal.

No, no había hecho con ella lo que debía. Sí, la había tratado mal. Pero Sebastián no preguntaba eso.

—Hice lo que hice porque quise hacerlo —respondió.

El cuerpo de Sebastián se relajó contra el de ella.

O sea, que se había preparado para lo peor.

Se preguntó qué habría hecho, recordando la expresión asesina al ver las heridas de las rodillas. Era una posibilidad plausible el que hubiera intentado cualquier cosa para destruir al agresor. Y en su caso, cualquier cosa era mucho. Todo.

—Tenía diecisiete años cuando lo conocí —empezó—. Dado que mi padre era el vicario, a veces lo invitaban a cenar o a un baile en la hacienda a la que pertenecía la parroquia y me llevaba con él. Un verano, el señor de la casa tuvo un invitado. William. Tenía veintiún años y era el segundo hijo de un vizconde.

—Un noble —aseveró más que preguntó Sebastián en voz baja.

—Sí. Era muy apuesto. Educado y culto. Abrigo de terciopelo verde y un bucle de pelo en la frente, como lord Byron.

Sebastián hizo una mueca burlona.

—De verdad. Me cautivó al primer vistazo —aseveró—. Me sacó a bailar y a la segunda pieza ya me había enamorado gracias a su sofisticación urbana y su encanto personal.

—Te sedujo —resumió con tristeza.

—Se lo puse fácil en extremo —reconoció—. No se parecía en nada a los jóvenes que había conocido hasta ese momento. Era deslumbrante. Me preguntaba mi opinión sobre política, sobre literatura, y me hacía sentir muy importante. El pueblo es muy pequeño, ya sabes, y, tras la muerte de mi madre, mi padre no volvió a ir a una ciudad. No me di cuenta de lo insatisfecha que estaba hasta que encontré a William. Algo en mí... estalló.

—¿Un donjuán de Londres empeñado en comportarse como un libertino con la hija de un párroco? A los diecisiete poco podías hacer para defenderte, querida.

—Pero sabía que estaba mal —insistió—. Todas las chicas sabemos que está mal.

—Y él lo sabía también —replicó—. ¿Pidió tu mano?

Rio con tristeza.

—Pues... todo lo que decía parecía conducir a esa conclusión, sí. Me pidió que me fugara con él a América. Allí quería buscar su propia fortuna, lejos de su padre. De hecho, se marchó a América al llegar el otoño, pero ni siquiera me dejó una carta para informarme.

Hizo una pausa corta y tensa.

—Lo amabas —planteó, y su frío tono de voz la hizo estremecerse.

—Eso pensaba yo. Desde luego, me atrapó por completo.

Le había dicho que la amaba y al escucharlo se quedó anonadada, aunque esperó para decírselo ella a su vez. Cuando al fin lo hizo, fue como si hiciera una promesa sagrada a su oído, mientras William yacía sobre ella. Pero una semana y varios encuentros íntimos después, desapareció de su vida.

Se quedó deshecha. Tardó días en caer en la cuenta de que se había ido para siempre de Kent, de que la había dejado sin ni siquiera decir adiós. Estaba claro que solo había sido una agradable anécdota en el verano de un noble rico.

—¿Y qué ocurrió entonces? —Sebastián parecía sospechar algo.

Annabelle cerró los ojos.

—Lo peor.

—¿Se supo lo que había pasado?

Lo miró desolada.

—Me di cuenta de que estaba embarazada.

Se quedó mortalmente pálido.

—¿Dónde... dónde está el niño?

Negó con la cabeza.

—No llegó a nacer. Lo perdí poco después de que mi padre me enviara a Yorkshire, a casa de una tía suya, la tía May.

Y la tía May le dejó bastante claro que debía alegrarse de haber perdido el niño. Pero, por el contrario, lo que ocurrió durante ese breve tiempo fue que empezó a amarlo, pero su cuerpo le falló... Les fallaba a todos, por unas razones o por otras.

Sebastián empezó a besarle el pelo y el cuello con suavidad y Annabelle se dio cuenta de que estaba agarrada a él, temblando de forma descontrolada, incapaz de contener ni las lágrimas ni el torrente de palabras que surgía de su alma herida.

—Mi padre me arrastró a Londres, me interrogó hasta que por fin confesé. Estaba convencido de que el vizconde obligaría a William a hacer lo que debía conmigo. Pero, por supuesto, su señoría dijo que yo era una meretriz que había intentado echarle el lazo a un noble rico y que había fallado. No iba a reconocer como nieto al hijo de una simple campesina.

Se hizo el silencio. La voz de Sebastián sonó peligrosamente suave cuando lo rompió.

—¿Me vas a decir quién es?

¡No, por los clavos de Cristo!

—La mayor parte de los hombres de su posición habrían dicho lo mismo.

—No la mayoría... —empezó a decir Sebastián, pero se detuvo de forma abrupta—. ¡Maldita sea! —exclamó al cabo de un momento—. Recuerdo que te acusé de algo parecido la primera vez que nos encontramos en Claremont...

—Sí, lo hiciste.

Soltó el aire.

—Eso explica tu forma de reaccionar. Tuve la impresión de que estabas deseando darme una bofetada, en ese momento pensé que estabas loca del todo.

—Bueno, la verdad es que así era. Volví a revivir aquel momento en el estudio de su señoría con todos sus detalles y por poco me vuelvo... loca del todo.

Se sentó sobre la cama y la miró fijamente.

—Dime su nombre.

—No lo haré. Se portó todo lo mal que pudo, me humilló, pero no fue él quien destruyó mi vida a los diecisiete años. Fui yo misma.

—¿Destruir? —Frunció el ceño—. De ti se puede decir cualquier cosa menos que estés destruida. No he conocido ninguna mujer tan valiente y resuelta como tú.

Pestañeó varias veces, los ojos puestos en el dosel de terciopelo.

268 ✦ EVIE DUNMORE ✦

—Yo no fui la única persona afectada. Mi padre... Su gesto y sus ojos cuando se lo conté... Fue como si apagara su luz, la poca que quedaba tras la muerte de su mujer. No creo que me perdonara antes de morir —añadió con voz ronca—. Nos informaron después de que ocurriera. El médico forense dijo que fue repentino, un ataque al corazón. Pero, Sebastián, él nunca supo cuidar de sí mismo; me necesitaba para eso. Puede que ni siquiera se diera cuenta de que no estaba bien, yo tenía que haber estado allí...

—No —negó Sebastián con mucho convencimiento. La estrechó entre sus brazos en un abrazo lleno de calor, de fuerza, de certeza—. Era un adulto que debía y podía cuidar de sí mismo —le oyó decir—. Tú tomaste tus decisiones y él las suyas. No cargues con las cruces de los demás, Annabelle. La única persona sobre la que puedes decidir y a la que puedes controlar eres tú misma.

—Pero no lo hice —susurró contra su pecho—. No supe controlarme.

Y había perdido, vaya si había perdido. Su virtud, contra el suelo de un polvoriento establo. Su bebé, el respeto de su padre, y después, tras enterrar a su padre para el descanso eterno, recibió la noticia de que su tía May, pese a que era la típica mujer del norte, fuerte y robusta, había sucumbido a su eterna tos. Y, una vez más, ahora estaba desnuda entre los brazos de un noble.

Se estremeció en brazos de Sebastián y él le levantó la cabeza.

—Fui impulsiva y estúpida —valoró—. Me sorprende que tú, ocupando la posición que ocupas, te muestres tan comprensivo conmigo y me lo perdones.

Él se quedó callado durante unos largos segundos.

—No es mi comprensión ni mi perdón lo que necesitas, ni yo tengo que dártelos.

Levantó la colcha y estiró las sábanas.

Ella dejó que arreglara la cama a su alrededor; que la acariciara, que se tumbara a su lado y le colocara la nariz sobre la nuca; que la cubriera con las mantas, envolviéndola bien, con cariño, a conciencia. Eran más que cuidados. El cansancio empezaba a inundarla, se le cerraban los ojos.

Le besó las orejas.

—Esa forma tan brutal que tienes de autocriticarte me llama la atención —murmuró.

El brazo con el que le rodeaba el vientre se volvió pesado y supo que se había dormido. Como un hombre que llevaba casi un día completo sin dormir y que había hecho el amor dos veces seguidas.

Tras los párpados cerrados, su mente empezó a vagar en círculos perezosos, uno detrás de otro.

La noche no se había desarrollado como esperaba. Se suponía que los amantes debían brindar alegría, pero ella había estado a punto incluso de inundarlo en lágrimas. Y él había escuchado con atención e interés, como lo haría una buena amiga, y sin la menor traza de juzgar los hechos, ni para bien ni para mal.

Pero, por otra parte, dado que lo que quería era que fuese su querida, la falta de virtud por su parte jugaba a favor de él, y de forma muy adecuada para sus intereses, ¿no? Frunció el ceño en un intento de alejar la molesta vocecilla procedente de su interior: ¿le habría pedido a una mujer inocente que fuera su amante? No. A un nivel muy profundo, sabía que su alto sentido del honor no se lo permitiría. ¿Y aceptaría a una novia de su propia clase que hubiera tenido antes un amante? De nuevo la respuesta era la misma: no.

La apretó en sus sueños, como si aun en ese estado fuera capaz de sentir la agitada confusión que la invadía.

Hubiera llorado de no haberse sentido tan agotada. Ese era su lugar, envuelta en esos brazos fuertes, comprensivos y protectores. No sabía cómo iba a poder empezar de nuevo sin ellos, sin él.

Capítulo 26

Sebastián se despertó junto a una mujer deliciosamente adormilada y con la cabeza apoyada sobre su pecho. Los mechones de pelo se movían al ritmo de la respiración y le acariciaban la garganta y el torso como hebras de seda. Se dedicó a mirarla, pero solo durante un instante..., porque era imposible no tocarla. Empezó a pasear los dedos por las gráciles formas de su cuerpo, acariciando con ternura, concentrándose en el tacto de terciopelo de la piel en sus palmas. En la mínima y brumosa luz del amanecer, la piel pálida brillaba como una perla.

Con un movimiento suave, alzó las sábanas, dejando toda la espalda al descubierto.

Annabelle produjo un sonido corto e involuntario, en un intento de seguir disfrutando del abrigo sobre ella.

Un caballero la dejaría dormir. Pero en su respuesta a la visión de Annabelle en su cama, tan confiada, tan suave, tan desnuda, no hubo nada de comedimiento civilizado. Solo el deseo urgente de volver a sentir ese cuerpo a su alrededor y de ver el brillo de sus ojos respondiendo al placer que le daba.

Se colocó entre sus piernas y la besó levemente la clavícula, el cuello y las mejillas sonrojadas.

Se estiró bajo él y movió las pestañas según salía del sueño.

También se las besó.

Cuando volvió a mirarla tenía los ojos bien abiertos, la verde profundidad algo brumosa. Él sonreía, embobado al recordar los acontecimientos de la noche anterior.

Vio que una sombra le recorría la cara.

Se detuvo. ¿Acaso estaba demasiado dolorida debido a lo de la noche anterior? Sin embargo, ya se estaba colocando para que él se acomodara, y el sedoso tacto de la piel de sus muslos contra las caderas se llevó por delante cualquier tipo de pensamiento consciente. Ella le clavó las uñas en las protuberancias de sus hombros para indicarle que no quería suavidad; lo urgió con mínimos arañazos y gemidos guturales hasta que sus propios gruñidos y el ruido del roce de los cuerpos se entrelazaron y alcanzó el clímax de forma frenética.

❉❉❉

Se estiró para apoyar la espalda en el cabecero de la cama, deliciosamente agotado, con Annabelle acurrucada en el codo izquierdo y dibujándole círculos en el pecho con el dedo índice. Notaba su respiración algo agitada, aún no recuperada del todo del esfuerzo. Qué extraño y qué maravilloso estar sintiendo esta oleada de felicidad cuando nunca había hecho en realidad nada por conseguirla. Este tipo de dicha, la que da el enamoramiento, no era para hombres como él, al menos eso le habían enseñado.

La besó en la coronilla.

—Te compraré un velero —dijo.

La mano que le acariciaba el pecho se detuvo.

—No podrá ser un galeón griego —continuó—, pero seguro que podremos navegar con él hasta Persia. Y te voy a comprar una casa cerca de Belgravia.

Eso lo iba a hacer mañana mismo, comprarle la casa. Con ella en las cercanías, podría besarle la dulce boca todos los días, antes de empezar las actividades de la mañana. Y volvería con ella tras la larga jornada en el Parlamento y la llevaría a la cama...

Annabelle permanecía en silencio.

—¿Amor mío?

Más silencio. La cosa empezaba a parecer significativa.

Le tomó la barbilla para obligarla mirarlo a los ojos. Y lo que vio lo pilló desprevenido. Después, se sintió triste y destrozado, como si en un instante la noche se hubiera roto en mil pedazos.

—No te ha gustado, no le he hecho bien... —aventuró en voz muy baja.

—No, no es eso. —Se sentó y se cubrió el pecho con la sábana.

Sintió un helado escalofrío en la espina dorsal.

—¿Entonces qué es?

Ella bajó las pestañas.

—Mírame —espetó.

Annabelle obedeció y pudo ver moverse los delicados músculos de su garganta, que se esforzaban para ayudarla a mantener la mirada. Se sintió hundido de repente y su cerebro empezó a desbocarse, intentando enumerar los hechos. Estaba desnuda y en su cama. Hacía unos diez minutos estaba en sus brazos, jadeando de placer. Era evidente que lo deseaba.

Sin embargo, ahora retrocedía y construía un muro a su alrededor con la única intención de impedirle el acceso, lo cual ponía al rojo su instinto depredador.

—¿Por qué viniste a mí anoche?

Otra mirada nerviosa.

—No acudí a ti para realizar una transacción comercial, si es lo que quieres decir.

—¿Por qué viniste a mí anoche? —repitió.

Dejó caer los hombros.

—Quería estar contigo —murmuró—. Deseaba... estar contigo.

—¿Y eso ha cambiado ahora?

Negó con la cabeza. Sus ojos brillaron de forma muy distinta. ¡Por Dios bendito! ¿Se iba a echar a llorar?

—Annabelle...

—Siempre te voy a querer, Sebastián —dijo con emoción—. ¿Cómo no iba a hacerlo?

Esas palabras deberían haberlo tranquilizado, pero había un horrible tono de finalización en ellas. Como el silbido de una flecha que avanza rauda hacia su objetivo. Hacer como si no avanzara en ningún caso evitaría el destino fatal.

—No vas a quedarte conmigo, ¿verdad que no?

Se mordió el labio.

—No puedo. Ya te lo había dicho.

—Viniste a mí —insistió—. Viniste a mí y te dije que no podía ofrecerte nada más.

—Así fue, sí. Pero yo tampoco puedo.

Su risa fue tan débil como sarcástica.

—Es verdad, no puedo negarlo. No has dicho en ningún momento que fueras a aceptar lo que te ofrecía. Pero yo lo asumí. Por tus actos y actitudes, asumí que lo aceptabas. Está claro que entendí mal.

—En ningún momento fue mi intención...

Alzó la mano con brusquedad.

—No puedes irte. Después de lo que ha pasado, no puedes...

Lo miró con gesto de derrota. A él le entraron ganas de tomarla por los hombros y sacudirla para que reaccionara.

—¿Cómo se te puede ocurrir siquiera? —le preguntó con énfasis—. Lo que hay entre nosotros es único, extraordinario, y lo sabes.

—Sí —asintió ella—, pero no ha cambiado nada, ¿verdad que no?

¡Lo había cambiado todo! Sabía con certeza que si se separaban no se acostumbraría nunca.

—¡No! —se opuso con voz ronca—. No tires por la borda lo que tenemos solo por el hecho de que no puedas tenerlo todo.

Echó una mirada furtiva hacia la puerta. Estaba preparándose para huir.

Sebastián empezó a sentir una emoción en el pecho, negra y densa como el petróleo que surgía de la tierra. Ya la había sentido una vez antes, en el que fue el despacho de su padre, cuando le dijo que la familia estaba al borde de perderlo todo.

—Annabelle. —Su nombre le salió algo rasposo, casi agresivo.

Le temblaron los labios; casi podía sentir las grietas que abrían en sus defensas, pese a lo cual se mantenía firme a base de esa maldita tozudez que la definía. Maldita fuera; malditas su voluntad, su autoestima, su orgullo. Todo aquello gracias a lo cual había conseguido enamorarlo, ahora se volvía en su contra.

—Estoy enamorado de ti, Annabelle. —Las palabras temblaron en la habitación, no por la potencia con la que las pronunció, sino porque no era el momento más adecuado para pronunciarlas por primera vez.

Ella se quedó lívida. La expresión de la cara era muy parecida al pánico, apretó las sábanas con tanta fuerza que los dedos adquirieron un tono blanquecino.

El denso silencio que flotó a su alrededor se convirtió al cabo de unos momentos en una respuesta muy significativa a su declaración.

Algo se rompió dentro de su pecho, algo vital, y se preguntó por un momento si un hombre podría morir por ello. El dolor le quitó hasta la capacidad de respirar. Menuda forma de descubrir que sí que tenía un corazón en el pecho.

Se levantó de la cama y agarró el batín, aún en el suelo, en el mismo sitio donde lo había dejado caer la noche anterior. Se ató con cuidado el cinturón sin volverse a mirarla.

—Sebastián. —La voz parecía pender de un hilo.

Se volvió.

Los ojos parecían enormes en el pálido rostro.

—En un momento concreto de mi vida fui utilizada y descartada —dijo— y ahora, en algunos momentos..., vuelvo a sentirme otra vez utilizable y descartable. No podría volver a pasar por ello, de verdad, no podría...

Un nuevo hilo de esperanza se abría. La agarró por los brazos.

—Pero te doy mi palabra. Pondré por escrito que nunca, jamás, te faltará nada. Cuidaré de ti como si fueras mi esposa.

Negó de modo casi imperceptible. El hilo estaba roto.

—Te creo. Pero me temo que para mí no sería lo mismo.

El hecho de que no quisiera estar con él, de no poder conseguir lo que más había deseado en su vida, y de que fuera debido a una herida que ni siquiera había infligido él mismo, ni directa ni indirectamente, le resultaba imposible de comprender.

—Debes saber que lo que quieres es demasiado —le recordó entre dientes.

Desvió la mirada.

—Sí —susurró ella—. Siempre ha sido así.

La soltó y apretó los puños tras bajar los brazos.

Podía encadenarla a la cama, pero eso no le daría lo que deseaba obtener.

Se inclinó hacia ella y le acarició la frente con los labios. Tenía la piel húmeda y fría.

—Estaré en mi despacho —dijo—, pero todo lo que tenga que ver con tu marcha también lo puede gestionar el ama de llaves.

Salió de la habitación sin mirar atrás.

Capítulo 27

—**L**os ojos todavía no están del todo bien.
     La voz exasperada de Hattie rompió la niebla de su melancolía. El acre olor del aguarrás le irrumpió en las fosas nasales y descubrió que las sombras que inundaban el estudio se habían alargado. El final de la sesión debía de estar ya cerca. La última sesión de su Helena de Troya.

—Lo siento —se disculpó—. ¿Qué puedo hacer?
Hattie bajó el pincel con gesto dubitativo.

—No tienen brillo —concluyó por fin.
No había forma de ocultarle al ojo de una artista que algo iba mal. Si los ojos eran una ventana al alma, los suyos tendrían que parecer distraídos y vacíos, tanto hoy como en adelante. ¿Durante días? No, meses. O años.

Tomó aire de forma trémula.

—Pues no sé cómo voy a poder cambiar eso.

—No, no. —Hattie dejó el pincel y se limpió las manos en el delantal lleno de manchas—. Terminaremos mañana. Tendríamos que haber cancelado la sesión de hoy, ha pasado poco tiempo tras aquel día tan horrible. —De repente, los ojos pardos se le llenaron de lágrimas—. Aún no me puedo creer que terminaras en la cárcel por mi causa. Fuiste muy valiente, no te puedes imaginar cuánto lo siento...

—Por favor —interrumpió Annabelle—. No fui valiente, solo reaccioné sin pensarlo. No fue nada.

—¿Nada? —Hattie parecía encolerizada, a Annabelle le hizo gracia—. ¡Pero si derribaste a aquel tipo asqueroso de un puñetazo! Tendría que haberte pintado como Palas Atenea, la diosa de la guerra, que derriba a los hombres sin usar más que las manos.

Annabelle le dedicó una cansada sonrisa. Atenea también era la diosa de la sabiduría, y ella, Annabelle, estaba muy, muy, muy lejos de ser sabia. «Estoy enamorado de ti, Annabelle». Esa frase, esa voz, la acompañaba desde la mañana en que se había marchado de Londres. Muy dentro de sí se imaginaba lo muchísimo que le había tenido que costar a un hombre tan reservado como Sebastián desnudar su alma de esa manera. Sin embargo, ella había recibido la revelación sin decir una sola palabra. Se había quedado muda al darse cuenta del colosal error que había cometido entrando en su cama. La mente de Sebastián no albergaba duda alguna de que estaba enamorado de ella. Además, lo había demostrado con hechos: seguramente había obtenido un permiso para la manifestación de las sufragistas, pues ninguna de las dirigentes lo había pedido; se había jugado su reputación para sacarla de la cárcel, sin esperar nada por parte de ella. Y, a cambio, lo había herido en lo más íntimo. «¡No lo sabía!». ¿Cómo iba a imaginarse que tenía tanto poder sobre él?

—Ahora pareces muy triste —dijo Hattie.

—Eso es porque estoy rígida. ¿Puedo moverme?

—¡Por Dios bendito! ¡Pues claro, muévete! —la urgió Hattie moviendo las manos—. ¿Quieres mirarte?

Annabelle flexionó los brazos.

—¿Pero no decís los pintores que da mala suerte a la modelo mirar un cuadro antes de que esté terminado?

—No —aseguró su amiga muy convencida—. Los pintores dicen eso para que los clientes difíciles no pidan echar un vistazo a sus cuadros cada dos por tres. Tú, hasta ahora, has sido ejemplar. Mírate a ti misma.

Annabelle avanzó entre caballetes llenos y vacíos y bustos de mármol, con mucho cuidado para no llevarse nada por delante con las amplias faldas del vestido.

Al mirar el gran cuadro junto a Hattie quedó sobrecogida. Fue como asomarse a un espejo encantado. La mujer representada en el lienzo reflejaba sus rasgos físicos con una perfección impresionante, pero además Hattie había sido capaz de sacar a la superficie casi todo lo que ella pugnaba por mantener oculto.

—¿Es así como me ves? —preguntó asombrada.

Hattie se quitó el delantal.

—Es como creo que podrías ser si te atrevieras —repuso—. Te aseguro que es como a mí me gustaría ser.

—¿Como... me representas aquí?

—¿Aunque solo fuera una vez en mi vida? Sí. Espera a que esté terminado del todo. Te prometo que va a resplandecer.

—¿Todavía más? —susurró Annabelle como para sí.

—¡Ya lo verás! —le aseguró Hattie—. En la sala de estar de Julien Greenfield solo puede haber mobiliario y obras que reluzcan. Ha decidido celebrar la inauguración después de celebrar su investidura, que es dentro de pocos días.

Annabelle se estremeció al pensar en que muchos hombres iban a verla tal como aparecía en el cuadro. Aunque lo cierto era que no se movía en esos círculos.

El estudio de Hattie en la escuela de pintura Ruskin estaba a menos de dos kilómetros de distancia del hotel Randolph's, así que decidieron ir dando un paseo. La señora Forsyth y el guardaespaldas de Hattie las seguían a pocos pasos mientras ascendían por la calle High. El ambiente era extrañamente sofocante para ser un día de invierno. Ante ellas se elevaban las torres y almenas de arenisca de Oxford frente a un cielo que, despacio, empezaba a oscurecerse. Una sensación de gratitud invadió el pecho de Annabelle al rebasar las familiares paredes color miel del colegio mayor y contemplar los altos techos gris grafito. Había estado muy cerca de perder la posibilidad de seguir estudiando ahí.

El día anterior, tras llegar a Oxford, se había sentido como en una nube, con sus amigas hablando casi al mismo tiempo debido a la excitación. Sin embargo ella apenas contó nada, sobre todo para mentir lo mínimo indispensable.

—Fue idea de Catriona —había informado Hattie—. Dado que el profesor Campbell en ese momento iba de camino a Cambridge, sugirió que acudiéramos al duque.

—Pero ¿por qué?

—Cosas de Catriona —Hattie se encogió de hombros—. Su mente discurre por vías misteriosas. Pero insistió mucho en ello y, de hecho, acertó. Al ser un caballero que te conocía, decía que se consideraría obligado a acudir en tu ayuda. Debo admitir que al principio me mostré escéptica, pero lo cierto es que no dudó ni un instante. —Bajó la voz a un nivel de puro cotilleo—. Esta mañana he escuchado que pagó la fianza de una docena de sufragistas, aparte de la tuya. ¿Estabas enterada?

Annabelle sintió un escalofrío.

—¿Una docena? —repitió—. Pero eso es absurdo. ¿Quién te ha contado semejante cosa?

—Lady Mabel —contestó Hattie con el ceño fruncido—. No sé de dónde lo ha podido sacar; supongo que alguna de las otras mujeres habrá contado cosas. Un rumor jugoso siempre avanza... y crece por el camino. —Se puso seria—. Annabelle, sé que ya te lo he dicho, pero de verdad que habría acudido a mi padre para que nos ayudara si Montgomery no lo hubiera hecho.

—Lo sé, querida —la tranquilizó Annabelle con tono ausente. Que hasta en Oxford se hablara acerca de Millbank y de la implicación de Sebastián en el asunto resultaba bastante alarmante.

Les llegó un fragoroso y bastante cercano rumor de tormenta que les reverberó en todos los huesos del cuerpo.

Hattie dio un respingo.

—¡Vamos rápido! Va a empezar a diluviar de un momento a otro.

Salieron corriendo, huyendo de las primeras gotas como huyen los gatos del agua.

✳✳✳

Bastaron menos de cuarenta y ocho horas para que el rumor tuviera consecuencias. Annabelle tuvo un mal presentimiento al recoger de su taquilla un sobre a su nombre sin remite. La señorita Elizabeth Wordsworth, la mismísima directora del colegio mayor, la convocaba a su oficina a la mayor brevedad posible.

La nota se le escapó entre los nerviosos dedos. La última vez que estuvo en el despacho de la directora también fue la primera: cuando la recibió para darle en persona la bienvenida al colegio. En aquel momento, su corazón saltaba de gozo ante la perspectiva de una vida nueva y mucho mejor que la que llevaba antes. Ahora el miedo le aceleraba el pulso.

—Iré directa al grano —comenzó la señorita Wordsworth una vez que Annabelle se sentó frente a ella. El rostro inteligente de la directora traslucía gravedad—. Se me ha informado que una estudiante del Lady Margaret Hall fue arrestada por la policía en una manifestación de sufragistas que se desarrolló el pasado viernes en Londres, concretamente en la plaza del Parlamento. ¿Es verdad?

«Me van a expulsar».

La habitación empezó a girar detrás de sus ojos. No pudo hacer otra cosa que asentir.

La señorita Wordsworth la miró con cierta preocupación.

—¿Fue usted bien tratada?

—Bastante bien, señorita.

—Me tranquiliza oírlo —dijo la directora—. En cualquier caso, el asunto es muy desafortunado. Como usted sabe, hay mucha oposición al hecho de que las mujeres estudien en la universidad. Su comportamiento afecta a todas ellas y también a nuestra institución en su conjunto.

—Soy consciente, señorita.

—El escándalo siempre es un combustible para esa oposición —continuó Wordsworth—, por eso le aconsejé a usted de manera explícita que hiciera honor a la confianza que depositamos en usted pese a la naturaleza política de su beca.

Annabelle escuchaba a la directora como si estuviera muy lejos.

—Voy a ser expulsada... —musitó.

El rostro de la señorita se suavizó un tanto.

—No. Pero se la va a rusticar, es decir, a expulsar temporalmente con efectos inmediatos.

Annabelle no pudo evitar una risa ahogada. «Rusticar», un término arcaico que, literalmente, significaba ser enviada al campo. Un vocablo amable para describir el inevitable fin de sus sueños. Incluso aunque se tratara de una expulsión temporal, ella no disponía de una residencia campestre a la que retirarse para esperar tiempos mejores.

De hecho, por no tener, no tenía nada.

Mantuvo la espalda recta, como si eso la pudiera ayudar a evitar que todo se desmoronara dentro de ella.

—¿Existe algún modo de saber cuándo podría ser readmitida?

La directora negó con la cabeza.

—Se va a poner en marcha una investigación. En la mayoría de los casos se cierra con una decisión a favor de la estudiante cuando el rumor deja de circular.

Annabelle sabía lo suficiente de rumores como para estar segura de que este no se olvidaría en años. Había sido arrestada y encarcelada y ya no tenía nadie que pudiera protegerla.

Ni se dio cuenta de cómo volvió a su cuarto por los altos, estrechos y crujientes escalones.

Se quedó un momento quieta en la puerta y recorrió con la mirada la pequeña habitación: la estrecha cama, el mínimo escritorio, el pequeño armario ropero en el que apenas cabían los pocos vestidos de su corto guardarropa. Durante cuatro meses había dispuesto de una habitación propia. Era inasumible para ella que eso hubiera llegado a su fin.

A través de la furiosa lluvia que golpeaba las ventanillas del carruaje, Sebastián pudo atisbar la silueta gris del palacio de Buckingham. La visión hizo aún más profunda la enorme sensación de agotamiento que lo inundaba. Cuando las elecciones hubieran terminado y hubiera recuperado a su hermano, se iría de vacaciones. A algún lugar cálido y solitario. Grecia... ¡No, por todos los demonios!, ¡Grecia ni hablar!

Desde el momento en el que pisó los aposentos privados de la reina, se dio cuenta de que no estaba contenta. Su compacto cuerpo parecía tenso como un resorte a punto de saltar; de hecho, mostraba un antagonismo tan severo hacia él que hasta le resultaba desconcertante.

—Primero fueron los granjeros y las leyes del maíz —comenzó, con un breve vistazo al último papel que le había pasado—, y ahora insiste en que Disraeli hable en público más a menudo... ¡en los ayuntamientos! A este paso, dentro de nada estará pidiendo conceder el voto a la clase trabajadora.

—Su majestad no va a encontrar semejante propuesta en mi plan.

—Con esas palabras no —repuso ella con aspereza—, pero sí de modo aproximado. ¡En los ayuntamientos, el primer ministro! Por otra parte, los principios de Disraeli no le permitirían afrontar la diabólica serie de propuestas que está proponiendo.

—Eso quiere decir que he estado trabajando bajo una premisa falsa —empezó Sebastián con tono frío—: la de que, puesto que opta a la reelección como primer ministro, sería capaz de conectar con los electores.

Nada más decir esas palabras se dio cuenta de que el tono había sido sarcástico en exceso, cosa que lo tomó por sorpresa. Había perdido el autocontrol, y nada menos que en una reunión de estrategia con la reina. Ella parecía igual de sorprendida. Primero había abierto mucho los ojos, pero ahora estos parecían dos hendiduras frías y afiladas.

—Dado lo que está en juego, tanto para el país como para usted personalmente, tenía la idea de que su intención era ganar estas elecciones —le recordó casi en un siseo.

Soltó el aire despacio.

—Y así es. Esta es la mejor estrategia para ganarlas.

—Con esta estrategia podrían ganarse, sí —reconoció la reina—, pero el partido no debe ganarlas de esta forma.

—Ahora no sigo a su majestad.

—Bueno, lo que queremos decir es que sirve de poco una victoria del Partido Tory si, *de facto*, el Partido Tory ha dejado de serlo.

Nunca podría entender el deseo de convertir una estrategia que conducía de forma directa a la victoria en otra sinuosa e insegura.

La reina se incorporó en el asiento y después se levantó y empezó a pasear con pasos cortos, erráticos y claramente airados.

—Pensábamos que usted tenía muy claros sus principios, Montgomery —dijo—, pero ahora vemos que pone los resultados por encima de esos principios. No podemos tolerar a un oportunista.

Sebastián apretó el puño por detrás de la espalda.

—Lo cierto es que ninguna de mis propuestas va en contra de mis principios.

La reina se detuvo en seco. Se volvió despacio hacia él. El efecto del gesto habría aterrorizado a un hombre de menor rango social.

—Esto es incluso peor de lo que pensábamos —afirmó con frialdad—. Montgomery, es usted un liberal.

También podía haber dicho que era un traidor. Se miraron sin pestañear, como si se hubieran repartido cartas nuevas y estuvieran tomándose la medida.

Cuando la reina tomó la palabra de nuevo, lo hizo en tono plano.

—El día de su primera audiencia con nos, vimos algo en usted, en un duque de diecinueve años con ojos de hombre mucho mayor. Si le decimos la verdad, nos recordaba al príncipe Alberto. Él también era tranquilo. Tenía un código moral inquebrantable y prefería los hechos a las palabras. Son cualidades difíciles de encontrar en los hombres hoy en día y que nos agradan especialmente. Diga, ¿se ha preguntado por qué apenas experimentó dificultades tras su divorcio?

Sebastián inclinó la cabeza en gesto de agradecimiento.

—Siempre he sabido que su majestad ayudó a limpiar mi reputación y estaré eternamente agradecido por ello.

Hizo un gesto de no darle importancia.

—No podíamos tolerar la caída de un hombre excepcional por causa de una joven alocada y estúpida. No obstante, ha llegado a nuestros oídos que prestó su apoyo la semana pasada a las sufragistas, criaturas alocadas y estúpidas también. Y todas ellas apoyan a Gladstone.

¡Ah, claro! ¡Cómo no! Eso explicaba la inquina de la reina. Pero ¿quién podría haber llevado el asunto a palacio, y además tan deprisa? Se dio cuenta de que la pequeña pausa que se había producido había sido lo bastante aclaratoria para la soberana, que ya sabía todo lo que deseaba saber. Tenía el gesto contraído y furioso. Él estaba en la cuerda floja, a punto de caer.

—Mi intervención fue a título privado y personal, no político —puntualizó.

La mirada fue glacial:

—Y lejos de nuestra intención inmiscuirnos en los asuntos privados de nuestros gobernados. No lo hacemos, mucho menos cuando nos han defraudado de forma personal.

Se acercó a la campanilla.

—Señora, esas damas fueron tratadas como criminales y encerradas en condiciones por completo inadecuadas para cualquier persona, en especial para las mujeres.

Lo miró como si no lo conociera en absoluto.

—¿Está proponiendo que apoyemos sus reivindicaciones? Usted, de modo particular, sabe muy bien, porque lo ha vivido en sus carnes, lo que ocurre cuando se le permite a una mujer actuar a su libre albedrío: no se modera en absoluto y puede ocurrir cualquier cosa. El corazón de una mujer es violento por naturaleza. Nos permitimos advertirle, Montgomery, que, de ahora en adelante, piense muy bien, con su habitual y gran inteligencia, dónde va a depositar sus lealtades y qué tipo de mundo es el que desea. Si la estima de su reina no es una motivación especial para usted, al menos piense en sus antepasados y en su legado ancestral.

El sonido de la campanilla no se hizo esperar. Lo despedía. Lo expulsaba de palacio y lo insultaba con la forma de hacerlo.

Pero lo que más lo turbaba era que, en verdad, a él no parecía importarle nada en absoluto.

❀❀❀

—¿Rusticar? —Hattie estaba atónita.

Lucie y Catriona habían perdido el habla. Todas se habían olvidado de los pequeños sándwiches que tenían delante, así como de la botella de champán que Hattie había pedido para celebrar en su apartamento la finalización del cuadro de Helena de Troya la noche anterior.

—Sí —confirmó Annabelle—. Pero me van a readmitir pronto.

Se había marchado del colegio mayor esa misma mañana, sus baúles ya estaban depositados en una pequeña habitación de invitados del adosado de dos plantas de la señora Forsyth en Jericho.

—¡Esto es ridículo! —estalló Hattie—. Y además, es culpa mía. Quédate conmigo. A mi tía le encantará que estés por aquí.

—Nosotros tenemos una habitación de invitados —intervino Catriona—. Supongo que padre ni notaría tu presencia.

—Yo tengo una cama turca que se puede instalar en el salón de estar —ofreció a su vez Lucie.

—Por favor... —cortó Annabelle—. Sois todas muy generosas, pero me parece que no os dais cuenta de la realidad. Si se me expulsa temporalmente porque soy una desgracia para el colegio, difícilmente puedo seguir asociándome con ninguna de vosotras.

—Eso es verdad —admitió Lucie, con voz algo crispada— y por eso deberías quedarte conmigo. Yo no tengo buena reputación, así que no perderé nada.

Catriona y Hattie se quedaron mudas.

La elegante habitación se había vuelto agobiante.

Annabelle se levantó.

—Lucie, sé que te consideras una oveja negra, ¿pero de verdad quieres atraer una publicidad tan negativa para la causa que defiendes?

El delicado rostro de Lucie expresaba mucha determinación.

—¿Cómo podrías esperar de mí que te diese la espalda? Ni te habrían detenido ni te habrían llevado a la cárcel de no ser por la causa. Yo te obligué a apoyarla, así que soy responsable de lo que ha pasado. Quédate en Oxford. Quédate conmigo. Capearemos juntas este temporal.

Estos hilos de esperanza eran casi peores que la pura y limpia desolación.

—Lucie, las sufragistas de Oxford son todas damas de alto nivel social. Si a sus padres les llegan noticias acerca de mí, vas a tener muchos y muy serios problemas.

Lucie frunció el ceño; estaba de verdad enfadada.

—Abandonar a una camarada sería fatal de cara a la moral de la tropa. Esto nos podía haber ocurrido a cualquiera de nosotras.

No. Ninguna dama le habría dado un puñetazo en la nariz a un policía.

—No somos soldados. Los nuestro no es defender a golpes a nuestras camaradas. Somos mujeres y con nosotras la vara de medir no va a ser la valentía, sino el comportamiento intachable, la forma de vestir inmaculada y la reputación. Créeme, te será más fácil elevar la moral de la tropa cuando me haya marchado.

Dejó a sus amigas en un asombrado silencio y se fue del hotel Randolph's para adentrarse en el intenso frío de la oscura mañana. Avanzó por St. Gilles hasta las puertas arqueadas de St. John's. Aún le quedaba una cosa por hacer.

❊ ❊ ❊

Jenkins estaba escondido detrás de su escritorio, enfrascado como siempre en su trabajo y rodeado de un montón de papeles. Tenía levantado el pelo de la zona izquierda de la cabeza, como si hubiera intentado extraer a la fuerza del interior una de sus brillantes ideas. La visión de ese caos organizado del despacho le resultaba tan familiar que le rompía el corazón y le costó un esfuerzo no ponerse a llorar.

—Señorita Archer. —Jenkins se quitó las gafas y pestañeó. También era un gesto tristemente familiar en esas circunstancias—. No recordaba haber solicitado su ayuda para hoy.

—¿Puedo pasar, profesor?

—Adelante, por favor.

Solo una vez que hubo tomado asiento frente al profesor, este echó una mirada a la puerta que acababa de cerrar con el ceño fruncido.

—¿Dónde está su ruidosa carabina, señorita?

—Me temo que debo dimitir del puesto de asistente —expuso, sin contestar a la pregunta.

Jenkins afiló el gesto y ella se dio cuenta de que había dejado atrás la antigüedad griega para instalarse con armas y bagajes en el presente. En pocas palabras le contó lo que había ocurrido, por supuesto omitiendo todo lo que tenía que ver con Sebastián.

—Menudo laberinto —resopló Jenkins cuando la joven terminó de explicarse—. Un verdadero circo, difícil de solucionar dadas las circunstancias.

Annabelle asintió, sintiendo que se extinguía la última llama de esperanza.

Jenkins se volvió a poner las gafas y se inclinó hacia atrás en el sillón.

—Bueno, no puedo dejarla marchar. Su trabajo es demasiado bueno como para perderlo.

Le dirigió una sonrisa acuosa.

—Gracias —dijo—. Echaré muchísimo de menos mi trabajo con usted.

Se mantuvo en silencio, pero solo por un momento.

—¿Desea usted seguir siendo mi asistente?

—Sí —respondió sin el menor atisbo de duda. ¡Si hubiera algún modo...! Solo de pensar en volver al vacío intelectual y a la desolación de Chorleywood le entraban ganas de aullar.

—¿Y le gustaría quedarse en Oxford? —preguntó de nuevo Jenkins—. Creo que para usted el ambiente aquí no va a ser muy agradable, al menos por un tiempo.

—Mi mayor deseo es quedarme aquí —confesó—, lo que pasa es que no tengo ninguna opción de hacerlo.

—Sí que la tiene. Cásese conmigo.

Capítulo 28

«**C**ásese conmigo». ¿Casarse con él? ¿Casarse con Jenkins?
—Me da la impresión de que la he dejado sin habla —observó Jenkins—. En cualquier caso, reconozco que la forma correcta de decirlo es: señorita Archer, ¿me concede su mano? Quiero casarme con usted. —Inclinó la cabeza a un lado con gesto expectante.

—Esto... me toma un poco por sorpresa, la verdad. —La voz apenas le salió del cuerpo.

—¿De verdad? —preguntó con gesto de perplejidad—. Pensaba que en algún momento esa posibilidad se le habría pasado por la mente.

Lo cierto era que, aunque lo apreciaba mucho, no había sido así. Era un hombre brillante, por supuesto, estaba soltero y no presentaba el más mínimo problema social de elegibilidad. Además, no era demasiado mayor, tenía una buena dentadura y era ancho de hombros, ahora que se fijaba. De todas formas, a una propuesta de matrimonio solía precederla la fase de cortejo.

Siguió ese hilo de pensamiento. La había invitado a un concierto. Tenían conversaciones fluidas en latín clásico dos veces a la semana y le daba manzanas. De hecho, esta propuesta cumpliría todos los requisitos para un observador externo. ¿Cómo era posible que no se la hubiera esperado?

—Llevo bastante tiempo pensando en proponérselo —le reveló—. Quiero llevarla al viaje al Peloponeso y la forma más conveniente de hacerlo sería esa.

—Conveniente... —repitió pensativa.

Jenkins asintió.

—De no hacerlo así, imagine lo inapropiado que resultaría que se uniera al viaje. Y lo que sí le puedo garantizar es que ni haciendo un pacto con el diablo soportaría que la señora Forsyth viniera con usted.

—Profesor...

—Por favor —interrumpió—, escúcheme un momento antes de que diga usted algo más. Señorita, usted es un hallazgo muy especial para un hombre como yo. La gente o bien es intelectualmente capaz, o bien es agradable. Pocas veces se juntan ambas características. Pero en usted se ha dado el caso. Es usted la mejor asistente que he tenido en mi vida. Además, igual que yo, parece no tener mucha inclinación a tener niños, al contrario que la mayoría de las mujeres. Soy consciente de que mis estándares son poco habituales, aunque le puedo asegurar que esa es la única razón por la que permanezco soltero. Soy muy capaz de mantener a una esposa de modo más que adecuado. Y mi nombre la libraría de todas estas estupideces que en estos momentos le hacen la vida difícil; de hecho, podría usted seguir trabajando y estudiando como si nada hubiera pasado.

Cuando dejó de hablar, la miró con una expresión que nunca le había visto: estaba esperanzado.

Intentó imaginárselo como marido. Lo cierto era que le gustaba; y su futuro pendía de un hilo, por lo que tanto una decisión impulsiva como una vacilación prolongada podrían resultar catastróficas en ese momento.

Era un buen hombre al que le preocupaba su bienestar. Su aspecto, su olor y su forma de vestir eran agradables, y suponía que tendría un ama de llaves que se encargaría de las labores de la casa, así que podría dedicarse en cuerpo y alma a ser su asistente. Tampoco se trataba de un hombre del todo fácil. De hecho, era cerebral, sin recovecos e irritable, y se pasaba la mayor parte del tiempo embebido en sus libros, pero, dado que estaba acostumbrada a eso y lo entendía, seguro que no iba a ser un problema.

Pero imaginárselo volviendo a casa, quitándose el pañuelo de cuello, desabrochándose la camisa y cubriéndola con el cuerpo desnudo...

Notó que se ruborizaba.

—Ha... mencionado que no desea tener niños... —tanteó.

Jenkins se puso algo tenso. Se dio cuenta de que empezaba algo parecido a una negociación.

—Como idea, no me parecen mal. Pero, para nosotros..., quizá estarían fuera de foco, ¿no le parece?

—La mayor parte de la gente diría que el foco del matrimonio son precisamente los niños.

Jenkins hizo una mueca.

—La mayor parte de la gente es estúpida. Mi esposa deberá entender mi trabajo y ayudarme con él. Yo soy mi trabajo. Si fuera usted un hombre, ya se estaría haciendo un nombre y ganando una reputación por su trabajo, dado lo buena que es. Pero en el momento en el que empezara a criar hijos, su atención empezaría a dispersarse y la agudeza mental que la caracteriza se atemperaría debido a las crecientes necesidades de atención de los críos. Hasta perdería usted algunos dientes; créame, es lo que le pasó a mi madre y lo que les está pasando a todas y cada una de mis seis hermanas.

Debería ofenderse. En toda la historia de las proposiciones matrimoniales, esta debía de ser la menos romántica y la más extraña que había existido. Pero, bueno, siendo casi una delincuente, no se podía decir que fuera una perita en dulce como futura esposa. Y, cómo no, la propuesta era infinitamente más respetable que la que había recibido para ser una mantenida.

Su silencio estaba poniendo nervioso a Jenkins, que jugueteaba con la pluma.

—¿Acaso he llegado a una conclusión errónea? —preguntó—. Dado que parecía haber decidido quedarse soltera por elección propia, no pensaba que tener familia fuera su prioridad.

Se obligó a sí misma a mirarlo a los ojos.

—Me preguntaba hasta qué punto el matrimonio que me propone sería puramente nominal.

En su honor, había que decir que no respondió de inmediato, sino que pareció sopesar la pregunta con la debida consideración.

—¿Es eso lo que usted preferiría? —inquirió por fin. Era imposible leerle ojos, pues las lentes reflejaban la luz, pero los hombros parecían tensos.

La respuesta obvia a su pregunta tendría que haber sido un rotundo sí. Una vez más, y sobre el papel, Jenkins le ofrecía mucho más de lo que nunca habría podido esperar: una vida académica, confortable y libre para saltarse muchas convenciones sociales estúpidas escondida bajo el manto de una excentricidad brillante. Y, lo más importante de todo: le gustaba.

Le gustaba, no lo amaba. Nunca tendría la capacidad de romperle el corazón. Pero, si rehusaba acogerlo en la cama marital, ¿respetaría su decisión sin volverse arisco con el tiempo?

—Necesito algo de tiempo para considerar su propuesta —dijo de forma algo mecánica—. Una semana, si a usted le parece bien.

Jenkins asintió tras una breve pausa.

—Una semana, sí. Me parece perfecto.

Una semana. Una semana para pensar en la alternativa a volver a casa de Gilbert. Para decirle que, después de todo, estudiar había sido un reto demasiado exigente para su cerebro femenino y que aceptaba de buen grado ser una criada para todo sin salario y con un futuro incierto, tal vez incluso el de tener que ir al asilo para pobres. Podía ser que hasta terminara recalando en Bedlam, donde musitaría entre dientes que hubo un tiempo en Oxford en el que duques y académicos competían por sus atenciones.

Se marchó del despacho pensando que tendría que haber dicho que sí sin considerarlo más.

❊❊❊

No era propio de un duque acudir a una reunión sobre inversiones. Sebastián no dejaba de recibir miradas de soslayo en la mansión de Greenfield y pensó que, con toda seguridad, se hubieran producido menos cotilleos de haber sido visto en un burdel de mala muerte. Pero los hombres como Julien Greenfield no pasarían información de verdadero interés a un empleado. «Hazme el honor de visitar oficialmente mi casa y, a cambio, recibirás información confidencial de gran interés financiero»: ese era el trato. No había negocios sin intercambios políticos ni, por supuesto, sin juegos de poder.

Greenfield agarró casi al vuelo dos copas de brandi de una bandeja.

—Sugiero que pasemos al salón de estar. Hay unos amigos que tienen mucho interés en conocerlo —anunció mientras le ofrecía una copa a Sebastián y agarraba la otra con la mano regordeta.

Sin probarla, Sebastián acarreó la copa por el pasillo mientras escuchaba la opinión autorizada de Greenfield sobre la mina de diamantes de la que iba convertirse en copropietario. Los dos hombres de negocios sudafricanos que esperaban en el salón de Greenfield podrían aportar alrededor de un millón de libras a sus cuentas, dependiendo de hasta qué punto los considerara fiables.

La primera impresión fue prometedora: firmes apretones de manos y sólido contacto visual. El más joven había empezado como ingeniero de minas, así que conocía el negocio desde dentro, y su descripción de la marcha del proyecto actual cuadraba con la información obtenida por Sebastián acerca de la pareja.

Pero cuando, con el rabillo del ojo, captó una figura muy familiar, sobrevino el desastre.

La perorata del hombre de negocios se convirtió en un rumor sin significado alguno para sus oídos.

Annabelle.

Allí, sobre un caballete, vigilado por un criado, había un retrato a tamaño natural: una versión vibrante, espectacular, imponente, asombrosa, de Annabelle. Los ojos verdes miraban al espectador con expresión reservada pero triunfante. Los hombros hacia atrás, el cabello sobre ellos como una llamarada en una noche de tormenta. Asomando por debajo del clásico vestido blanco, el pálido y dolorosamente familiar pie.

Fue como si un abrazo de oso le robara el aire de los pulmones.

El infierno. Se encontraba en un tipo de infierno de lo más peculiar en el que todos los círculos dantescos conducían a un mismo punto habitado por una misma persona.

Fascinado, como en un sueño, se acercó al cuadro, sin dejar de mirar esos ojos hechiceros.

Había acariciado esas orgullosas mejillas, había besado la fina nariz. Había sentido en su miembro esa jugosa boca.

A sus pies había dos hombres arrodillados, uno moreno y otro rubio, desnudos de cintura para arriba, con los ojos fijos en ella con una expresión, mezcla de asombro, deseo y resentimiento, que se le hacía demasiado familiar.

Helena de Troya. En ese cuadro la protagonista no era un premio, sino la vindicación de una mujer ante los hombres, a los que manejaba como marionetas.

—Veo que le gusta el trabajo de mi hija —comentó Greenfield con tono orgulloso.

Sebastián asintió sin hablar.

—Extraordinaria, ¿verdad? —Greenfield señaló a Annabelle con el vaso—. Antes de que mi propia hija me convenciera de que le permitiera ir a Oxford, estaba convencido de que todas las intelectuales universitarias tenían verrugas y pelos en la barbilla. Imagine mi sorpresa cuando nos presentó a esta joven en el baile de Navidad al que su excelencia tuvo la amabilidad de invitarnos. Debo reconocer que, felizmente, estaba muy equivocado.

—¡Ojalá hubiera tenido yo la oportunidad de cambiar de opinión también! —intervino el ingeniero—. Como Menelao, fletaría mil naves para recuperar a una mujer como ella.

—Pues debo decir que yo me dejaría fletar por ella —añadió el de más edad arrastrando las palabras, y los demás asintieron, riendo entre dientes.

—¿Cuánto? —dijo Sebastián en un tono tan amenazante que de inmediato cesaron las risitas, sustituidas por caras de asombro—. ¿Cuánto me pide por el cuadro?

Greenfield alzó las pobladas cejas.

—Bien..., no tengo intención de ponerlo a la venta...

—Vamos, Greenfield —insistió Sebastián—, todo tiene un precio.

El banquero se puso serio. Ese lenguaje lo entendía a la perfección: era el suyo.

—Es negociable, por supuesto —rectificó al cabo de un momento—. Estoy seguro de que Harriet aceptaría desprenderse de él por una... importante cantidad.

—Excelente —zanjó Sebastián, que se bebió de un trago el brandi que quedaba en su copa. La dejó en una mesa auxiliar—. Embálelo y haga el favor de enviarlo a mi residencia de Wiltshire. Buenas tardes, caballeros.

Salió de la casa a grandes y rápidas zancadas, dejando a su paso un rastro de miradas entre preocupadas y asombradas de aquellos con los que cruzó sus ojos amenazadores. A grandes rasgos, los comentarios que siguieron a su súbita desaparición fueron más o menos así: «¿Habéis visto al siempre distante duque de Montgomery salir como un ciclón de casa de Greenfield, enfadado y echando llamas por los ojos como el mismísimo Mercurio?».

Mientras, el carruaje ducal avanzaba camino de la estación Victoria todo lo rápido que permitía el tráfico.

✳✳✳

El jardín trasero de Claremont olía a lodo y a hojas muertas.

—¡Su excelencia! —Stevens pareció recibir una agradable sorpresa al ver a Sebastián acercarse a los establos a la escasa y decreciente luz del anochecer.

—Prepara mi caballo —ordenó Sebastián—. Solo el mío. No me acompañará nadie.

Stevens se sorprendió por el tono de su patrón y tomó buena nota del enfado que traslucía. Preparó y ensilló a toda prisa a *Apolo* y lo sacó del establo. El purasangre relinchó de alegría al notar la presencia de Sebastián, quien, con aire ausente, le acarició el morro, que le había apoyado en el pecho.

—Echaba de menos a su amo —comentó Stevens—. El otro día le dio un mordisco en el trasero a McMahon.

Sebastián frunció el ceño.

—¿Lo habéis sacado alguna vez?

—Pues... no demasiado, la verdad. Ha llovido mucho durante los últimos días y el campo está húmedo y embarrado. Puede que esté algo inquieto, excelencia.

Llevó a *Apolo* de las riendas hasta el camino. Notaba en los músculos y tendones del noble animal la tensión acumulada, como muelles listos para saltar. Con el más mínimo toque en la grupa o un centímetro de relax de las riendas, saldría disparado como si apretara un gatillo.

En los últimos tiempos había evitado acudir a la hacienda campestre, ya que todo en Claremont le recordaba a ella. Cuanto más intentaba recuperar el control, enterrar los pensamientos y las emociones, más anárquicos se volvían, como si toda una vida de control de las pasiones hubiera dado lugar a la ruptura de los diques. Ahora esas pasiones reclamaban venganza, como si toda la contención, la inexistencia de locura de amor en los años anteriores, se hubiera guardado para un solo momento y una sola mujer.

En otra vida, se habría casado con ella. Ya sería su esposa.

Salieron a campo abierto, miles de acres libres para cabalgar a un lado y a otro. El crepúsculo arrancaba brillos de color de los árboles, del suelo y del cielo. Pero en su cabeza todo era gris, gris, gris.

«¡Basta!», gritó hacia dentro. «¡Ya basta de esto!».

Había dejado Londres, había regresado a Claremont. Volvería a la normalidad. Siempre lo hacía.

Se inclinó hacia delante en la silla y *Apolo* recibió la señal con una explosión de alegría.

Galoparon por el camino y después se salieron de él en dirección al bosque, bastante alejado. El viento le cortaba el rostro como la hoja de una espada. Las frías lágrimas que le salían de la comisura de los ojos le recorrían veloces las mejillas. Se enervaban los sentidos: el sonido de la silla, el silbido del viento, el desfile del paisaje antes sus ojos. Logró dejar la mente en blanco, que era lo que buscaba. Solo velocidad, frío, control.

«¡Ya está bien, ya está bien, ya está bien!».

Forzó a *Apolo* al máximo: más fuerte, más rápido, hasta que el bosque surgió ante sus ojos al final del campo, una masa oscura en informe.

Tiró de las riendas.

Algo pálido brilló a sus pies, en el suelo.

Apolo relinchó y giró.

Por instinto, él se lanzó hacia adelante, pero notó cómo las patas traseras del caballo se encogían con un movimiento horrible e incontrolable que elevó hasta el máximo el poderoso cuerpo sobre el que se apoyaba.

Iban a dar una vuelta de campana.

Durante un instante, la realidad se detuvo, como si se hubiera congelado, fría y aguda como una esquirla de cristal afilado.

Ante sus ojos, el cielo oscuro y las crines al viento.

El caballo iba a aplastarlo.

Sacó los pies de los estribos, pero el suelo se acercaba a una velocidad vertiginosa. Lo último que vio antes de que la oscuridad se cerniera sobre él fue el rostro que más amaba en el mundo.

✿✿✿

Sentada frente al pequeño escritorio, a Annabelle se le estaban helando los pies. Ya iba siendo hora de que se fuera a la cama, pues era casi medianoche y la lámpara de aceite estaba a punto de agotarse. Pero sabía que no iba a poder dormir. Si se limitaba a mirar a su alrededor, hasta podría parecerle que seguía siendo una estudiante a la que aguardaba un magnífico futuro: el escritorio, la desvencijada silla, el estrecho catre, eran muy parecidos a los de la habitación del colegio mayor. Pero ahí terminaba el parecido. En el escritorio no había libros ni archivos, solo una hoja de papel con tres escuetas líneas escritas:

Volver a Chorleywood.
Irme al norte para trabajar de institutriz.
Casarme con Jenkins.

Eran sus opciones para tener un techo bajo el que cobijarse por un camino acorde a la moral convencional.

Aunque, por supuesto, ella había ido a Oxford para evitar cualquiera de esos tres destinos: volver al infierno de Chorleywood, dedicarse a un trabajo vulnerable y mal pagado o casarse con un hombre al que no amaba.

Dos semanas. La señora Forsyth le había dado dos semanas para encontrar una nueva ocupación. «Soy una carabina», le había dicho con intención. «Mi deber es evitar que las mujeres jóvenes se metan en problemas, no asociarme con las que los tienen».

El futuro era como una caverna oscura, preparada para tragársela en cualquier momento.

Se llevó las manos a la cara en un inútil intento de librarse de todos los miedos que la asediaban.

—Soy una luchadora nata —susurró—. Puedo superar esto...

Un repentino alboroto en la planta baja hizo que diera un respingo. Escuchó voces agitadas y algo histéricas.

Alarmada, se levantó de la silla. Parecía como si un hombre estuviera discutiendo con acritud con la señora Forsyth.

De pronto, escuchó el ruido de unas botas masculinas que subían las escaleras con tanta fuerza que hacía temblar la madera del suelo.

Se apretó la bata de noche contra el pecho y, de forma instintiva, miró a su alrededor, buscando un arma improvisada para defenderse.

¡Bam, bam, bam!

La puerta tembló con los golpes de llamada.

Pero lo que de verdad le produjo una impresión indescriptible fue la voz del hombre que estaba golpeando la puerta.

—¡Annabelle!

—¡Señor! —El chillido de la señora Forsyth fue estridente.

Sebastián. Sebastián estaba aquí.

¡Bam, bam, bam!

Se acercó a la puerta con pasos inestables.

—¡Señor, no lo haga! —siguió gritando la señora Forsyth.

En ese momento Sebastián entró en el cuarto como un ciclón, tras abrir la puerta a la fuerza de un empellón.

Todo se detuvo: el ruido, el tiempo, su corazón. La urgencia que irradiaba de su cuerpo sustituyó al aire de la habitación. Se quedó frente a ella sin decir palabra. Y, en el nombre de Dios, estaba pálido como un muerto.

Dio dos pasos en su dirección y la tomó en los brazos. El frío invernal que traía del exterior aún inundaba su ropa; el grueso abrigo le rozaba la cara con inusual aspereza.

Se quedó petrificada, sin responder a su abrazo, casi sin atreverse a pensar que lo que estaba ocurriendo era real. No esperaba volver a verlo ni, mucho menos, volver a estar en sus brazos nunca más.

—Amor mío... —El ronco sonido de su susurro resonó en su oído.

¡Qué crueldad! La cuarta opción, la no escrita pero la más deseada, la que lo era todo para ella, estaba allí, envolviéndola, cuando intentaba era hacer lo que debía, lo que implicaba la total imposibilidad de la opción cuatro.

—¡Señorita Archer! ¿Quién es este...? —La señora Forsyth apareció en el umbral de la puerta y se quedó muda por un momento al contemplar el abrazo de la pareja—. ¡No puedo por menos que rechazar esto, lo rechazo por completo! —gritó por fin—. A esta casa no puede entrar ningún caballero, se lo dije con absoluta claridad, señorita, cuando acepté actuar de carabina para usted...

Sebastián se volvió y, sin mirarla, le dio un empujón a la puerta para cerrarla de golpe en la enrabietada cara de la señora Forsyth, sin dejar de rodear la cintura de Annabelle con la otra.

Ella se liberó del abrazo.

—¿Qué ocurre? —preguntó, y de repente la asaltó una ominosa idea—. ¡Oh, Dios! ¿Es tu hermano? ¿Ha...?

—No —respondió Sebastián de inmediato. Su mirada era metálica, dura, podría decir que salvaje. Nunca lo había visto así y su estado le generó una enorme angustia.

Dio un corto paso atrás.

—Montgomery, me preocupas.

Frunció un poco el ceño:

—No me llames así.

—De acuerdo —aceptó, y cruzó los brazos sobre el pecho como si pudiera protegerse con el gesto—. Sebastián, seguro que podríamos encontrar un momento más adecuado y un lugar más apropiado para...

—He venido a pedirte que te cases conmigo.

Lo miró perpleja.

—Cásate conmigo —repitió, dando un paso hacia ella.

Rio, pero fue una risa incierta:

—¿Cómo puedes decir semejante cosa?

—Te ríes... —gruñó él. Le agarró la mano y se la puso sobre el abrigo, a la altura del pecho, junto al corazón—. Termina con este tormento, Annabelle. Cásate conmigo.

Separó la mano al tiempo que un escalofrío le recorría el corazón al darse cuenta de que estaba muy trastornado.

—¿Qué te ha pasado? ¿Por qué estás así?

—Me he caído del caballo al anochecer.

Se llevó la mano a la boca.

—¡No!

—Un faisán —explicó—, un pequeño faisán escondido en un surco de barro. *Apolo* se encabritó, corcoveó y cayó hacia atrás. Está bien.

Paseó la mirada por el cuerpo de él, buscando algún tipo de herida o lesión.

—¿Y tú?

Tardó un poco en contestar.

—Pensé que iba a morir —confesó en voz muy baja.

Se le heló la sangre como si una mano de hielo le hubiera apretado el corazón.

—Como puedes ver, mi hora aún no había llegado—dijo—. La tierra estaba blanda por la lluvia y amortiguó el golpe.

La sensación de angustia y miedo que la había dejado helada remitió. Le echó los brazos al cuello.

—Tranquila —dijo, abrazándola de nuevo como si quisiera protegerla—. Estoy aquí, contigo. Estoy bien.

Lo apretó contra sí como si quisiera fundirse en él. Lo que de verdad deseaba era arrancarle el grueso abrigo y todas las capas de lana y algodón que lo protegían y le impedían sentir la calidez y la fuerza de su cuerpo.

Él le besó el pelo.

—Cásate conmigo, Annabelle.

Echó la cabeza hacia atrás.

—No digas eso, por favor te lo pido.

Volvió a fruncir el ceño.

—¿Pero por qué? Te has negado a ser mi querida. ¿Ahora me estás diciendo que tampoco quieres ser mi esposa?

Intentó alejarse de él, pero no se lo permitió. Alzó los ojos. El brillo de los de él no era natural y sintió miedo.

—Lo que yo quiera no es lo que de verdad cuenta —razonó con voz vacilante—. No quiero ser tu querida, eso lo tengo claro, pero... no puedo ser tu esposa.

La miró con la cabeza inclinada.

—¿Y por qué no puedes?

—¡Se nota que te has dado un golpe en la cabeza! Lo sabes muy bien, es imposible.

—¡Todo lo contrario! Es posible y es muy fácil: yo te lo pido y tú dices que sí. Eso es todo.

«Eso es todo».

Se sintió extrañamente liberada. Su sueño más imposible y más deseado estaba a una sílaba de distancia.

—No —terminó diciendo—. No puedo: jamás te obligaría a arruinar tu nombre y tu vida por mí...

—No ibas a arruinar mi vida.

Él la apretó más contra sí, tanto que pensó que iba a aplastarla.

—No... Por favor, por favor, suéltame.

Lo hizo con un resoplido de exasperación y ella dio un salto hacia atrás como si la quemara.

—Escúchame, por favor —rogó, con los brazos colgando a los lados como si estuviera agotado y derrotado—. Durante muchos años he vivido preocupado por la posibilidad de caerme del caballo antes de tener un heredero. Y hoy es precisamente lo que ha pasado: mientras caía, estaba seguro de que me iba a romper el cuello. Y durante lo que yo creía que era mi último suspiro, ¿crees que pensé en el castillo de Montgomery, en el ducado, en mi padre, en mi heredero?

Una vez más, se acercó a ella, y una vez más ella se evadió, y el gesto de Sebastián se ensombreció.

—¡Pensé en ti, maldita sea! —exclamó—. Vi tu cara, con la misma claridad con la que la veo ahora que te tengo delante de mí, y todo lo que sentí fue la pena más profunda porque nuestro tiempo juntos hubiera sido tan breve, tan constreñido, tan incompleto... Lo que me queda por hacer en la vida es estar contigo, Annabelle.

«¡Que Dios me ayude!». No podía decirlo más en serio. O al menos era lo que él pensaba en ese momento.

Hizo un esfuerzo sobrehumano por mantener la calma al hablar.

—Es un honor para mí —dijo—, por supuesto que lo es. Pero tienes que ser consciente de que en estos momentos no eres tú mismo, de que no piensas con la claridad que sueles.

A decir verdad, sus ojos nunca le habían parecido más lúcidos ni más sinceros. Y empezó a temblar. La voluntad de Sebastián era muy fuerte, mucho más que la de ella, y le estaba ofreciendo con las manos abiertas lo que ella más deseaba en su corazón, tanto en el fondo como en la superficie. Pero aceptarlo sería un desastre.

Le dio la espalda en un intento desesperado de emplear el buen juicio.

—¿Qué me dices del escándalo que produciría todo esto? —argumentó—. ¿Y tu hermano? Tú mismo dijiste que eso arruinaría el honor de tu hermano. Y tus herederos serían despreciados por la sociedad a la que perteneces... ¿Acaso todas esas razones ya no cuentan para ti?

—¿Por qué no dejas que sea yo quien se encargue de esas cosas? —inquirió con tono confundido—. Tú lo único que tienes que hacer es decir que sí.

«¡Di que sí! ¡Di que sí!».

—Mañana —dijo con voz ronca—. ¿Por qué no hablamos de esto mañana?

—Vuélvete y mírame —ordenó—. Te digo que mañana no habrá la más mínima diferencia. Ni la semana que viene, ni nunca.

Se giró bruscamente, enrabietada por su tozudez.

—No te puedes casar con la hija de un vicario. Un día te despertarías y te darías cuenta del desastre en el que se ha convertido tu vida, y nada de lo que yo hiciera podría compensar jamás tus pérdidas.

Su mirada se tornó despiadada.

—No confías en mí —dijo a modo de conclusión—. Crees que no gobierno mi propia mente, que no sé lo que digo.

—Acabas de mirar a la muerte, de frente y de cerca. Me imagino que eso trastoca mucho la perspectiva.

Ahora sus ojos eran fríos y duros como el granito.

—O bien coloca por fin las cosas en la perspectiva correcta y real. No soy un muchacho impresionable, Annabelle. No nos castigues a los dos tomando como modelo al pisaverde que conociste en el pasado.

El cruel comentario la afectó. Era algo que le había contado en un momento de absoluta confianza. No. No debía pensar en los momentos que habían pasado en la cama, desnudos y abrazados, en un nido de intimidad y profundo placer...

En algún sitio, el perro de la señora Forsyth ladraba de forma furibunda.

Se apretó las pulsátiles sienes con los dedos.

—No puedo —susurró—. No podemos.

—Annabelle, yo no sabía que te estaba buscando hasta que nos conocimos. Si nuestros caminos no se hubieran cruzado nunca, seguramente habría vivido y habría muerto como un hombre sensato y contento con su vida. Pero ahora sé qué es lo que puedo sentir. Y eso ya no se puede cambiar, no puedo fingir que lo que tenemos es una estupidez o una locura que se esfumará. Puedo elegir entre vivir con la sensación de estar incompleto por tu ausencia o vivir contigo, venga lo que venga. Esas son mis opciones: una vida contigo o una vida sin ti. Solo se trata de pagar el precio que corresponda en cada caso. Pero sé que lo que podemos tener merece la pena, cueste lo que cueste.

Cada palabra era como tajo de un cuchillo afilado, impactos sordos y rápidos que pronto se convertirían en un dolor insufrible que la haría sangrar hasta quedarse seca. Qué calmado parecía en su locura, mientras que su propia cordura amenazaba con desaparecer de un momento a otro. Hoy podía haberlo perdido para siempre. Todos sus instintos le gritaban que se arrojara en sus brazos y no lo dejara marchar nunca más.

Luchó para respirar de nuevo.

—No podemos.

El tono apagado, casi carente de vida, hizo que se detuviera. Por primera vez notó un hilo de inseguridad en él.

—Estás hablando completamente en serio —dijo muy despacio—. Estás rechazando mi propuesta.

—Sí. —Le dolió la garganta del esfuerzo.

Sebastián se quedó pálido como un espectro. El sentimiento de agonía fue tal que se quedó sin palabras.

El sentido del honor estaba tan arraigado en él que no le permitiría romper un compromiso, ni siquiera adquirido bajo coerción. Al día o a la semana siguiente le estaría agradecido por no haberse aprovechado de su inestable situación de esa noche. Por supuesto que lo haría.

—¿Sabes una cosa? —Su tono pasó a ser ligero, como si se tratara de una conversación trivial ante una taza de té—. Estoy empezando a pensar que rehusarías mi oferta en cualquier circunstancia. Y creo que eso no tiene nada que ver con tus principios morales ni con el mantenimiento de mi reputación, sino con tu propia cobardía.

Esas palabras la sacaron de su parálisis como si hubiera recibido un bofetón en la cara.

—¿Se puede saber qué quieres decir?

—Quiero decir que lo que tienes es miedo. De que un hombre pueda manejarte. Y no estoy hablando de los derechos de un marido sobre su esposa, no es eso. De hecho, estoy convencido de que serías capaz de vivir bajo reglas draconianas, porque muy dentro de ti hay una fortaleza que es imposible de asaltar por la fuerza. Lo que pasa es que yo ya la he forzado porque tú la has abierto para mí. ¿Por qué no te permites ser sincera conmigo ahora?

«Porque te quiero más que a mi propia felicidad».

Su cara recobró la determinación, que subrayó cada línea de sus rasgos. Annabelle se dio cuenta de que mientras siguiera pensando que la quería no cejaría en ese loco plan. Lo sacrificaría todo. Caería en desgracia, sería objeto de burla y ridículo por parte de sus pares y de la prensa. Su casa y su estatus político se perderían y el respeto ancestral por su familia desaparecería. Echaría a perder todo su trabajo por una campesina. Y, sin poderlo evitar, con el tiempo, su encaprichamiento se desvanecería, y tendría rencor contra ella, o, lo que sería peor, contra sí mismo, por todo aquello a lo que había renunciado.

Se cruzó de brazos para poder controlar el temblor de todo el cuerpo.

—Debes saber que esta mañana precisamente he recibido una oferta de matrimonio mucho más razonable.

Si le hubieran disparado, Sebastián habría reaccionado de la misma forma: un gesto rápido de sorpresa y la rigidez mortal que ya conocía de otras ocasiones.

Cuando habló de nuevo, apenas reconoció su voz.

—El profesor.

Asintió con un gesto.

—¿Has aceptado?

—Me han expulsado temporalmente de la universidad y él...

—¿Has aceptado? —repitió, y la intensidad de su mirada hizo que se llevara la mano a la garganta.

—No —admitió en voz baja y culpable.

—Pero te lo has planteado. ¡Por Dios, te lo estás pensando!

—Sería una unión muy aceptable...

Estalló en una risa áspera.

—No, señora mía, no. Si te casas con él, actuarías como una prostituta, incluso más que si hubieras aceptado ser mi querida.

—¿Cómo puedes decir tal cosa? ¿Por qué?

Empezó a pasear a su alrededor como un depredador hasta que se detuvo detrás a ella.

—Porque, querida, tú no lo amas —murmuró, y su aliento, que le pareció helador, hizo que se le erizara el vello de la nuca—. No lo amas. Estarías con él por lo que pueda darte: cosas, posición, trabajo..., no porque lo quieras.

Cerró los ojos con fuerza.

—Tampoco te amo a ti.

—Eso es mentira —siseó—. Deberías poder verte los ojos después de que te bese.

—¡Cómo no vas a pensar eso! Lo que pasa es que cualquier mujer quedaría embelesada al recibir las atenciones de un hombre de tu posición social. Pero tienes que saber la verdad: todo ha sido por la causa sufragista.

Esa fue la razón única por la que fui a Claremont... Queríamos espiarte. Todas las conversaciones que tuvimos tenían un objetivo para mí: conseguir tu apoyo a la causa. Hasta tenemos una ficha con tu perfil y diversas alternativas para intentar conseguir tu apoyo.

La agarró por los hombros y le dio la vuelta de un tirón.

Su expresión era puro hielo.

—¿Una ficha? —siseó—. ¿Qué estás diciendo?

—La verdad —susurró—. La pura verdad.

Apretó la sujeción.

—Estás mintiendo. Te olvidas de que te tuve entre mis brazos hace unas pocas noches tan solo. Te conozco y sé que estás mintiendo.

—¿Ah, sí? —preguntó con voz más trémula que desafiante—. No fuiste capaz de intuir la verdad sobre tu propia esposa hasta que escapó con otro y estuvo en tu cama durante meses.

Aunque parecía imposible que pudiera palidecer más, lo cierto era que su rostro parecía ahora una máscara mortuoria.

La soltó abruptamente, como si acabara de darse cuenta de que estaba tocando algo tóxico.

El gesto de sus labios la conmovió hasta la médula de los huesos.

Muda y helada, lo vio darse la vuelta y salir de la habitación.

El sonido de la puerta de la casa al cerrarse nunca llegó a sus oídos, porque antes se echó sobre la cama tapándoselos con las manos. Era como si un timbre agudo sonara dentro de su cabeza.

Había hecho lo que debía. No podía ni respirar, pero había hecho lo que debía. Por lo menos esta tragedia no iba a afectar a la historia de Inglaterra. Se mantendría en secreto y un día moriría con ella.

No sabía cuánto tiempo había pasado, ¿un minuto?, ¿una hora?, cuando vio a la señora Forsyth plantada ante sí. La normalmente imperturbable carabina tenía el rostro rojo y congestionado y miraba a Annabelle con ojos iracundos.

—Le dije que nada de hombres —escupió— y la primera noche trae usted a mi casa a un rufián.

—Lo siento mucho —se disculpó Annabelle con voz muy débil.

—No soy una mujer cruel —dijo la señora Forsyth—, así que puede pasar aquí la noche. Pero no la quiero en mi casa mañana.

Capítulo 29

Al amanecer, Annabelle salió casi subrepticiamente por la puerta principal de la casa de la señora Forsyth. Le dolía el pecho y se sentía muy fatigada. La sensación de frío en el exterior fue como un bofetón en las mejillas y le sirvió para revivir, pero todavía estaba aturdida cuando llegó a la arqueada puerta de los alojamientos de St. John's.

La tarde anterior le había pedido a un amable portero que, con un carro de mano, llevara sus baúles desde el colegio mayor hasta el domicilio de la señora Forsyth; esperaba que hubiera otro igual de atento en St. John's que la ayudara con el nuevo traslado. Los porteros de ese establecimiento la conocían por sus idas y venidas relacionadas con las clases particulares. Pero el asunto era que no sabía a dónde trasladar sus pertenencias. Catriona y su padre tenían un apartamento en el ala oeste residencial. Suponía que el hecho tan simple de acoger su equipaje no le causaría ningún daño a la reputación de su amiga, aunque no sabía qué historia estaría circulando acerca de su desahucio. La sola idea de seguir contando medias verdades la ponía enferma.

En la zona de portería no había nadie. Tampoco se percibía movimiento en el patio interior cuadrangular del colegio. Un único estudiante se movía entre las sombras de los arcos de la zona opuesta.

Deambuló por el suelo de caliza del patio. La noche anterior había perdido el timón y el velamen de su vida, había quedado a la deriva como los restos de un naufragio. Acercarse al ala oeste o volver a la entrada era para ella una decisión imposible de tomar en ese momento.

El estudiante desapareció a través de una arcada. Sin duda se dirigía hacia algún sitio cálido y acogedor.

Volvió al vestíbulo.

Ya se habían encendido las luces y también se observaba ajetreo tras las ventanas.

Se acercó a la puerta y llamó a la puerta con poca convicción.

Con el rabillo del ojo captó un movimiento en el último arco a su derecha y frunció el ceño. Sin saber por qué, un mal presentimiento le rondaba la mente.

Se abrió la puerta para dar paso a un portero rechoncho y canoso.

—Buenos días, señorita —saludó—. ¿Cómo puedo ayudarla?

—Buenos días. Soy estudiante del Lady Margaret Hall y querría...

En ese momento cayó en la cuenta. El estudiante. El estudiante del primer claustro. Larguirucho y desgarbado. Moviéndose sin rumbo fijo.

Se le pusieron los pelos de punta.

Giró sobre los talones.

—¿Señorita? —preguntó el sorprendido portero.

Pero ella ya caminaba a toda prisa hacia el claustro, sus rápidos pasos resonando en las paredes de piedra que la rodeaban. Echó a correr antes de llegar a su destino; al llegar, resoplando, miró a izquierda y derecha y le dio tiempo de ver que en el ala oeste se cerraba una puerta.

Echó a correr de nuevo.

La puerta daba a un pasillo estrecho y mal iluminado, con un olor a moho que procedía de las antiguas paredes de piedra.

El joven había torcido a la derecha y avanzaba rápido hacia la puerta del final del pasillo.

—¡Caballero!

No se detuvo. Por el contrario, apretó el paso.

Salió detrás de él.

—Caballero, un momento.

Se puso rígido.

¡Vaya! ¿Qué iba a decirle si no era quien ella pensaba que era?

No obstante, se dio cuenta de que, extrañamente, no estaba bien preparada para encontrarse cara a cara con Peregrin Devereux.

—¡Dios bendito! —exclamó.

El habitual encanto personal de Peregrin estaba completamente desdibujado por el pelo excesivamente largo y descuidado y la palidez espectral. Parecía una criatura que solo saliera por las noches.

Se acercó a él de inmediato.

—¿Se encuentra bien?

—¡Hola, buenos días, señorita Archer! —saludó, e ignoró con cortesía la mano que le había puesto sobre el brazo. Ella la retiró de inmediato—. Qué placer tan inesperado —continuó—. ¿Qué la trae por St. John's a esta hora tan intempestiva?

Se puso tenso cuando se abrió la puerta frente a la que se encontraba.

Annabelle miró a su alrededor y suspiró de puro alivio cuando vio a Catriona de pie junto a la puerta.

—¡Catriona! —exclamó—. Precisamente te buscaba.

Iba a acercarse a su amiga cuando advirtió la pequeña cesta que le colgaba del brazo. Y la expresión de culpabilidad de su cara.

—¿Catriona?

Su amiga sonrió de forma débil y poco convincente.

—Annabelle. Y lord Devereux. Qué sorpresa. —No solo era la expresión: sus palabras destilaban culpabilidad. Incluso trató de ocultar la cesta, sin éxito.

Casi Hasta casi pudo oír el sonido que hicieron los ojos de Peregrin cuando este los puso en blanco.

Annabelle los miró alternativamente al tiempo que recordaba los sonrojos de Catriona cada vez que Peregrin estaba cerca, sus esfuerzos para ir sin gafas al baile en Claremont... ¡Oh, por el amor de Dios!

Su mirada tropezó con la cesta que Catriona tenía apoyada en la cadera.

—Es comida, ¿verdad? —No pedía una respuesta, sino una confirmación—. Comida para lord Devereux.

Catriona miró a Peregrin, al parecer como si le estuviera pidiendo permiso.

—¿Sabes que lleva más de un mes desaparecido? —preguntó—. ¿Que Scotland Yard está investigando cada rincón de Inglaterra para encontrarlo mientras hablamos?

Peregrin y Catriona, al unísono, se quedaron boquiabiertos.

—Así que lo sabías —dijo una incrédula Catriona.

—¿Cómo es que lo sabía? —preguntó Peregrin un instante después.

Se volvió hacia él.

—¿Sabe su hermano que está usted aquí?

Peregrin alzó mucho las cejas al escuchar que ella aludía al duque de Montgomery denominándolo «su hermano».

—Señorita...

—Por favor..., ¿lo sabe?

—Con el debido respeto, no veo la razón de su pregunta, señorita Archer.

«Porque estaba besándome cuando supo que usted había desaparecido. Porque lo abrazaba y noté como se le rompía el corazón al saber que su propio hermano lo había traicionado. Porque todo lo que lo hiere a él me hiere también a mí».

¡Hipócrita! Lo había herido casi con saña la noche anterior cuando rechazó su amor, su propuesta de matrimonio y su confianza absoluta en ella.

Se puso de puntillas para tener los ojos a la altura del aristocrático rostro de Peregrin.

—¿Cómo ha podido hacerle esto? —preguntó—. Ni siquiera sabe si está usted vivo o muerto.

Peregrin entornó un poco los ojos.

—Le pido disculpas, señorita —se excusó con férreo control—. Una vez más, tengo que decirle que me doy cuenta de que está usted algo agitada por mi culpa, pero no acierto a entender por qué razón.

¡Podría tragarse crudo su educado y aristocrático control!

—Muy bien, hablaré con toda franqueza —dijo—. Usted desapareció. Huyó en lugar de obedecer órdenes muy razonables. Y mientras se esconde en un rincón acogedor y le chupa la sangre a una joven de buena voluntad, su hermano apenas duerme porque no se lo permite la tremenda preocupación por usted y su bienestar.

En las mejillas de Peregrin aparecieron sendos y frenéticos círculos carmesí. De haber sido Annabelle un hombre, seguramente lo habría derribado de un puñetazo.

—Por la razón que sea, señorita, usted sabe mucho del asunto, tengo que reconocerlo —admitió, arrastrando las palabras—, pero se equivoca al menos en algo decisivo: Montgomery nunca, jamás, siente una tremenda preocupación por nada. Carece del temperamento y del corazón necesarios para ello. Y, si yo hubiera provocado de verdad en él las emociones que usted indica, le aseguro que se debería a mi posición como heredero suyo, no a mi persona. En absoluto.

Annabelle alzó la mano abierta. Se controló justo a tiempo, pero durante el tiempo que dura un pestañeo ella y Peregrin se quedaron mirando esa mano suspendida en el aire y a punto de abofetear a un noble.

Mientras la mirada de Peregrin pasaba de la mano a su cara, brilló en ella una sombra de sospecha.

—¿Señorita...?

—¡Qué poco conoce a su hermano! —se lamentó, ahora con voz suave y triste—. Pobre Montgomery, que nunca pueda ser visto como realmente es ni siquiera por las propias personas a las que ama. Claro que tiene corazón, ¿sabe?, un corazón reprimido y honorable, pero que sufre, igual que el de usted y el mío, y me atrevería a jurar que cien veces más resuelto. Es un hombre poco corriente, pero no por su riqueza ni tampoco por su poder, sino porque dice lo que piensa y hace lo que dice. Puede que actúe como un tirano autocomplaciente, sí, pero trabaja más que nadie para que la vida de todos se desarrolle sin sobresaltos; piensa en todo para que los demás no tengan que hacerlo. Y si usted, milord, tuviera solo una pizca de honor en su interior, lo ayudaría a llevar ese infernal cúmulo de responsabilidades en vez de actuar como un mocoso malcriado y consentido.

La palabra «mocoso» no la pronunció, la escupió.

La palidez de Peregrin se acentuó, si es que eso era posible.

—Annabelle... —Catriona se había colocado entre ellos. El gesto de la agradable cara era de confusión.

—Tiene corazón, por supuesto que lo tiene —insistió Annabelle—. Y yo lo amo.

—¡Annabelle! —reaccionó Catriona—. No deberías...

—Lo amo, pero le he mentido y ahora siempre va a pensar mal de mí. —Se le rompió la voz.

Catriona le puso la mano en el hombro, los azules ojos llenos de compasión infinita. Esa ternura y esa comprensión fueron la gota que colmó su vaso: por primera vez desde aquel infausto verano de hacía unos años, Annabelle estalló en lágrimas.

❄❄❄

—¡Lo amo!

—Lleva así más de media hora —le dijo Hattie a Lucie en voz baja, como si estuviera en la habitación de una enferma.

La líder sufragista estaba de pie en la puerta del pequeño salón de estar de Campbell's, todavía con el abrigo y la bufanda puestos. Le surcaban la frente algunos mechones de pelo rubio, escapados de un moño preparado con evidente premura.

Annabelle estaba doblada en el sillón, temblando por la fuerza de los incontrolables sollozos que le surgían de la garganta, como si toda una vida de desgracias se hubiera desbordado desde el interior de su cuerpo. Catriona estaba sentada de forma precaria sobre el brazo del sillón y le daba torpes golpecitos en la espalda para intentar calmarla; sin éxito, por supuesto.

—¡Por las trompetas del Apocalipsis! —exclamó Lucie.

Avanzó con decisión hacia una alacena de la pared opuesta. Su intención fue recompensada al abrirla: una reconfortante fila de botellas de licor surgió ante sus ojos. Descorchó una botella de brandi, olisqueó el interior, puso cara de aprobación y vertió dos dedos del ambarino líquido en un vaso.

—Bébete esto. De un trago —ordenó, acercándole el vaso a Annabelle.

Annabelle la miró con ojos rojos de tanto llorar. Tenía la nariz de un poco habitual tono rosáceo.

—¿Es un licor? —balbuceó.

—Tómatelo —insistió Lucie con tono malhumorado—. Te prometo que no es ni la mitad de malo que ocultarles secretos a tus amigas y retozar gozosamente con el enemigo. ¿Montgomery, Annabelle? ¿De entre todos los hombres del reino, lo eliges a él?

Annabelle fijó la vista en el vaso.

—No es el enemigo —refutó con voz agotada—. Es quien obtuvo el permiso para celebrar la manifestación. Nos ayudó a salir de la cárcel. Y yo...

—Lo amas, sí. Lo he oído con claridad varias veces al entrar. —Lucie buscó una silla y la acercó—. Así que nos consiguió el permiso, dices. ¿Por qué no empiezas por el principio?

Annabelle se llevó el vaso a la boca e hizo una mueca cuando el líquido le mojó los labios.

—Ahora ya no importa, ¿no es así?

—¿Entonces por qué te comportas como si hubiera llegado el fin del mundo? —preguntó Lucie, quitándose del cuello la larga bufanda.

«Porque ha llegado».

Se le encogía el corazón cada vez que recordaba el rostro de Sebastián al salir de la habitación. Como si fuera su personal Dalila, su Salomé, su manifestación específica y personal del prototipo de mujer traidora a un amante.

Dio un trago de brandi. No tosió.

—Seguro que me desprecia —graznó.

Los plateados ojos de Lucie echaban chispas.

—Ese sinvergüenza... —gruñó—. No me puedo creer que te sedujera. ¡Y bajo su propio techo, deduzco!

—¡No es un sinvergüenza! ¡Y no me sedujo! —protestó Annabelle de inmediato—. Bueno, puede que un poquito... —Se sintió seducida en el mismísimo momento en el que estuvo de pie ante él, con el sombrero en la mano, pronunciando una extraña disculpa en una colina de Wiltshire—. En cualquier caso, no fue culpa suya.

—¡Por todos los diablos! —exclamó Lucie—. Por supuesto que lo es. Recuerda que eres una sufragista. No creemos en el cuento de la seductora malvada y el pobre hombre desventurado. Sabía exactamente lo que hacía.

Annabelle se enfureció.

—¿Y si te dijera que yo estaba deseando?

—Annabelle, por favor... Puede que de entrada parezca un personaje antipático, pero es que es unos diez años mayor que tú. Es un estratega muy calculador y se ha ganado el favor de la reina, entre otras cosas, consiguiendo que hombres hechos y derechos, con poder e inteligentes hagan lo que él les dice que deben hacer. Tú no tenías elección posible y él lo sabía. Sé sincera: ¿dijo lo que debía decir? ¿Hizo que te sintieras como si os conocierais desde hacía muchos años y os entendierais sin necesidad de hablar?

«Sí, claro, casi desde el primer momento».

—Sí —susurró.

Hattie emitió un sonido de desaliento.

Lucie asintió con gesto de gravedad.

—Así es como actúan —confirmó con un asentimiento—. Siento haberte enviado a hablar con el muy bastardo.

—Ayer por la noche me pidió matrimonio —reveló Annabelle.

Todas las presentes soltaron una exclamación de asombro. Fue hasta divertido, las tres con la boca abierta al mismo tiempo.

—¿Te pidió... que te casaras con él? —exclamó Hattie con voz muy aguda y los ojos como platos.

Annabelle asintió.

—Anoche se presentó en casa de la señora Forsyth para hacerlo. Yo... no acepté y se produjo una escena bastante tormentosa. Tanto que la señora Forsyth me dijo que me fuera de su casa.

Se hizo el silencio. Un silencio denso y turbio de incredulidad.

—Por las trompetas del Apocalipsis... —susurró Lucie para sí. Se levantó, se acercó al armario de las bebidas y se sirvió un buen vaso de brandi.

—¿Y rehusaste? —preguntó Hattie casi sin aliento.

Annabelle tragó saliva.

—Sí. Difícilmente podía haber aceptado, ¿no os parece?

Las tres negaron de forma unánime y vigorosa con la cabeza.

—A ver —terció Hattie tras un instante de reflexión—, podrías haber aceptado, pero hubiera sido el escándalo de la década. No, del siglo. De hecho, se habría convertido en una leyenda...

—Ya lo sé —confirmó Annabelle interrumpiéndola—. Ya lo sé... Por eso no acepté. ¡Oh! —Agarró casi con fiereza el pañuelo, completamente húmedo ya, e intentó enjugarse las lágrimas que volvían a manar a borbotones.

—Me parece imposible que te lo pidiera —dijo Hattie negando con la cabeza—. No digo que no valgas lo suficiente, no es eso —aclaró enseguida—, pero parece una locura proviniendo de un hombre tan frío. Tan... inteligente, quiero decir.

Annabelle la miró con una sonrisa agotada.

—Antes, y de forma bastante... elegante, me había pedido más de una vez que fuera su querida.

Lucie entrecerró los ojos peligrosamente.

—¿La misma noche?

—No —contestó Annabelle—. En Claremont.

—Me alegra que rechazases esa oferta en concreto —dijo Catriona—. Podemos ser amigas de una duquesa que ha provocado un escándalo, pero difícilmente de la querida de un duque...

Annabelle colocó el vaso ya vacío sobre la mesa auxiliar.

—Y ahora... —dijo—, ¿ahora podéis seguir siendo amigas mías?

Hattie frunció el ceño.

—¿Por qué no íbamos a serlo?

—Para empezar, porque le di un puñetazo a un hombre, a un policía —empezó a enumerar levantando los dedos de la mano derecha—; y además porque he sido arrestada, expulsada temporalmente de la universidad, pedida en matrimonio por un duque y expulsada de la casa de mi propia carabina.

Lucie frunció los labios tras el vaso de brandi, ya mediado.

—Me da la impresión de que ahora es precisamente cuando necesitas ayuda de tus amigas, tres mejor que una.

—Pero es que soy un escándalo andante —objetó Annabelle.

Catriona retiró la mano de los hombros de Annabelle y las cruzó sobre el regazo.

—Lo vi besándote en el baile, en Claremont —informó— y he seguido siendo tu amiga, ¿no?

Annabelle la miró sorprendida, pero enseguida cayó en la cuenta: ¡claro! Catriona estaba en el pasillo cuando salió del rincón. Y comentó que tenía el pelo algo alborotado...

—¿Os besasteis? ¿En el baile? —volvió a chillar Hattie.

Al parecer, Catriona no había dado pábulo al cotilleo.

—¿Por qué sois tan amables? —preguntó Annabelle—. ¿Por qué no estáis juzgándome, ni mirándoos entre vosotras, ni lavándoos las manos respecto a mí?

Eso era lo que habían hecho todas y cada una de las chicas del pueblo a las que antes consideraba sus amigas cuando empezaron los comentarios sobre William y ella. Lo que había hecho su propio padre.

Lucie suspiró, como solía hacer antes de soltar sus peroratas.

—Para ser tan inteligente, a veces preguntas cosas que parece mentira que no comprendas —dijo—. Míranos. Ninguna de nosotras es perfecta ni es como debía ser. —Señaló a Catriona—: Demasiado inteligente. Usan sus escritos para buscar tesoros mientras ignoran alegremente que ha sido una mujer la que ha escrito los cuadernos de instrucciones. Según creo, en un momento dado te pusiste pantalones y reptaste por el interior de alguna tumba del Valle de los Reyes en Egipto, ¿no es así? —Catriona asintió, el rubor de la vergüenza ascendió rápido por su cuello—. Aquí estoy yo —prosiguió Lucie—. Mi familia renegó de mí y me desheredó bastante antes del pequeño incidente con el embajador español y el maldito tenedor de plata. Si mi tía no me hubiera dejado un pequeño fideicomiso, cosa que, por cierto, solo hizo para fastidiar a mi padre, ahora estaría o bien desahuciada, o bien confinada en mi dormitorio tachada de loca peligrosa a la que es mejor tener bajo llave. No soy una mujer pasiva, no puedo estarme quieta y a verlas venir, no me he visto nunca rodeada de un montón de críos y sirviendo a mi amo y señor. Por lo que se refiere a Hattie... —Frunció el ceño—. Todavía no sé cuál es su problema.

La aludida se cruzó de brazos.

—¿Por qué voy a tener algún problema?

Lucie la miró con intensidad.

—¿Por qué una hija de Julien Greenfield tendría que estar metida hasta los codos en la pintura bajo la dirección de un esclavista como el profesor Ruskin?

La eterna sonrisa en los labios de Hattie se convirtió en una fina línea.

—Muy bien, os lo diré. No escribo bien. Tampoco soy capaz de manejar los números. —Alzó una ceja en dirección a Lucie—. ¿De verdad crees que eres una oveja negra? ¡Hasta mis hermanas saben hacer inversiones rentables! Yo no soy capaz de copiar una columna de cifras en el orden correcto; si no tuviera el pelo rojo de los Greenfield, mis padres creerían que me cambiaron por otra al nacer. Creo que lo sospechan de todas formas. Y supongo que lo preferirían, porque les causaría menor vergüenza.

—Tonterías. Eres encantadora tal y como eres —murmuró Annabelle.

—¡Oh! —Hattie se volvió a animar—. ¡Eres muy amable!

—Mira, Annabelle —volvió a intervenir Lucie—, yo no estoy diciendo que no hayas provocado algún que otro escándalo. Lo que digo es que ni eres la única ni estás sola.

Una débil sonrisa volvió a asomar a los labios de Annabelle.

—No... Al parecer estoy en buena compañía.

Ahora respiraba mejor, como si la abrazadera que le había estado aplastando el pecho hubiera ampliado su circunferencia una vuelta de tuerca o dos.

—Necesitas un lugar en el que quedarte —apuntó Lucie.

—Es verdad —reconoció Annabelle, que apretaba el pañuelo con el puño como si quisiera escurrirlo.

—Tendrías que haberte quedado conmigo la primera vez que te lo ofrecí —comentó Lucie con cierto tono de superioridad.

—Yo tengo la misma impresión, sí.

—Pues vamos a por tu equipaje entonces. A no ser que tengas más secretos... y los quieras divulgar.

—No, míos no —reflexionó Annabelle—, pero, ahora que lo pienso... —Se volvió hacia Catriona, y su amiga bajó los ojos de inmediato—. ¿Por qué has ayudado a esconderse a lord Devereux? ¿Y dónde diablos está?

Capítulo 30

Peregrin Devereux era un joven de trato fácil y alegre, y con buena disposición. Pero un cúmulo de acontecimientos dramáticos lo condujo a actuar de forma también dramática. ¿Podía darse algo más dramático que contemplar a una adorable mujer como la señorita Archer nadar en lágrimas sin consuelo? Sin poder librarse del sonido de sus sollozos, se puso en camino desde Oxford a Wiltshire sin dudarlo ni un segundo.

Su bravura empezó a decrecer en el momento en el que Claremont apareció ante su vista. Cuando estuvo de pie ante la oscura y gruesa puerta del despacho de su hermano, ya estaba muerta y enterrada. Sintió nauseas. Que él recordara, ninguna de las veces que había traspasado esa puerta le había ocurrido nada bueno.

Cerró los ojos para concentrarse en las razones que lo habían llevado allí y llamó con decisión.

No hubo respuesta.

Peregrin frunció el ceño. ¿Dónde podía estar Montgomery sino ahí?

Empujó la puerta sin haber recibido permiso para hacerlo.

El despacho estaba en penumbra. Las pesadas cortinas se hallaban corridas y no había ninguna lámpara encendida; tampoco había fuego en la chimenea.

En la estancia flotaba un denso olor a humo de tabaco.

—¿Señor?

Los ojos de Montgomery brillaron en la oscuridad como piedras pulidas. Estaba en el sillón del escritorio, echado hacia atrás, con la cabeza apoyada en lo alto del respaldo de cuero y completamente despatarrado.

De hecho, Peregrin siempre había pensado que su hermano era incapaz de adoptar semejante postura. Le sorprendió tanto como ver una botella vacía de *whisky* escocés en medio del caos del escritorio. ¿*Whisky* y no brandi? Y decir caos era quedarse corto. Las pilas de papeles, siempre meticulosamente alineadas, se habían desbordado. Hasta había hojas por el suelo, como si las hubiera arrastrado sin rumbo un golpe de viento.

—Señor...

La mirada del duque, con los párpados entornados, se deslizó sobre él y a Peregrin se le formó un nudo en la garganta. A los ojos de su hermano les faltaba ese borde afilado capaz de diseccionar todo aquello en lo que se posaban. No obstante, mantenían un nivel evaluativo aún suficiente como para hacer temblar a cualquiera que tuviera que sufrir su mirada.

—Así que has regresado. —La voz de Montgomery sonó ronca, como si hiciera mucho que no hablaba. ¿O por haber terminado una botella entera de licor en no demasiado tiempo? Ni siquiera había un vaso... ¡Cielos! ¿Habría bebido directamente de la botella?

—Tienes muy mal aspecto —observó Montgomery—. Te ofrecería un trago, pero como puedes ver, se ha agotado el suministro. —Miró la botella que tenía delante con gesto meditabundo y después le dio un golpecito con el dedo índice.

Peregrin abría y cerraba la boca sin acertar a decir palabra, como una marioneta que hubiera olvidado su guion.

Su hermano señaló el sillón de confidente haciendo una teatral floritura con la mano.

—Siéntate, hermanito.

Peregrin obedeció y, con cautela, se sentó en el borde del sillón.

—Bueno, da la impresión de que has perdido el habla además de la lealtad —evaluó Montgomery, que pronunciaba con lentitud.

—Es por la sorpresa: pensaba que no bebía.

—No bebo —corroboró Montgomery de inmediato.

—Por supuesto que no —confirmó Peregrin como un rayo.

—Exacto —masculló Montgomery.

Peregrin no creía haber visto en toda su vida un hombre tan borracho, y eso que, como jefe de una sociedad de bebedores, había tenido una buena ración delante de él. El duque estaba como una cuba, quizá solo se mantenía derecho gracias a su inhumana disciplina.

No supo por qué dijo lo que dijo a continuación.

—¿No bebe porque padre se ahogó en un charco estando borracho?

Montgomery lo miró con los ojos entrecerrados.

—¿Cómo te has enterado de eso?

—Por la vía habitual. La gente comenta. Yo escucho porque tengo oídos.

Montgomery se quedó callado. Ahora que la vista de Peregrin se había ajustado a la oscuridad, podía ver la cara de su hermano con más claridad y se dio cuenta de que él no era el único que tenía mal aspecto. Los rasgos de Montgomery estaban afilados por la tensión, pero era aún más preocupante el gesto serio de los labios. Era una seriedad llena de tristeza, de fatalidad, lejos de la habitual determinación que indicaba la decisión de embarcarse en misiones de gran trascendencia. No, era una seriedad diferente, ominosa y, sobre todo, triste.

Montgomery por fin se movió. Encendió la lámpara del escritorio y empezó a buscar entre los desordenados papeles; desenterró una pequeña caja de plata y sacó un cigarrillo. Hizo lo que pudo con las cerillas, falló varias veces hasta que por fin logró encender una y aplicarla al cigarrillo sin quemarse ni los dedos ni la boca. Luego clavó la vista en Peregrin.

—Sí —confirmó—. No bebo porque Charles Devereux terminó su vida borracho y con la cara dentro de un charco.

Una poderosa emoción inundó el pecho de Peregrin. Había lanzado la pregunta porque esa era su forma de actuar habitual: arriesgar según impulsos repentinos. No esperaba ni mucho menos una confesión abierta de su hermano. Era como si estuviera hablándole de hombre a hombre. Inaudito.

—¿Por qué se me dijo que había sufrido un accidente mientras cabalgaba? —probó, tentando a la suerte.

Montgomery giró el cigarrillo entre los dedos.

—Para evitar que el pasado te persiguiera toda la vida.

—No necesito que se me proteja de las verdades feas o incómodas —murmuró Peregrin casi para sí, intentando no acordarse del cáustico juicio que la señorita Archer había hecho sobre él: «mocoso malcriado y consentido».

—No tiene que ver con la verdad —explicó Montgomery—. Las historias acerca de nuestros padres pueden llegar a convertirse en rectoras de nuestra mente y dictarnos aquello que debemos temer o lo que deberíamos hacer. O darnos excusas para explicar nuestra debilidad. Cuando un hombre del que dependen miles de personas se ahoga en un charco porque estaba tan borracho que fue incapaz de incorporarse y respirar, ¿qué es lo que se puede pensar de él?

Peregrin lo pensó durante unos momentos.

—¿Que tuvo malísima suerte? —sugirió.

Montgomery lo miró con mala cara.

—Puede que eso también —concedió por fin—. ¿Por qué estás aquí?

Con esa simple frase, volvieron las náuseas. El miedo, la culpa y la vergüenza se le acumularon en la boca del estómago.

—No debí marcharme.

—Eso es evidente. —Montgomery dejó caer la ceniza del cigarrillo a la alfombra sin el más mínimo cuidado.

—Fui consciente de mi error hace cierto tiempo, pero no me atrevía a regresar. Y cuanto más tiempo pasaba, más difícil se me hacía el regreso.

—Todo un dilema, sí —asintió Montgomery, aunque sin mostrar un ápice de comprensión.

—Pero hoy me he encontrado con la señorita Archer —dijo Peregrin—, que parecía muy ... muy alterada... por su causa.

¡Vaya por Dios! Ahora no tenía ni idea de por qué le había parecido adecuado hacer lo que estaba haciendo.

Montgomery se había quedado extrañamente quieto en el sillón, como si hubiera sufrido una congelación instantánea. Solo los ojos se movían, mostrando desconcierto.

—Parece que no hay manera de escapar de ella —susurró—: ni tenerla, ni que se vaya lejos.

—¿Perdón?

La mirada metálica de su hermano lo dejó petrificado en el sillón.

—¿Has venido a defender su honor? —preguntó Montgomery—, ¿o a pedirme explicaciones? Muy audaz por tu parte. Hasta una locura, podría decir. Pero como sé lo que esos ojos verdes pueden provocar en un hombre, me parece que voy a dejar pasar este atrevimiento tuyo.

—Se lo agradezco mucho —balbuceó Peregrin aliviado, aunque sin saber muy bien por qué. «¿Esos ojos verdes...?».

Montgomery frunció el ceño.

—Le propuse matrimonio —explicó—. Sí, le pedí que se casara conmigo y me rechazó. Por eso no veo por qué tiene que ser ella la que esté alterada.

Peregrin fue incapaz de articular palabra durante un larguísimo minuto. Lo que dijo después tampoco fue demasiado original.

—¿A la señorita Archer?

—Sí.

—¡Matrimonio!

—Correcto.

—¿Está... seguro?

Montgomery torció los labios con impaciencia.

—A ver, estoy muy borracho, pero no me he vuelto loco ni idiota. Estoy seguro de que utilicé las palabras «cásate conmigo» varias veces, y todas ellas la señorita Archer contestó que no lo haría.

—¡Santo cielo! —exclamó Peregrin tras un largo momento—. ¡Santo cielo!

—Al parecer va a casarse con un profesor de Oxford en vez de conmigo —explicó Montgomery, lúgubre.

—Le propuso matrimonio —balbuceó Peregrin, atascado en el concepto y sus implicaciones—. ¿Cómo se le ocurrió hacer semejante cosa?

—Salí a montar a caballo, me caí y me di un golpe en la cabeza, pero no me pasó nada —explicó Montgomery—. En ese momento lo tuve claro todo, del todo claro.

Con cada retazo de explicación, la confusión de Peregrin crecía de manera exponencial.

—Lo que pasa es que he pedido en matrimonio a la única mujer de Inglaterra capaz de rechazar ser duquesa... porque no ama al duque en cuestión —prosiguió Montgomery—. La paradoja es que... ¡tampoco está enamorada del profesor de Oxford! —Se quedó mirando a Peregrin con expresión acusadora—. No tiene sentido.

¡Demonios!

Peregrin se echó hacia atrás en el asiento.

Su hermano lo tenía muy mal, la verdad. Estaba locamente enamorado, obsesionado por completo, y él sabía muy bien lo que pasaba cuando Montgomery se obsesionaba con algo: no pararía hasta tener en su poder el objeto de la obsesión, fuera lo que fuese. ¿Pero una plebeya? ¡Imposible! Por otra parte, después de lo que había presenciado hoy, Peregrin estaba bastante seguro de que detrás del muy sensato rechazo de la señorita Archer no estaba la falta de amor. Más bien todo lo contrario.

Empezó a cernirse sobre él la idea de que, en esas circunstancias, podía convertirse de un momento a otro en la persona que tuviera que llevar las riendas del ducado de Montgomery. Contempló con nitidez mayor que la de la propia realidad dos caminos alternativos: hacia un lado, un escándalo inconmensurable, homérico; hacia el otro, que las cosas fueran como debían ser.

Se le puso la piel de gallina.

—Lo siento mucho —dijo por fin—. He oído que ese tipo de aflicción... termina con el tiempo.

Montgomery asintió.

—Por supuesto que termina.

Y después hizo algo que nunca hubiera creído que fuera a ver hacer a su hermano.

Agachó la cabeza y escondió la cara entre las manos.

Y se quedó así.

¡Por todos los demonios!

—Puede que la señorita Archer lo haya rechazado precisamente debido al ducado, no a pesar de él —soltó Peregrin de repente. Bueno. Que lo analizara por sí mismo.

Montgomery retiró las manos de la cara.

—¿Qué quieres decir? —Vislumbró un trémulo brillo de esperanza en su mirada.

Igual no estaba obsesionado. Igual... era mucho peor. ¡Igual estaba enamorado!

¡Cristo bendito! Si el amor convertía en... esto al hombre menos sentimental de toda Gran Bretaña, Peregrin no quería ni verlo de lejos.

—Precisamente por eso me he pasado más de un mes escondido: no me siento preparado para heredar uno de los ducados más grandes e importantes del país —declaró—. Me puedo imaginar por qué la señorita Archer tiene muchas reservas a la hora de ser considerada oficialmente el motivo por el que ese ducado entra de cabeza en un escándalo de proporciones épicas.

Montgomery emitió un gruñido de impaciencia.

—Ella no sería la responsable.

—Hay personas que siempre se sienten responsables. —Peregrin se encogió de hombros—. No lo pueden evitar.

El duque adoptó una expresión pensativa y un tanto suspicaz.

—¿Cuándo te has vuelto sabio? —preguntó—. ¿Dónde te escondías? ¿En algún claustro que Scotland Yard no revisó?

Peregrin hizo una mueca.

—Casi. Estaba en la bodega de St. John's.

Montgomery pestañeó.

—¿Has estado seis semanas bajo tierra?

—Me temo que sí.

Montgomery lo miró un buen rato sin pestañear y con expresión inescrutable.

—Dime una cosa —pidió en voz baja—, ¿tan tirano soy que prefieres encerrarte en una bodega a obedecer mis órdenes?

—¿Tirano? —repitió Peregrin, abriendo mucho los ojos—. No.

Para su sorpresa, Montgomery parecía estar esperando a que le dijera algo más. ¿Desde cuándo le interesaban sus explicaciones?

—Quiero cumplir sus órdenes, señor —le confesó con lentitud—, lo que pasa es que es... abrumador. Cuando era niño, estaba impaciente por crecer y ser como usted. Y un día me di cuenta de que uno no puede convertirse en usted así, sin más. —Recordó que había sido un día terrible, de auténtica angustia existencial—. Empecé a comprender la magnitud de lo que usted hacía y lo fácil que hacía que pareciera, como si no se esforzara. En principio pensé que usted era mejor que la mayoría de los hombres, solo eso, pero pronto entendí que, además de serlo, no paraba de trabajar desde la mañana hasta la noche en todos esos asuntos. Y entonces, al pensar en mí mismo trabajando de esa manera, con miles de personas dependiendo de mí, me sentí como si me ahogara... Siempre pienso que nunca podré tener la talla necesaria para convertirme en duque, ni siquiera si doy lo mejor de mí. Y veo que usted lo hace a la perfección y que yo no sería capaz.

—¿A la perfección? —repitió Montgomery—. Vamos, Peregrin... Al primer problema que surge me desmorono como un castillo de naipes. —Se removió, nervioso, en el sillón—. Y, por si no lo has notado, tengo una cogorza de época. Y, además, he analizado, con toda la seriedad que me permiten las circunstancias, diversas vías mediante las que destruir a un insigne profesor de la Universidad de Oxford.

—Pues mire por donde, yo en eso sí que tengo experiencia. Lo hago cada dos por tres cuando estoy en Oxford —murmuró Peregrin casi para sí.

—Soy consciente —indicó Montgomery—. Por esa razón te envié a la Marina Real.

A Peregrin se le heló la sangre. ¿Había llegado el momento de que hablaran de su destino? Si tenía suerte, alguien lo acompañaría a Plymouth sin dejarlo ni a sol ni a sombra, entraría derecho en un barco militar y se pasaría encerrado en él unos cuantos años. Pero si su hermano decidía castigarlo como de verdad se merecía, primero recibiría la azotaina del siglo. Era cierto que nunca lo había castigado físicamente, pero todo en la vida tiene su primera vez. Casi con toda seguridad dejaría de percibir su asignación, quizá para siempre, o quizá Montgomery renegara de él y no volviera a dirigirle la palabra en la vida...

Su hermano fijó en él los ojos. Era una mirada del todo sobria y pensativa.

—Te estás preguntando qué te va a pasar, ¿no es cierto?

Peregrin hizo un enorme esfuerzo por no retirar los ojos.

—Estoy pre... preparado para afrontar las consecuencias de mis actos, señor.

Montgomery dijo algo de lo más extraño en él.

—Peregrin, sabes que te quiero, ¿verdad?

—Eh... Sí, señor.

El duque suspiró.

—No estoy seguro de que lo sepas. —Se pasó la mano por la cara—. Estaba muy alterada..., ¿es eso lo que has dicho?

—¿La señorita Archer? Sí, por completo.

—Sospecho que fue una propuesta de matrimonio muy mal hecha —reconoció Montgomery entre dientes— y sé con certeza que me mintió —añadió de forma críptica.

—¿Sabía ella que se había caído del caballo cuando..., eh..., le propuso matrimonio? —preguntó Peregrin. Lo cierto era que sentía una irrefrenable y hasta malsana curiosidad por el asunto, pese a la trascendencia de este y a la preocupación que sentía, o quizá precisamente por ello.

—Sí. ¿Por qué?

Peregrin lo miró como se mira a alguien de pocas luces.

—Bueno... Me atrevería a decir que ninguna dama desearía recibir una propuesta de ese tipo de un hombre que se acaba de dar un buen golpe en la cabeza —reflexionó.

Montgomery se quedó pensativo durante unos momentos.

—Es... es posible que también le dijera que era una cobarde —dijo, lúgubre.

Esta vez Peregrin se quedó con la boca abierta.

—No soy un experto, ni mucho menos, pero, con todo el respeto, me parece una estrategia de cortejo... deplorable.

—Y también..., ¡oh, Dios mío! —se lamentó Montgomery—, creo que aquella noche no fui yo mismo. Me comporté de un modo inhabitualmente... enérgico, yo diría.

¿Inhabitualmente? Peregrin no tenía la menor duda acerca de que había sido enérgico porque esa era la forma de ser habitual de su hermano: enérgico, intenso y hasta algo aterrador. Seguro que no tenía intención de asustar. Siempre andaba con un plan en la cabeza y esperaba que todo el mundo funcionara aplicando la lógica; solo eso era más que suficiente para asustar a un individuo normal. No era habitual tener siempre objetivos importantes y ser capaz de rechazar con firmeza las emociones que no se adecuaran a dichos objetivos. Y, en resumen, quizá era eso lo que la reclusión provocaba en un hombre; después de todo, nadie había liberado a Montgomery de la jaula en la que su padre lo había dejado encerrado tras su muerte.

Peregrin sintió un vacío en el estómago, como si estuviera a punto tirarse de cabeza al río Cherwell desde Magdalen Bridge: nunca sabías qué te podías encontrar en esas aguas oscuras y opacas. En resumen, estaba claro que Montgomery necesita una duquesa que fuera inteligente y... duradera, no como la anterior; que no se dejara arrastrar por las circunstancias y que lo mantuviera entretenido y de buen humor, para evitar que a Peregrin lo tuviera siempre ahí como un perenne centinela. Y aunque en muchos aspectos la señorita Archer no era una esposa adecuada para él, tal vez en los más importantes sí que lo fuera. Hacía que Montgomery... ¡sintiera! Hasta se podría especular con la posibilidad de que fuera a hacerlo feliz.

Seguramente su hermano estaba demasiado borracho como para recordar demasiado a la mañana siguiente, pero esperaba que al menos sí que se acordara de lo que iba a escuchar a continuación. Respiró hondo.

—Creo que hay algo que debería saber acerca de la señorita Archer.

Capítulo 31

Lucie vivía en Norham Gardens, en una casa de ladrillo amarillo cuya otra mitad alquilaba lady Mabel. Esa solución satisfacía las necesidades de las dos mujeres, solteras aunque todavía casaderas por edad, a las que las convenciones sociales condenaban a no vivir solas sin exponerse al escándalo.

Annabelle despertó por la mañana en el crujiente catre con una agradable sensación de alivio: no había un señor de la casa ante el que responder ni gente que esperase que las cosas se hicieran de una determinada manera o de la contraria, según soplara el viento. De haberlo deseado así, se hubiera podido sentar en el hueco de la ventana con mirador con toda tranquilidad hasta el mediodía, con el reconfortante peso de la gata de Lucie en el regazo.

Lucie ocupaba uno de los dos dormitorios del primer piso y su sirvienta el otro. La planta baja había sido remodelada por completo para servir a la causa. Una antigua máquina de imprimir ocupaba la habitación que daba al vestíbulo; en el salón de estar, en lugar del habitual piano, se había instalado una gran máquina de coser a la que rodeaban varios montones de tela para confeccionar banderas, pancartas y ceñidores. En una alacena de madera de cerezo se guardaban miles de hojas de papel en blanco, panfletos antiguos y una copia de todos los ejemplares que se habían publicado del *Diario de las Mujeres Sufragistas* desde 1870. La pared que rodeaba la chimenea estaba empapelada con recortes de noticias, algunos ya amarillentos, y la portada del ejemplar de *The Guardian* sobre la catastrófica manifestación en la plaza del Parlamento. A la izquierda de la chimenea, una gran planta en maceta, mustia sin remedio, lucía unas hojas marrones que amenazaban con convertirse en polvo si alguien se atrevía a tocarlas.

—Este sitio tiene mucho potencial —dijo Hattie, que daba pasos de vals con Lucie pegada a sus talones—. ¿No crees que podrías...?

—Sí —cortó Lucie—, sin duda podría. Pero es un lugar de trabajo serio y abundante. No necesita un toque femenino.

Hattie hizo un puchero.

—No logro entender por qué unas cortinas bonitas iban a interferir con nuestro trabajo...

Annabelle intentó sonreír. Siempre pasaba lo mismo cuando se reunían allí para trabajar y había algo tranquilizador en estas pequeñas rutinas cuando todo lo demás se desmoronaba a su alrededor. Durante la última semana, por las tardes, las cuatro se habían reunido allí, sentadas o de pie alrededor del enorme escritorio como si fueran un grupo de cirujanos frente en la mesa de operaciones. Había que publicar la hoja informativa mensual y Lucie intentaba organizar una visita a la Galería de las Damas de la Cámara de los Lores la semana siguiente.

—¡Anda!, ¿qué tenemos aquí? —exclamó Hattie, y extrajo una revista que estaba semiescondida bajo varias tazas de té vacías—. ¿*La Ciudadana*? Qué escandaloso.

—¿Qué tiene de escandaloso, si puede saberse? —preguntó Annabelle sin levantar la vista mientras doblaba las hojas que Catriona había recortado antes para meterlas en los sobres. Se suponía que Hattie tenía que escribir las direcciones en ellos, pero en ese momento estaba sentada en un sillón con la revista casi a la altura de la nariz. El título *La Ciudadana* estaba escrito en grandes letras mayúsculas de color escarlata en la página de portada.

—Es un panfleto radical —informó Catriona—. Escribe sobre temas de mal gusto.

—¿Como por ejemplo?

—Riñas domésticas —murmuró Hattie, embebida en la lectura en ese momento— o los apuros de las mujeres desafortunadas.

—Prostitutas —aclaró Lucie con sequedad, precisión que le valió una escandalizada mirada de Hattie.

—Sea como sea, no es del todo legal —apuntó Catriona—. Es mejor no ser vista leyendo eso en público.

—¿Quién es el editor? —preguntó Annabelle mientras empezaba a copiar en los sobres las direcciones de la lista de miembros.

—Nadie lo sabe —respondió Catriona—. Las copias aparecen en cestas para el correo y en lugares públicos. Si supiéramos quién lo hace, podríamos acabar con ello.

—¿Y por qué quieres pararla?

Catriona agarró los panfletos de los que estaban hablando y los tiró a la cesta de basura que había bajo el escritorio.

—Porque hay gente que al leer esto deja de apoyar nuestra causa.

—El *Diario de las Mujeres Sufragistas* es demasiado suave en sus planteamientos y apenas inspira el cambio que la sociedad necesita. Y *La Ciudadana*, por el contrario, se considera demasiado radical como para atraer a la mayoría social —explicó Lucie—. Puedo deciros que he estado trabajando para lanzar una publicación que esté justo entre ambas. —Miró a Annabelle—. Si estás interesada, necesitaré ayuda.

Annabelle soltó la pluma y se quedó mirándola.

—¿Para ayudarte a lanzar una revista?

Lucie asintió.

—No podré pagarte ni un chelín, mucho menos al principio, pero sí puedo ofrecerte alojamiento gratis. —Miró el catre de la esquina, junto a la planta mustia para siempre—. No cabe duda de que es lo bastante... «rústico» —subrayó con ironía, guiñando un ojo.

—Está muy bien —valoró Annabelle sin perder un segundo. En ese momento, ese catre era lo único que la separaba de vivir en casa de Gilbert, de tener que casarse sin amor... o de lo desconocido.

Se le encogió el estómago una vez más. Dos días después, Christopher Jenkins esperaba una contestación a su propuesta de matrimonio. Dos días. No sería de recibo pedirle un aplazamiento. De hecho, se lo tomaría como un insulto y, además, no le quedaba tiempo. Con la beca suspendida y sin alumnos de tutoría, sus fuentes de ingresos se habían secado, y no era cuestión de vivir de Lucie y ocupar su casa por tiempo indefinido.

Una mancha de piel oscura se deslizó por la habitación y fue a parar al regazo de Lucie

—¡Cielos, *Boudicca*! —siseó Lucie cuando la gata saltó a sus hombros y colocó la peluda cola en el cuello de su dueña como si fuera una pequeña estola de piel—. Últimamente estás algo nerviosa, ¿verdad?

—Igual no termina de gustarle tener a una intrusa en sus dominios —murmuró Annabelle.

—¡Tonterías! —descartó Lucie, que pasó la cara por el pelo suave de la gata—. Sabe que eres una de nosotras, ¿a que sí, fus-fus?

Como un relámpago, recordó la imagen de un joven y guapo vizconde con chaleco magenta. No le había preguntado a Lucie cómo podía saber lord Ballentine que ella tenía una gata. Y pensar en aquel vals la hizo llegar de forma inevitable a Sebastián, a cómo había ido hacia ella atravesando la pista de baile de una forma que parecía que iba a destrozar a golpes a Ballentine...

—Annabelle, antes de que se me olvide... Había correo en tu taquilla —intervino Hattie, y abrió su bolso—. Me he tomado la libertad de recogerlo para ti.

La esperanza de que fuera una nota de la señorita Wordsworth informándola de que había sido readmitida se esfumó enseguida. Reconoció la relamida caligrafía de inmediato.

—Es de mi primo Gilbert.

Por supuesto. Se había retrasado con el pago. ¿Sería para recordárselo, tan pronto? La tentación de tirar la carta al fuego sin siquiera abrirla fue muy fuerte.

Abrió el sobre con las tijeras.

Annabelle:

Ayer por la mañana recibí noticias de lo más desconcertantes sobre ti. Llegó a casa una carta anónima de un alma caritativa. Tanto el papel como el sobre era gruesos y caros, y la caligrafía elegante. Sin embargo el mensaje resultó indignante: se me instaba amablemente a que «te salvara de ti misma», son palabras textuales, ya que al parecer te habías rodeado de compañías de lo más inadecuadas. Hablaba de activismo político, de problemas policiales... ¡y hasta de un encarcelamiento! Por si fuera poco, el informante está preocupado por el hecho de que te hayas relacionado con caballeros solteros...

—¡Por Dios bendito! —exclamó Annabelle poniéndose en pie.

—¿Qué ocurre? —preguntó Hattie.

—¡Lo sabe! —¿Cómo era posible que se hubiera enterado?

De no haber sido tan elegante el material de papelería, habría sospechado que se trataba de una broma de mal gusto. Pero, tal como están las cosas, estoy muy preocupado por esas informaciones. Profundamente preocupado. Te había advertido de forma reiterada acerca de los peligros que conlleva la innecesaria educación superior para las mujeres; ya no digamos su exceso, como es tu caso. Ahora parece que has caído de bruces en tu propia destrucción, y los dos sabemos que no es la primera vez..., ¿verdad que no?

Tengo la seguridad de que solo es cuestión de tiempo el que tu depravación sea conocida en Chorleywood o, lo que es peor, por el dueño de la hacienda y las tierras, pues me consta que ya ha llegado a oídos de propietarios respetables. Y todo esto después de que yo te alimentara, te diera acomodo en mi casa... ¡y te encomendara la educación de mis cinco hijos!

Estando como estoy al frente de una buena familia, y como representante de la Iglesia de Inglaterra, debo dar ejemplo, por lo que no puedo relacionarme con descarriados. Por lo tanto, te prohíbo que regreses a Chorleywood en el futuro inmediato.

Con una inmensa decepción,
Gilbert

Dejó caer sobre la mesa la mano que sostenía la carta.

—Bueno, parece que puedo eliminar de mi lista de alternativas el regresar con la familia de mi primo.

Empezó a pasear alrededor de la mesa con desgana mientras sus amigas juntaban las cabezas alrededor de la carta. Sus exclamaciones de asombro y enfado apenas la reconfortaron.

—Con una carta... —murmuró—. Cinco años y me echa de casa con una carta.

—Qué espantoso —se dolió Hattie—. ¿Siempre es así?

—Creo que te irá bien librarte de este tipo —dijo Lucie— y, desde luego, también harías bien en librarte de Montgomery si reacciona así ante un rechazo perfectamente lógico.

—Montgomery... —Le costó pronunciar las palabras—. ¿Crees que... fue él quien escribió a mi primo?

—¿Quién si no?

Él no. Con absoluta seguridad, él no.

—Tu primo habla de que tanto el material de escritura como la caligrafía eran elegantes —señaló Lucie.

—Lo sé, lo sé. Pero puede haber sido cualquiera. Tal vez alguna sufragista.

—¡No! ¿Por qué iban a hacerlo?

Annabelle se llevó los dedos a las sienes.

—No lo sé. ¿Cómo llegó a Oxford el rumor? Difícilmente se podría esperar que Montgomery se incriminara a sí mismo. Me da la impresión de que hay alguien más que lo sabe.

—Pero ¿quién? —preguntó Catriona—. ¿Y quién se tomaría la molestia de escribirle a tu primo?

Sebastián no, desde luego. Incluso aunque se sintiera mortalmente ofendido por ella, incluso aunque le resultara fácil averiguar la localización de la casa de Gilbert... El aire de la sala de estar de Lucie se volvió insoportablemente denso.

—Voy a dar un paseo —susurró, y se dirigió hacia la puerta, aunque solo fuera para escapar del sonido de su nombre.

❋❋❋

Cuando el carruaje se detuvo frente a la elegante fachada de Lingham House, a Sebastián no le sorprendió que Caroline no estuviera en la entrada para recibirlo. Había anunciado formalmente su visita con una nota y ella lo esperaba igual de formalmente en el gabinete donde recibía a sus visitas. Caroline, siempre impecable con el protocolo. Quizá hubiera deducido que él había sumado dos y dos para deducir a su vez quién lo había traicionado informando a la reina de su visita a la cárcel de Millbank y quién había desatado la indignación de su majestad contra él. Como si el seguimiento formal del protocolo fuera a salvarla de que expusiera sus sentimientos ante ella, negro sobre blanco.

Le había costado un poco de tiempo identificarla porque había perdido la cabeza y la mujer a la que amaba lo había rechazado, pero, tras algunas conversaciones de comprobación, ahora estaba seguro. Lo que no sabía era por qué lo había hecho.

Lo miró por encima del borde de la taza de té, sentada en el canapé francés, con ojos tan agradablemente fríos como el cielo de la despejada tarde que se podía contemplar desde las ventanas que tenía detrás.

Se removió en el sillón. Con independencia de que la tierra estuviera o no blanda, hacía poco que sus piernas habían soportado el galope tendido de un purasangre andaluz en plena madurez.

—He leído esta mañana que Gladstone va por delante en las encuestas electorales —refirió Caroline—. ¿Crees que vas a ser capaz de pararlo?

—Lo sería, sí, siempre que la reina le hubiera ordenado a Disraeli que hiciera lo que yo recomendaba. Pero en estos momentos me tiene rencor personal.

Caroline frunció el ceño muy ligeramente.

—Qué extraño. Otra cosa no, pero su majestad es muy prudente. Pensaba que pondría una victoria *tory* por encima de cualquier cuestión personal.

Sebastián se encogió de hombros.

—Parece que piensa que lo que yo propongo es oportunismo.

Una tenue sombra de arrepentimiento cruzó la inteligente expresión de Caroline.

Sebastián pensaba a menudo que tenía mucho que agradecerle a la condesa. Tras la traición de su esposa, podría haberse deslizado con facilidad hacia la misoginia y considerar que todas las mujeres eran criaturas traidoras e histéricas. Caroline fue un auténtico antídoto contra eso, pues le demostró con hechos que ni mucho menos eran todas iguales. Si su mente se hubiera cerrado por completo, nunca hubiera sido capaz de enamorarse de Annabelle.

—Dime una cosa, Caroline —empezó para dirigir la conversación a dónde le interesaba—, ¿aún eres tesorera del Comité de Damas para la Reforma de las Prisiones?

No movió ni un músculo de la cara, pero sí que pudo captar un ligero temblor en la taza de té cuando la dejó sobre el plato. Porque ella sabía que él sabía que seguía desempeñando ese cargo en el mencionado comité. Y que, por ello, tenía comunicación directa con la reina Victoria.

Cuando lo miró a los ojos, la expresión era resignada.

—Me he pasado de la raya —afirmó.

—No cabe ninguna duda de que lo has hecho —confirmó él con frialdad—. La pregunta es por qué. ¿Por qué, Caroline? Tenía que ganar unas elecciones. ¿Por qué no has esperado a que lo hiciera antes de irle a su majestad con historias?

Con exquisito cuidado, dejó la taza en la mesa auxiliar que los separaba.

—No estaba segura de que ganaras las elecciones sin... —Se mordió el labio.

—¿Sin qué?

—Sin la intervención de la única autoridad que aceptas. Ni antes de que tus... relaciones con la señorita Archer salieran a la luz pública. Tengo que confesarte que nunca pensé que la reina fuera a reaccionar de esa forma.

Sebastián apretó los dientes con tanta fuerza que tardó en contestar unos segundos.

—No tenías ningún derecho a hacerlo.

Caroline recogió las pequeñas y nervudas manos en el regazo.

—De haberse sabido que estabas poniendo en peligro tu nombre y tu título con una chica del campo, la oposición lo habría utilizado para hacer pedazos toda tu credibilidad. Y si hubiese intentado tratar el asunto contigo, te habrías negado a hacerlo.

—Así que decidiste actuar a mis espaldas —resumió él, lo cual no provocó en ella ni la más mínima expresión de arrepentimiento.

—El director de la prisión se lo dijo a su esposa —explicó—. No es nada habitual que un duque se presente en su oficina para encargarse en persona de liberar prisioneros. Por desgracia, la esposa es una cotilla y, antes de que yo pudiera pestañear siquiera, todas las damas del comité sabían que habías liberado a un buen número de sufragistas y alguna que otra ladrona y que habías amenazado con cerrar Millbank. No importa qué partes de todo esto son bazofia, el caso es que esas damas les fueron con el cuento a sus maridos y al menos la mitad de ellos no son amigos tuyos.

—¿Crees que yo no era consciente de esos riesgos?

—Claro que lo eras —exclamó con un tono algo más alto—. Y es justo el hecho de que, como quedó muy claro, decidieras correrlos lo que de verdad me asustó. ¿Por qué no le pediste a un noble amigo tuyo el favor de que lo hiciera por ti?

—¿Pedirle a otro hombre que arriesgara su reputación por algo que yo quería? —Negó con la cabeza—. Siempre me encargo yo mismo de hacer las cosas cuando atañen a personas a las que amo.

Caroline palideció.

—Que amas... Montgomery, eso no es propio de ti.

—No tengas tan claro que me conoces —espetó en voz baja.

—Te conozco lo suficiente —replicó. Apretó tanto las manos que los nudillos se le blanquearon—. Sé muy bien por qué me pediste que fuera tu amante. Eres reticente a utilizar cortesanas y tu código de honor te prohíbe acostarte con tus arrendatarias o empleadas, así como ponerles los cuernos a hombres por debajo de tu rango. Tampoco te parece bien hacerlo con las esposas de otros duques. Yo era la mujer perfecta para tus... necesidades: viuda, noble y, para rematar, vecina. A veces me he preguntado cómo habrías solucionado la papeleta si nuestras haciendas no colindaran.

El mínimo temblor de la mandíbula fue mucho más elocuente sobre sus sentimientos que las palabras pronunciadas.

—Estate segura de que me relacioné contigo por ti misma, no por las circunstancias que mencionas —subrayó Sebastián—. Aparte de eso, no consigo entender el razonamiento que hay detrás de todo lo que has dicho.

Caroline dibujó una sonrisa sin el menor rastro de humor.

—La cuestión clave es que nada de lo que haces es impulsivo. Sin embargo, desde el principio, tu comportamiento con la señorita Archer ha desafiado las leyes de la razón, empezando por aquel paseo al galope por tus tierras con ella a la grupa de tu caballo. No me lo podía creer hasta que os vi juntos con mis propios ojos. Y la forma en que la mirabas...

La condesa tuvo que interrumpirse ante la más que oscura mirada que él le lanzó. Tragó saliva.

—La historia está plagada de hombre brillantes que cayeron de rodillas ante una cara hermosa —murmuró—. No podía limitarme a observar y no hacer nada. No podía...

—Es increíble lo que durante estos últimos días hacen las mujeres para salvarme de mí mismo —reflexionó Sebastián.

Una mirada al reloj de bolsillo le sirvió para darse cuenta de que se había cumplido el máximo de quince minutos que imponían las convenciones sociales para las visitas de cortesía.

Cuando iba de camino a la puerta, Caroline lo llamó. Y, en honor a los viejos tiempos, se volvió.

Ella se había recompuesto y estaba de pie, erguida como un junco de acero en medio de la habitación.

—Es una joven adorable, Montgomery. La alta sociedad la va a desangrar a base de miles de heridas si la conviertes en tu querida. En esas situaciones, la mujer es siempre la que se lleva la peor parte.

—Soy muy consciente de ello —asintió—. Adiós, Caroline.

Capítulo 32

Una lluvia ligera caía sobre la plaza del Parlamento. Anunciaba la primavera, el suave verdor de los campos y la blancura de los cerezos en flor. «Nuevos comienzos», pensó Annabelle, tanto si una estaba preparada para ellos como si no. Le ofreció un pasquín sufragista al anciano conde que pasaba a su lado. Lo conocía de vista, seguramente habría estado sentado cerca de ella en el salón de música de Claremont hacía ya unos meses. El caballero recogió el papel con un gesto de asentimiento y ella se acercó a otro, en un avance lento hacia la entrada de la Cámara de los Lores. Catriona y Lucie iban detrás, intentando captar a los asistentes a los que ella misma no había podido abordar. Hattie ya debía estar esperándolas en la Galería de las Damas, pues eso era algo que su padre sí que le permitía hacer. Por suerte, Julien Greenfield no se había enterado de que su hija había estado en el meollo de la manifestación de unas semanas atrás. En cualquier caso, esa y otras acciones habían colocado de nuevo la Ley de Propiedad de las Mujeres Casadas en la agenda inmediata del Parlamento, aunque Lucie había predicho que los lores se pasarían horas debatiendo aspectos intrascendentes, como las tarifas de importación, para evitar hablar de los derechos de las mujeres.

La galería era muy incómoda, lo que resultaba sorprendente teniendo en cuenta que las esposas de algunos de los lores de la cámara solían acudir a presenciar los debates desde allí. El techo era muy bajo, había una reja que separaba sus bancadas de las de los hombres; además, ese día el aire estaba muy cargado debido al olor a tejidos y a cabellos húmedos.

—Pues menos mal que la antigua cámara se incendió —murmuró Lucie cuando vio a Annabelle mover la cabeza para intentar tener una visión más clara de la cámara entre las cabezas y los huecos de la reja—. Las mujeres, para escuchar algo de lo que se decía, tenían que sentarse junto a los huecos de la calefacción. Me decían que el calor era insoportable.

—Parece como si no quisieran que las mujeres escucharan las leyes que discutían —susurró Annabelle.

En la cámara, los lores habían empezado a debatir el primer punto del orden del día, relativo a un posible incremento del cincuenta por ciento del impuesto de importación al tejido de encaje procedente de Bélgica.

El aburrido ronroneo del lord ponente de la moción fue interrumpido cuando las puertas de la cámara se abrieron de nuevo. Alguien llegaba tarde a la sesión.

—Su excelencia el duque de Montgomery —anunció el ujier.

Annabelle se quedó helada en el asiento.

Por supuesto que tenía que estar allí. Sería el último noble inglés que dejara de atender la más mínima de sus obligaciones políticas.

Ni se movió para intentar verlo, como si hacerlo fuera a suponerle convertirse en estatua de sal.

Notó la mano de Hattie en el hombro; su suavidad y calidez la ayudaron bastante a superar la sensación de pérdida que la invadía.

Había tomado sus decisiones. Unas decisiones sensatas. Tal vez algún día, cuando tuviera noventa años, hasta pensaría que habían sido, además de sensatas, buenas.

—Señores —escuchó que decía—, solicito que se adelanten las deliberaciones sobre el proyecto de enmienda a la Ley de Propiedad de las Mujeres Casadas.

El sonido de su voz, tranquila y desapasionada, desató en ella un intenso sentimiento de deseo. Tanto que no registró la consecuencia inmediata de sus palabras hasta que Lucie soltó una blasfemia entre dientes.

—Solicitud aprobada —dijo el presidente de la cámara.

—Señores —volvió a intervenir Sebastián—, solicito permiso para hablar acerca de la citada ley.

De los bancos surgieron varios aburridos síes.

—Permiso concedido.

Annabelle se agarró a los bordes de la silla. Un sudor frío le invadió la frente. El hecho de comprobar que la presencia de Sebastián a menos de cinco metros de distancia provocaba que los nervios se le pusieran a flor de piel era inquietante, pero ser testigo de su segura diatriba contra los derechos de las mujeres, con sus amigas presentes, le iba a resultar insoportable. Buscó el bolso. Tenía que marcharse de allí.

—Caballeros, muchos de ustedes recordarán el discurso pronunciado por el señor Stuart Mill en la Cámara de los Comunes hace catorce años —empezó Sebastián—, discurso en el que declaró que en Gran Bretaña ya no había esclavos legales, salvo las señoras de todos y cada uno de los hogares británicos.

La frase dio lugar a algunos abucheos. Un lord gritó: «¡Vergüenza!».

Annabelle sintió que una mano pequeña se posaba en su rodilla cuando hizo ademán de levantarse.

—Quédate —murmuró Lucie—. Tengo el pálpito de que la cosa se puede poner interesante.

¿Interesante? Era angustioso tener que soportar su presencia tan pronto, cuando el corazón sufría el dolor que se sufre por un miembro fantasma que ha sido amputado.

—El verdadero problema es que cuando uno compara el actual estatus legal de la mujer casada con la definición de esclavitud, hace falta ponerse una venda muy gruesa en los ojos para ignorar el parecido entre uno y otra.

Las reacciones procedentes de los escaños fueron ambivalentes.

Annabelle volvió a acomodarse en la silla. ¿Qué estaba diciendo...?

—Procuramos suavizar esas cuestiones, que calificamos de técnicas, concediendo a las mujeres otros poderes, bastante más informales, por cierto —continuó Sebastián—. Y, por supuesto, surge el tema de mantenerlas a salvo de peligros. El mundo de los hombres es un lugar brutal, sin duda. No obstante, visitan nuestras oficinas parlamentarias, se acercan a nosotros en las calles y cada año nos envían peticiones, respaldadas por decenas de miles de firmas, en las que reclaman mayores cotas de libertad. Piensan que esa seguridad que les procuramos viene a costa de su libertad. Y caballeros, el problema de la libertad es que no es solo una palabra que adorna muy bien los discursos. El deseo de libertad es un instinto profunda y naturalmente arraigado en todos los seres vivos. Si se guarda a cualquier animal salvaje en una jaula, hasta se morderá las propias patas en su lucha por recobrar la libertad. Si se encarcela a un ser humano, escapar para ser libre de nuevo se convertirá en la única obsesión de su vida. La única manera de disuadir a una criatura de la lucha por su libertad es... liberarla.

—¡Dios bendito! —susurró Hattie mirando con desconcierto a Annabelle—. ¿Está de nuestro lado?

—Eso parece —musitó Annabelle con voz temblorosa.

Pero ¿por qué? Había sido muy claro al decir que ir a favor de los derechos de las mujeres iría en contra de sus intereses.

De hecho, la cámara guardaba un silencio sepulcral.

—Gran Bretaña ha esquivado las revoluciones que se han producido en Francia y Alemania porque aquí, en esta cámara, siempre supimos cuándo nos aproximábamos a un punto álgido. Fue el momento de hacer concesiones al pueblo con el fin de mantener la paz social y evitar los caóticos destinos de algunos países del continente —expuso Sebastián. Hizo una pausa y, después, continuó—: El movimiento sufragista está ganando impulso a toda velocidad. ¿Qué vamos a hacer? En lo que a mí respecta, les aseguro que no estoy preparado para romper con la mitad de la población de Gran Bretaña. De hecho, tampoco estoy preparado, ni quiero estarlo, para contemplar que ni una sola mujer británica sufre daños por expresar abiertamente su deseo de libertad. Y, en consecuencia con ello, planteo un proyecto de ley para enmendar en tal sentido la actual Ley de Propiedad de las Mujeres Casadas de 1870.

El pasmo general de las mujeres presentes en la galería fue ahogado por los gritos que se produjeron en la propia cámara. Annabelle no logró recordar después en qué momento se levantó de la silla, pero lo hizo. Se encontró a sí misma agarrada a la reja que la separaba de los escaños.

Sebastián seguía de pie al otro lado de la cámara, pero incluso desde su posición pudo ver cómo fruncía el entrecejo con altivez al observar la tumultuosa escena que se desarrollaba ante sus ojos.

—A las sufragistas que se encuentren en la galería de mujeres —siguió, elevando la voz para imponerse al ruido de la cámara— les digo: refuercen su lucha. Para mucha gente, sus demandas suponen una declaración de guerra contra el señor de cada casa. Esa guerra no la podrán ganar en el futuro próximo. Pero en el día de hoy han obtenido un nuevo aliado para

su causa. Anuncio a esta cámara que presento mi dimisión como consejero de la campaña electoral del Partido Conservador.

—¡No! —El grito de Annabelle resonó en toda la sala.

Sebastián volvió la cabeza de inmediato en dirección a ella.

Era casi imposible que la viera tras la verja, a varios metros de distancia.
Sin embargo, sus miradas se encontraron.

El mundo pareció detenerse en su eje cuando la miró.

—No... —susurró.

Sebastián guardó el papel en el bolsillo de la levita y apartó los ojos de ella.

—Y, caballeros, les comunico que presento mi baja en el Partido
Conservador.

La cámara se convirtió en un caos.

Annabelle giró sobre sus talones.

—¡Annabelle, espera! —la llamó Hattie.

Pero ella ya esquivaba las filas de las anonadadas espectadoras para salir
de la galería. Corrió ciegamente por el pasillo, notando el bombeo de la
sangre en los oídos. ¿Qué había hecho Sebastián? El objetivo más importante de su vida, la recuperación de su hacienda primigenia, dependía de
que lograra ganar las elecciones para los *tories*.

Bajó un tramo de escaleras. Un criado muy sorprendido le abrió la
pesada puerta de entrada y ella salió de estampida al exterior. Gruesas
gotas le mojaron el rostro. La lluvia ligera había dado paso a un potente
aguacero. El cielo gris claro había pasado a parecer de hierro.

—Annabelle.

Le oyó con toda claridad pese a la lluvia.

¿Cómo había podido encontrarla tan rápido?

«Porque siempre va un paso por delante».

Preparó el cuerpo para huir, pues su instinto animal la advertía de que
estaba ahí para cazarla una vez más.

Pero hoy no podría escapar de él.

Cuando le agarró el brazo desde atrás, se giró en un instante para
mirarlo a la cara.

—¿Cómo has podido? —gritó—. ¿Por qué has hecho eso?

La agarró de las manos.

—¿Hacer qué?

—Abandonar tu partido y tu puesto de consejero electoral.

—Sí —confirmó, y la atrajo hacia sí.

Ella se revolvió como una gata furiosa.

—¡Has desatado un escándalo tremendo por ti mismo!

—Eso he hecho, sí.

Estaba empapado, con el pelo pegado a la frente justo encima de las cejas. El color de los ojos le había cambiado: ya no era azul hielo, sino plateado. Le caían por la cara pequeños regueros de agua que se internaban por el cuello almidonado de la camisa. Ni siquiera se había puesto el impermeable para ir tras ella.

—Cómo has podido... —repitió con la voz rota.

La mirada de Sebastián se suavizó.

—Una mujer muy inteligente me dijo una vez que decidiera de qué lado de la historia quería estar —dijo—. Hoy he tomado esa decisión; he escogido.

—¡Oh, no! —protestó—. No me hagas responsable de haber cometido este... sabotaje contra ti mismo.

Él negó con la cabeza.

—Parece mentira que no lo sepas a estas alturas: nadie puede, ni podrá nunca, obligarme a hacer nada que yo no quiera hacer. Soy yo quien decide quién o qué dirige mis acciones.

—Entonces, ¿por qué? ¿Por qué has decidido arruinarte la vida de esta forma?

Desbordada por los acontecimientos, alzando la voz por encima del rugido de la lluvia, se sintió como las atrapadas criaturas de las que Sebastián había hablado en su discurso. Se dio cuenta de que lo estaba agarrando por las solapas.

—No he arruinado mi vida —aseguró muy convencido—. Lo que he hecho desde que tengo responsabilidades, desde siempre, ha sido tomar decisiones en función de lo que consideraba mi deber, no de mi integridad personal tal como la concibo. Me he dado cuenta de que no siempre son lo mismo.

Annabelle pensó que debía dar un paso atrás. Para marcharse.

La tomó de la mano y su energía fluyó a través de ella como una corriente eléctrica que obligó a su corazón a que latiera con fuerza por primera vez en una semana. Quizá también ella tuviera que separarse de los caminos establecidos para abrir otros nuevos y transitarlos.

—Le reina debe de estar encolerizada —acertó a decir.

Sebastián asintió.

—Lo está, sí. He estado en palacio antes de venir aquí. Por eso me he retrasado.

—Pero ¿qué va a pasar con el castillo de Montgomery?

Su rostro se ensombreció.

—Está perdido —asumió en voz baja.

«Perdido». Había tristeza en su voz, y también fatalidad, pero no arrepentimiento.

¿Sabía que hoy iba a estar en la galería?

A través de la cortina de agua, vio que, a cierta distancia de ellos, se había reunido una pequeña multitud. Estaban dando una escena ahí tan juntos, el duque totalmente calado y ella sin abrigo. El agua le corría por la espalda como un río.

—Me voy a Francia una temporada —dijo Sebastián con tono ligero, como si charlaran tomando el té.

—¿A Francia?

—Sí. A Bretaña. Recuerdo que en primavera está preciosa.

Así que iba a separarlos un país, no un condado... Su estúpido corazón se retorció de pura angustia.

—¿Y tú? —quiso saber él. Había deslizado la mano por su brazo y le acariciaba levemente la espalda. No faltaba mucho para que la abrazara—. ¿Has aceptado la propuesta de tu profesor?

—No —contestó con desgana.

La atrajo un poco más hacia el refugio de su cuerpo.

—¿Por qué no? —murmuró.

La lluvia había puesto de punta sus oscuras pestañas. ¡Cómo deseaba ser inmune a su inexorable atractivo!

—Lucie me ha hecho una oferta —explicó—. Voy a ayudarla con una nueva revista.

—¿Y por eso no has aceptado casarte con Jenkins?

—Es un buen hombre. Puede que crea que no lo necesita, pero debería estar con una mujer que lo ame de verdad.

Una leve sonrisa cruzó el rostro de Sebastián.

—Y tú no lo amas de verdad...

Le rodeó la cintura con la otra mano, por lo que quedó cautiva entre sus brazos, como una cierva resignada al destino de ser atrapada sin remedio. Demasiado tarde para huir.

—No —susurró—. No lo amo.

La boca de Sebastián, húmeda por la lluvia y sonriente, fue como una chispa para su imaginación. De inmediato recordó y revivió su firmeza y a la vez la suavidad del contacto y sintió la absoluta necesidad de sentirla en los labios. No importaba nada que medio barrio de Westminster estuviera pendiente de ellos. No importaba nada; solo volver a sentirlo, absorber el tierno brillo de sus ojos al mirarla en ese momento. ¡Que Dios los ayudara! La atracción entre ambos no había decrecido, todo lo contrario, y lo más probable era que nunca se aminorara ni desapareciera. La agitación nunca cesaría hasta que estuvieran juntos. Eran las dos mitades de una misma alma que sabían que en cuestión de minutos volverían a separarse.

Annabelle alzó los serios ojos hacia él.

—Estoy enamorada de ti —admitió—. Te amo tanto que prefiero pasar sola toda mi vida a estar con otro que no seas tú.

Con mucha ternura, le recolocó un mechón de pelo detrás de la oreja.

—Ven conmigo a Francia —propuso.

—Por favor..., hoy no tengo fuerzas para resistirme.

—Pues no te resistas —la conminó con énfasis—. Comprendo que ahora soy mucho peor partido. He perdido para siempre mi hacienda ancestral, la corte me considera *persona non grata* y en la prensa van a aparecer montones de caricaturas mías durante, como poco, un año. Además, dado que estoy divorciado, no puedo casarme contigo en una iglesia. No obstante, todo lo que sigo teniendo es tuyo, Annabelle, si es que me quieres así.

Se le llenaron los ojos de lágrimas.

—Te querría incluso si solo tuvieras lo puesto.

Se quedó muy quieto.

—¿Eso es un sí?

La inundó una sensación de vacío, de estar al mismo borde de un precipicio, y por un momento se quedó sin respiración. Una palabra, un simple monosílabo, y caería... Pensaba que ya había empleado todo su coraje y todas sus fuerzas en construir una vida propia, suya, y sin embargo ahora, asomada al precipicio, entendió que tenía que ser incluso más valiente que nunca para entregarse en cuerpo y alma a otro y construir una vida con él.

Sebastián la abrazó con mucha delicadeza y fue capaz de reír de forma ahogada. Viniera lo que viniera, incluido el abismo, este hombre parecía preparado para servir de apoyo.

—No tengo la menor idea de cómo gestionar un... palacio —confesó.

El abrazo no vaciló.

—Estudias en la mejor universidad del mundo —murmuró—. Algo me dice que aprenderás rápido.

—Sí —susurró.

Sebastián tragó saliva con dificultad.

—¿Sí?

Le tomó la cara entre las manos.

—Sí —repitió—. Mi respuesta es sí. Te diré la verdad: estuve a punto de regresar a ti arrastrándome para aceptar ser tu querida, porque hasta eso empezaba a parecerme mejor que pasar la vida lejos de ti.

La estrechó contra su pecho, ahora tembloroso, y exhaló una bocanada de aire retenido durante mucho tiempo.

—Serás para siempre la dueña de nuestro hogar y de mi corazón, querida mía.

Apretó la cara contra la camisa empapada, añadiendo sus lágrimas a la lluvia que seguía cayendo. Sebastián iba a agarrar un buen catarro por haber ido a buscarla sin protegerse de la lluvia. Se juró a sí misma que nunca volvería a obligarlo a correr ni a cabalgar detrás de ella.

—¿Cómo es posible que me sigas queriendo después de todas esas cosas tan crueles que te dije? —Su voz sonó amortiguada por el pecho de Sebastián.

Notó que sonreía.

—Amor mío, esto de quererte no ha hecho más que empezar.

Capítulo 33

Abril de 1880

Bajo el blanco resplandor del sol del Mediterráneo, un yate cabeceaba con suavidad en el mar Egeo.

A la sombra de un dosel, echada sobre un nido de almohadones, con el pelo suelto movido por la suave brisa, Annabelle se dio cuenta de que los ojos se le cerraban en lugar de permanecer enfocados en el texto de la carta que tenía sobre las rodillas. Tras, por este orden, acabar con éxito su segundo trimestre en Oxford, ayudar a Lucie a poner en marcha un nuevo periódico defensor de los derechos femeninos, casarse y, como era de esperar, pasar a ser una duquesa inmersa en un escándalo social sin precedentes en la nobleza inglesa, todo ello en el espacio de dos meses, su cuerpo empezaba a exigir lo que le debía desde hacía mucho tiempo. Por otro lado, una recién casada con un hombre ardientemente cariñoso no se podía permitir descansar demasiado tras la puesta de sol. Por todo ello, Sebastián solía encontrarla dormida durante el día en la cubierta del *Asteria* desde que comenzaron el periplo de navegación desde Saint-Malo, hacía ya dos semanas.

Dio un trago más a la copa de champán, la colocó en la pequeña mesa auxiliar y seleccionó otra de las cartas del montón de correspondencia sin abrir. De no haber sido por su insistencia, Sebastián habría dejado todas esas cartas en su castillo de Bretaña. Y es que él estaba disfrutando de su recién descubierta actitud de *laissez faire* con su habitual esmero. Ella había leído dos cartas: una del nuevo primer ministro, William Gladstone, en la que intentaba convencerlo de que se convirtiera en consejero del Partido Liberal, y otra de lady Lingham, quien, al parecer deseosa de enmendar conductas anteriores, se ofrecía a introducir a Annabelle en los círculos de la alta sociedad cuando fuera menester, a ser posible presentándola como «una antigua noble francesa». Y la que tenía en las manos en ese momento era nada menos que de su alteza real el príncipe de Gales. ¡Enviada hacía varios meses!

El sonido de un chapoteo le alteró el pulso. Colocó la carta en el regazo, levantó los ojos y vio primero la cabeza de Sebastián y después las bien delineadas curvas de los hombros a medida que ascendía por la escalera de mano del yate.

Se ruborizó de inmediato. Tras echar el ancla en la costa del Peloponeso, hacía unos días, su marido había mirado el traje de baño de tirantes y había decidido que se bañaría como Dios lo había traído al mundo. Y ahí estaba, en todo su esplendor: alto, delgado, la mojada piel brillando al sol, como un elegante Poseidón que surgiera de su líquido elemento. Le corrían pequeños regueros de agua por el torso hasta las estrechas caderas. Ya estaba algo excitado y la propia piel de Annabelle se contagió ante la visión.

Avanzó hacia ella dejando huellas en la suave tarima de la cubierta. Llevaba en la mano derecha una concha marina de lustroso color rosado.

Colocó la concha junto a la copa de champán y la miró expectante. Bajo el cielo griego, sin una nube, sus ojos parecían casi azules.

Annabelle sonrió.

—Veo que, como Ulises, traes regalos.

—Tesoros del mar para su excelencia —detalló con aire ausente.

Fijó la mirada en la falda de seda que vestía y escogió la zona que revelaba una buena cantidad de suave piel desnuda.

—Tienes una carta del príncipe de Gales.

—¿Bertie? ¿Qué quiere?

—En resumen, dice: «¡Qué callado te lo tenías, compañero! ¡Con lo estirado y conservador que eras cuando estábamos en Eton! Vente conmigo en otoño. Iremos a cazar».

—Humm... —murmuró Sebastián con los ojos brillantes, como si ya estuviera recechando.

Annabelle no pudo resistirse y se estiró, lánguida, bajo su mirada hambrienta.

La respuesta fue inmediata: se puso en cuclillas y se lanzó sobre ella, empapándole la ropa y la correspondencia.

Dio un gritito y levantó las cartas por encima de la cabeza.

—¡Lo estás poniendo todo perdido de agua!

—Esa es la idea —murmuró, y empezó a darle besos furtivos en el canalillo de los pechos. Le abrió la falda y fijó los ojos en la zona desvelada a su vista.

Annabelle sintió una oleada de placer y de deseo ante los besos. Se contoneó mientras los labios descendían.

—Es usted insaciable, excelencia.

—¿Se está quejando, esposa mía?

Le chupeteó el ombligo.

—No... —negó con voz ronca.

—¿No?

Bajó la cabeza y le pasó suavemente la lengua entre las piernas. Ella gimió.

—No. ¿Acaso no es mi tarea de esposa darle placer?

Notó que sonreía allí abajo.

—Muy bien dicho. —Se incorporó y se colocó sobre ella—. Y esto me proporciona mucho placer, sí.

Annabelle se mordió el labio cuando empujó.

—Mucho... —repitió con voz ronca, y su mirada se volvió borrosa.

Ella separó y elevó las rodillas para facilitarle el camino y él lo agradeció con un gruñido. La penetró con fuerza y no pasó mucho tiempo hasta que sus respectivos gritos de placer se entremezclaron y ambos sintieron el potente latido del corazón del otro sobre el propio pecho.

Seguía bajo él cuando la fuerza y la velocidad de su respiración frente al cuello decreció. Ella le acariciaba sin un patrón fijo la espalda, tibia por el sol primaveral. Arriba, las velas se movían con la brisa.

Lo abrazó. ¡Cuánto lo amaba!

A Annabelle le había preocupado que el precio a pagar por estar con él fuera esa independencia que tanto le había costado y que adquirió al ir a Oxford, pero él seguía estando abierto a sus ideas y necesidades. Después de remover Roma con Santiago para lograr que fuera readmitida, se había resignado a un noviazgo de dos meses para permitirle acabar el trimestre en Oxford. Pese a que ella se oponía, había contratado a alguien para protegerla, pero lo cierto fue que nunca vio a nadie a su alrededor. Las muchas cartas que le envió desde Bretaña no eran otra cosa que informes de situación, breves y eficientes, pero la ayudaron a pasar el tiempo e hicieron que, cuando de nuevo fue a la cama con él en la noche de bodas, la intensidad de su pasión fuera mucho más elocuente que cualquier carta de amor.

Se separó de ella y, apoyado sobre los hombros, la miró con los claros ojos muy brillantes.

—¿Estás segura de que no quieres que zarpemos mañana hacia Persia?

Annabelle sonrió. El pelo de Sebastián, medio seco y levantado, le confería un aspecto muy juvenil.

Se lo revolvió con cariño.

—Me gusta estar aquí —le confesó—. Es estupendo no tener que hacer nada ni ver a nadie.

—Humm. —Le puso la cara sobre la palma de la mano y sintió la incipiente y algo rasposa barba.

—Además, a tu hermano le gusta venir a cenar con nosotros.

Peregrin estaba muy cerca, ayudando al profesor Jenkins con la extracción y almacenamiento del contenido del buque de guerra naufragado. Al contrario que Sebastián, que tenía que estar a la sombra si no quería ponerse rojo como una gamba, Peregrin estaba muy bronceado; con el pelo rubio trigueño al sol parecía un auténtico vikingo. Estar en el exterior, buscando y coordinando, era una actividad mucho más apropiada para él que sentarse tras un escritorio, y Jenkins parecía contento con su inesperado e improbable aprendiz. Al menos parecía haberle servido para superar el revés de haber perdido la asistente que hubiera preferido y que, al final, se había casado con un duque.

—¿Qué te parece si nos quedamos una semana más? —propuso Sebastián, que rodó sobre sí mismo para separarse de ella—. Y después zarpamos hacia Persia.

Se quedó callada unos instantes.

—¿Vas a ir de caza con el príncipe Alberto en otoño? —preguntó por fin.

Sebastián alzó una ceja.

—¿Estás preguntando si vamos a olvidarnos de Inglaterra para siempre? No, no podemos. Creo que tu próximo trimestre empieza en mayo, ¿no es así?

Annabelle frunció el ceño.

—¿Crees que para entonces habrá amainado el escándalo?

Soltó una risa un tanto desdeñosa.

—No. Puede que el año que viene...

Sebastián miró fijamente a su esposa, tan sonrosada, con el pelo alborotado y aspecto muy relajado. Un repentino e incontenible ataque de amor hizo que, se nuevo, se abalanzara sobre ella.

La mirada de esos ojos verdes le dio una suave bienvenida. En la nariz empezaban a formársele algunas diminutas pecas. Bajó la cabeza y la besó.

El escándalo, su escándalo, probablemente no iba a terminar nunca. Por ella, había cambiado por completo su lugar en la historia. Y, sin duda, había sido la mejor decisión de su vida.

Por otra parte, tenía la sensación de que, algún día, la propia historia iba a terminar poniéndose de su lado, sin lugar a dudas. Y él solía acertar en esas cuestiones.

Nota de la autora

La universidad de Oxford abrió los primeros colegios mayores para mujeres, el Lady Margaret Hall y el Somerville College, en 1879. En ese momento, tanto la universidad de Londres como la de Cambridge ya admitían estudiantes femeninas desde hacía algunos años. Cuando Emily Davies, fundadora del primer colegio mayor universitario femenino de Cambridge, pensó en Oxford como posible localización para tan pionera experiencia, la disuadieron, entre otras cosas, «la gran tradición monástica, el carácter alborotador de los estudiantes de grado, el gusto por el cotilleo y una amplísima presencia de prostitutas en la ciudad». Por tanto, el primo Gilbert no iba desencaminado cuando advirtió a Annabelle de que Oxford era un lugar en el que «imperaba el desenfreno». No obstante, las primeras estudiantes se abrieron paso en la época de Annabelle, aunque hubo que esperar a 1920 para que se les permitiera acceder a matrículas completas y hacer exámenes finales como los estudiantes masculinos.

El acceso de las mujeres al voto también llevó mucho tiempo: la Ley de Propiedad de las Mujeres Casadas se reformó en 1882, dos años después del discurso de Sebastián en el Parlamento. La enmienda aprobada permitió a las mujeres mantener ciertas posesiones y algún dinero propio incluso después del matrimonio, si bien bajo ciertas condiciones. No obstante, tuvieron que pasar treinta y seis años más hasta que a las mujeres se les permitiera votar y ser votadas como miembros del Parlamento del Reino Unido. Cuando termina la novela, el trabajo de nuestras heroínas no había hecho más que empezar.

La oponente más poderosa al sufragio femenino seguramente fue la propia reina. A Victoria le enrabietaba el movimiento por los derechos de la mujer. En 1870, en una carta a Theodore Martin, escribió que lady Amberley, una prominente feminista de la época, «merecía ser azotada». La reina estaba convencida de que, si tuvieran los mismos derechos políticos y sociales que los hombres, «las mujeres se convertirían en los seres humanos más odiosos, desalmados y repugnantes». Por otra parte, Elizabeth Wordsworth, la primera directora del colegio mayor Lady Margaret Hall y bisnieta del poeta William Wordsworth, no era partidaria de que las mujeres participaran en la política parlamentaria. La señorita Wordsworth fundó otro colegio mayor femenino en Oxford, el St. Hugh's, utilizando fondos propios, para ayudar a que más mujeres pudieran acceder a la educación superior.

Lo que parece una contradicción era una actitud muy habitual en la época victoriana: la mayoría de las personas que apoyaban el acceso de las mujeres a la educación superior lo hacían porque eso las ayudaría a mejorar su desempeño en los roles femeninos tradicionales, como la maternidad, la gestión del hogar y la compañía y el apoyo al marido. La idea de que las mujeres se desarrollaran y crecieran por su derecho e interés propio y personal, con independencia de un valor añadido para los hombres, les resultaba tan radical que las sufragistas sufrían una oposición frontal y constante. Sin embargo, no cejaron en su empeño, lo cual demuestra que mujeres como Annabelle, Lucie, Hattie y Catriona tuvieron que ser extraordinarias.

Pero hasta las pioneras necesitan un lugar que consideren su hogar, alguien a quien querer y alguien que las valore por lo que son, por lo que ha sido un enorme placer para mí escribir sobre su destino de ser felices para siempre.

Nota: Me he tomado una licencia artística respecto a *Crimen y castigo,* de Dostoievski. El libro no se tradujo al inglés hasta 1885.

Agradecimientos

Para terminar un libro siempre se necesitan personas que estén contigo aunque tu vida sea la propia de una ermitaña enloquecida.

Un voto muy valioso no habría visto la luz de no ser por el apoyo de un equipo variado y completo. Me gustaría dar las más encarecidas gracias a:

Lord Robert, rey de los tomates y gran experto en abrirse paso a codazos.

Sir Richards III, cuya edición lo ha sido todo. Ya puedes escribir tu propio libro.

Mamá, que desde el principio creyó a pies juntillas en la novela sin haber leído ni una sola página ni recibido la más mínima información.

Oma, porque te quiero.

Mo, que trabajó con denuedo en los primeros capítulos en lugar de estudiar para el examen de práctica de la abogacía.

Christian, Sarah, Jemina y Nils, que mostraron un desbordante entusiasmo cuando otros ponían los ojos en blanco.

La Asociación Británica de Novelistas románticos, sobre todo a los miembros del Programa de Nuevos Escritores, que me impusieron las muy necesarias fechas de entrega, y me procuraron buen vino y palabras de apoyo.

Finalmente, pero no menos importante, las así bautizadas «escritoras del vino rosado», Kate, Marilyn y Montse, presentes a lo largo de todo el camino, desde el argumento hasta las pruebas finales.

Siempre estaré agradecida por haber formado parte de este maravilloso equipo: la retroalimentación, la hospitalidad y la mente abierta que siempre me habéis aportado ha marcado la diferencia

Y especial agradecimiento a Kevan Lyon, mi brillante agente, y a la maravillosa editora Sarah Blumenstock, por dar una oportunidad a Annabelle y Sebastián.

Descarga la guía de lectura gratuita
de este libro en:
https://librosdeseda.com/